불·문·학·자·가·본·

불교

體用不二 1

불문학자가 본 불교
―달처럼 매화처럼

지은이 · 조홍식
펴낸이 · 김인현
펴낸곳 · 도서출판 종이거울

2002년 10월 5일 1판 1쇄 발행
2004년 1월 30일 2판 1쇄 발행

편집진행 · 이상옥
영업 · 法海 김대현, 惠國 정필수
관리 · 惠觀 박성근
인쇄 및 제본 · 동양인쇄(주)

등록 · 2002년 9월 23일(제19-61호)
주소 · 경기도 안성시 죽산면 용설리 1178-1
전화 · 031-676-8700
팩시밀리 · 031-676-8704
E-mail · cigw0923@hanmail.net

ⓒ 2004, 조홍식

ISBN 89-90562-09-0 04810
     89-90562-03-1 (세트)

眞理生命은 깨달음[自覺覺他]에 의해서만 그 모습[覺行圓滿]이 드러나므로
도서출판 종이거울은 '독서는 깨달음을 얻는 또 하나의 길'이라는 믿음으로 책을 펴냅니다.

體用不二 —— 1

불·문·학·자·가·본·

| 달처럼 매화처럼 |

불교

조홍식 지음

종이거울

달을 잊어가고 있다. 휘황찬란한 네온사인 조명 앞에 눈이 부시어 허공을 바라보기 쉽지 않다. 허공은 밖에만 있지 않고 우리 안에도 있다. 화려한 물질 앞에 현혹되니 더욱 자신의 안을 살필 겨를이 없다. 색상(色相)이란 원래 허깨비 같아서 잡을 듯하였으나 놓치고, 있는 듯하였으나 없어지니 이런 감각적 삶에 울고 웃고 우왕좌왕 얼빠진 상태에서 헤매게 된다. 이것이 현대인의 한 단면이다.

달은 허공 속에 있고, 허공은 우리 밖에도 안에도 있으니, 우리 안에도 달은 분명 있다. 우리 안에 있는 허공을 보지 못하면 그 속의 달을 어찌 볼 수 있으랴.

달을 잃으니 그만큼 마음이 삭막해진다. 인간이 사는 대지가 사막화되어 가는 것은 우리의 마음이 황폐화되어 가기 때문일 것이다.

이 대지가 원래는 기름지고 풍요로운 숲이었건만 이제 불모의 땅으로 변해 가는 것은 분명 오늘을 사는 우리의 탓이 아닐 수 없다. 사람의 발이 미치는 곳마다 자연은 오염되고, 손이 닿는 곳마다 깨뜨려진다. 돈과 향락 때문에.

그들이 사는 고장을 통해 그 사람의 마음을 알 수 있다. 그들이 사는 나라는 그 사람을 닮아 가니까.

이 사회를 파괴로부터 막기 위하여 이에 앞서 인간의 마음의 폐허를 막아야 하리라. 더 늦기 전에. 내가 사는 이 국토가 앓고 있으며, 내 이웃이 병들어 가는데 이것이 어찌 내일(來日)의 일이며, 나와 무관할 수 있겠는가.

나는 언제나 이런 긴박감에서 붓을 들곤 했다. 비록 내 산에 있는 하찮은 돌이지만 누구의 옥(玉)을 가는 데 이바지할 수 있으면 그것으로 족하게 여긴다.

하루하루, 순간순간을 무사분주(無事奔走), 식소사번(食少事煩), 이렇게 바쁘게 살아가는 이웃들에게 나는 동정을 금할 수가 없다. 나역시 이런 초조와 불안 속에 살아가고 있으니 말이다. 하지만 우리발 밑을 잘 살펴보고 우리 자신을 크게 돌아보면 그럴 만한 이유가꼭 있어서만은 아닌 것 같다.

그럼에도 뜰 앞에 매화를 두고 봄을 찾아 천하를 방황하는 수가 있다. 하도 바빠서 오늘 우리는 자신을 살필 여유가 없다. 그만큼 우리는 무엇에 쫓기며 산다. 바람에 불려 다니는 그 무엇처럼. 밖으로부터불어오는 바람을 피하기 위하여 우선 문빗장을 잠글 일이다.

홀로 고요하면 한정(閑靜)이 자연 찾아오리라. 그때 우리 속에 출렁

이던 구정물은 가라앉을 것이고 물이 맑으면 그 위에 절로 달이 비칠 것이다. 우리 가슴에 밝은 달이 비치면 여기저기 뜰 앞에 미소하는 매화도 보게 되리라.

송광사에서 보살계를 받고 구산선사 문하(門下)에서 가르침을 받은 지 어언 30년, 광음여류(光陰如流)의 세월은 가도 은사(恩師)의 가르침의 기억은 더욱 새로울 뿐이다.

사람을 기다려 주지 않는 냉혹(冷酷)한 시간 앞에 내일로 미루어 온 게으름이 석양을 맞는 그로 하여금 더욱 바쁘게 할 뿐이다.

도서출판 도피안사 관계자들의 각별한 배려에 힘입어, 그간 공부하였던 자취를 이제 정리할 기회를 갖게 되었다. 무척 다행스럽게 생각한다.

이 가운데 대부분은 「달처럼 매화처럼」에서 이미 세상에 내놓았던 것들이니 재판이 되는 셈이다. 이 책들이 나오기까지 근념하여 주신 모든 분들에게 거듭 감사를 표한다.

2002년 9월

하남 古州山房에서 達空 趙洪植 合掌

차례

제2장 나의 인생, 나의 불교

제3장 다시 시작하기 전에 먼저

제1장 달처럼 매화처럼

어진 아내가 그리울 때

집이 가난하면 어진 아내를 생각하고 나라가 어려우면 어진 선비를 생각한다는 말이 있다.

요즈음 우리는 신문지상에서 한결같이 나라 경제가 위급한 지경에 이르렀다는 보도를 거의 매일 접하게 된다. 게다가 무슨 사건 무슨 사건으로 탐관오리들의 명단이 그칠 줄 모르고 지상에 나열되고 있다. 참으로 딱하고 민망한 일이다. 그 탐관오리들의 면면을 살펴보면 모두가 경제에 대하여 일가견이 있고 지명도도 매우 높은 인사들임에 더욱 아연하지 않을 수 없다.

뿐만 아니라 정치 경력이 많은 주요 요직에 있는 분들도 이런 비리 사실과 멀리 있지 않다는 것을 알게 되니 나라의 앞날을 위해서 우려되는 바가 적지 않다. 그래서 이런 독직 사건이 나라의 경제와 정치를 요리하는 높은 자리에 앉은, 그런 분들의 전유물처럼 생각되기도 한다.

더욱이 이런 부조리가 어제오늘의 새삼스런 일도 아니거니와 앞으로도 맑아질 기미가 보이는 것도 아니어서 일시적인 것으로 치부하고 넘어가기에는 너무도 불안한 것이다. 사건을 캐면 캘수록 중량급 인사들이 거미줄 얽히듯이 이리저리 연루되어 있는 것 같아 여기서 예외적인 인물을 찾아보기가 심히 어려운 지경이다.

깨끗한 인물을 발견하기가 매우 어려운 시대가 되었다. 하기야 시대가 영웅을 만든다고도 하고, 영웅이 시대를 만든다고도 하니 어쩌면 이런 판국에 썩은 흙에서 연꽃이 솟아나듯 새 인물이 불쑥 나타날 것 같은 기대를 해 봄직도 하다.

마침 정권이 바뀔 시간이 가까이 다가오고 있어 그런 점에 관심이 쏠리는 것은 국민 일반이 다 비슷한 심정일 것이다.

좀 미안한 얘기지만 솔직히 말해서 이미 우리에게 잘 알려진 인물들 중에 깨끗한 인물을 고르기란 그리 쉽지 않을 것 같다.

우리는 흔히 사람을 평할 때 식견과 경험과 덕망을 꼽는다. 그러므로 나타난 인물들 가운데 정치에 오랫동안 몸담아 왔으므로 경험에 높은 점수를 차지할 수 있고, 또 그 중의 대개는 고등교육을 받은 분들이니 학식이 부족하지도 않다. 그러나 덕망에 관해서는 그분들이 과연 어느 정도의 점수를 받을 수 있을지 잘 분간이 안 간다.

경험에 대해서 최고 점수를 줄 수 있다는 것은 그분들 스스로의 자평대로 군사독재하에서 투쟁을 벌여 온 민주투사로서의 그 공로가 혁혁하기 때문이다.

학식에 있어서도 훌륭한 대학출신이 대부분이고 거기에 외국유학을 거쳐 박사 아닌 분이 매우 적다. 하지만 민주투사의 경력이나 일류대학 출신의 박사학위 소지자라고 해서 모두가 덕망을 갖추고 있다고는 할 수 없다.

이 세 가지는 다 중요하기 때문에 어느 것이 어느 것만 못하다고 단정하기는 곤란하다. 그러나 그런 가운데서도 가장 요긴한 것을 꼽으라면 역시 덕망을 우선적으로 꼽을 수밖에 없다. 과거의 역사에서 현자들의 말을 빌릴 것도 없이 우리가 목전에 보고 느끼는 현실로도 잘 알 수 있으니 말이다.

'수신제가 치국평천하(修身齊家治國平天下)'라는 문구가 과연 명언이라는 것을 오늘 더욱 절실하게 피부로 느끼게 되는 것은 우리가 그것을 지금 현장에서 절실하게 실감하고 있기 때문이다.

오늘 우리 앞에 다가서고 있는 인물 한 분 한 분이 모두 어떤 형태건 투쟁을 통해서 성장해 왔다. 그만큼 인생에 있어 투쟁이란 불가피하고 필요한 것이다.

우리는 흔히 투쟁하면 남과의 싸움, 즉 적과의 싸움을 생각하는 수가 많다. 하지만 싸움에서 이기는 것은 상대와의 그것만은 아니다. 자기 자신과의 싸움이라는 것도 있다. 어쩌면 자신과의 싸움이 더 값진 것인지도 모른다. 남과의 싸움에서 이기는 것보다 자신과의 싸움에서 이기기가 더 어렵다고 하지 않았는가. 선각자들의 이런 경구는 과거의 일로서 그냥 지나쳐 버리기에는 너무도 우리 현실에 적합한 말이다.

전례에 미루어 보아 적과의 싸움에서 악전고투하여 승리한 분들 중에도 결국 자기와의 싸움에서 패배했기 때문에 최후의 승리자가 되지 못했다. 그래서 인생의 고배를 마시고 후회의 눈물을 흘리는 이들이 적지 않다.

자기와의 싸움에서 적은 다른 데 있지 않고 자신이 가장 아끼고 소중히 여기는 바로 거기에 있다는 사실이다. 사람은 자기가 좋아하는 그것에 끌려가기 쉽다. 이것의 이면(裏面)에는 항상 유혹이 여러 가지 이유를 합리화하여 교묘하게 분장을 하고 있다. 유혹은 사람을 함정으로 끌고 갈 때까지 만족을 모른다.

그러므로 유혹과 싸워 이기는 자만이 자신을 이길 수 있는 것이라 했다. 이렇게 이길 수 있는 용기, 덕망이란 바로 이것을 이름이다.

자기를 이기는 이는 남과의 싸움에서 그만큼 승리하기 어렵지 않다. 또 덕(德)이 높으면 적과 싸우지 않고도 이긴다 하였다.

나라를 오늘 이 지경으로 만들어 가고 있는 이들의 대부분은 자기와의 싸움에서 패배한 이들이다. 결국 유혹에 넘어가고 말았다. 그들을 넘어뜨린 유혹은 그 전면에 사람이 평소에 갈구하던 돈과 권력과 여색을 내세우고 있다. 그런 것들을 통해서 사람을 덫으로 이끌고 가게 마련이다.

국가 공무원의 사표가 되었던, 그 중에도 우리에게 잘 알려진 황희 옹(翁)이나 맹(孟) 정승이나 김정국(金正國) 같은 분들을 우러러 덕이 높다 하는 것은 사리사욕을 초개같이 여겼기 때문에 유혹 자체가 그들의 곁에는 얼씬도 못하였던 것이다.

또 한 가지 실례로는, 광복 직후 우리나라 새 정부가 수립되고 그 초대 외무장관에 임명된 어떤 영문학과 교수의 이야기이다. 아직도 우리 기억에서 멀지 않은 인물이다. 대한민국 외무장관의 자격으로 유엔 총회에 참석하였다. 그 당시 외신에 의하면 그분은 화려한 세계적 외교무대에 나가서도 일류 호텔에 머무는 대신 삼류 여인숙에서 쉬고, 총회 연설문 내용도 상투적인 관례를 벗어나서 독창적 표현으로 외교관이나 기자들의 이목을 끈 일화가 있다. 그보다 국민의 심금을 더욱 울리게 한 사실은, 총회에 다녀와서 쓰고 남은 여비를 국고에 반납하였다는 그 정직성이다.

사람에게 돈이나 권력보다 더 소중한 것이 어찌 없겠는가. 인간이 인간다움은 그 존엄에 있을 것이다. 인간만이 가질 수 있는 이 존엄이란 무엇과도 바꿀 수 없는 것. 이런 인간의 존엄을 헌신짝처럼 버리게 되었으니 이것을 어찌 인간이 사는 세상이라 할 수 있겠는가.

한결 슬픈 일은, 나라를 기울게 하여 국민에게 크나큰 상처를 안겨 주는 엄청난 일을 저질러 놓고도 추호의 뉘우침 없이 끝까지 사람을 속여 법망을 피하려는 그 가증스러운 행위이다.

이런 행위가 고등교육을 받고 지식과 기술에 뛰어난 그런 인사들 중에 많다는 사실은 사람을 만드는 데 있어서 교육이 얼마나 무력한 것이며, 지식과 기술이 인간 형성에 얼마나 무가치한가를 새삼 느끼게 한다.

이제까지의 글자와 지식 위주의 교육은 사회 범죄를 지능화하는 데 적지 아니 교지(狡智)의 구실을 해왔다는 사실을 우리는 분명히 기억할 필요가 있다.

인간부재의 교육이야말로 크게 돌이켜 볼 새로운 과제가 아니랴. 지금이야말로 인간 중심의 교육입국(敎育立國)이 더욱 절실하게 느껴지는 그런 때이다.

협존자(脇尊者)와 마명보살

참학인(參學人)은 깨달음이 있으면 반드시 눈밝은 종사의 감험(勘驗)을 거치는 것이 마땅하다.

어떤 스님은 늘 신묘(神廟)의 종이화로 속에서 잠을 자곤 하였는데, 남양충(南陽忠) 국사가 이 말을 듣고 몰래 화로 속에 숨어서 기다리다 그 스님이 자러 들어올 때 갑자기 멱살을 잡고 물었다.

"어떤 것이 조사가 서쪽에서 온 뜻인가?"

그 스님은 기다렸다는 듯 아무 거침없이, "신전의 술 소반입니다" 하였다.

또 한 스님은 사람들이 깨달았다고 말하는 분인데, 이에 현사(玄沙) 대사가 짐짓 함께 길을 떠났다. 어느 날 물가에 이르러 문득 그를 물 속에 떠밀어 처넣고 다그쳐 물었다.

"우두(牛頭)가 사조(四祖)를 만나기 전에는 어떠했는가?"

이 스님의 대답은 자연스러웠다.

"다리를 오므리는 것은 다리를 펴는 데 있습니다."

이 두 스님이 만약 가슴이 확 뚫려 소리치는 대로 응답하는 것이

빈 골짜기와 같지 않고, 비추는 대로 나타나는 것이 맑은 거울과 같지 않았다면, 이렇게 초조하고 창졸하여 도무지 손발도 제대로 둘 수 없는 상황에서 이렇듯 적절하고 자재한 대답을 할 수 있었겠는가.

그들이 한가할 때에 의식으로 사량복탁(思量卜度)했다면, 천둥소리에 미처 귀를 막을 겨를도 없는, 한바탕 급박한 상황에서 어떻게 대비할 수 있었겠는가. 참으로 신중히 생각지 않을 수 없는 일이다.

도를 깨달은 사람에 대한 일종의 테스트이다. 물론 그 대답에 별 의미가 있는 것은 아니다. 그런 위기 상황에서의 그런 여유가 누구에게나 있을 수 있는 일은 아니다. 생사심을 초월한 사람에게서나 볼 수 있는 자유자재한 경지, 그것이 아니겠는가.

생사를 초탈해서 불생불멸한 경지, 이것이 선의 위력이다.

아마 진시황 때에 영원히 죽지 않는 이런 선풍(禪風)이 있었다면 구태여 삼신산으로 불사약 불로초를 구하러 보낼 필요는 없었을 것이다. 하지만 그 당시 선(禪)이 있었더라도 인연이 닿지 않으면 분서갱유(焚書坑儒)식으로 도리어 법난을 일으켰을지도 모른다.

시황제 다음으로 중국 천하를 통일한 모택동도 소위 문화혁명으로 문물제도를 파손시킨 실례가 없지 않다.

불교에 귀의하여 삼보를 옹호하고 불법을 생명처럼 존중하던 양나라의 무제(武帝)도 달마를 눈앞에 대하고도 선지(禪旨)에 어두워 천재일우의 기회를 영영 놓치고 말았지 않았는가.

선의 기원은 삼처전심(三處傳心)으로 시작된다. 세존(世尊)이 선의 원조(遠祖)가 된 것은 이 까닭이다. 이에 대해 달마스님을 선의 시조(始祖)라 한다. 스님은 선지(禪旨)를 처음으로 중국 땅에 심었다.

참선하면 우리는 화두를 연상하지만 이런 방법은 그 후의 일일 뿐, 달마스님은 '마음을 편안케 해 준다' 하였고 육조스님은 '오직 성품을 보는 것만을 논한다' 하여, 곧바로 사람의 마음을 가리켜 성품을 보아 부처를 이루게 하였다. 게다가 방(棒)이나 할(喝)로도 중생의 본래 면목을 깨닫게 하였다.

덕산(德山)의 방, 임제(臨濟)의 할은 유명하다. 몽둥이를 이용하여 학인들을 꼼짝달싹 못하게 하고, 활안을 열어주기도 하며, 벽력 같은 소리를 질러 망상·집착을 날려 순간적으로 깨닫게도 하였다.

"말해 보라! 입을 벌려도 30방, 안 벌려도 30방" 이런 식으로.

당대(唐代) 종밀선사(宗密禪師)는 보리달마의 선(禪)을 최상의 선이라 하여 '여래청정선(如來淸淨禪)'이라고 불렀다. '여래선'이란 여기서 유래한 것이다. 그러나 여래선이라 부르는 것이 불합리하다 하여 '조사선(祖師禪)'이란 이름이 나왔다.

선풍이 중국 천지에 널리 드날리게 되자 여러 종풍이 생겼다. 선가오종(禪家五宗) 중에도 임제(臨濟)와 조동(曹洞)이 크게 그 깃발을 날렸다.

임제종이란 황벽희운(黃蘗希運)의 법을 이은 임제의현(臨濟義玄)의 종지에서 생겨난 종파. 우리나라 간화선(看話禪)은 여기서 오고, 대혜종고(大慧宗杲) 선사는 화두참구는 평등일여(平等一如)의 경지에 도달할 수 있다고 주장했다.

여기 대립해서 조동종은 묵조선(默照禪)을 주장했다. 그 법을 이은 동산(洞山)이 선풍을 크게 진작시켜 조동종(曹洞宗)이라 부르게 되었다.

임제종의 대혜선사는 그 폐단을 들어 조동종의 묵조선을 비판했다.

어쨌든 선의 요건은 침묵이다. 말로는 정확히 그 뜻을 전할 수 없다. 그래서 선사들의 침묵은 소진(蘇秦)과 장의(張儀)를 압도하고도 남는다.

협존자(脇尊者)와 마명(馬鳴)보살의 실례는 그 좋은 예가 된다.

협존자는 부처님 가신 지 600년경의 인도 사람이다. 모태(母胎)에서 60년 만에 출생하였다 하여 난생(難生)이라는 이름이 있다. 태어났을 때 이미 백발이 성성하였다.

80세에 출가하여 3년 만에 깨치고 제10조가 되었다. 장좌불와(長坐不臥), 즉 옆으로 눕지 않았다 하여 협(脇)존자로 불리게 되었다.

중인도에서 존자가 순례 교화를 하고 있을 때의 일이다. 그곳에는 아습박구사라는 유명한 청년 논객(論客)이 있었다. 이 청년은 외도로서 천재적인 변재(辯才)였다. 하루는 존자의 명성을 듣고 그를 논박하기 위하여 찾아갔다.

"나는 일찍이 논쟁(論爭)에서 져 본 적이 없습니다. 나를 이기는 자가 있으면 그에게 당장 목을 내놓겠습니다."

참으로 패기가 충천할 만치 만만하였다. 협존자는 이에 태산준령처럼 적연부동, 침묵으로 일관, 아무 대꾸가 없었다. 이 청년은 자기의 변재에 압도당했거니 생각하고 내심 의기양양하였다. 그러나 발길을 돌이키는 순간 그 청년은 마음에 무엇이 짚이는 데가 있었다. 다시 생각하니 자신의 웅변이 고작 계란으로 바위 치는 격임을 알았다. 역시 상근기라서 자기가 도리어 당했다고 느낀 그 청년은 처음 약속대로 목을 내밀었다. 존자는 "그대의 목을 무엇에 쓰겠는가" 하고 그 대신 머리를 깎아주었다.

그 자리에서 협존자의 제자가 된 그 청년은 그 후 유명한 마명보살이 되었다. 그리고 존자의 법손으로 제12조가 되었다.

우리가 잘 알고 있는 유마거사의 불이(不二)의 침묵 또한 모르는 사람이 없다.

불을 발견한 것이 인류 문명에 거대한 발전이 된 것처럼, 부처님의

이심전심, 달마스님의 직지인심·견성성불의 참선법이야말로 인간의,
아니 뭇 중생의 어두운 마음을 밝혀 괴로움을 여의게 한 일대사 인연
이다.

전자는 현상을 밝혔고, 후자는 실상을 밝혔다.

왜 무공덕(無功德)이라 했나

'아! 아! 짐(朕)은 그를 만나고도 알아보지 못하였으며, 그와 말을 나누고도 알아듣지 못하였도다. 고금에 슬프고 한 많은 일이로다. 짐은 한낱 범부에 지나지 않아 금생의 복을 놓치고, 내생의 인(因)도 짓지 못하였도다. 후회해도 가버린 시간은 돌이킬 수가 없구나!'

무제의 후회막급한 탄식이다. 달마는 이미 장강(長江)을 건너가 버린 뒤였다. 훗날 달마스님의 타계 소식을 접하고 무제가 기념비를 세워 거기 새겨 넣은 구절이다.

양나라 무제는 재위 48년 간 전반은 어지러웠던 내정(內政)에 힘쓰고 후반은 불교문화 진흥에 전념하였다. 수많은 절을 짓고 여러 경전을 번역·출판하고 교단을 후원해 승려들을 도왔다.

세상에서는 이 공덕을 칭송하여 그를 불심천자(佛心天子)라 부른다. 그럼에도 불구하고 달마스님은 이것을 무공덕(無功德)이라고 했다.

어째서?

하지만 양무제는 후생에 극락 왕생하였다. 공덕이 없다면 어떻게 극락 왕생할 수가 있을까?

전설에 의하면, 무제의 전생은 나무꾼이었다. 산에 가서 땔나무를 해다 팔아 근근히 살아가는 가난하고 무식한 초부(樵夫)였다. 하루는 산에서 불상(佛像) 하나를 발견하게 되었다. 불연(佛緣)이 없었으므로 그것이 불상임을 알아보지 못했다. 그저 귀여운 인형이라 여겼다. 기꺼이 그것을 거두어 계곡물에 말끔히 씻었다. 대견스럽게 느끼고 오르내리는 길목 바위 위에 앉혀 놓았다. 그날부터 심신이 편안하고 나무도 잘 팔렸다. 점심때는 이왕이면 그 인형 앞에 가서 도시락을 먹는다. 혼자 먹기도 멋쩍어 밥을 한 술 떠서 인형 앞에 놓곤 했다. 물도 나누어주고 마셨다. 이렇게 해서 날이 갈수록 그 인형(불상)과 친숙해 갔다.

봄이 되니 산에는 여기저기 꽃이 피기 시작하였다. 그 중 아름다운 것을 한 묶음 꺾어 그 앞에 꽂아 놓기도 하였다. 이래서 결과적으로 부처님께 밥공양, 다공양, 꽃공양을 올리게 된 셈이다.

그런데 다음 날 와보면, 꽂아 놓은 꽃송이들이 번번이 흩어져 있는 것이 아닌가. 인적 없는 산속에서 일어난 일이어서 기이하게 여겼다. 하루는 나무하는 것도 그만두고 숨어 지켜보기로 했다.

이윽고 원숭이 한 마리가 인형 앞에 나타났다. 그리고는 사람의 흉내를 내어 꽂아 놓은 그 꽃들을 이리 뽑고 저리 꽂다 마구 흐트러 놓는 것이었다.

저놈 때문에 오늘 나무도 못하게 된 화풀이 겸, 원숭이 버릇도 고쳐놓을 겸, 지게 작대기로 그놈의 등줄기를 후려쳤다. 원숭이는 혼쭐이 나서 도망을 가고 나무꾼은 분을 못 풀어 쫓아갔다. 절박해진 그놈은 비좁은 바위틈 석굴로 피신을 했다.

상대를 비웃기라도 하듯이 원숭이란 놈이 구멍으로 머리통을 내밀었다 들이밀었다 하는 작태에 나무꾼은 더욱 화가 났다. 홧김에 그는 큼지막한 바위 하나를 들어 그 구멍을 막아 버렸다.

결국 이 원숭이는 석굴 속에서 굶어죽고 말았다. 억울한 죽음이 아닐 수 없다. 저도 사람처럼 부처님께 꽃공양을 올리려다 뜻하지 않은 화를 당하고 말았으니.

서기 약 500년경 중국 남조(南朝) 때, 옹주자사(雍州刺史) 소연(蕭衍)이 지금의 남경(南京)을 공략하여 폭군 동혼후(東昏侯)를 퇴위시키고 남강왕(南康王)을 화제(和帝)로 추대한 뒤에 이 화제로부터 양위(讓位)를 받게 되니 무제(武帝)라 칭하고 국호를 양(梁)이라 하였다.

무제도 전생의 공덕으로 제왕의 자리에 오르기는 하였지만, 원숭이를 굶어죽게 한 그 과보는 면할 수가 없었다.

548년 북조(北朝)의 동위(東魏)에서 양나라 무제에게로 망명해 온 후경(侯景)이라는 장수가 바로 나무꾼에게 죽임을 당한 원숭이의 후신이다.

그 후 후경은 반란을 일으켜 대동사(大同寺)에 무제를 유폐시켜 역시 굶어죽게 하였다. 하지만 무제는 결국 극락 왕생하게 된다. 불심이 돈독하여 온갖 불사에 진력한 그 공덕으로. 거듭 말하거니와, 무제는 극락 왕생할 만큼 그토록 많은 업적을 생전에 쌓았다.

그런데 달마스님은 무제와의 첫 대면에서, 짐의 공덕이 얼마나 되느냐는 그의 질문에 어째서 무공덕이라 하였을까?

'함'이 있는 불교와 '함'이 없는 불교가 있듯이, 공덕에도 유위(有爲)의 그것과 무위(無爲)의 그것이 있다. 유루(有漏)와 무루(無漏)의 그것으로 구분하기도 한다. 복을 짓는 그것과 혜(慧)를 닦는 그것을 가리켜 유위유루(有爲有漏)와 무위무루(無爲無漏)의 수행이라고도 한다.

두 사람의 질문과 대답이 형식상으로는 동일한 문제에 관한 것 같
지만 내용적으로는 동문서답(東問西答)을 한 셈이다. 한 사람은 작복
에 대한 질문을 했고, 한 사람은 구도(求道)에 관한 대답을 한 것이다.

그러므로 이 사건은 두 사람이 공덕에 대한 개념의 착각으로 빚은
에피소드라고 볼 수 있다.

무제 당시만 해도 중국불교계에는 아직도 유위불교에 비하여 무위
불교가 널리 보급되지 않았다. 더욱이 달마스님으로서는 작복불교 같
은 것에는 별로 관심이 없었을 테니까.

여기서 무공덕이란 성불(成佛)하는 공덕, 즉 부처되는 공덕이 없다
는 뜻으로 풀이해야 할 것이다. 부처되는 공덕은 영원한 것이지만 작
복의 공덕은 결국 복진타락(福盡墮落)을 면치 못하기 때문이다.

『금강경』에 삼천대천세계를 칠보로 가득 채우는 보시도 공덕이 크
긴 하지만 사람들에게 사구게(四句偈)를 일러주는 그 공덕이 더 수승
하다고 되어 있다.

복혜쌍수(福慧雙修)를 이상적인 수행으로 삼는 까닭이 여기에 있을
것이다.

선사(禪師)가 본 유교(儒敎)

매화가 필 계절이다. 그 향기로 봄소식을 전하는 입춘. 서울 한복판에 경사가 났다.

법련사(法蓮寺)가 신축 기공식을 가졌다. 조계총림 송광사 서울 분원. 고궁과 나란히 섰던 고옥이 헐리고 광화문 높이의 영산대법전이 세워진다. 적설(積雪)과 한월(寒月) 속에 10년 하고 또 10년. 이제 피는 그 꽃은 향기도 맑으리라.

세월이 하도 많이 변하니 500년 조선왕조도 이젠 역사 속으로 완전히 사라지고 말았다.

오늘 새싹이 돋아, 불교를 억누르고 유교를 떠받들던 바로 그 터전에 불교사원이 세워진다. 금석지감(今昔之感)이 새롭다. 실로 감개가 무량하다.

고려는 불교로, 조선시대는 유교로 전성시대를 보냈다. 고려 때도 유교의 존재는 미미하지 않았건만 불교가 국교라는 이름으로 군림하였다. 정권이 바뀌자 이번에는 유교가 그 자리를 대신했다.

집권자의 권력유지를 위하여 편의상 그렇게 누르고 받들고 하였던 것이다. 그러니 잘못은 불교나 유교에 있는 것이 아니고 권부에 있다 하겠다. 그리고 세력에 영합한 일부 불교인이나 유학자에게도 그 허물이 전혀 없지는 않다.

정도전(鄭道傳) 같은 이는 불교를 비방하여 '멸륜해국(滅倫害國)의 도(道)'라 규정하기도 했다. 또 불교인은 일반적으로 유교를 현상계에 국한하는 천박한 종교로 보았다.

그리고 어느 쪽이고 체제에 편승하여 부패상을 드러내기도 하였다. 하지만 비리는 권력에 집착한 그 사람에게 있었던 것이고, 성인의 가르침 거기에 있을 수는 없다. 그럼에도 불교인과 유교인은 서로 그 상대방의 종교를 두고두고 비방하기에 이르렀다.

썩은 나무 몇 그루만 보고 그 동산의 숲 전체는 보지 못하는 단견(短見)과 무지의 소치 때문이었는지도 모른다. 아무튼 편견과 아집임에는 틀림없다. 그러나 유교와 불교를 이해하는 식자층은 각각 그 쓰임의 적합을 알고 있었다.

율곡 선생 같은 분은 두루 통해서 권부에 있을 때도 서산대사와 사명스님과 더불어 10년 뒤의 임진왜란을 걱정하기도 했다. 큰스님들 중에는 사서삼경(四書三經)에 통달한 분들이 중국에는 말할 것도 없고 한국에도 적지 않았다. 탄허(呑虛) 큰스님도 불·유·도(佛儒道) 삼교(三敎)에 통달하여 그 가르침의 특색과 심천과 또 일치점을 가려내는 명안 종사의 한 분이다.

구산(九山) 큰스님도 일찍이 그 법어집 『석사자(石獅子)』에 유교의 골격인 삼강오륜(三綱五倫)을 설명한 대목이 있다.

진리는 결코 밖에서 찾아서는 안 된다. 왜냐하면 모양과 형상이 있는 모든 것은 덧없이 변하는 것이며, 꿈 아닌 것이 없기 때문이다. 이러한 환상을 긍정도 할 줄 알고 부정도 할 줄 아는 주체(主體), 즉 불생불멸하며 부증불감하는 자성을 깨치면 불보(佛寶)라 하고, 이를 묘용(妙用)하면 법보(法寶)라 하고, 이를 배워 알면 승보(僧寶)라 한다. 그러므로 삼보와 오계가 불교의 근본이 된다. 서구인들이 근래 동양학을 배우는 원인이 여기에 있다.

그러나 사회의 윤리와 도덕을 가르치는 교육방법에는 삼강과 오륜이 있다.

첫째, 군위신강(君爲臣綱)은 통치자와 국민 사이에 지켜야 할 도리 ……운운.

다음은 공자와 태사비와의 대화가 소개된다.

고인(古人)이 말하기를, "부재기위(不在其位)하면 불모기사(不謀其事)라." 그 자리에 있지 않거든 남이 하는 일에 참견하지 말라고 하였다.

당(唐)나라 때의 일이다.

태사비가 공자(孔子)에게 물었다.

"부자(夫子)가 성인입니까?"

공자가 대답하기를,

"나는 성인이 아니라 다만 모든 일에 경험이 많을 뿐이다."

태사비가 다시 물었다.

"삼황오제(三皇五帝 : 伏羲氏·神農氏·女媧氏와 黃帝·顓頊·帝嚳·堯·舜)가 성인입니까?"

공자가 답하되,

"성인이 아니라 정치가니라."

태사비가 다시 묻기를,

"그러면 성인이 어디 계십니까?"

공자가 답하되,

"서방(西方)에 성인이 계시니 신(神)도 아니요 사람도 아니다. 불교이자화(不敎而自化)하고 불치이무란(不治而無亂)이라. 가르치지 않아도 스스로 교화되고 다스리지 않아도 어지럽지 않다. 서방의 성인이란 바로 부처님을 가리킨 말이다.……"운운.

다음은 중국의 운서주굉(雲棲袾宏) 스님의 유교와 불교에 관한 말씀을 소개한다.

예전부터 유교는 불교를 비방해 왔고, 불교도 역시 유교를 비방하였다. 불교가 처음 중국에 들어오면서 불교를 숭봉하는 자가 많아지니, 유교는 세간의 도를 가르치는지라 불교를 비방하는 것이 어쩌면 당연한 것이었는지도 모를 일이었다.

유교가 불교를 비방하자, 불교에 대하여 의심을 품는 자들이 많아졌으며, 불교는 출세간의 도를 가르치는지라 도리어 유교를 비방하는 것이 또한 허물될 일이 아니었다.

그러나 부혁(傅奕)과 한유(韓愈)가 불교를 비방하기 시작한 후로, 후인들도 이를 본받아 비방하기를 그만두지 않는 것은 잘못이라 할 것이다. 왜냐하면 구름이 이미 해를 덮고 난 후에 다시 연기를 피워가면서 이를 가리려 애쓸 것은 없기 때문이다.

또한 명교(明敎)와 공곡(空谷)이 유교를 비방한 후로 후인들도 이를 본받아 비방하기를 그만두지 않는 것도 잘못이다. 왜냐하면 해가 이미 어둠을 파한 후에 등불을 켤 것까지는 없기 때문이다.

사실대로 말하면 유교와 불교가 서로 헐뜯을 것이 아니라 서로 도와야 한다. 그 대략을 들어 보리라.

사람이 악한 일을 저질렀을 경우에, 생전에는 법망을 피할 수 있으나 죽은 후에 지옥에 떨어질까 두려워 악한 마음을 버리고 선행을 하게 된

다면, 이것이 임금의 교화로는 미치지 못하는 바를 음(陰)으로 돕고 있는
것이니 이것이 곧 불교인 것이다.

또한 스님들 중에, 청규로는 단속이 미치지 못하는 그런 자가 국가의
형벌을 두려워하여 감히 방자하게 굴지 못한다면, 이것이 불법(佛法)으로
써는 미치지 못할 일을 양(陽)으로 돕고 있는 것이니, 이것이 바로 유교
이다.

요즘 스님네가 불법이 더욱 성하지 못하는 것만 염려하고, 불교가 지
나치게 성하는 것의 폐단은 알지 못하고 있다. 이것이 스님네들에게는
복될 일이 아니다. 다소 제재하고 억제할 필요도 있는 것으로, 불교가 오
랫동안 세상에 남아 있게 되는 것은 바로 유교가 있기 때문이다.

이런 줄을 안다면 서로 비방할 일이 아니라 서로 칭찬하는 것이 마땅
하다 하겠다.

(운서주굉 스님의 『죽창수필』 중에서)

내 속에 보물이 있는데

봄이 오니 산과 들의 풀포기는 낡은 꺼풀을 제쳐 새싹을 틔우고, 나무들은 안으로 나이테를 하나 더하기 위하여 밖에서 표피가 터지는 아픔을 견뎌야 한다.

이것은 자연의 현상이다. 자연의 질서는 이토록 어김이 없다. 이것 또한 역사의 순조로운 진행이기도 하다.

갈 때 가고 올 때 오는 것, 낡은 것은 가고 새것이 오는 것, 이런 신진대사는 생물들이 생을 이어가는 진리이기도 하다. 그래서 가는 자를 붙잡지 말고 오는 자를 거절하지 말라(去者莫追 來者勿拒) 하였던가.

도도히 흐르는 강물을 막는다는 발상은 어리석다. 폭주하는 교통의 흐름이 차단되었다 하자. 그 혼란이 어떠할까.

우주의 운행이 일시나마 정지되었다 치자. 그 혼흑(昏黑)은 상상이 미치지 못하리라. 바로 우리 몸의 순환계통이 잠시만 멎어도 그 여파가 어떠할지 생각하기에 어렵지 않다. 이토록 천지만물의 질서는 순간도 지체하는 일이 없다.

아무리 고운 꽃도 질 때는 져야 한다. 시들어 퇴색한 꽃송이가 가지에 매달려 늘어질 때 보기에도 민망하다. 게다가 그 아름답던 본래의 이미지마저 흐려 놓고 만다. 진정 아름다운 꽃은 갈 때도 역겨운 모습을 보이지 않는다.

인간은 역사의 주역이다. 오동나무 한 잎이 떨어져도 그것으로 천하에 가을이 다가오고 있다는 것쯤 알아차려야 한다. 해가 중천에 떴는데 아직도 잠꼬대를 하고 있대서야.

가는 봄을 아쉬워할 줄만 알고, 녹음이 꽃보다 수승한 것은 미처 모른다. 그래서 나아가는 역사의 차를 놓치는 수가 많다.

현상계에 살고 있는 우리는 한시도 상(相)을 떠나 살지 못한다. 잘난 사람은 잘난 멋에 살고, 재주가 뛰어난 사람은 재주에 걸려 산다. 학벌이 좋으면 그런 대로, 가진 이는 많이 가졌다는 그런 자부심으로 가득 차 있다.

여러 상 중에도 돈과 권력과 여색(女色)의 매력은 사람의 마음을 사로잡는 힘이 심히 강해서 끌리지 않기에는 우리의 의지가 너무도 약하다. 그 이면에는 함정이 도사리고 있어 가까이 하면 십중팔구는 그 덫에 치고 만다. 그 함정에는 사람의 마음을 사로잡아 몸을 허수아비로 만드는 정밀한 메커니즘이 있다.

신체는 움직여도 마음은 사슬에 묶인다. 처음에는 사람이 술을 마시고 다음에는 술이 술을 마시고 나중에는 술이 사람을 마신다는 속담이 있다. 비록 일체 중생이 저마다 불성(佛性)을 갖추고 있지만 이런 함정에 빠질 소지는 누구에게나 있다.

이런 실례를 역사는 분명히 말하고 있다. 어진 제왕이 폭군으로 군림하기도 하고, 용감한 혁명가가 무서운 독재자로 변신하기도 한다.

16세에 제위에 오른 네로 황제. 내정을 개혁하고 인권을 존중하여 선정을 베풀던 그가 점차 잔인 무도해지면서 동생도, 왕비도, 어머니까지도 살해하는 괴물로 변해 갔다. 기독교도의 대학살을 감행하고, 그 위에 황금 궁전을 세우는 광란을 연출하기도 하였다.

독일의 애국자 아돌프 히틀러가 세계적 독재자로 화해서 제2차 세계대전을 일으키고, 그토록 끔찍한 유태인 대학살을 감행할 줄은 아무도 몰랐다.

네로도 히틀러도 역사의 진행을 가로막은 장본인들이다. 그 여파가 어떠했는가. 이런 사슬에 묶인 이들이 자력으로 그것을 끊은 예는 거의 없다. 그 구제에 타력을 요하는 까닭은 그 때문이다.

이제 한 종단이 거단적으로 전력 투구하여 한 도반을 구해 냈다. 이를 계기로 개혁의 깃발이 물결치고 있다. 장한 일이다. 한국불교 1,600년사에 획기적인 거사가 아닐 수 없다. 젊은 스님들의 그 기개를 높이 사고 싶다.

하지만 무슨 일에 있어서나 유종의 미를 바란다. 끝이 좋아야 좋기 때문이다. 그럴 것이 종단의 막중한 소임을 맡은 이가 이런 덫에 한 번 걸려 놓으면 종단 안팎으로 미치는 그 여파가 어떠한 것인지는 충분히 체험을 했기 때문이다.

스님들의 본분사인 수행에도 얼마나 지장이 큰 것인가는 재론할 필요가 없다. 그러므로 부득이 거리에 나서지 않으면 안 되었던 수좌 스님네들이 다시 수행의 자세로 되돌아갈 수 있도록 그런 상황으로 마무리되는 것, 이것이 유종의 미가 될 것이다.

세상에는 죄 많은 한 여자를 천신만고 끝에 구제하고 난 그 순간에 구원자 자신이 대신 그 덫에 걸리는 그런 사례도 없지 않기 때문이다.

패배자에게 비겁이 따르듯 승리자에게는 항상 오만이 따르기 쉽다. 게다가 우리의 곁에는 세 가지 함정이 여전히 있다. 물론 이런 덫은 방일한 이들에게는 두려움이 된다. 그러나 수행에 여념이 없는 구도자에게는 오히려 공부에 자극이 될 수도 있다.

하지만 출가 입산한 것이 곧 불퇴전(不退轉)의 지위에 이른 것이 아니기 때문에 그런 점에서 염려가 아니되는 것도 아니다. 더욱이 젊은 스님들에 대한 노파심이 없을 수 없다.

하기야 산사에 들어 앉아 있는 것만이 수행이 된다고는 보지 않는다. 그리고 시정에서 도를 얻은 유마거사 같은 분도 비일비재하다. 게다가 산중에만 파묻혀 정진하기에는 종단 일이 너무도 절박한 것이다. 다 이해가 되고 수긍이 간다.

그러나 일단 진화작업이 끝나면 불 끄던 사람들이 돌아가 주어야 타버린 재를 쓸어 치우고, 그 자리를 정리하여 조용히 재건을 도모할 수가 있다. 이것은 일의 질서이기도 하다.

부처님 당시의 세상은 오늘보다 그 상황이 퍽 단순했을 것이다. 우리는 이때보다 훨씬 복잡다단한 사회 속에서 오늘을 살고 있다. 이런 현대구조 속에서 온갖 유혹에도 흔들림이 없이 적연부동한 자세로 정진을 견지해 나간다는 것은 쉬운 일이 아니다.

부처님은 수행하는 일을 밭 갈고 씨 뿌리는 일에 비유하였다. 이런 농경문화는 기원전 6,000년 전부터 오늘까지 계속되고 있다. 오랜 세월을 두고 김을 매어 잡초를 뽑아왔지만 그 잡초는 없어지지 않았다.

우리의 마음밭을 가꾸는 일도 잠시나마 방일한다면 다시 황무지로 변하고 말 것이다. 황무지를 개간하는 일, 그것은 곧 불성을 계발하는 일일 것이다.

옷 속에 보물〔衣內明珠〕을 두고 어찌 밖에서 찾으랴.

대승(大乘)과 남녀평등

치마불교. 우리나라 불교 풍토의 특수성을 잘 표현한 말이다. 여신도를 보살이라 부르는 것도 우리만이 쓰는 독특한 표현이다. 전자를 격하시킨 표현이라고 한다면 후자는 이를 격상시킨 그것이 될 것이다.

치마, 보살. 불교계는 온통 여인천하(女人天下) 같은 느낌도 없지 않다. 사실 이것이 오늘 한국불교의 현실이고, 현장이고, 현주소인지도 모른다.

오늘 이런 현실이 바람직하고 안하고를 말하기에 앞서, 오랜 세월 동안 우리 불교가 이런 치마의 외호(外護)로 지탱해 온 것만은 부인할 수가 없다. 우리나라 불교사상 가장 어려웠던 시대에 그 명맥을 유지하는 데 결정적인 구실을 한 것이 또한 치마였다는 사실도 인정하지 않을 수 없다.

그러고 보면 청신녀들에게 보살이라는 지극히 파격적인 대우를 하게 된 것도 우연한 일은 아닌 것 같다. 물론 그분들이 절에 다니며 보살행을 하는 동안에 저지른 과(過)도 없지는 않을 것이다. 하지만 그것은 공(功)이 있기 위해서는 어쩔 수 없는 불가피한 점이리라.

이것을 또한 다른 각도에서 비추어 볼 때, 한국불교가 얼마나 대승적으로 발달하고 있는가를 알기에 조금도 어렵지 않다. 불경을 통해서 볼 때도 대승경전에는 여인들이 등장한다. 여기 출현하는 여걸(女傑)들은 매우 뛰어난 인물들이다.

『승만경(勝鬘經)』은 승만부인의 이름을 딴 대승경전이다. 인도 사위국 바사익 왕의 딸로 아유사국 왕비가 되었다. 이 경에서 승만부인의 사자후는 삼승(三乘)이 최종적으로는 일승(一乘)으로 돌아가는 여래장 사상으로 유명하다.

역시 대승경전인 『유마경』에서도 천녀(天女)가 등장하여 대보살들과, 십대 제자들과, 유명 거사들과 동등한 지위를 확보한다. 게다가 부처님 제자보다도 도력이 훨씬 높아 그들을 제압하는 대화가 이어지기도 한다. 대승불교의 무차별 평등사상은 남녀에 있어서도 그대로 적용되기 때문이다. 『유마경』 제7 관중생품(觀衆生品)에서 여러 대덕(大德)들이 문수보살과 유마거사의 법담을 듣고 있을 때, 천녀가 신통으로 여러 보살들과 부처님 제자들에게 하늘의 꽃을 뿌렸다. 보살들에게 뿌려진 꽃은 땅에 떨어졌는데 제자들의 옷에는 꽃이 붙어 떨어지지 않았다. 그 이유를 천녀는 사리불(舍利弗)에게, 꽃은 분별이 없는데 인자(仁者)께서 스스로 분별을 내기 때문이라고 하였다.

부처님의 법에 출가해서도 분별이 있다면 그것이 법답지 못한 것이고, 분별이 없다면 그것이 곧 법다운 것이라고 설파.

대화 중에 사리불이 천녀에게, "어째서 여인의 몸을 바꾸지 않느냐"고 물었다.

천녀는 사리불의 그 질문이 당치않다는 듯이, "나는 이 방에 있은 지 열두 해가 되었지만 여자의 모습을 구하여 보아도 마침내 얻지 못하였습니다. 그러니 무엇을 새삼 남자의 몸으로 바꾸겠습니까? 비유하면 환술사(幻術師)가 환술로 여자를 만들어 내는 것과 같습니다. 만약 어떤 사람이 환술로 만든 여자에게 묻기를 '당신은 왜 여자의 몸을 남자의 몸으로 바꾸지 아니하오' 한다면 이 사람의 물음이 정당하다 하겠습니까?" 하고 되물었다.

이에 사리불 존자도, "환술로 만든 것은 일정한 모양이 없습니다. 그러니 무엇을 바꾼다 하겠습니까?" 하고 동감을 표했다.

천녀는 다시 이렇게 따지고 넘어갔다.

"그렇습니다. 일체의 모든 법도 또한 이러해서 일정한 모양이 없습니다. 그런데 무엇을 가지고 여자의 몸을 남자로 바꾼다 하십니까?"

그리고 이 천녀는 신통으로 사리불 존자의 몸을 천녀의 몸이 되게 하고, 천녀는 스스로 사리불이 되었다. 그리고 나서 사리불에게 물었다.

"왜 여자의 몸을 남자의 몸으로 바꾸지 아니합니까?" 하고.

여자의 몸이 된 사리불 존자가, "나는 지금 내 몸이 여자의 몸으로 바뀌어진 줄을 알지 못합니다. 하지만 여자의 몸으로 변해 있군요"라고 대답할 뿐이다.

천녀는 다시 말을 이어 "사리불 존자여, 당신이 만약 여자의 몸을 바꿀 수 있다면 모든 여인들도 여자의 몸을 남자의 몸으로 바꾸게 될 것입니다. 사리불이여, 당신이 여자가 아니면서 여자의 몸을 나타내듯 여인들도 비록 여자의 몸을 지니고 있지만 여자가 아닌 것입니다. 그래서 부처님은 일체의 모든 법이 여자도 아니고 남자도 아니라고 말씀하셨습니다"라고 설명했다.

그리고 즉시 천녀는 신통으로 사리불 존자를 다시 남자로 환원시키고 "여자의 몸이었던 색상(色相)이 지금 어디에 있습니까?"라고 물어 보았다.

이에 사리불은 여자의 모양은 어디에 있는 것도 없는 것도 아니라고 대답했다.

원효스님도 「유심안락도(遊心安樂道)」에서 『무량수경(無量壽經)』의 '여인과 근결자(根缺者 — 남근이 없는 남자)도 극락세계에 왕생하면 여인도 아니고 근결자도 아니다'라는 구절을 인용하여, 그렇기 때문에 여인이나 근결자 같은 사람은 극락세계에 왕생할 수 없다는 뜻이 아니라고 말하고, 극락세계에 왕생한 위제희(韋提希) 부인의 예를 들어 논증하고 있다.

위제희 부인이 극락왕생한 경위는 이러하다.

석존 재세시에 마갈타국의 빔비사라왕의 왕비인 위제희 부인은 아사세 태자의 모후(母后)가 된다. 아사세 태자가 데바닷타와 공모(共謀)하여 한 사람은 왕의 자리를, 한 사람은 부처의 지위를 얻고자 야합하였다.

데바닷타는 감히 삼역죄(三逆罪)를 저지르고 일부의 중도(衆徒)를 자신의 편으로 끌어들이기도 하였다.

아사세 태자는 부왕을 아사(餓死)시킬 목적으로 감금하고 왕위를 찬탈하였다. 이때 위제희 왕비에게만 감방 출입이 허락되었다. 왕비는 한 꾀를 내어, 온몸에 꿀을 발라 알몸으로 감방에 들어가서 왕으로 하여금 이 꿀을 먹게 하여 연명시켜 갔다.

뒤늦게 이 사실을 알게 된 아사세왕은 모후마저 감금시켜 버렸다. 이때에 난감해진 왕비는 석존께 이 사실을 알려 구원을 청했다. 왕비는 극락왕생을 원하고 있었다. 부처님께서는 그 위신력으로 그녀의 원을 받아들여 그 뜻을 성취시켜 주었다.

이것 또한 여인의 신분으로 극락세계에 갈 수 있다는 좋은 실례가 된다.

대승불교란 곧 불교의 혁신을 말한다. 이단(異端)이나 사문난적(斯文亂賊)의 걸림돌이 없는 불교는 공의 사상과 더불어 허공계가 다하도록 뭇 중생이 평등하게 뻗어갈 것이다.

함께 사는 세상의 걸림돌

원수도 사랑해야 하지만, 예외로 그것을 2,000년 동안이나 유보해 온 대상이 있었다. 그것은 원수 이상의 사탄이었기 때문이다. 그러나 얼마 전에 이 예외조항마저 사라지고 신과 사탄과도 악수를 나누게 되었다.

비록 때늦은 감은 없지 않지만 그런 대로 지구촌의 이웃들이 무명의 장막을 열고 밝은 빛을 나누게 되니 너나 없이 역사의 전진을 환호하게 되었다.

불가(佛家)의 입장에서 볼 때는 원래 부처나 중생이나 마구니가 차별이 없어 한가지로 평등한 것이어서 새삼 화해할 필요조차 없다. 이에 비하여 누구와 누가 손을 잡는다는 것은 새삼스런 일일 수밖에 없다.

아무튼 이제까지의 역사는 앞으로도 그렇겠지만 이렇게 전진을 위해 후퇴가 불가피했던 것 같다. 이것이 인류 역사의 진행법칙인지도 모른다. 그러면서 함께 사는 세상을 만들고 있다.

오늘도 여전히 세계 여기저기에서는 포화의 연기가 맑은 하늘을 가리고 있다. 긴 안목으로 볼 때는 일시적인 현상에 지나지 않겠지만, 오늘을 사는 우리로서는 강 건너 불로만 보아 넘기기에는 지구가 너무도 좁은 감이 없지 않다. 더욱이 한반도의 오늘의 문제는 세계 역사의 초점이 되어 가는 느낌이다.

여기에 현주소를 가지고 있는 우리의 입장에서는 역사의식이 없어서가 아니라 당장 발등의 불이라 어느 누구도 우리의 느낌을 대신할 수는 없을 것이다.

깨어진 평화 속에 이 땅에서 살아가기 어제오늘의 일이 아니지만 남한에서만도 백만 명의 죽음을 가져온 6·25, 그 상처는 아직도 우리의 악몽에서 사라지지 않고 있다. 이 현실을 감안할 때 더욱 그렇다.

북한에서 핵(核)을 핵으로 한 문제, 그 문제를 걱정하는 세계의 어느 누구도 이 현장에서 살아 남으려는 우리의 두려움을 대신할 수는 없다. 어찌어찌하다가 지구상에서 우리만이 국토가 양분된 채 이런 어처구니없는 결과를 맞이하게 되었는가.

사람들이 저마다 심어서 거둔다면, 이 쓴 열매도 우리 자신이 뿌린 씨의 소산임에 틀림없다. 이 어마어마한 공업(共業)의 책임, 그것은 바로 우리가 져야 할 힘겨운 짐임에 틀림없다.

결자해지(結者解之). 이에 있어서 문제해결을 위해 힘으로 밀어붙인다는 발상은 원래가 그렇지만 시대착오적인 것임에 틀림없다. 원한은 원한을 낳을 뿐이니까.

부처님 재세시에 중인도 코살라국에 어진 인군 장수왕과 그 이웃 바라나시국에 포악한 초예왕이 있었다.

번영과 평화를 시기하여 초예왕은 장수왕의 나라를 침범하였다. 이때 장수왕은, '전쟁을 한다면 승리를 해도 백성들은 많은 인명과 재산을 잃고 나라는 폐허가 될 것이니, 나만 물러가면 그 화를 면할 수 있다'고 생각했다.

그래서 궁궐을 비우고 산속으로 숨으니, 전쟁은 멈춰지고 초예왕에게 나라를 내주는 결과가 되었다.

그리고 나서도 초예왕은 마음이 불안하여 현상금을 걸고 장수왕의 목을 베어오게 하였다. 산속에서 장수왕은 자기에게 보시를 바라던 한 바라문을 만나, 그의 고사(固辭)에도 불구하고 자기를 성안으로 끌고 가게 하였다.

그때 장수왕은 한 가지 유언을 남겼다.

"짐은 절대로 원한을 품고 죽는 것이 아니며, 도리어 보시를 위해 기꺼이 죽는 것이다. 만약 짐을 위하여 원수를 갚는다면 원한은 원한을 낳을 것이니 짐을 위하여 절대로 복수할 생각을 가져서는 아니 되느니라."

하지만 장수왕의 태자는 자나깨나 일구월심 절치부심으로 부왕을 위한 보복에 불타고 있었다. 산에서 내려와 왕의 신변에 다가갈 기회만을 노리고 있었다. 정원사로, 대신집 요리사로, 궁중 요리사로, 드디어 왕의 시봉으로 발탁되었다. 태자가 두려운 왕은 시봉만 믿고 있었다.

하루는 숲속으로 사냥을 나갔다. 태자는 이 기회를 이용해서 왕을 깊은 산속으로 유인하여 길을 잃게 하였다. 피곤해진 왕은 시종의 무릎을 베고 눕게 되었다. 천재일우의 기회를 얻게 된 태자는 가슴을 두근거리며 칼을 뽑아 왕을 찌르려 하였다. 그 순간에 아버지의 유언이 번개같이 스쳤다. 때마침 왕이 눈을 뜨고 시봉에게,

"불길한 꿈이다. 장생 태자가 나를 죽이려 하여 나는 벌벌 떨고 있었다"고 말했다.

"제가 곁에 있으니 안심하고 주무십시오."

왕은 워낙 피곤에 지쳐서 다시 잠이 들었다.

태자가 다시 칼을 뽑았지만 부왕의 유언이 다시 이를 가로막았다. 왕은 또다시 태자가 자기를 찌르려는 꿈을 꾸고 깨었다. 하지만 곧 다시 잠에 떨어졌다.

세번째 시도에도 부왕의 유언은 그를 용서하지 않았다. 드디어 태자는 칼을 던지고 말았다. 왕은 다시 잠에서 깨어 꿈 이야기를 했다.

"어찌된 연고인고? 이번에는 그 태자가 칼을 던지고 나를 죽이지 않겠다니?"

급기야 태자는 자초지종을 자백했다. 왕도 참회의 눈물을 흘리고 용서를 빌었다. 장수왕의 성자 같은 행위에 비해 자신의 흉악무도한 행위가 엄청나게 대조적임을 실감했다.

초예왕은 바라나시로 돌아와 선정을 베풀고 장생 태자는 코살라국의 후계자가 되어 전쟁을 모르는 이웃나라끼리의 선린관계가 오래 지속되었다.

이런 전설을 오늘에 적용할 통치자는 있기 어렵다. 하지만 전쟁은 언제나 최후의 수단으로써 이전지전(以戰止戰)에 목적이 있을 것이다. 우리의 경우도 이것에서 예외는 되지 않는다.

전쟁은 미연에 방지하는 것이 최선책이라면, 비록 적대관계에 있더라도 상대를 미워하지 않을 것, 여기서 이것이 가장 요긴한 요소가 될 것이다. 왜냐하면 원한은 원한을 낳기 때문이다. 함께 사는 세상의 걸림돌이 바로 이것일는지도 모른다.

항심(恒心)

어떤 아버지가 시집가는 딸에게 말했다.

"내가 너에게 부탁할 말이 하나 있다."

"네, 말씀하세요."

"시집가서 잘하려고 하지 마라."

"아버님, 그러면 잘못하라는 말씀입니까?"

"잘하지도 말라 했는데, 항차 잘못하다니?"

퇴계(退溪)의 문하(門下)가 되기 위하여 선비 두 사람이 더운 복중에 선생을 예방했다. 날이 저물어 저녁에 쉬고 다음 날 아침에 배알(拜謁)하기로 하였다. 한 사람은 날씨가 몹시 더우므로 의관을 풀고 속옷 바람으로 편안히 누워 이내 잠이 들었다. 그러나 한 사람은 의관을 정제하고 땀을 흘리며 늦도록 주역을 읽고 있었다. 퇴계 선생은 시자를 통해 지난 밤 두 사람의 동정을 듣고 나서, 한 사람은 입실을 허락하고 한 사람은 그냥 돌려보내고 말았다.

　이것은 세상에 널리 알려진 일화의 한 토막이다. 앞의 이야기와 뒤의 일화의 공통점은 순일하게 변치 않는 항심(恒心)에 있다.

모파상의 『여자의 일생』 하면 아마 짐작이 가리라. 남작의 무남독녀 쟌느는 부친의 교육방침에 따라 12살 때 수도원에 들어가 5년 간 여자로서의 해야 할 도리를 남김 없이 잘 익혔다.

갈색 머리에 파란 눈, 그리고 핑크색 살결, 헤프지도 인색하지도 않은 미소에, 풍요로운 가슴과 허리의 곡선, 착하고 어진 그녀는 사랑이 두텁고 꿈이 깊은 청순한 요조숙녀가 되었다.

이목구비가 수려하고 기골이 건장한 주리앙이라는 청년이 교구 신부의 주선으로 그녀에게 소개되었다.

그는 자작(子爵)의 신분에 걸맞은 재물도 갖추었다. 하지만 이 허울 좋은 시골 신사는 돈과 정욕에 팔린 수욕(獸慾)적 인간에 지나지 않았다. 코르시카 섬에서 꿈 같은 신혼여행의 순간순간이 주마등처럼 흘러, 그 밀월(蜜月)이 끝날 무렵, 쟌느의 행복도 어느새 바닥이 보이기 시작했다. 돌변한 주리앙의 차가운 태도로 말미암아 두 사람의 사랑은 급격히 식어갔다.

노르망디로 돌아온 그들은 각각 별실을 쓰지 않으면 안 되게 되었다. 가정부 로자리가 주리앙의 아이를 낳게 된 것은 바로 이 무렵이었다. 게다가 쟌느도 자기 몸 속에 주리앙의 선물이 자라고 있음을 느꼈다. 설상가상으로 유일한 버팀목인 친정 어머니가 돌아가시고, 남편 주리앙도 어느 백작부인과의 정사 중에 급사하고 만다. 숨쉴 여유조차 없이 연이어 닥쳐오는 불행에 연약한 여인 쟌느는 슬픔을 가눌 길이 없었다.

세월은 덧없어 아들 폴의 나이 열다섯. 그의 장래를 위해 르아브르 명문학교에 보내 객지에 기숙을 시키게 된다. 낙제 성적에 데이트로 일과를 삼는 폴은 일요일에 집에 오는 것조차 잊은 지 오래다. 그 대신 찾아오는 것은 빚쟁이들이었다. 엄마에게 끌려 집에까지 오게 된 폴은 곧 정부와 같이 런던으로 달아났다. 사업에 손을 댄 폴은 런던에서 파리로, 다시 파리에서 런던으로 전전하는 동안, 실패가 몰고 온 부채만 늘어가고 있었다.

드디어 쟌느는 토지를 팔고 저택을 잡히고 작은 집으로 옮겨 같은 운명에 함께 우는 가정부 로자리와 단둘이 살아야 했다.

아들을 찾아 파리에까지 가서 허행하고 돌아온 쟌느에게 한 통의 편지가 날아왔다. 여자아이를 낳고 산모는 죽어가고 있는데 유모를 구할 돈조차 떨어졌다는 내용이다. 쟌느를 대신하여 파리로 간 로자리는 죽은 산모가 낳은 여자아기만 안고 돌아왔다. 늙은 쟌느는 손녀를 무릎에 앉히고 흔들거리는 마차 속에서 그 귀여운 얼굴에 뽀뽀만 퍼붓고 있었다.

때는 봄, 북풍한설의 모진 겨울도 이제는 다 지나갔는가. 푸릇푸릇한 봄빛 속에 맑게 개인 높은 창공을 제비는 화살처럼 나르고 있었다.

뜻대로 안 되는 것이 세상사다. 쟌느의 기구한 일생을 통하여 우리는 다시 한번 이것을 느끼게 된다.

불행한 인생을 싫어할 수 없듯이 행복만이 인생의 전부가 될 수도 없다. 왜냐하면 우리의 삶에는 행복보다 더 중요한 것이 있기 때문이다. 그것은 불행이든 행복이든 인생을 살아가는 자세, 그것일 것이다.

승리자에게는 교만이 따르기 쉽고, 패배자는 비굴하게 되기 쉽다 하였다. 그렇듯이 불행해지면 사람마저 천박해지기 쉽고 행복할 때는 순간적으로 방자해지기도 한다.

글쎄, 쟌느의 행복해진 모습을 볼 수는 없었지만, 그녀가 불행을 통해 우리에게 보여준 태도는 한결같이 순일무잡한 항심의 세계를 벗어나지 않았다.

『인형의 집』의 로라라면 아마 이런 불행과 비참의 연속 속에서 몇 번이고 수없이 집을 뛰쳐나왔을 것이다. 로라의 삶도 그런 대로 삶의 한 유형은 될 수 있다. 불행하다고 느끼는 순간 남편도 자식도 버린 채 인형의 신세를 떠나 울을 박차고 용감하게 행복을 추구해 보려는 발상. 행복도 역시 인간이 만들어 가는 것이기 때문이다.

하지만 인형의 집을 뛰쳐나온 로라가 그 후 어떻게 되었는지 아무도 모른다. 단지 여성해방의 선구자로서 많은 박수와 갈채를 받은 것만은 확실하다. 쟌느와 로라는 19세기 동시대의 여성 주인공들이다. 같은 서구 작가들에 의해 만들어진 서구 여성의 모델이다. 한 여성은 불행한 주인공이요 한 여자는 행복에 겨운 그런 인물이다.

사람은 불행 속에서도 삶의 의미를 찾을 수 있고, 행복해 보여도 불행하다고 느낄 수 있다. 쟌느와 로라의 경우에서도 우리는 이런 사실을 직감할 수 있다. 이『여자의 일생』에서 로자리의 입을 통해 '인생이란 사람이 생각한 것만큼 좋지도 않고 나쁘지도 않은 것'이라는 결론을 내리고 있다.

한편, '남녀가 사랑을 하고 모자간의 정이 두터워도 두 사람은 결코 마음속 깊이 이해하는 것이 아니다'라는 자신의 체험을 쟌느는 고백하고 있다.

업이 다르고 인연이 같지 않은데 나와 남이 어찌 같을 수가 있으랴. 그런 대로 쟌느는『법구경』의 말씀처럼 자기를 사랑할 줄 알아서 자신을 잘 지켜 왔다.

두려운 인지(人智)의 개발

　루소는 원래 자연상태에서 선량하고 자유로우며 행복했던 인간이 사회가 진보, 발달하면 그 속에서 생활하는 사이에 타락하고 예속되면서 불행해진다고 판단하였다.

　그는 이미 200년 전에 우리를 일깨워준 선지자임에 틀림없다. 그는 '학문과 예술의 진보가 풍습의 순화(醇化)에 공헌하였는가'를 묻는 프랑스 디종 아카데미 현상(懸賞) 논문에서 공헌하지 못한다고 단정하였다. 이 논문은 일등으로 당선되어 세인을 놀라게 했다.

　이것은 바로 문명 자체가 가지고 있는 도덕적 타락의 요소를 지적한 문화부정론이기도 하다. 그는 또 자기의 고향인 제네바에 극장을 세우려 했을 때, 이것을 저지시켰다. 왜냐하면 극장이 생긴 그것만큼 반자연적일 뿐만 아니라, 그만큼 문화의 오염이 촉진되기 때문이라는 것이다. 하지만 파리의 극장 건립은 찬성했다. 그 이유는 파리 같은 대도시는 이미 오염이 심해서 타락한 도시인들의 심성을 그것으로 교화할 필요가 있기 때문이라는 것이다.

　두 세기(世紀) 전만 해도 사람들은 루소의 이런 주창을 그다지 실감하지 못했을 것이다. 아마 오늘날도 학문이나 예술, 그리고 문화라는 그 어마어마한 이름의 위력에 눌려, 또는 학자·예술가·문화인이라는 그 이름의 위세 때문에 그런 것들이 한편으로는 우리 인간의 자연스런 본연의 삶을 얼마나 일그러뜨리고 있는지 아직도 식별하지 못하는 대중 층이 없지 않을 것이다.

더욱이 과학과 기술의 눈부신 발달이 우리의 생활을 편리하고 윤택하게 해 주기 때문에 영리한 현대인들은 그것에 현혹되어 그 이면에서 그것들이 자연을 얼마나 훼손시키고 인간의 정서를 얼마나 타락시키는지 미처 모르고 있었다.

이쯤 되면 문화나 기술이 저돌적으로 달려가던 그 걸음을 일단 멈추고, 이제까지 걸어온 길을 돌이켜 되돌아볼 시기도 되었건만. 그래서 이제는 창조란 이름으로, 과학이란 이름으로, 그간 저질러 놓은 폐단에 대하여 깊이 뼈저린 가책을 느끼고, 방향을 바로잡아 그 흉한 얼룩을 다시 세척해 나갈 일에 힘을 모아 마땅하리라.

원래 그것들은 지구도 하루아침에 파괴시키고 인간마저도 마비시켜 놓는 그런 위력을 가지고 있기 때문에 뜻만 있다면 인간과 자연의 오염을 교정 탈색해 나가는 것도 시간 문제다. 일을 얽혀 놓고, 그것을 다시 풀어가고, 이것이 인간의 역사이기 때문이다. 결자해지(結者解之). 그 책임은 오직 인간에게만 있는 것이다.

사람이 이 매듭을 푸는 날, 집단 수용소에 갇혀 있는 닭 같은 동물들도 거기서 해방이 될 것이다. 하기야 인간 해방이 먼저 앞서야 할 것이지만, 인간이 인간을 억압하는 시대에 동물의 압제 같은 것이 사람의 안중에 있을 리 없다.

하지만 양계장이란 이름으로 뭇 닭들을 집단 수용소에 잡아넣고 강제 노동시켜 온 역사가, 바로 인간이 문화생활을 영위하기 위하여 과학기술을 발전시킨 그 역사와 일치하기 때문이다.

이른바 인간의 문화생활이 얼마나 동물을 학대하여 왔던가. 사람이 이런 반자연적인 삶에서 자연으로 돌아가는 날, 억울하게 사슬에 묶여 희생되어 온 뭇 중생들이 어찌 해방감을 아니 느끼랴.

과학기술이 고도로 발전하기 전만 해도, 닭은 소나 개처럼 가축의 일원으로 주인의 보호하에 제나름의 직분을 충분히 이행하고 있었다. 초저녁에도, 한밤중에도, 새벽에도 어김없이 사람에게 시간을 알려 질서 있는 생활로 규범을 바로잡는 데 일조를 하였다. 그래서 계명성(鷄鳴聲)이란 직책으로 그 지위가 뚜렷했다.

개와 더불어 야간 근무가 끝나면 닭은 홰에서 내려와 그때부터 자유시간이었다. 푸른 들판에서 맑은 공기를 마시고 밝은 햇살을 쐬며 맛있는 먹이를 골라 먹고 신선한 물로 생기를 돋우었다.

비록 일부다처제였지만 질투를 모르고, 알을 낳아 새끼를 까서 오순도순 함께 의좋게 살아왔다. 물론 닭이라고 해서 천적의 두려움이 없었던 것은 아니었다. 하지만 그들은 주인의 보호를 받아 족제비나 살쾡이나 여우같은 것들의 불의의 습격으로부터 비교적 안전한 삶을 누리고 있었다.

그 대신 알을 낳아 바치고, 새끼를 까서 바치고, 필요하다면 자기 몸까지도 아낌없이 봉사하여 최후를 장식하였다. 가축으로서 병들어 죽는 것은 그지없는 불명예이기 때문이다. 이렇게 주인과 가축 간에는 문서 없는 쌍무협정이 맺어져 있는 셈이다.

닭은 원래 생김새가 그러하듯이 벗 하나 두드러지지 못하다. 그래서 못난 체하고, 가축으로서 맡은 바 직분을 성실히 이행하다 갈 때는 미련 없이 육신마저 보시한다. 한 가지, 주어진 먹이 외에 벌레를 잡아 먹는 버릇이 있다. 이것도 알고 보면 푸드체인(Food chain)이란 자연법칙의 일환으로서 과히 자연에 어긋나는 행위는 아닌 것 같다.

이토록 자연에 순응해 살아오던 닭들이 무슨 죄가 있어 집단수용소에 갇혀 자유를 잃고 억압 속에 살아야 하는지, 누구도 도무지 이해가 안 갈 것이다. 고도의 인간의 지혜(?)는 닭도 거룩한 불성이 있건만, 한낱 산란(産卵) 기계로 만들어 버렸다.

한마디로 말해 이것도 인지(人智)의 소산임에 틀림없다. 만물의 영장이라는 거룩한 인간의 존재라면, 그 지혜도 어질고 그 도량도 넓어서 닭처럼 무해유익한 미물쯤 괴롭히지 않고 살아가는 방법도 생각해 낼 법한데.

역지사지(易地思之)란 문자는 곧잘 쓰면서도 남의 입장은 생각하지 못하는 바로 여기에 현대인들의 답답함이 없지 않다. 하기야 현대인들의 독선은 인간 자신들 사이에서도 흔히 있는 일이기 때문에, 미미한 동물을 상대해서야 더 말할 나위가 있으랴.

이런 인간의 이기심은 문물과 제도가 발전하고 기계문명의 발달에 비례해서 깊이를 더하고 폭이 넓어지게 되었다. 작게는 형제 살상에서, 크게는 같은 인류를 집단 살육하는 전쟁으로까지, 이것은 우리가 겪고 있는 사실. 인지의 무모한 개발이 참으로 두렵다.

그럼에도 사람이나 동물이나 뭇 중생들은 예외 없이 살아갈 만한 보람이 있는 귀한 존재들이다. 불성(佛性)이 무명에 가리워져 있다는 이 한 가지 사실을 조만간 자각할 때 마른 풀이 타 버리듯 독선도 이기심도 자취 없이 사라질 것이기 때문이다.

이제까지 우리 인류는 유사이래 너무도 오랫동안 그 해결책을 밖에서 찾아왔다. 하지만 그 해결 방도가 바로 내 안에 있다는 것이 부처님의 가르침이다. 왜냐하면 어떤 문제나 그 발생이 가까이 내 자신의 마음에서 비롯되었기 때문이다.

아쉬운 청빈의 가락

이제 열매를 거두는 계절이다. 가지각색의 곡식과 과실이 질서에 순응하여 유순하게 고개를 숙이고 사람의 손을 기다리고 있다. 봄의 꽃들이 그렇듯이 가을의 결과 또한 형형색색, 모양도 가지가지, 색깔도 다르게 온 대지를 장엄하고 있다.

그간 푸른 초의(草衣)를 걸치고, 뜨거운 햇살과 장마비를 먹으며 우거진 숲속에서 묵묵히 말 없는 가운데 무언가를 꾸준히 준비하여 왔다. 이것은 한결같이 성실하게 가꾸어 온 자기 성장의 과정이었다.

벼나 콩은 그것대로 알차고 야무진 곡식이 되기 위하여, 대추나 밤은 그것대로 허울 좋고 맛있는 과실이 되기 위하여 세심하고 면밀한 작업을 쉬지 않았다.

지금 한창 산야를 수놓는 황국과 단풍들도 그 향기와 색상을 맑고 곱게 가지려 각고 속에서 얼마나 오랫동안 정력을 기울여 왔는지 모른다. 한마디로 이것은 대자연 속 삼라만상의 삶의 모습이다. 삶이란 이토록 진지하고 경이롭고 값진 것이다.

그래서 두두물물이 모두 존엄한 존재들이다. 삶이 진실하기 때문이다. 존엄하면 그 때문에 하나도 비천한 것이 없다.

삶이 아름답다면 쓸모 없는 것은 아무것도 없다. 자기 존재를 유용(有用) 또는 무용(無用)으로 만드는 것은 그 삶의 여하에 달려 있을 뿐이다.

흔하디 흔한 산천의 백 가지 초목들도 명의(名醫)의 눈에는 약초 아닌 것이 없다 한다. 이것들은 모두 참다운 삶을 통한 진리의 표현이기 때문이다. 백초(百草)가 다 약이 될 수 있는 것은 각기 성분이 다르게 자기를 지켜 왔기 때문이다.

이렇듯 쓸모가 있기 위해서는 같지 않아야 한다. 장미와 할미꽃은 다르고 사과와 배는 같지 않다. 남자와 여자가 다르듯이, 너와 나도 같지 않다. 서로 달라야 궁합(宮合)을 맞출 수 있다.

그러므로 우리의 삶이 같을 필요는 없다. 동물이라는 같은 이름으로 불려져도 하나도 같은 것이 없듯이, 사람 역시 그러할 것이다. 자기다워지는 것은 더 중요한 것이니까. 심지어 같은 종족으로 동일한 지역에 살고 불교에 함께 귀의하여 한 분의 스승 밑에 함께 배웠어도 맺은 열매는 각기 다른 것이었다.

부처님의 10대 제자들을 그 예로 들어 마땅할는지 모르겠다.

목련(目蓮)과 함께 외도 2백 50명과 더불어 집단 개종한 사리불(舍利弗) 존자는 남달리 지혜(智慧)에 뛰어났다.

부처님의 설법을 방해하던 신룡(神龍)을 항복 받기도 하고, 석가국을 침략하던 외적을 물리치기도 한 목련 존자는 특히 신통의 힘이 있었다.

불멸(佛滅) 후에 500명의 수행자와 부처님 설법 결집에 남다른 공이 있고, 삼처전심(三處傳心)으로도 잘 알려진 가섭 존자는 두타행(頭陀行)으로, 의식주(衣食住)에 있어 소욕지족(小欲知足)에 특출하였다.

석존 설법 중에 졸기로 유명하던 아나율(阿那律)은 세존의 꾸지람 끝에 상좌불와(常坐不臥)의 가열 정진을 계속, 드디어 실명(失明)하고 그 대신 천안(天眼)을 얻었다.

교화활동 중에 외도들의 비난이나 중상, 박해에 흔들림이 없던 무쟁론주자(無諍論住者)로서 해공(解空) 제일이 된 수보리(須菩提) 존자는 원만유화(圓滿柔和)를 그 주의로 삼았다.

세존과 사주(四柱)가 같은 부루나(富樓那) 존자는 특이한 변재(辯才)로 많은 중생을 교화하여 설법 제일의 위치에 올랐다.

비교적 젊었던 가전연(迦旃延) 존자는 세존도, 사리불도, 목건련도 세상을 떠났을 때 그 뒤를 이어 교단의 중심 인물이 되었다. 서인도(西印度)에서 포교활동을 편 그는 주로 부처님 설법의 의미와 내용을 중생에게 잘 해명하는 그런 능력이 뛰어났다. 그래서 논의(論議) 제일로 손꼽힌다.

우바리(優婆離) 존자는 석가족 궁중 이발사였다. 출가하는 권속들의 삭발을 담당하였다. 그의 출가는 사성평등(四姓平等)의 효시가 된다. 그는 남달리 계율을 엄수하고, 규율 제정에 공도 커 율전 결집의 중심인물이었다. 그것으로 인해 그는 지계(持戒) 제일이 되었다.

끝으로 석존의 아들 라후라(羅睺羅)는 석존도 "나의 제자 중에 라후라는 배우기를 가장 좋아한다"고 할 만큼 배우기에 지칠 줄 몰랐다. 따라서 그의 수행태도는 불언실행(不言實行)에 있었다. 이것을 일러 밀행(密行) 제일이라 부른다. 이것 또한 다른 수행자들이 미치지 못할 만큼 타의 모범이 되었다.

25년 간 시자로서 세존을 모신 아난다는 부처님 설법을 제일 많이 들어 다문제일(多聞第一)로 손꼽는다. 불경 제1차 결집 때 아주 중요한 역할을 했다.

일체종지(一切種智)를 다 구비하신 부처님이 아니고는 그 큰 제자들도 선천적으로 타고난 천부적 재질은 각기 하나밖에 없었다. 그것을 더욱 갈고 닦아 빛낼 줄 알았다. 이것이 수행이다. 그때 교단에서 아름다운 화음을 얻을 수 있었던 것은 희유한 지휘자 밑에 훌륭한 악사들이 뜻을 모았기 때문이다.

누구나 특색 있는 한 가지 능력으로 족한 것이다. 그런 능력이 같을 수는 없다. 그러므로 아무도 누구를 닮을 필요는 없다. 나는 나대로 좋은 것이다. 나는 원래 못난 것도 잘난 것도 아니다.

내가 남의 얼굴을 닮을 수 없듯이, 남도 나를 본뜰 수 없다. 제각기 한 가지 모양, 한 가지 색상, 한 가지 맛으로 족한 것이다. 그러므로 남을 부러워하거나 시기하지 않아도 된다. 그것은 나를 잃어버리는 행위에 불과한 것이다. 자아를 상실하지 않기 위해서 나를 지켜야 한다. 이것은 나를 사랑하는 것이 된다.

한편, 남에게도 그의 것 이외의 것을 바라기는 어렵다. 그가 가지고 있는 것을 요구해야 한다. 피카소는 베토벤이 아니기 때문이다.

그건 그렇고, 요즘 세태는 구미가 매우 단조로워진 것 같다. 모두 달콤한 것을 좋아해서인가? 우리의 그 전통적인 고매한 맛은 잃어가고 한 가지 저속한 맛에만 쏠리는 그런 느낌이 든다.

돈 맛. 너무 지나치게 좋아하는 것 같다. 이웃이 뇌물이나 상납을 받아 축재를 하고, 부실공사로 재미를 본다고 해서 그것까지 닮아간대서야. 돈은 원래 마력을 지니고 있다. 십중팔구는 잡으려다 잡히게 마련이다. 돈 위에는 사람이 드물고, 돈 밑에는 사람이 많은 것은 그 때문일까.

여기저기서 불협화음이 자주 들리는 것도 그 때문이 아닐까. 여러 가락 중에 청빈의 가락은 아주 약하거나 아니면 아예 빠져 버렸으니 그럴 법도 하다.

　이 가을을 위해 우리는 그간 피땀을 흘렸는데, 그 거둔 열매가 쭉정이라면…….

조고각하(照顧脚下)

황희 정승의 삼가(三可). 서로 자기가 옳다고 싸우던 두 하녀가 며칠 뒤에 황(黃) 대감께 머리를 조아리며,

"지난 번 저희들의 잘못을 용서하여 주십시오. 서로 제 잘못은 모르고 상대방 허물만 들추었습니다. 죄송하게 생각하고 깊이 뉘우치고 있습니다"라고 사과하였다.

이에 황 정승은 입가에 잔잔한 미소를 지으며,

"그래 깊이 뉘우친다고? 자기 잘못을 깨달았으니 그보다 더 다행한 일이 없다. 사람은 누구나 자기 잘못은 알기가 어렵고 남의 잘못은 들추기가 쉬운 법이다. 남과 서로 다투어 의가 상하는 것은 바로 그 때문이니라. 무슨 일에 있어서나 먼저 자기부터 돌이켜 볼 줄 알아야 남과의 시비가 없느니라. 이 점을 명심하면 무슨 일이나 원만하게 해결할 수 있을 것이다"라고 조용히 타일렀다.

조고각하(照顧脚下)란 우선 자기 자신부터 살피는 일.

요즈음 우리 주위가 날이 갈수록 어수선해지고 있음은 나만의 느낌이 아닐 것이다. 안에서도 밖에서도, 인재(人災)로 천재(天災)로. 비

록 안에서 일어난 일이며 인재로 인한 것이라 하더라도, 그것이 누구의 탓인지 도무지 갈피를 잡을 수 없다. 이것이 요즈음 세태 풍경이다.

설사 그 불상사를 어느 특정인의 책임으로 돌린다고 해도, 그 일이 시발(始發)부터 종말을 보기까지 하도 많은 사람의 손을 거쳤을 것이기 때문에, 그것으로 우리의 마음이 개운할 수는 없다.

같은 시대를 함께 사는 우리로서 이 땅에서 일어난 일에 나만은 무관하다고 할 수 있을까? 과연 나 자신은 나무랄 데 없이 제대로 살아왔는가. 시민 앞에 민족 앞에 한 점 부끄러움 없이 떳떳이 살고 있는가. 우리 이웃에게 일어나는 모든 일은 좋은 일이건 궂은 일이건 우리 일이기 때문에 그것은 곧 나의 일이 아닐 수 없다.

이런 때일수록 우리에게, 그리고 나 자신에게 회광반조(廻光返照)가 절실히 요구될는지도 모른다.

'너 자신을 알라.'

소크라테스는 자신에게 내려진 독배(毒杯)를 거부하지 않았다. 그는 이방인(異邦人)이 아니라, 바로 같은 아테네 시민의 한 사람이기 때문이다. 그는 아테네를 사랑하고 아테네의 청년들을 사랑했기 때문에, 그리고 독배를 내린 아테네의 법까지도 존중했기 때문에 그 질서를 태연하게 받아들였다.

비록 감옥에 갇혔다고는 하지만 그는 타의에 의하여 죽은 것이 아니고 스스로 자유롭게 택한 죽음이었다. 그는 죽으면서도 함께 살던 아테네와 아테네의 시민을 사랑하고 있었다.

오늘 우리는 굳이 조국이나 동포를 들추지 않아도 된다. 내가 사는 고장이고 내 친구가 있는 고장이다. 굳이 선조나 후손을 들추지 않아도 된다. 내가 태어나고 자라고, 또 늙어가는 고장이다.

이때 이곳에서 일어나는 일이 어찌 나와 무관할 수 있으랴. 이런 내가 모여 사는 우리의 이 땅을 가꾸고 꾸미는 일에 나라고 어찌 등한할 수 있으랴.

그간 우리는 우리의 모든 것을 아끼고 사랑하기에 온 힘을 기울여 왔다. 하지만 우리는 착각 속에 살아왔는지도 모른다. 나를 사랑하는 것이 우리를 사랑한다고 여겨왔기 때문에 우리를 지켜야 나를 지킬 수 있다는 생각은 미처 잊고 있었다.

벼슬하는 사람들도 먼저 나를 위해서 벼슬을 살았다. 이것은 한마디로 우리가 총체적으로 지혜가 모자라는 때문일 것이다. 입신출세가 벼슬의 길이 아님을 바로 알지 못하고 있었다.

이것은 아마 조선조 말기 폐습의 유산이었을 것이다. 초기만 해도 그렇지는 않았다. 역사를 통해 기라성 같은 청백리들의 일화를 우리가 들을 수 있는 것은 바로 이즈음의 일이기 때문이다.

벼슬을 하여 재산을 증식하는 것은 '허가받은 도둑'이라 하여 못내 수치스럽게 여기는 그런 풍습이 있었다. 오늘의 세태와는 너무도 대조적이 아닐 수 없다. 재산을 늘리기는커녕 도리어 집을 줄여 간 관리도 없지 않았다. 벼슬이 한 등급씩 올라가면 그만큼 집을 줄여갔다. 몇 차례 집을 줄여 더 줄일 수 없게 되자 다음에는 전답을 줄여갔다.

부인이 이에 반대하자, "여보 부인, 벼슬하는 남편과 함께 살자면 이런 일쯤은 견디어야 합니다. 설마하니 나라에서 우리를 굶기기야 하겠소"라며 부인을 위로하였다.

어떤 지방 관찰사로 부임했을 때 관례에 따라 산해진미가 밥상에 등장하자, "이곳은 바다가 없는 곳인데 예까지 생선을 가져오자면 얼마나 많은 사람들이 고생을 하겠소. 관리는 백성을 위해 있는 것인데 도리어 백성을 괴롭혀 사욕을 채우다니……. 먹는 것은 이 고장에서

나는 것으로 족할 것이다" 하여 검소한 생활을 몸소 실천하였다.

조선조 중종 때의 사대부 김정국(金正國)의 이야기다.

그가 관찰사를 퇴임하고 떠나갈 때 총재산 목록은 두어 칸짜리 집 한 채, 두어 마지기 논 한 떼기, 책 한 시렁, 그리고 거문고 한 개와 타고 다니는 나귀 한 필이 고작이었다.

친구여,
잘 먹고 잘 살면서 어찌 벼슬을 사는가?
이 방을 보게나.
우리 식구가 눕고도 몇 뼘의 여유가 있으며
저 밭엔 곡식이 자라고 있어 겨울 걱정이 없고
밥그릇엔 아침에 먹다 남은 점심이 있으며
봉급 때면 나라에서 먹을 양식을 주니 염려가 없다네.
집이 있고 땅이 있으며
옷이 있고 방이 있으며
게다가 책과 가야금과 나귀가 있고
나를 걱정해 주는 자네 같은 친구까지 있으니.
아!
이만하면 한 세상 만족하여라.
태평하여라.
내가 태평하면 나라가 태평하고 나라가 태평하면
나 또한 태평한 법.
친구여,
잘 먹고 잘 살면서 어찌 벼슬을 사는가!
아!
이만하면 만족하여라.

태평하여라.

  벼슬 때문에 고생하는 가족을 보고 이를 염려해 준 친구에게 노래
를 지어 응답한 것이다.

새해를 맞는 길목에 서서

지금 새해를 맞는 길목에 섰다. 절후로 보아 동지가 지난 지 열흘이 되었으니 일양(一陽)이 시생(始生)하는 새봄을 맞게 되었다.

송구영신(送舊迎新), 묵은 해를 보내고 새해를 맞아 머지 않아 눈 속에 피어날 매화를 생각하니 움츠렸던 사지가 절로 펴지며 천지에 충만한 새 기운이 이 몸에도 가득히 느껴진다.

추상(秋霜)은 준엄할수록 그 값을 더하고, 풍설(風雪)은 냉혹할수록 그 뜻을 더한다. 국화가 오상고절(傲霜孤節)의 기개가 높은 것도 그 때문이고, 송죽이 독야청청(獨也靑靑) 그 위용을 지키는 것도 그 때문이다. 매화는 냉염(冷艶)한 향기를 뿜기 위하여 한결 차갑고 매서운 한파(寒波)를 기다리는지도 모른다.

소담스런 새봄을 맞기 위하여 가열(苛熱)한 겨울을 겪어야 하듯, 보람찬 새날을 맞기 위하여 냉엄한 자기 비판이 앞서야 하리라. 자기 비판이 준열하면 할수록 그만큼 거듭나는 자기는 더욱 새로울 것이다.

새것이 어찌 새것만으로 홀로 존재할 수 있으랴. 새것은 낡은 것에서 생기고 묵은 것은 새것이 있으므로 그만큼 자기 존재의 보람을 느낄 것이다. 새것과 헌것은 동시에 만들어지기 때문에 선후가 없다. 새것과 헌것 중 어느 하나가 없다면 나머지 하나도 있을 수 없다. 시간은 물처럼 흘러간다. 앞으로 가는 것을 새것이라 하고 뒤에 처진 것을 헌것이라 한다.

현상계에서는 이를 역사라는 이름으로 부른다. 인류의 역사는 기계 문명의 진도에 따라 시간이 갈수록 날로 그 진행 속도가 더욱 빨라지고 있다. 세계 역사의 전환의 길목에 서서 지나온 어제를 생각하고 내일의 향방을 점쳐보니 그 진행의 가속화에 놀라움을 금할 수가 없다.

사물의 빠른 변화를 일러, 주마등(走馬燈)이라 하였다. 이런 낡은 표현과 더불어 낡은 변화도 이제는 가 버렸다. 고속전철시대가 오자마자 그것도 벌써 헌것으로 여겨질 날이 올 것이다. 이런 시간의 도래도 분명 우리의 예측을 앞지를 것이다.

참으로 꿈 같고 환(幻) 같고 물거품이나 그림자 같으며, 이슬이나 번개같지 않을 수 없다. 이것이 오늘 이 시점에서의 세계사의 흐름이다.

벌써 지구는 한 마을이 되고 세계인은 이제 한 시장(市場) 안에서 만나게 되었다. 국경은 효용가치를 잃고 담장은 쓸모가 없게 되었다. 만리장성도 영원히 옛 이야기 속에 파묻힐 것이다.

블록 단위의 시장 속에서 무한경쟁 시대로 급진전하고 있다. 이런 경쟁의 물결 속에 적응 능력을 가진 자만이 살아 남을 수 있는, 적자생존(適者生存)의 시대가 바로 눈앞에 도래했다.

새 역사에 적응하고 주역이 되기 위해서는 오랜 질곡 속에 칩거하던 굼벵이가 그 역겨운 허물을 떨쳐버리고 환희의 매미가 되듯, 이제까지의 관행과 인습을 과감히 제쳐버리고 중생(重生)의 언덕에 이르는 것도 바로 신구가 교차되는 이 순간의 일이다. 하지만 사람은 이런 계제를 당하여 대개는 장애에 부딪쳐 좌절하는 수가 많다.

여러 가지 걸림돌은 언제나 놓여 있다. 그 중에도 선입감은 가장 큰 장해가 된다. 사람에 따라서는 이것을 극복하기가 수미산 넘기보다 더 힘들고, 태평양 건너기보다 더 어려울지 모른다. 천지가 열린 이래 인연따라 익혀온 찌든 습속이기 때문이다.

개구리는 우물 안에서 지켜 온 관행이 있다. 개구리의 천하도 이제는 그 인연이 다하여 무너져 가고 있다. 홀연히 전개되는 넓은 바다, 그 앞에서 당황하지 않을 수 없다. 경천동지(驚天動地)할 미증유의 대사건을 맞이했기 때문이다.

살아남기 위해서는 적응하는 길밖에 달리 노하우는 없다. 이토록 현실은 냉엄한 것이다.

외세를 막던 빗장은 풀렸다. 문패는 붙어 있어도 나만의 집은 이미 아니다. 저쪽에서 먼저 문을 열어젖히고 우리를 부르기 때문이다. 싫든 좋든 세계의 광장에서 함께 살지 않을 수 없다.

누가 그렇게 만든 것이 아니다. 이것은 시운(時運)이다. 인류가 살다보니 예까지 오게 된 것이다. 변화는 언제나 서서히 진행되고 있지만 도습(蹈襲)에 매달려 온 사람에게는 늘 돌연한 것으로 착각하기가 쉽다.

이제 우리가 가진 모든 것뿐만 아니라 우리에게 있는 전부를 세계 시장에 전시하게 되었다. 각 지역에서 생산되는 특산물에서부터 각기 고유한 문물제도, 그리고 종교나 이념, 사람까지도 사고 팔고, 비교하고 교환하여 좋은 것과 나쁜 것을 취사선택하게 된 오늘이다.

악화(惡貨)가 양화를 구축하던 시대는 두 번 다시 오지 않을 것이다. 애국심에 호소하여 국산이란 미명하에 불량품을 떠넘기던 그런 시절도 또한 그럴 것이다. 국제적 시야는 넓고 세계인의 안목은 밝다. 기계와 기술은 양(量)에서 질(質)로 옮아가고 질의 선택은 비단 물건에만 국한된 것이 아니다. 사람의 자유와 행복을 보장해 주는 그런 문물과 제도 역시 선택의 폭은 넓다.

종교나 이념도 더 이상 장막 속에 가두어 둘 수는 없게 되었다. 부실한 것은 도태당해 마땅하다. 그런 점에서 종교의 세계화도 먼 훗날의 일만은 아닐 것이다. 사람이 어떠한 이름의 사슬에도 묶이지 않고 영원히 자유로이 행복을 누릴 수 있는 그런 종교.

물건이나 기술, 그리고 어떤 문물, 제도보다 더 값진 것은 언제나 사람이다. 게다가 훌륭한 물건 뒤에는 반드시 아름다운 사람이 있어야 한다. 이제 우리도 세계인과 당당하게 겨루며 살아가야 하는 세계 시민의 한 사람 한 사람이 되었다.

그러나 우리 물건의 질과 기술을 생각할 때 세계인의 믿음을 살 수 있는 그런 작업 태도가 아쉬운 시점이다. 이런 물건의 질이 곧 인간의 질에서 큰다고 생각할 때, 우리 자신들의 질을 높이는 일이 새해를 맞아 우선 해야 할 일로 여겨진다.

이것이 어찌 어느 사람만의 뜻이겠는가.

문화재에 대한 양식(良識)

세계 각국을 여행하며 우리는 여러 고장의 문물제도를 보게 된다. 오늘의 그런 것이 있기까지 그들의 역사를 손쉽게 볼 수 있는 곳은 그곳 박물관이다. 그들의 문화유산은 그들의 산 역사이기 때문이다. 또 그들이 살아온 발자취와 그 업적을 볼 수 있다. 그들의 선조와 후손들의 사고가 정서와 함께 거기 담겨 있기 때문이다.

우리는 그 문화유산을 통해서 사람이 얼마나 위대한 존재인가를 다시 확인하게 된다. 천고(千古)의 미(美)를 창조하고 있기 때문이다. 창조란 사람만이 할 수 있는 위대한 사업이다.

영국의 대영박물관과 프랑스의 루브르박물관, 그리고 대만의 국립박물관을 우선 손꼽을 수 있다. 시초에는 개인 소장품에 불과했던 대영박물관은 1959년에 발족하여 이름 그대로 세계적인 문화재 전시관이 되었다. 인류문화의 발상지 이집트, 그리스, 중국, 로마를 비롯하여 세계 각처의 대표적인 작품들을 모아 놓고 있다.

비록 그들이 식민지 통치를 거쳐 금전거래로 입수하기도 하고 심지어 무력으로 약탈한 것도 없지 않겠지만, 그런 대로 그것들을 잘 간수해 영구보존함으로써 세계인들에게 공개하고 있는 점은, 지난날 저들의 과(過)를 말하기 전에 그 공을 생각하지 않을 수 없다. 더욱이 동기야 어떠하건 저들의 문화재에 대한 높은 관심은 보는 이들로 하여금 탄복을 자아내게 한다.

프랑스 혁명 후에 역대 왕조들이 간직했던 수장품으로 개관을 보게 된 루브르박물관의 경우도 전자와 유사한 경로를 밟아 온 것은 주지의 사실이다. 이 또한 문화유산을 애호하는 정신은 저들의 전비(前非)를 묻기 전에 높이 평가하고 싶다.

제2차 대전 직후에 프랑스 정부는 독일 장성 한 사람에게 공로훈장을 수여한 일이 있다. 전투가 가열하던 종전에 임박하여 아돌프 히틀러는 파리를 폭파하라는 밀령을 내렸다. 밀령을 받은 이 소령은 목숨을 걸고 그 지엄한 군령에 불복, 폭파를 거부하였던 것이다. 그 장군의 용기도 가상하지만 문화유산을 지키는 일이 목숨보다 더 지중하다는 것을 역사에 명확히 입증하고 있다.

이와 유사한 예를 저 유명한 장개석 총통의 경우에서도 볼 수 있다. 그는 비록 자신의 천하를 잃으면서도 조국의 문화유산만은 잃지 않았던 것이다. 수천 년에 걸친 고귀한 장인들의 피땀이 어리고, 역대 제왕들의 체취가 배인 무가보주(無價寶珠)의 국보들을 추려 높은 파도를 헤치고 저 언덕으로 안전하게 건네 놓은 것이다.

흥망성쇠가 유수하던 저 중원 천지에서 귀중한 문화재들이 이토록 보관되기는 참으로 역사적인 일이 될 것이다. 빈번한 전란 속에 군벌들은 헤쳐 모여를 반복하고, 왕조(王朝)들은 부침을 거듭하는 동안에 국도(國都)마저 바뀌니 문화유적도 그 설 땅을 잃고 말았다. 거센 말발굽 아래 몸조차 피하기가 어려운데 조상의 유산인들 어찌 간직할 겨를이 있었으랴. 그것들은 버려진 채 망각의 세월 속에 긴 잠을 자고 있었다.

돈황의 석굴이 이러했고, 그 석굴 속의 정신문화가 그러했다. 잊혀진 시간 속에 사막의 세찬 바람은 끊임없이 모래를 날라 석굴들을 동산 속에 묻어버렸다. 먼 훗날, 이런 자취를 애타게 찾던 이방인들의 눈에 이것들은 드디어 발견되었던 것이다.

하지만 그 유물들은 버린 사람의 손에는 다시 돌아오지 않았다. 영국인 고고학자 A. 스타인과 프랑스인 P. 페리오에게로 넘어갔다. 찾아낸 것들도 그들의 몫으로 돌아갔다. 무엇이나 아끼고 보존할 줄 아는 자에게만 가질 자격이 주어지는지도 모르겠다. 가질 수 있는 조건은 가질 자격을 구비하는 일에 있을 것이다.

이제 우리도 옛 총독부 건물을 철거하고 박물관을 신축한다는 기대에 부풀어 있다. 그러나 철거와 신축, 이에 못지 않게 중요한 것은 수장품을 옮기어 간수하는 데 있다. 우리의 염려가 기우로 끝났으면 싶다. 문화재란 그만큼 지극히 소중하기 때문이다.

그런데 요즈음 부정부패가 그렇게 많아도 그 방면에는 한동안 잠잠해서 도둑의 양식(良識)도 어지간히 갖추어졌다고 생각했는데……. 그러나 그것도 국사(國師)의 영정에 손을 대다니, 다시 한번 세인을 놀라게 하고 있다. 원래 동서를 막론하고 사원이나 교회 같은 신성한 곳에서는 아무리 값진 물건이라도 도난이란 있을 수 없는 것으로 여겨지고 있다. 그것은 도둑들의 불문율로 되어 있는 까닭이다.

왜냐하면 비록 그런 신성한 장소에서 값나가는 물건을 훔치는 데 성공한다 하더라도 대개는 발각이 되고, 설사 발각이 안 된다고 하더라도 그 과보 때문에 앞으로 그들의 사업상 막대한 지장을 가져오는 그런 사례를 경험하고 있기 때문이다.

그건 그렇고 지옥중생이라도 구제할 수 있는 종교. 이것이 또한 불교가 가지는 특징이기도 하다. 그러므로 우리 존자들 영정이 제자리에 다시 놓여지고, 거기 손을 댄 잘못을 뉘우쳐 참회한다면 성불할 수 있는 열쇠를 다시 얻게 되리라.

인도에 이런 불교설화가 있다.

한 도둑이 법당에 갔다가 불상 앞에 공양 올린 제호를 보고, 밤이 되기를 기다려 그것을 훔쳐먹었다. 그런데 막상 입에 넣고 보니 제호 맛이 아니었다. 불을 켜고 다시 보니 그 제호가 변하여 탄 재로 되어 있었다. 그 순간 도둑은 깜짝 놀라 그 자리에서 자신의 무거운 죄를 깊이 참회하고, 부처님의 가르침에 털끝만큼도 헛됨이 없음을 믿게 되었다. 비록 도둑이었지만 개과천선하여 불법의 진리대로 열심히 수행한 결과 급기야 성불하였다는 이야기가 전한다.

또 우리가 잘 아는 오백 아라한들도 그들이 아라한이란 성인의 대열에 이르기까지는 인생의 부침(浮沈)과 우여곡절 속에 부처님의 자비와 지혜에 힘입은 바 크다. 그리하여 자신들의 무명의 너울을 벗고 광명의 길을 걷게 된 것이다.

어떤 기회라도 사람은 그것을 전화위복으로 만들 수 있다. 차제에 어쩌다 실수를 저지른 저들도 마음이 열려 재생의 기쁨을 찾고, 우리 모두는 문화유산에 대한 경각심을 새로이 하여 소도 찾고 외양간도 보다 튼튼히 고쳐서 이런 불행한 일이 우리 주변에서 아주 사라지기를 바란다.

달라져야 하리라

꽃샘이란 시달림 속에서도 꽃은 피어난다. 그것은 꽃이 겪은 마지막 진통일 것이다. 지난 해 꽃이 지고 나서 다시 새 모습을 드러내기 위해 한동안 인고의 세월을 겪어야 했다. 적설한월(積雪寒月) 속에 엄동설한을 겪어야 했다. 개화(開花)라는 저 언덕을 건너기까지 인욕 바라밀을 성취한 것이다.

모든 자연이 그렇듯이 꽃이 피는 것도 무상(無償)의 행위이다. 청풍명월이 그렇듯이 따로 임자도 없고 치러야 할 값도 없기 때문이다. 그는 또한 무심한 존재이다. 그렇기 때문에 그는 항상 텅 비어 있다.

그래서 동심(童心)의 세계처럼 꽃의 세계도 아름다운지 모른다. 세상이 아무리 혼탁해도 순결을 간직한 세계, 그것은 해맑은 어린이들의 동심일 것이다. 그리고 맑고 향기로운 꽃의 세계일 것이다.

우리가 어린이와 꽃을 좋아하는 까닭이 다른 데 있지 않다. 그들은 모두 그토록 순결하기 때문이다. 이 무구(無垢)한 모습이 자연 본래의 것이다.

이다지 순수하고 순박한 자연 본래의 모습을 우리가 좋아한다는 것은 우리 인간 자신이 원래 청정한 존재이기 때문이다. 하지만 어쩌다 그 고결한 자태를 일그러뜨리고 말았다.

저 언덕에 피어나는 동심의 꽃과 화심(華心)의 세계를 더욱 그리워하는 것은 바로 그 때문인지도 모른다. 고향을 떠난 지 오래된 나그네가 어릴 적 산천을 꿈에 보며 향수에 잠겨 그리워하듯이.

만선(滿船)의 꿈을 안고 집을 떠난 어부들이 예상치 않은 폭풍을 만나, 난파(難破) 속에 흘러가 공교롭게 어떤 인연을 만나 이방인이 되는 수도 있다.

날이 갈수록 고향 생각이 희미해지듯 동심마저 퇴색되어 화사한 꽃을 대해도 웃음을 잃었고, 향기가 코를 스쳐도 불감증이 되었다. 그것은 우리가 돈에 대한 기도(祈禱) 일념이 된 때문인가. 가난에 쪼들렸던 과거의 물질적 환상이 오늘 우리를 이렇게 만들어 놓은 것인가.

무엇을 지나치게 좋아하면 거기에 예속되게 마련이다. 예속은 급기야 그를 노예로 만드는 것이 질서이다. 돈의 노예에게는 돈밖에 보이지 않는다. 금전 제일주의, 돈을 위해서 그는 무엇이나 거리낌없이 해치우는 힘을 가지고 있다.

마약 중독자는 자신의 생명이 마약에 달려 있듯이, 돈의 숭배자는 돈이 곧 자신의 생명인 것이다. 돈을 주인으로 섬기기 때문에 돈을 위해서는 자신도 보이지 않는다. 항차 자기 이외의 사람이 보일 리가 없다. 돈 많은 어버이들의 수난시대가 왔다. 그 어버이는 많은 돈을 벌기 위하여 남에게 폐해는 주지 않았을까.

"내 두 손을 관 밖으로 내어놓아라."

알렉산더 대왕도 이런 유언을 남기고 빈손으로 갔다. 20세에 제왕의 자리에 올라 13년간의 재위기간 동안 세계 역사상 드문 대정복자가 되었다. 그 명성을 후세에 길이 남기기 위해 70개나 되는 도시를 건설하여 자기 이름으로 부르게 했다. 하지만 그가 세상을 뜨자 그 넓은 정벌의 영토는 마케도니아, 시리아, 이집트로 분열되고 만다.

디오게네스와의 해후(邂逅)는 그의 생애에서 지워지지 않는 일화로 남아 있다. 대왕이 느닷없이 그를 찾아왔을 때, 이 철인(哲人)은 마침 일광욕을 즐기고 있었다.

제왕은 그에게 필요한 것이 없느냐고 물었다.

"나는 아무것도 필요한 것이 없습니다. 햇빛이나 가리지 말고 좀 비켜 서 주십시오."

이 철인은 아무것도 구하는 것이 없었다.

그는 맨손만으로도 물을 떠 마실 수 있다는 것을 알았을 때 표주박마저 필요치 않았다. 하지만 그가 필요했던 것은 역시 사람이었다. 사람을 찾기 위해서 대낮에도 등을 켜들고 거리를 누볐다.

그는 행복이란 인간의 자연스러운 욕구를 가장 쉬운 방법으로 충족시켰다. 자연스러운 것은 수치스럽거나 보기 흉한 것이 아니다. 도리어 반자연적인 것이 그렇다 하여 통 속에서의 가난한 삶으로 몸소 자족(自足)과 자락(自樂)을 실천하였다.

철인과 제왕의 만남에서 연상되는 것은 대덕(大德)과 제왕의 상봉이다. 달마스님이 중국 땅에 발을 들여놓기 전에 양나라의 무제는 이미 그 소식을 전해 듣고 있었다. 무제는 이미 인도로부터 건너온 여러 스님들을 만난 일이 있었다. 하지만 이들과는 달리 달마는 희유한 고승인 까닭에 제왕은 친히 마중을 나갔다.

"짐은 여차여차한 공덕을 베풀었거니와 과인이 장차 어떠한 보상을 받을 것 같소?"

제왕으로서의 위엄을 갖추고 초라한 고승에게 첫 질문을 던졌다.

"아무 보상도 없소. 공덕은커녕 일곱번째 지옥에 떨어질 준비나 하시오."

무제에게는 뜻밖의 대답이 아닐 수 없었다.

"짐은 아무것도 잘못한 것이 없는데 어째서 일곱번째 지옥에 떨어져야 합니까?"라고 무제는 반문하였다.

"무한 공덕이 없진 않지만 보상을 바라면 그것이 곧 탐욕이오. 아무리 공덕이 많아도 보상을 생각하고 했다면 지옥을 준비하는 것과 다를 바 없소. 부처님 가르침에 보시를 즐거운 마음으로 한다면 그 행위 자체가 큰 보상이 되는 것이라 하였소."

이 대덕에게는 제왕도 안전에 없었다. 홀홀단신 몸에는 누더기를 걸치고 가진 것이라고는 석장 하나밖에 없었다. 하지만 진리를 말하는 까닭에 그의 위의(威儀)는 당당하였다.

알렉산더가 디오게네스를 만나고 나서, "내가 대왕이 아니었더라면 디오게네스가 되기를 바랐을 것이다"라고 했듯이, 양무제도 달마 대사를 보내고 나서, "아, 짐은 그를 만났으나 알아보지 못했고 대화를 나누었으나 알아듣지 못했도다. 고금을 통해 참으로 한스러운 일이다. 짐은 범부로서 현생(現生)의 복(福)도 얻지 못했고 장차의 인(因)도 저버렸도다. 지나간 일은 돌이킬 수가 없구나!" 이런 아쉬움을 남겼다.

만승천자의 자리에서 문무백관을 거느리고 천하를 호령하는 제왕들이건만 자신들의 권세나 명리가 이 대덕과 현자 앞에서는 얼마나 하찮은 것인가를 단적으로 보여주는 좋은 예라 하겠다.

제왕의 자리에 앉는 것이 인연에 의한 것이라면 우리의 삶도 이 범위를 벗어나지는 못한다. 어떤 자리에 있느냐가 중요한 것이 아니라, 그의 위치가 어떠하건 그 삶이 어떠하냐에 따라 인간은 평가되리라 믿는다.

　날로 더해 가는 비인간화(非人間化)는 우리의 지구가 사막화되고 자연이 오염으로 병들어 가는 것에 비례하여 가속화되어 가는 느낌이 든다.

　지구의 사막화나 자연의 오염이 세계가 지나치게 물질적 만족을 추구함으로써 일어나는 현상이라면, 우리네 비인간화의 병도 그 원인을 찾기가 어렵지 않다.

　이쯤 되면 우리의 삶 자체도 달라져야 한다. 봄이 와서 꽃이 만개하여도 이것을 즐길 줄 모른다면 봄이 봄같지 않고, 곁에서 어린이가 무심히 웃어도 함께 미소할 줄 모른다면 이방인이 고향을 다시 찾기는 더더욱 어려울 것이기 때문이다.

신앙과 보시

자주불교의 기치 아래 개혁불교가 출범한 지 돌이 지났다. 무엇보다도 사회 참여는 괄목할 만한 진전이 있었음을 본다. 대중과 더불어 현실을 일구기 위하여 출가와 재가가 어느 때보다도 한 수레의 두 바퀴로써 그 기능을 다할 기틀을 마련한 한 해였다.

어떤 종교나 그렇겠지만 더욱이 불교는 부처님 당시 인도에서부터 출가자와 재가자는 상의상관(相依相關)의 불가분 관계에 있어 왔다. 특히 불교는 출가자의 수행을 위주로 성립된 종교이기 때문에 재가자의 외호연(外護緣)이 절대적으로 필요하다. 그 때문에 출가한 스님들은 교화사업에 전념할 수가 있었다. 다시 말하면 승가의 교단은 재가자들의 보시(布施)의 기초 위에 세워지게 된다.

우리 불교는 지금 교화의 터전을 넓히고 다양한 사회와 차별적 현실에 골고루 부처님의 광명(光明)의 지혜(智慧)를 펴 가고 있다. 승가 자체의 질적 향상을 위한 교육기관의 확장도 필요하고 사회복지를 위한 시설도 갖추어야 한다. 불교의 역사상 이런 과감한 전진을 위해 거기에 있어야 할 전제조건은 그 뒷받침이다. 이런 점에서 재가신도들의 외호연이 어느 때보다도 힘을 모을 때라고 여겨진다. 그렇다고 세상 걱정을 도맡아 할 수는 없다. 오늘의 불자로서 자기 위치에서 분수에 맞는 일로 족할 것이다.

보시에 관해서 한 경전은 이런 이야기를 전하고 있다.

선인(仙人) 비야사가 부처님께 물은 내용이다.

"보시의 복덕은 사후에 어떤 공덕이 있으며, 부처님 입적 후에 탑에 올리는 공양은 누가 받습니까?"

"남에게 재물을 베풀 때 그 보답이 자기에게 되돌아오는 까닭에 이것을 보시라고 하느니라. 하지만 믿는 마음을 가지고 자기 손으로 직접 베풀 때 진실한 의미의 시주가 된다. 그리고 내가 입적한 후에 탑에 공양하는 공덕도 나에게 직접하는 공덕과 조금도 다름이 없다. 왜냐하면 법신(法身)은 육체를 초월하고 있어 보시를 평등한 마음으로 받기 때문이다. 그리고 보시의 복덕이란 원래 시주를 떠나서 다른 곳에 가는 것이 아니며, 그 공덕은 형태가 없는 것이므로 비록 시주의 육신은 없어져도 복덕은 그림자같이 그를 따라 떠나지 않는 법이다."

더욱이 대승불교는 재가자들의 참여로 교세(敎勢)가 확장되었기 때문에 보시를 빼놓고는 생각할 수 없다. 대승불교에 있어 보살이나 신도들에게 과해지는 실천덕목으로 육바라밀에 보시가 들어 있는 것에서 알 수 있듯이, 보시는 수행상에 꼭 필요한 요목(要目)으로 되어 있다. 보시 자체가 수행이 되기 때문이다.

붓다의 전생담에도 절벽에서 몸을 던져 굶주린 호랑이에게 밥이 되어 준 이야기며, 설산동자로서 나찰에게 도(道)를 듣기 위해 몸을 바치기까지 한 일 등 여러 가지로 보시한 기록들이 있다.

이런 사례는 오직 구도를 위한 보시 행위였다. 진리를 구하기 위하여 자신의 모든 것을 아낌없이 희생하는 정신, 이것이야말로 진정한 의미의 보시라 할 수 있다. 역시 본생담(本生譚)의 하나인 시바왕 이야기는 너무나 유명하다.

하루는 제석천이 왕의 구도심이 매우 지극한 것을 알고 이것을 실험하기 위하여 자기는 매가 되고 신하인 비수갈마는 비둘기로 변신시켰다. 그리고 매가 비둘기를 쫓을 때, 왕의 곁에 가서 숨도록 하였다. 매는 비둘기를 숨겨 준 왕에게 비둘기 대신 왕의 살이라도 내놓으라고 강요하였다.

이때 왕은 가만히 생각에 잠기었다. '이 몸은 언젠가는 죽어서 썩어질 것'이므로 비둘기를 살리고 그 대신 자기의 살을 베어 주기로 결심했다. 살을 아무리 베어 주어도 비둘기의 무게만큼 이르지 못하므로 결국엔 몸 전체를 저울에 올려놓았다. 왕은 다시 생각했다.

'세상에 태어나는 괴로움은 바다와 같이 큰 것이고, 또 지옥의 괴로움에 비하면 이 보시하는 괴로움은 한순간에 지나지 않는 것이다.' 그리고는 신명을 바쳐 즐거운 마음으로 보시했다.

이 순간 대지가 진동하며 천룡팔부와 귀신들이 나타나 왕에게 극진한 찬사를 올렸다. 아울러 매와 비둘기도 본래 모습으로 환원되었다. 왕은 그 어려움 속에서도 살을 베고 피를 흘리면서도 분노하거나 괴로워하지 않고, 오직 구도의 일념에서 마음의 흐트러짐이 없었다. 따라서 왕의 몸도 원상으로 완전히 회복되었다.

우리가 부처님에게 '귀의불 양족존(歸依佛 兩足尊)'하는 것은 부처님은 복(福)과 혜(慧)를 구족한 분이기 때문이다. 부처님이 되기 위해서 오랜 세월을 두고두고 이토록 생명을 바쳐 보시함으로써 복덕을 쌓았으며, 방일함이 없이 수행을 닦아왔다.

아마 부처님도 처음부터 이런 완성의 경지에 이른 것은 아닐 것이다. 오랫동안 차츰차츰 보시를 통해 수행을 습관화해 가는 데서 목숨까지 기꺼이 던지는 그런 무심의 경지에 이르게 되었을 것이다. 천릿길도 한 걸음으로 시작하듯이 육바라밀을 실천해 가는 불자는 오늘을 사는 보람이 그의 평화스런 마음속에 가득할 것이다.

부처님 당시 어떤 부자가 막대한 재산을 남겨둔 채 세상을 떠나고 말았다. 생전에는 조강(糟糠)으로 끼니를 때우고 누더기를 걸치고 나뭇잎으로 지붕을 가린 초라한 마차를 타고 다녔다.

부처님께서 이를 아시고, “자신도 즐기지 못하고, 부모·처자·고용인·친구도 그 재물을 즐기지 못했다. 또 승가에도 보시 한 푼 하지 못했을 것이다. 결국엔 그 재산은 국왕에게 몰수되거나 도둑을 맞거나 불에 타거나 아니면 엉뚱한 상속인에게 빼앗기고 말 것이다”라고 하셨다.

부처님은 재가자들이 결코 궁색하게 살기를 권장한 일이 없다. 오직 낭비를 걱정했을 뿐이다. 그래서 재물이란 벌 때도 정당해야 하지만 바르게 쓰일 때 살아 있는 재산이 된다는 것이다. 모처럼의 귀중한 부(富)를 사장시키는 것은 그 사람의 어리석은 소치일 뿐이다. 그래서 돈은 벌기보다 쓰기가 더 어렵다는 말이 생겼는지도 모른다.

또 다른 경전(經典)에는, “니구타 나무의 종자는 비록 작지만 비옥한 땅에 심으면 거목(巨木)으로 자라서 그 무성한 지엽이 널리 그늘을 만들어 만인에게 혜택을 주듯이, 보시도 불·법·승 삼보(三寶)에게 베풀면 그 복전(福田)이 커서 큰 열매의 과보를 거둘 수 있다”고 전한다.

전수(傳授)할 수 없는 것

　중국의 다문화(茶文化)는 당(唐)대 육우(陸羽)의 『다경(茶經)』을 통해서 알 수 있고, 우리나라의 그것은 아무래도 조선조 초의선사(草衣禪師)의 『동다송(東茶頌)』과 『다신전(茶神傳)』을 통해서 알 수 있다.

　초의선사는 전남 대둔사를 근거로 하여 강진에 유배 중인 다산(茶山) 정약용(丁若鏞)과 제주도에 유형(流刑) 중인 완당(阮堂) 김정희(金正喜)와 교분을 두터이 하면서 소요(逍遙)와 자득(自得)으로 다문화를 발전시켰다.

　아무래도 척불숭유 시대이므로 다도(茶道)도 위축될 수밖에 없었다. 하지만 위의 세 분 대덕들의 인격에 의하여 그나마 다문화가 명맥을 유지하여 올 수 있었다.

　초의스님은 『다경(茶經)』을 인용하여 차에는 아홉 가지 어려움과 네 가지 향이 있어 현묘하게 다루기(有九難四香玄妙用)를 말하고 있다.

　"첫째는 조다(造茶)요, 둘째는 감별이요, 셋째는 그릇이요, 넷째는 불이요, 다섯째는 물이요, 여섯째는 불에 쬐어 굽는 일이요, 일곱째는 가루를 만드는 일이요, 여덟째는 끓이는 일이요, 아홉째는 마시는 일이다.

음습한 날 따서〔採茶〕 밤에 말리는 것은 조(造)가 아니요, 씹어서 맛보거나 냄새를 맡는 것은 별(別)이 아니요, 솥에서 노린내가 나거나 병에서 비린내가 나는 것은 기(器)가 아니요, 진이 나는 나무나 덜 탄 숯은 화(火)가 아니요, 사납게 흐르거나 고인물은 수(水)가 아니요, 겉은 익고 속이 덜 익은 것은 구(炙)가 아니요, 가루가 푸르거나 먼지가 나는 것은 말(末)이 아니요, 서둘거나 휘젓는 것은 자(煮)가 아니요, 여름에는 자주 마시고 겨울에 마시지 않는 것은 음(飮)이 아니니라.”

『만보전서(萬寶全書)』에 차에는 “진향(眞香)·난향(蘭香)·청향(淸香)·순향(純香)이 있다 하였고, 겉과 속이 같은 것이 순향이요, 설익지도 않고 너무 익지도 않은 것이 청향이요, 불기운이 고른 것이 난향이요, 비 오기 전에 싱그러움을 갖춘 것이 진향이니, 이것을 네 가지 향이라 하느니라” 하였다.

그리고 차 마시는 법에 대해서는 『동다송(東茶頌)』에서, “객(客)이 많은즉 시끄럽고, 시끄러운즉 아취(雅趣)가 사라진다. 홀로 마시면 신묘〔神〕하고, 둘이 마시면 뛰어나〔勝〕고, 셋이 마시면 흥취〔趣〕가 있고, 대여섯이 마시면 데면데면〔泛〕해지고, 칠팔인이 마시면 베푸는 것이라” 하였다.

‘항다반사(恒茶飯事)’란 말이 있듯이 차를 마시는 일도 밥먹는 일만큼이나 예사로운 일이다. 하지만 『중용(中庸)』에서도, “사람으로서 마시거나 먹지 않는 이가 없지만 올바로 맛을 아는 이는 드물다(人莫不飮食也 鮮能知味也)”라고 했듯이 차맛을 제대로 음미할 수 있는 이가 그리 많지는 않을 것이다. 설사 그 맛을 안다 해도 사람에 따라 천차만별일 것이다.

비단 차맛에 국한된 것이 아니고, 우리가 일상생활에 있어서도 삶 자체의 그 묘미를 얼마나 알 수 있을까.

차를 식별[茶辨]하는 데 있어 초의선사는 그의 『다신전』에서, "차의 묘미는 조다(造茶)의 정갈스러움과 장다(藏茶)의 적절함과 포법(泡法)의 적당함에 있다. 그 우열(優劣)은 솥의 마땅함에서 비롯되는 것이고, 청탁(淸濁)은 물과 불에 관계가 되고, 향기를 맑게 하려면 솥에 불을 고르게 하되 불을 세게 하면 타고, 불을 약하게 하면 취색(翠色)을 잃고, 불을 오래 때면 너무 익어 버리고, 불이 짧으면 설익는다. 익으면 노랗게 되고, 날[生]로 있으면 몹시 검고, 순(順)하면 달고, 역(逆)하면 떫게 된다. 흰점을 띠는 것은 무방하되, 잘 볶아진 것이 가장 좋은 차가 된다"고 하였다.

게다가 품천(品泉)이라고 하여 물에 대한 설명이 아주 자세하다.

"차는 물의 신(神)이요 물은 차의 체(體)이니, 진수(眞水)가 아니면 그 신기(神氣)가 나타나지 않고, 정다(精茶)가 아니면 그 체를 엿볼 수 없느니라. 산정(山頂)의 샘물은 맑으며 가볍고, 수하(水下)의 샘물은 맑으며 무겁고, 석중(石中)의 샘물은 맑으며 달고, 사중(砂中)의 샘물은 맑고 차며, 토중(土中)의 샘물은 담백하며, 황석(黃石)으로 흐르는 물은 쓸 만하나 청석(靑石)에서 나는 물은 쓰지 않느니라. 유동(流動)하는 물은 안정(安靜)한 물보다 좋고, 그늘의 물은 햇빛을 받은 물보다 좋다. 진수(眞水)는 맛이 없고 향기가 나지 않는 것이다."

『다경(茶經)』에서도 산수(山水)가 제일이고 우물물은 강물보다 더 나쁘다 하였다. 샘물을 구하지 못할 때는 봄에 매우(梅雨)를 받아 뜰에 놓고 별빛과 이슬을 받게 하면 맛이 변하지 않는다 하였다.

위에서 본 조다법(造茶法)을 잘 안다고 해도 훌륭한 차맛을 낼 수 없다는 것은 비단 차에 국한하는 것이 아니리라. 국 맛, 김치 맛 하나도 과학이 미치지 못하는 오랜 숙련 끝에 이루어진 '손대중'에 그 묘미가 들어 있기 때문이다.

『장자(莊子)』외편(外篇)에는 이런 이야기가 있다.

환공(桓公)이 당상(堂上)에서 글을 읽고 있었다. 환공의 마차 바퀴를 만들고 있던 편(扁)이란 장인이 당하(堂下)에서 마차 바퀴를 깎고 있다가, 무슨 생각에서인지 자귀며 끌을 집어 던지고 당위로 올라가서 환공에게 묻기를,

"전하께서 읽고 계신 것은 무슨 내용입니까?"

"성인의 말씀이니라."

"그 성인은 아직 살아 계십니까?"

"벌써 돌아가신 분이시니라."

"그렇다면 전하께서 읽고 계신 책은 옛 사람의 조박(糟粕)으로밖에 생각되지 않습니다."

"과인이 책을 읽고 있는 터에 감히 바퀴장이 주제에 무슨 말을 늘어 놓느냐. 긴요한 말이라면 모르되 그렇지 않다면 내버려두지 않을 것이다."

"황공합니다. 신(臣)은 신의 입장에서 말씀드리는 것이올시다. 바퀴살을 깎는데 천천히 하면 매끄러워 견고하지 못하고, 빨리 깎으면 거칠어서 들어가지가 않습니다. 느리지도 않고 빠르지도 않게 손대중으로 가감하는 것은 마음에 달린 것이지 말로는 할 수가 없는 것입니다. 말로 표현할 수 없는 이치가 그 가운데 있습니다. 그래서 신(臣)은 이 이치를 저의 자식에게도 깨우쳐 줄 수가 없고, 신(臣)의 자식도 저로부터 전수할 수가 없습니다. 그러므로 칠십이 되어서도 늙은 몸이 아직도 이렇게 바퀴장이를 하고 있습니다. 옛 사람들도 역시 말로는 깨우쳐 줄 수가 없어서 기능을 전하지 못하고 죽어 갔습니다. 그런 점으로 미루어 전하께서 읽고 계신 것도 고인(古人)의 조박으로밖에 여겨지지 않습니다."

계율을 지켜야 할 까닭

가르칠 교(敎)자는 아이가 노인을 섬기도록[孝] 손에 회초리를 들고[攴] 곁에서 가르치는 형상이라고 한다.

방임은 자칫하면 좋지 못한 버릇이 몸에 밸 수 있기 때문에 부단한 견제가 있어야 했다. 나쁜 습관을 나중에 바로잡는 일은 그리 쉬운 일이 아니다. 교육이 어려서부터 필요한 까닭이 여기에 있다. 매를 들지 않고 어린이를 양육하는 방법은 확실히 이상적이다. 하지만 힘의 제재를 가하는 것이 효과면에서 현실적으로 필요했기 때문인지도 모른다.

지구촌의 한편에서는 매를 일종의 폭력으로 규정하고 법으로 금지하고 있기도 하다. 하지만 같은 서양 풍습 가운데서도, '매를 아끼면 아이를 버린다'는 속담이 효용성을 발휘하는 그런 곳도 없지는 않다.

어린이 교육에 각별히 관심을 보인 루소는 『에밀』에서 어린이는 가장 순수하게 자연을 간직하고 있으므로, 본래 간직하고 있는 자유와 자연을 지켜 주어야 한다고 했다. 그는 그 자연의 싹을 자유로이 성장시키기 위해서는 사회나 가족의 편견으로부터 보호하고, 주입식 지적편중 교육에서 해방시켜 전인교육을 실시해야 한다고 주장한다.

18세기에 비하여 오늘은 얼마나 더 자연과 인간이 오염되고 있을까. 그 당시 루소는 제네바에서의 극장 설립을 극구 만류하면서도 파리는 적극 권장하였다. 이미 오염된 파리는 그 오염을 치유하기 위해서 극장이 필요했지만 제네바는 오히려 그것 때문에 오염될 우려가 있기 때문이다.

기실 문물제도의 발전과 공해는 정비례하여 온 느낌이 없지 않다. 전례 없이 문화가 발달하고 있다는 오늘, 우리 곁에서 일찍이 볼 수 없었던 파렴치한 인간의 행태가 노골적으로 그 치부를 드러내고 있기 때문이다. 학문과 예술의 발달이 인간성을 순화시키지 못한다는 루소의 단정은 이제 수긍할 수밖에 없을 것 같다. 어쩌면 현대는 문화라는 이름의 모든 것들이 인간에게 공해를 가속화시키고 있는지도 모른다.

그럼에도 우리는 지금 인간으로 돌아가야 할 노력을 너무도 게을리하는 것 같다. 그리고 사람을 만드는 일보다는 물건을 만드는 일에 더 열을 올리고 있음을 본다. 옛 사람들과는 대조적이다. 물론 시대의 탓도 없는 것은 아니지만, 그 때문에 더 중요한 것을 잊어 온 것만은 확실하다. 뒤늦게 알았지만 인간성 부재, 그 해독(害毒)의 여파가 어떤 것인지 이제 그것이 우리 눈앞에 가시화되고 있다.

사람이 모이는 곳에는 쓰레기가 쌓이고, 권력을 가진 자는 치부를 하고, 돈을 만지는 자는 스스로 그 노예가 되고, 철없는 젊은이들은 도박과 술, 그리고 마약과 섹스로 인생을 낭비하고 있다. 물질문화의 충족을 위해 방종하게 살아가는 것을 자유로운 인생이며 행복이라고 생각하는 한 인간의 존엄은 되찾기 힘들 것이다. 여기서 우리는 물질의 해독과 방종적 자유가 사람을 얼마나 병들게 하는지 실감한다.

소란한 원숭이는 사슬로 묶어 안정을 얻게 하고, 꼬불꼬불한 뱀은 대통에 넣어서 바르게 펼 수 있다. 사슬은 원숭이의 조급한 습성을 고치고, 대통은 구부러진 뱀의 모양을 바로잡는 수단이다. 사슬에 묶이고 대통에 갇히는 원숭이와 뱀은 괴로울 것이다. 이 괴로움은 나쁜 습성을 바로잡는 계(戒)임에 틀림없다. 이런 사슬이나 대통과 같은 도구를 사용치 않고는 그 악습을 고칠 방도가 없기 때문이다.

사람 역시 조급한 성질을 고치고 구부러진 습성을 펴기 위해서는 적절한 제약이 가해져야 할 것은 더 말할 나위가 없다. 우리가 계를 지켜감이 필요한 것은 이 때문이다. 이런 교정은 굳기 전일수록 그 효과가 더욱 크다. 어린이 교육을 더 중시하는 이유는 다른 데 있지 않다.

좀 낡은 애기 같지만 우리 선조들은 어린이 교육에 큰 관심을 가지고 네댓 살 때부터 체계적으로 사람으로의 행지(行止)를 가르쳐 왔다. 천자문에서 글자를 배우고 나면 『동몽선습(童蒙先習)』과 『계몽편(啓蒙篇)』, 『동몽수지(童蒙須知)』 같은 것을 배우게 하는 것이 순서였다.

계몽편의 끝부분에 구용(九容)과 구사(九思)라는 것이 있어, 어릴 때부터 사람의 몸가짐을 아홉 가지로 나누어 설명하고, 마음가짐의 아홉 가지를 구분하여 자세히 이르고 있다.

'몸과 마음을 거두어 살핌에 있어서 구용보다 더 절실함이 없다' 하고, '이른바 구용이란 발의 모습은 무겁고[足容重], 손의 모습은 공손하고, 눈의 모습은 단정하고, 입모습은 멈추어 있고[口容止], 음성의 모습은 고요하고, 머리의 모습은 곧고[頭容直], 기의 모습은 엄숙하고[氣肅], 서 있는 모습은 덕스럽고, 얼굴 모습은 장한 것[色容壯]' 이라 하였다.

다음은 구사(九思)에 대하여 '학문에 나가고 지혜를 계발하는 데 구사보다 더 절실한 것이 없다' 하고, '이른바 구사란, 볼 때는 밝은 것을 생각하고〔視思明〕, 들을 때는 총명을 생각하고, 얼굴빛은 온화하기를 생각하고, 말할 때는 성실함을 생각하고, 일에 임해서는 공경스러움을 생각하고, 의심날 때는 묻기를 생각하고, 분할 때는 앞으로 어려움을 생각하고, 이득을 볼 때는 의로움을 생각할 것'이라 하였다.

『동몽수지』에서도 '무릇 어린이의 배움은 옷을 입고 관을 쓰고 신을 신는 일에서 시작하여, 말과 행보(行步)와 그리고 물 뿌리고 먼지를 쓸어 청소하는 일과 글자를 읽고 쓰는 것 등 사소한 일들에 있어서도 마땅히 지켜야 한다'고 전제하고, 다섯 부분으로 나누어 조목조목 구체적으로 타이르고 있다.

첫째, '……사람됨에는 먼저 몸을 단정히 하고 가지런히 해야 한다……. 머리에 두건을 쓸 때, 허리는 옷을 입을 때, 다리는 신과 버선을 신을 때 단단히 매어야 한다. 느슨하게 풀어져 몸가짐이 단정치 못하거나 엄숙하지 못하면 천하게 보인다.'

둘째, 말과 행보에 있어서는 '……모름지기 음성을 낮추고 숨을 가라앉혀 말을 자세히 차근차근하고 소리를 높이거나 실없는 우스갯소리를 하지 말고……', '행보는 방정히 하고 달리거나 뛰거나 머뭇거리지 말며 웃어른의 부름에는 빨리 나가고 느려서는 안 된다……'

셋째, 청소와 정결에 대해서 '거처는 깨끗이 하며 책상은 먼지를 털고 닦아 정결히 하고 책과 붓과 벼루 등 모든 필기구는 똑바로 정리하여 일정한 장소에 놓아 두고, 꺼내 쓴 다음에는 제자리에 가져다 두어야 한다……'

넷째, 책읽기와 글쓰기에 대하여, '……글을 읽을 때는 책상을 정돈하고 책도 가지런히 펴서 책을 정면으로 대하고 글자를 자세히 보고 분명하게 읽는다. …… 억지로 암기하려 들지 마라. 여러 번 많이

읽으면 입에 오르내려 잊지 않게 되느니라.……'

다섯째, 사소한 일에 대해서는 '무릇 자제(子弟)는 일찍 일어나고 늦게 자야 한다.……', '음식은 있으면 먹고 없으면 생각하지 말아야 한다. 다만 죽이든 밥이든 굶주림만 채우면 된다.……'

수많은 내용 중에서 몇 가지만 추렸다. 마치 비구의 250계나 비구니의 350계처럼 구체적인 세목들로 나열되어 있다. 더욱이 산업사회, 정보화시대, 그리고 세계화의 조류 속에 인간성을 잃지 않고 또 잊지 않고 사람답게 살아가기 위해서는 어릴 때부터 이런 교육이 있어야 마땅하리라.

계율을 지켜야 할 까닭이 오늘 더욱 간절하게 느껴진다.

인간 메이커로서의 어머니

북경과 도쿄에서 각각 열린 세계여성단체의 모임에서는 여성의 지위향상과 세계평화 실현을 각기 강조하고 있었다.

제2차 대전이 끝나자 역사의 전환기를 맞아 그간 낡은 제도에 묶여 있던 여성들도 그 관행을 깨고 불평등과 억압으로부터 풀려나게 되었다. 자유의 물결을 타고 여성해방의 목소리는 막혔던 물꼬가 터지듯, 가정에서 직장에서 드높아졌다.

페미니스트의 주장을 빌리면, '여자는 날 때부터 한정된 존재가 아니라 남자와 남자 본위의 사회가 여자를 그렇게 만들었다'는 것, 그러므로 여성이 그 권익을 되찾기 위해서는 남성의 기득권에 도전함이 마땅하다는 것이다.

이들의 주장에 타당성이 없는 것은 아니다. 여성에게 당연히 돌아가야 할 몫까지 남성들이 차지해 온 것이 사실이기 때문이다. 역사도 이것을 서서히 알아차리게 되어 그녀들의 욕구를 충족시켜 주기 위해 여러 가지 배려를 해 오고 있다. 어느새 어떤 지역에서는 남녀간의 권익이 전도되어 '여성 상위시대'가 왔다고도 한다.

마지막에는 상자를 하나 그려주고, "네가 갖고 싶은 양이 이 속에 있다" 하니, 이 어린이는 회심의 미소를 띠며, "이게 바로 내가 갖고 싶던 그림이야. 양이 잠이 들었군!" 하는 것이다.

생텍스의 말처럼 우리 어른들도 속물화되기 전에는 사물의 본질을 꿰뚫어 볼 수도 있었고, 이심전심으로 경계에 걸림 없이 살았으련만. 뱃속에 코끼리가 들어 있는 보아 구렁이를 모자로 착각하는 것은 사물의 본질을 보지 못하기 때문이다.

이와 같이 사물의 실상을 보지 못하기 때문에 현상을 피상적으로 관찰할 뿐이다. 그래서 질보다 양을 좋아하여 숫자(數字) 개념으로 세계를 이해하고자 한다.

친구의 목소리가 어떻고, 무슨 놀이를 좋아하고, 취미가 무엇인가를 알려고 하기보다는 나이가 얼마며, 형제가 몇이고, 체중이 어느 정도며, 수입이 얼마나 되는가를 알고 싶어한다.

이 책에서도 그런 비즈니스맨이 등장한다. 허공에 있는 별을 세기에 여념이 없다. '5억 1백6십2만 2천7백31' 하며 숨을 가누지 못한다.

이것은 산업사회에 있어 대표적인 예가 될 것이다. 이 장사꾼은 천문학적 숫자를 세고 또 세며 장부에 적어두고, 관리하는 데 영일이 없다. 이런 일에 충실하기 때문에 스스로를 성실하다고 자부하고 있는 것이다. 소유욕의 대표라 할 수 있다.

한편 여기에 등장하는 전제군주는 온 우주의 제왕을 자처하고 있다. 비록 신하는 한 사람도 없지만, 우주의 일월성신에게 명령할 수 있는 권력을 가지고 있기 때문이다. 그 명령에는 항상 조건이 전제되어야 한다. 해가 지도록 명령하려면 저녁 7시 40분이라는 조건이 갖추어져야 한다.

허영쟁이에게는 자기를 찬미해 주는 숭배자만큼 고마운 사람이 없도쿄의 여성 모임에서도 한 지성은 평화를 위한 여성의 역할을 강조하면서, '가정의 부모들은 자녀들에게 품위와 존경과 책임과 근면 같은 기본적 가치관을 가르쳐야 한다'고 역설한다.

이 모임에서 '참된 가정과 나'라는 주제가 많은 이들에게 갈채를 받게 되었다는 것은, 이제까지 여권론자들이 소원히 해왔던 '안으로의 응시'의 참모습을 알게 되었다고도 볼 수 있다. 이런 점에서 세계 여권운동도 역사적 전환점에 접어든 것 같다.

'인종과 종교와 지역 간의 이해관계를 초월할 수 있는 지혜와 희생정신을 갖고 있는 여성들은 이상가정 실현과 세계평화 건설에 앞장설 것'을 한 관계자는 주장하며, '여성들은 마치 태양이 지구를 감싸 주고 있듯이 사랑과 인내, 그리고 용서하는 마음을 본래부터 타고났다'고 여성이 지닌 힘의 무한한 가능을 시사하기도 하였다.

아무튼 밖으로 향하여 남자를 추종하기보다는 여자에게는 인간 메이커로서의 숭고한 임무가 따로 있지 않을까. 역사적으로도 큰 인물 뒤에는 위대한 어머니가 있었음을 누구나 알 수 있다. 그것은 옛 사람들이 아들 못지 않게 딸을 가르치는 데도 소홀함이 없었기 때문이다. 그래서 위대한 어머니가 만들어진 것이다.

그러나 불행하게도 교육이 균등치 않았다. 위대한 어머니의 수가 적은 것은 그 때문이기도 할 것이다.

일은 거기서 끝나지 않는다. 어머니가 되고도 자기 한 몸조차 가누지 못한다면 거느린 자식들을 어떻게 이끌어갈 수 있으랴. 그런 어머니는 그런 아들, 그런 딸을 만들어 갔을 것이다. 그 딸의 아들딸도, 그 아들의 아들딸도 그 어머니의 유전을 면할 길이 없다.

개천에서 용이 나는 수도 없지는 않았다. 그것은 어디까지나 돌연변이에 한정된 것이다. 옛 사람의 글에도 이를 염려한 기록들이 있다.

'지금의 군자를 살펴보면 한갓 아내를 거느리지 못하면 안 된다는 것과, 위의(威儀)를 정제하지 못하면 안 된다는 것만은 알고 있었다. 그런 까닭에 남자만을 가르쳐서 글로써 몸을 단속하게 할 뿐이며, 특히 여자가 남편을 잘 섬기지 않으면 안 된다는 것에 대해서는 알지 못하고 있었다. 그리하여 다만 남자만을 가르치고 여자는 가르치지 않으니 이는 또한 피차에 헤아림이 부족한 때문이다.'

『예기(禮記)』에 '8세가 되면 비로소 글을 가르치고, 15세가 되면 학문에 뜻을 둔다고 했는데, 어찌해서 여기에 따라서 법을 삼으려고 하지 않는가(소현왕후 한씨의 「內訓」에서)'라는 말이 있다.

또 불경에서도 『장부경전(長部經典)』의 이름으로 전하는 남녀 관계에 대해 이런 말씀이 있다.

'남편이 아내에게 봉사해야 하는 다섯 가지가 열거되고 있다. 첫째는 아내를 존경해야 하고, 둘째는 아내를 업신여겨서는 안 되며, 셋째는 남편으로서 탈선행위를 해서는 안 된다. 넷째는 아내에게 권위를 세워주고, 다섯째는 아름다운 보석의 장식품을 선물해야 한다.'

아내가 남편을 섬기는 내용도 이에 상응하는 것이겠으나 보석을 선물하는 조항은 보이지 않는다. 앞의 내훈(內訓) 가운데 남녀와 부부에 관한 내용 중에서,

'음양의 성질이 다르듯 남녀의 행동이 다를 것이다. 양은 강(剛)하고 음은 유(柔)하다. 양은 강한 것을 덕으로 삼고 음은 유한 것을 용(用)으로 삼는다. 남자는 강한 것을 귀하게 여기고 여자는 약한 것을 아름답게 여긴다. 이 때문에 아들을 이리처럼 낳고도 허약할까 염려하고, 딸은 쥐처럼 낳고도 호랑이 같을까 걱정한다'는 내용도 있다.

요즈음은 인간 메이커로서의 어머니 상이 더욱 절실하게 느껴진다.

한정의 초월

생텍쥐페리의 『어린왕자』는 세계 시민들이 애독하는 작품이다.

보아 구렁이가 코끼리를 통째로 삼키고, 그것을 소화하기 위하여 꼼짝 않고 여섯 달 동안 잠을 잔다. 이것을 데생으로 그려 놓으면 표면상으로는 중절모자 같다.

영리해 보이는 어른들도 이 그림을 모자로밖에 보지 못한다. 오직 어린 왕자만이 겉으로 보고도 구렁이 뱃속에 코끼리가 들어 있는 것을 안다. 이 어린 왕자를 생텍스는 사막에서 만난다. 노선 비행사인 그는 사하라 사막에 불시착하여 죽느냐 사느냐 하는 한계상황에 부딪힌다.

해가 뜰 무렵, 생텍스는 이상한 조그만 목소리를 듣고 잠이 깬다. 어린 왕자는 다짜고짜로 양을 한 마리 그려달라고 보채는 것이다. 그림을 그릴 줄 모른다고 거절해 보았지만, 그래도 괜찮으니 기어코 양 한 마리를 그려내라는 것이다.

하지만 처음에 그려 준 양은 병이 들었다 하고, 두번째 그린 양은 숫양이어서 싫다 하고, 그리고 세번째 것은 너무 늙었다는 것이다.

마지막에는 상자를 하나 들추어 주고, "네가 갖고 싶은 양이 이 속에 있다" 하니, 이 어린이는 회심의 미소를 띠며, "이게 바로 내가 갖고 싶던 그림이야. 양이 잠이 들었군!" 하는 것이다.

생텍스의 말처럼 우리 어른들도 속물화되기 전에는 사물의 본질을 꿰뚫어 볼 수도 있었고, 이심전심으로 경계에 걸림 없이 살았으련만. 뱃속에 코끼리가 들어 있는 보아 구렁이를 모자로 착각하는 것은 사물의 본질을 보지 못하기 때문이다.

이와 같이 사물의 실상을 보지 못하기 때문에 현상을 피상적으로 관찰할 뿐이다. 그래서 질보다 양을 좋아하여 숫자(數字) 개념으로 세계를 이해하고자 한다.

친구의 목소리가 어떻고, 무슨 놀이를 좋아하고, 취미가 무엇인가를 알려고 하기보다는 나이가 얼마며, 형제가 몇이고, 체중이 어느 정도며, 수입이 얼마나 되는가를 알고 싶어한다.

이 책에서도 그런 비즈니스맨이 등장한다. 허공에 있는 별을 세기에 여념이 없다. '5억 1백6십2만 2천7백31' 하며 숨을 가누지 못한다.

이것은 산업사회에 있어 대표적인 예가 될 것이다. 이 장사꾼은 천문학적 숫자를 세고 또 세며 장부에 적어두고, 관리하는 데 영일이 없다. 이런 일에 충실하기 때문에 스스로를 성실하다고 자부하고 있는 것이다. 소유욕의 대표라 할 수 있다.

한편 여기에 등장하는 전제군주는 온 우주의 제왕을 자처하고 있다. 비록 신하는 한 사람도 없지만, 우주의 일월성신에게 명령할 수 있는 권력을 가지고 있기 때문이다. 그 명령에는 항상 조건이 전제되어야 한다. 해가 지도록 명령하려면 저녁 7시 40분이라는 조건이 갖추어져야 한다.

허영쟁이에게는 자기를 찬미해 주는 숭배자만큼 고마운 사람이 없다. 찬미자가 박수 갈채를 보낼 때, 이에 답례하기 위하여 모자를 늘 쓰고 있어야 한다. 누구라도 그에게 박수를 치면 자동적으로 모자를 벗고 공손히 절을 하게 되어 있다.

그의 귀에는 오직 칭찬만이 들릴 뿐이다. 숭배한다는 것은 이 별에서 가장 잘 생기고, 옷을 가장 잘 입고, 돈이 제일 많고, 제일 똑똑하다는 것을 인정받는 것으로 생각하고 있다.

선재동자가 53선지식을 순방한 것처럼 어린 왕자는 여러 이상야릇한 인물들을 찾아다닌다. 그 중에는 알코올 리스트도 들어 있다. 처음에는 사람이 술을 마시고, 다음에 술이 술을 마시고, 나중에는 술이 사람을 마시듯이, 사람이 술에 먹히는 것은 창피한 일이다. 이 창피한 것을 잊기 위하여 또 술을 마신다. 이것이 술 중독자의 생리다.

이들은 모두 그 무엇에 사로잡힌 인물이다. 소유욕, 권력, 그리고 허영에, 또는 술이라는 한정에 묶여 자유를 잃고 있는 군상들이다.

위의 몇 가지 실례는 전형적인 예가 되겠지만 일반적으로 누구나 다소 정도의 차이는 있으나 이런 경향에 속해 있다.

마치 누에가 자신의 자유를 누리기 위하여 집을 짓지만 결과적으로 그 속에 갇히듯, 무엇에 집착하는 한 그 한정 속에 묶이고 만다.

앞에서 언급했던 빈 상자를 통해 양 한 마리를 주고받을 때, 비좁은 한정을 벗어나는 자유를 상호간에 누릴 수 있으리라. 주는 쪽에서는 무한히 아름다운 양을 줄 수 있고, 받는 쪽도 자기가 생각하는 만큼의 것을 거기서 얻어낼 수 있기 때문이다.

선종(禪宗)에 있어서 불립문자·교외별전을 강조하고, 이심전심을 통해 진리를 얻는 수단으로 삼는 것은 진리 전달의 한계를 초월하여 자재를 한껏 누리기 위함이다. 불교 자체가 한계를 초월한 가르침이라는 것은 부처님 자신이 능력의 한계를 초월해 있기 때문이다.

'천상천하에 부처님 같은 분은 다시없고, 시방세계에도 역시 비교할 분이 없으며, 세간에 있는 것을 다 보아도 부처님 같은 분은 없도다.'

불법(佛法)은 또한 유정(有情)·무정(無情)을 초월해 있다. 무정설법에서 우리는 이것을 이해한다. 일색일향(一色一香)이 중도(中道) 아님이 없다 한다. 산색(山色)과 화향(花香)이 또한 불법(佛法) 아님이 없다 한다.

'계성(溪聲)은 곧 이것이 광장설(廣長說)이며, 산색(山色)이 어찌 청정신(淸淨身)이 아니랴. 엊저녁부터 들려오는 팔만 사천의 게송들, 후일 남에게 어떻게 설명하면 좋을까.'

소동파가 무정설법을 듣고 깨달아 그 개오의 심경을 읊은 게송이다.

사철 한결같이 흐르는 물소리도, 말 없이 그 위용을 갖추고 철따라 옷을 갈아입는 뫼도 광대무변한 우주의 진리를 표현하고 있어 부처의 법문 아님이 없고, 부처의 웅자(雄姿) 아님이 없다. 자연 속에서 묘용을 드러내는 진흙 속의 연꽃이나 눈 속의 매화도 또한 부처의 가르침이 아닐 수 없다.

어쩌면 이런 자연의 진실이 문자로 표현하고 있는 팔만대장경보다도 진리의 한정을 초월하고 있는지 모른다. 마치 문학의 한정된 표현을 음악과 미술이 대신 초월하듯이.

밀교(密敎)의 경(經)·율(律)·논(論)이 문장을 통해서보다 도화(圖畵)를 통해 우리에게 더욱 직감을 준다는 것을 아는 이는 알 것이다.

불상이나 닫집, 만다라와 법구(法具), 그리고 단청 같은 미술이 발달되고 범패 같은 음악이 이루어져야 하는 까닭을 짐작할 수 있다. 대자연의 무정설법처럼 깨달음에 더욱 효과적인 암시를 주기 위해 온갖 만다라를 생각할 수 있다.

　절집의 외형에 있어서도 형과 색이 갖춰져야 하는 것은, 법당 안이 그래야 하는 것과 마찬가지로 국한된 말의 세계를 초월해서 부처의 세계, 깨달음의 세계를 직접적으로 나타내고 있음이다.

　진언은 경(經)과 소(疏)를 은밀하게 비장하고 있고, 도화(圖畵)를 빌리면 상전(相傳)이 더욱 용이하다고 이른다.

수행과 자유

생사(生死)가 다 같이 큰 일이라지만 실제 겪어 보면 더욱 쉬운 일이 아닌 것을 안다. 대부분의 경우 나고 죽는 것이 자의로 이루어지지 못하고 본의 아니게 생멸에 끌려 다니기 때문이다.

대부분 짐승의 경우 먹이를 찾아 뛰고, 새가 모이를 구해 나르며, 물고기는 밥을 쫓아 헤엄치듯 사람 역시 이런 범주를 크게 벗어나지 못한다.

짐승처럼 사람에게 있어서도 무엇을 구해 움직이는 것은 나면서부터 본능인지도 모른다.

힘이 세고 욕심이 더 많은 사람은 맹수처럼 포악하기도 해서 역사상 징기스칸이나 알렉산더처럼 큰 발톱자국을 남겨 놓기도 한다. 하지만 공자나 소크라테스 같은 분들은 비교적 유연해서 우리에게 차분히 사는 무엇을 일러주기도 한다.

어쨌든 산다는 첫째 조건은 움직이는 일이다. 자의든 타의든 가만있을 수도 없고 그냥 있어서도 안 된다.

이 세상은 움직이는 질서로 마련되어 있다. 무엇을 위해 어떻게 움직이느냐 하는 것만이 문제다.

움직이는 과정은 생로병사의 큰 테두리 안에 있다. 이 과정은 우리의 뜻과 일치하는 것은 아니다. 여기에 인생이 나면서부터의 비극이 잉태되어 있다.

왕후장상의 복을 누려도, 부귀영화를 타고나도, 그 속에는 행과 불행이 엇갈리는 소용돌이가 끊이지 않기 때문이다. 세간에 몸을 받아 생을 누린다는 그 자체가 탐착의 씨앗에서 온 것이다. 우리에게 탐착이 있는 한 무생(無生)의 자격은 상실하고 만다.

괴로움을 여의기 위해서는 두 번 다시 이 세상에 태어나지 말아야 하나 태어난다는 것과 행복은 상반될 수밖에 없는가. 아무리 부귀를 많이 누려도 아무리 다재다능해도 행복과는 꼭 일치하지 않는다. 거듭 말하거니와 부귀영화·다재다능, 그 속에 행과 불행은 항상 공존하고 있기 때문이다.

수행, 그것은 그 때문에 필요한 것이다. 이 세상의 괴로움을 두 번 다시 밟지 않기 위하여 온갖 번뇌로부터의 해방, 그것이 바로 수행의 목적이다.

이 생에 대한 미련과 집착이 없다면 우리를 구속할 아무것도 없다. 삶에 대한 애착, 지난날에 대한 향수, 두고두고 못 잊는 추억, 이 모든 것은 나를 묶는 동아줄이다. 끔찍한 감옥이다. 마음의 해탈을 얻는 것은 곧 감옥에서 풀려나는 일이다. 수행의 목표가 바로 이 해탈에 있다.

이 생에서 요욕락(五欲樂)을 추구한다는 그것 역시 사슬을 구하는 것과 다름이 없다. 괴로움보다 더 지독한 집착이 되기 때문에 어느 것이나 윤회의 씨앗이 되기는 마찬가지다. 그 때문에 출가가 필요했다. 삭발을 하고, 분소의(糞掃衣)를 걸치고, 걸식을 하고, 잠을 절제하고, 그리고 정진을 하고, 이런 수행이 끝도 없고 한도 없이 계속된다.

눈에 띄는 것에 탐착해서는 안 되고, 귀로 듣는 것을 즐겨서도 안 된다. 먹는 음식에 맛을 들여도 안 되고, 나의 소유를 고집해서도 안 된다. 고통에 부딪혀도 슬퍼해서는 안 되며, 두려움을 만나도 무서워해서는 안 된다. 후회하지도 말고 게으르지도 말아야 한다. 마을 사람과 친히 사귀어도, 이익을 추구해도, 교만해도, 비굴해도 안 된다.

집착을 버리고 번뇌에서 벗어나기 위하여 수행의 덕목으로 이런 점들을 생활로 이어가야 한다. 하지만 본래 성불이라면 이런 설명 자체가 군더더기에 불과한 것이다.

원래 번뇌라는 것도 없다고 생각할 때 해탈이 필요할 리 없다. 원래 없는 번뇌를 있다고 생각하는 자체가 범부의 착각인지도 모른다. 그런 착각에 사로잡히지 않는 한 번뇌는 있을 수 없는 것. 그것이 있다고 우려하는 그 자체가 범부의 소행일 수도 있다. 하지만 자재로운 경지를 발휘하지 못하는 거기에 속박이 있기 때문에 벗어날 필요를 느끼게 된다.

사실 우리는 대개의 경우 이유 없이 자유를 잃어버리고 산다. 몸은 비록 묶여 있지 않아도 보이지 않는 무엇에 끌려 항상 망설이고 있다. 앞으로 나가지도 못하고 뒤로 물러서지도 못하고, 이리 걸리고 저리 걸려 하지도 안 하지도 못한다.

남보다 앞서면 금세 교만해지고 남에게 뒤지면 금세 비굴해진다. 많이 가진 이를 보면 시기심이 생기고, 가난한 사람을 대하면 동정심이 인다. 지위의 높고 낮은 것이 무엇이기에 가지고 못 가진 것이 어떻다고 나의 맘이 그토록 흔들릴까.

'제법부동 본래적(諸法不動 本來寂)'이라 하였는데 우리의 마음이 간단 없이 흔들리는 한 자유를 누리기가 어렵다. 이것은 오랜 관행과 인습 때문일 것이다. 홀로 서지를 못하고 무엇에 잡혀 있다. 기존의 지식과 세속적 판단에 잡혀 있다. 이런 기존의 모든 것을 떨어버릴 때, 아무것도 가진 것 없이 비워진다.

수행이란 케케묵은 때를 깨끗이 쓸어버리는 일이다. 그러기 위해 기존의 모든 것을 일단 거부할 필요가 있다. 과감히 부정해 버려야 한다. 몸의 출가만으로는 부족하다. 마음의 출가가 앞서야 함을 강조한다. 출가 후에도 타성에 젖어 있다면 다시 구정물은 스며들게 마련이다. 거듭거듭 출가가 필요한 것은 그 때문이다.

몸이 세간에 있을 수밖에 없는 이는 마음의 출가로 대신해야 한다. 어떤 출가든 출가는 냉혹한 것이다. 겨울이 차가우면 봄의 매화가 그만큼 더 향기롭듯이 출가가 매몰차면 그만큼 도(道)의 향기도 높으리라.

구질구질한 세간살이를 깨끗이 정리할 때, 텅빈 방은 그만큼 시원하다. 그러나 이내 또 먼지가 낄 것이다. 우리의 찌든 관습은 하도 모질기 때문에 밤을 새워 지키지 않으면 실효를 거두기 힘드니까. 영원히 행복을 누리는 해탈의 문을 들어서기 위하여 이토록 비정한 기존 세계와의 단절을 감행하는 것이다. 우리가 원하는 모든 것이 거기에 있다. 양(量)으로도 질(質)로도 다함이 없고 부족함이 없는.

우리의 상상을 초월한 그런 것이 있다. 우리가 일찍이 본 일이 없고, 맡은 일이 없으며, 맛본 일도 없고, 만져 본 일도 없으며, 생각해 본 일도 없는 그런 것이다. 한마디로 불가사의한 그런 것이다. 우리가 부처의 말씀을 믿는 한 그것은 진실이다. 그것을 해탈이라고도 한다. 원력(願力) 수행에서 오는 자유, 바로 그것이다.

오욕(五欲)이라는 것

우리 불자들은 성불이라는 장원(長遠)한 이상을 가지고 수행을 하지만, 그 앞에는 오욕(五欲)이라는 방해물이 항상 가로놓여 있다. 이것을 물리치기 위해서는 일상생활 속에서 그때그때 마음을 조복시켜 나가는 것이 바로 질서라고 생각된다.

재가자들의 경우는 더욱 그러하다. 식욕·성욕·재욕·명예욕, 그리고 수면욕이 그것이다. 한편 이것들은 우리의 일상적인 삶에 없어서는 안 될 꼭 필요한 것이기도 하다. 그럼에도 불구하고 이를 욕심으로 규정하고 경계하고 있는 까닭은 무엇인가.

이것들은 사람이 가장 기호(嗜好)하는 기본적인 것이다. 바로 그것들은 누구나 기호하는 것이고 또 삶과 불가분의 관계에 있기 때문에 그만큼 그것에 애착을 갖기 쉬운 것이다.

일반적으로 사람은 삶에 애착이 강렬해서, 삶의 기본조건이 되는 이 다섯 가지에도 애착을 갖지 않기가 어렵다. 그 가운데서 식욕은 삶에 있어 가장 중요한 것이다. 그래서 이식위천(以食爲天)이라고까지 한다. 절제하기도 다른 네 가지에 비해 더욱 쉽지 않다. 오관게(五觀

偈)에도 '마음을 지켜 지나친 탐욕이 일어나지 않도록 해야 한다'는 구절이 들어 있다. 음식의 탐착을 경계하는 내용이다.

몸의 욕구를 만족시켜 준다면 욕심을 길러 주는 결과가 된다. 식욕의 절제를 위해 마음의 고삐를 당기려는 것이다. 입〔口〕에 맡기지 않고 머리가 항상 감시를 게을리하지 않아야 하는 것도 그 때문이다. 식사를 앞에 놓고 그때그때 세심한 경계를 기울이는 것, 그것이 바로 수행이 아닐까.

오관게의 의미가 여기에 있다. 고삐를 놓아주면 망아지는 언제나 지체없이 채마밭으로 달려가기 때문이다. 풍족한 사람은 여유가 많아서 오관게가 필요하고, 가난한 사람은 허기가 져 있어서 또한 그러하다.

세존 당시 코살라국은 큰 나라였다. 그 나라의 왕 파세나디도 부처님에게 귀의하여 가르침을 받고 있었다. 그럼에도 식욕 때문에 오관게가 필요했던 것 같다.

이 왕은 항상 포식을 하지 않으면 만족을 느끼지 못했다. 그래서 식후에는 늘 식곤증으로 괴로움을 겪고 있었다. 하루는 부처님께서 왕궁을 방문하시고 왕의 식곤증을 목도하게 되었다.

이에 세존께서는 그 왕을 위해, '식사를 절제하면 고통도 적고, 수명도 길어지고, 늙음도 더디 온다'는 게송을 지어 주어 이것을 왕의 식사 때마다 시자로 하여금 수라상 앞에서 읊게 하였다는 이야기가 있다.

성욕도 그 자체는 동물적인 존재가 그것의 종족 번식을 위해 이용할 때 정상적인 것이다. 사람의 경우 그것을 쾌락으로 애용하게 되면서부터 과욕으로까지 이르게 된 것. 성적 쾌락을 만끽하기 위해 가지가지의 수단과 방법을 생각해 내자, 드디어 그 한계는 무너지게 되었다.

처음에는 그것 역시 없어서는 안 될 삶의 한 요건임은 물론이었다. 하지만 성욕도 그 기호(嗜好)에 매료되어 우리의 마음이 그것에 끌리게 되면서부터 사람 스스로가 그것에 예속되어 갔다.

우리가 무엇에 예속되어질 때 마음은 완전히 그것에 사로잡히게 된다. 사로잡힌다는 것은 그것에 포로가 됨을 의미한다. 포로의 지경에 이르면 속박을 면치 못한다.

마음이 무엇에 묶이면, 몸이 무엇에 매이는 것보다 한결 더 괴롭다. 비록 몸이 사슬에 얽히어 있더라도 마음이 풀어져 있다면 그만큼 한가롭지만, 몸은 홀로 있어도 마음이 무엇에 집착되어 있다면 마음은 말할 것도 없고 몸조차 여유를 잃고 만다. 이런 사실을 알아차린 어떤 군자는 신혼 초에 신방 출입을 몇 번하고는 가뭄에 콩 나듯이 그 빈도를 줄여 갔다는 일화가 있다. 이것이 소인과 다른 점인지 모른다.

그래서 고인(古人)들은 '재물과 여색은 그 재앙이 독사보다 심하니 몸을 살펴 그른 줄을 알아서 모름지기 항상 그것을 멀리 여의라'고 하였다. 또 '몸을 해치는 기틀은 여색보다 더한 것이 없다'고도 하였다.

현대는 물질 만능시대. 그 대신 마음을 잃어가는 시대이다. 돈이면 무엇이나 사욕(邪慾)을 채울 수 있으니까. 그러므로 가치 기준은 재화에 달려 있다.

『한산시집(寒山詩集)』에 '재물이 많으면 도리어 나에게 해롭고, 그것을 나누면 곧 복이 되지만 혼자 가지면 재앙이 생긴다'라고 하였다. 재물도 역시 자체가 나쁘고 좋은 것은 아니다. 과욕의 소치로 한 사람이 그것을 독점할 때, 소유자를 파탄으로 몰고 간 예는 드물지 않다.

'구두쇠가 즐겨 재물을 긁어모으는 것은 올빼미가 새끼를 귀여워하는 것과 같다. 그 새끼가 커지면 어미를 잡아먹는다’는 속담도 있고, ‘눈이 쌓이면 길이 안 보이듯이, 사람도 재물이 쌓이면 길이 안 보인다’는 말도 있다.

한 가지 욕망이 충족되면 다른 욕망으로 번져 가서 그 한계를 모르게 되는 것이 본성이다. 욕망 중에서 물욕보다 더한 것이 명예욕이다. 물욕에 끌리는 것은 불명예스럽다고 생각하지만 명예에 끌리는 것은 오히려 다행으로 여긴다. 불명예를 천시하는 까닭에 도리어 명예를 존중하는 경향도 없지 않다.

명예란 대개의 경우 다른 사람의 평가를 그 기준으로 삼기 때문에 남의 시선에 좌우되기 쉽다. 그러므로 남에게 잘 보여야 하는 대상으로 떠오르게 마련이다. 자연 자기에 대한 남의 관심에 모든 초점을 맞추려 한다.

힘이 있는 사람은 힘을 이용하며, 돈이 있는 사람은 돈을 이용하여 명예를 얻고자 하고 유지하려 하며 더 높이고자 한다. 이것도 그 내막을 알고 보면 자기 처신이 남의 시선 밑에 달려 있다.

타인의 평가에 따라 자신의 값이 오르고 내리고 하는 것은 마치 물건값이 시세에 따라 오르내리는 것과 비슷하다. 이런 명예욕을 가진 사람이 가장 좋아하는 것은 남이 자기를 위하여 보내 주는 박수 갈채 그것이다.

박수를 많이 받으면 기쁘고 못 받으면 서글퍼진다. 이것은 박수에 예속이 되는 것이다. 심한 경우 그 종으로 전락하게 되면 그것 역시 자유를 잃는다. 이래서 명예욕도 역시 고통이 따르게 마련이다.

『유교경(遺敎經)』에 ‘수면에 빠져 일생을 헛되이 보내어 잃는 바가 없지 않도록 하라. 무상(無常)의 불꽃이 온 세상을 소진시키고 있음을 잊지 말고 스스로 구원을 얻도록 하라. 그러니 수면을 삼가라. 온갖 번뇌의 적은 항상 사람을 죽이려 노리고 있음이 원가(怨家)보다 심하다. 어찌 가위 잠에 묻혀 스스로 깨닫지 못하느냐'라 하였다.

수행자에게 있어서 잠은 방일과 다름이 없다. 물이 흐르듯 세월은 가는데 꿈속에서 아무 보람 없이 취생몽사한다면, 사람으로 태어나 불법(佛法)을 만난 보람이 무엇인가. 잠이란 이토록 사람을 허무하게 늙고 병들게 만드는 것이다. 그래서 일찍부터 잠을 수마(睡魔)라 하였다.

석가 세존이 아난을 데리고 만유(漫遊)하실 때, 저 멀리서 양치기가 양을 데리고 역겨운 장난을 하고 있었다. 아난이 이 장면을 보고 부처님 앞에 낯을 붉히었다. 세존께서 이것을 알아차리시고, "그냥 두어라, 그래도 낮잠 자는 것보다는 낫느니라" 하셨다.

낮잠은 말할 것도 없지만, 그만큼 수면욕이란 나쁜 짓거리보다 더 나쁘다는 뜻으로 해석될 수가 있다. 공자의 경우에도 『논어』에 수면의 과욕을 가장 경계한 구절이 있다. 그 때문에 지나친 잠은 사람이 할 수 있는 일 중에서 가장 저질(低質)의 행위로 여겨지고 있다.

매향(梅香)

봄비 갠 아츰에 잠 깨어 니러보니
반개화봉(半開花封)이 다토아 피는고야
춘조(春鳥)도 춘홍을 못이귀어 노래춤을 하느냐.

하 오랫동안 가물던 끝에 포근히 비가 내리니 인심도 그러려니와 메말랐던 산하대지에도 자못 윤기가 흐르기 시작했다. 삭풍이 모질게 불던 공산한천(空山寒天) 아래서 수목은 그 잎을 잃고 추위에 떨었으며, 벌레나 짐승들도 어디론가 그 자취를 감추었고, 사람 또한 한칩(寒蟄) 속에 잠겼다.

이제 다시 양춘가절을 맞아 초목도 애애(藹藹)하고 사람도 애애(靄靄)하게 그 화기의 은덕을 다시 구가하게 되었다.

꽃가지는 물이 올라 그 봉오리가 바야흐로 터질 듯 부풀었고, 땅속에 은거하던 개구리도 음산한 지옥을 떠나 고향을 다시 찾게 되었다. 천지운행의 질서를 따라 그간의 무료한 세월을 지나서 해방의 환희를 맞으니 대자연의 장엄한 위세를 다시금 깨닫게 된다. 한동안의 권태가 순간에 사라지고, 소생의 기쁨을 만끽하게 되니 이토록 장엄한 삶의 보람을 아니 느낄 수가 없다.

삼동을 지나 햇빛 앞에 기지개를 켜는 형상, 그것을 봄〔春〕이라 하는가. 아무튼 봄은 따사로워 사람과 물건을 경직에서 풀어놓고 있다.

한기 속에 산산이 흩어졌던 모든 것이 이제 다시 제자리를 찾아 모여들고 있다. 봄은 이완의 계절이기 때문이다. 흩어지고 모여들고, 긴장과 이완은 물리적인 법칙이며, 곧 자연의 원리이기도 하다.

북풍이 부음(訃音)처럼 들린다면 남풍은 소생의 기쁨을 전해준다. 화신(花信)은 언제나 남풍을 타고 온다.

조춘만화(早春萬花)가 다투어 달려오고 있다. 산을 넘고 물을 건너 숨가쁘게 바람을 타고 날아온다. 그 중에서 매화는 언제나 선구자의 구실을 다한다. 아직 눈이 쌓여 있어도, 얼음이 깔려 있어도 의연한 자세, 그래서 그 자태를 가리켜 설백빙자(雪魄氷姿)라 하는가.

뿐만 아니라 그 고고하고 강인한 태도에 외경(畏敬)을 아니 가질 수 없다. 백수의 왕인들 눈 쌓인 달밤에 홀로 서 있을 수 있으랴. 눈 날리는 차가운 하늘 아래서 그 인면(忍勉)이 어떠할 것인가. 감히 무엇을 한월(寒月)을 짝하여 홀로 견디는 그 고고한 자세에 비길 수 있으랴. 그 긍지와 자존(自尊) 또한 누가 감히 따를 수 있으랴. 게다가 눈 속에 향기를 토하고 얼음 속에서 고움을 간직하매, 이 역시 설향빙염(雪享氷艶)이라 할 만하다.

그것은 누구를 위하여 있는 것이 아니다. 무엇 때문에 존재하는 것도 아니다. 그것은 그것대로 그냥 있는 것이다. 그렇기 때문에 우리는 이 설중군자(雪中君子)를 대할 때, 더욱 경건하고 엄숙한 자세가 되지 않을 수 없다.

어쩌면 우리는 이런 군자를 대할 때 어떤 거리감을 가질지도 모른다. 그가 우리와는 너무도 이질적이기 때문이다. 그런 느낌은 우리의 일상 삶이 그것에 비하여 너무도 비굴하고 천박하기 때문이 아닐까. 그렇지만 그것은 우리와 더불어 있어 주는 아주 정겨운 물건이다. 그것은 우리 곁에 있고 우리 눈앞에 있고, 우리의 창가에 부담 없이 친하고 있다.

사람에 따라 매화를 차가운 것으로 착각할지도 모른다. 그것은 매화의 존재 의미를 모르기 때문이다. 봄이 다가오기를 고대하는 사람에게 그것은 그렇게 다정할 수가 없다. 봄을 제일 먼저 가져온다는 점에서도 인간끼리 체온을 잃었을 때 무엇인가를 일러주고 싶기 때문인지도 모른다. 더울 때 시원한 것을 그리워하듯이, 그것은 겨울이 지루할 때 우리가 무엇을 원하는지 잘 알고 있다.

우리는 모두 봄을 가지려고 매화를 기다린다. 하지만 매화가 피기 때문에 봄이 오는 것은 아니다. 봄이 오면 매화는 절로 피는 것이 아닌가. 매화가 보고 싶고, 그 향기가 그리우면 인간끼리의 체온을 통해서도 봄은 만들 수가 있다. 인간의 체온이 항상 유지될 때, 우리들 서로의 삶도 봄을 가질 수 있을 테니까.

매화에 얽힌 김홍도의 일화는 자못 흥미롭다.

그의 이름이 아직 세상에 알려지지 않고 벼슬에도 오르지 못했을 때, 그는 끼니 걱정을 해야 할 만큼 가난하게 살았다. 하지만 그는 술을 좋아해서 의기가 상통하는 벗을 만나면 두주(斗酒)도 불사할 정도였다.

하루는 저잣거리에 나가 참새가 방앗간 들르듯 주막을 찾아 친구들과 어울려 한 잔 술에 도연(陶然)해졌다. 그런데 돌아오는 길목에 팔려고 내다 놓은 매화나무 한 그루를 우연히 목격하게 되었다. 황혼이 짙을 무렵 어떤 취객이 매화나무를 보고 첫눈에 반한 듯, 사방으로 몸을 돌려 막 피어나는 봉오리에 시선을 떼지 않고 마냥 지켜보고 있는 것이 아닌가.

나무 장수도 파장으로 돌아가야 할 판인데 객(客)을 쫓을 수도 없어 난감한 형편이었다.

"이거, 파는 거요?"

"네, 팔려고 가지고 왔소이다."

"얼마요?"

"이천 냥요."

이천 냥 소리에 김 화백은 깜짝 놀랐다. 사실 나무 주인도 무턱대고 불러본 값이다. 행색을 보아하니, 이 꽃나무를 좋아하는 것은 분명한데 아무래도 그것을 사 갈 위인 같지는 않아서였다. 날이 저물어 객이 발길을 돌리니, 나무 장수도 별 싱거운 사람을 다 만났다는 듯 시무룩해서 막을 내렸다.

단원은 그 후 며칠 동안 뒤주에 쌀 떨어진 걱정은 아니하고 매화를 두고 온 것이 못내 아쉬웠다. 그러던 차에 마침, 그림 한 폭 그려 달라는 사람이 찾아왔다.

"그래, 얼마나 주겠소."

"한 삼천 냥 드리죠."

화백은 귀가 번쩍 뜨이었다. 사실 평소 같으면 그림 값을 흥정하는 일도 없거니와 적건 많건 주는 대로 받아 넣고 나서, 양식 살 생각보다는 술 빚 값을 계산을 먼저 하게 된다.

속설에 일찍부터 주색(酒色)이라 하여 술과 색은 불가분의 관계에 있었음을 전하고 있다. 그러나 단원(檀園)만은 술을 좋아하되 색(色) 대신 설백(雪魄)을 택했다.

단원 같은 주객이 주극난운(酒極亂雲) 속에서도 자신의 냉염(冷艶)

한 기품을 잃지 않고, 화백으로서 무애자재하게 살아간 것은 여색 대
신에 설리청향(雪裏淸香)을 즐겼기 때문이 아닐까.

자연은 진리의 모습

그늘이 그리운 계절이다. 길손은 따가운 햇볕을 피하여 녹음을 찾는다. 야화방초(野花芳草)가 총총한데 백조(白鳥)는 노래하고 봉접은 춤을 춘다. 춤이 있어 노래가 한결 구성지고, 노래가 있어 춤이 더욱 흥겹다. 자연의 질서는 이렇게 격에 어울려 멋에 취할 수가 있다.

천지의 조화(造化)는 이토록 아름다운 것. 또 우주의 무궁한 만상(萬象)은 이다지 상서로운 것이다. 대자연의 조화(調和)에 순응할 때, 비록 미물(微物)이라 하더라도 그 소분(所分)에 따라 나름대로 삶이 행복한 것이다.

벌, 나비 같은 곤충들도 오늘의 해방을 만끽하기 위해 그간의 참담한 질곡을 견디어야 했다. 삶에 의미를 주어 그 여명(黎明)을 맞이하기 위해 나름대로 짧지 않은 세월 속에서 긴긴 밤을 지내야 했다.

자유란 그만한 대가를 치르기에 족한 그 무엇이 있다고 믿기 때문이다. 우리 사람도 나는 새와 흐르는 물처럼 원래는 그랬을 것이다. 허공을 오가는 구름처럼 막힘도, 걸림도 없었을 것이고, 청산같이 말없고, 명월처럼 밝게, 청풍인 양 시원하게 그랬을 것이다. 하지만 어쩌다 아차 하는 순간순간에 허욕에 끌려 이제는 돌이키기 어려운 벼랑에 서게 되었다.

본래 있던 자유를 새삼 갈구해야 하는 것은 어느 사이에 그것을 상실했기 때문이다. 낙원을 상실하고 그것을 되찾으려는 노력은 가상타 하겠지만, 그 노하우를 제대로 몰라 천방지축 이리저리 헤매는 거기에 인간의 비극이 있다.

궤도를 이탈하여 탈선 속에 살아온 관행이 이미 우리의 골수까지 사무쳤다. 주위 환경도 이런 인습의 벽을 겹겹이 이루어 거기서 빠져 나오기가 쉽지 않다.

오랜 시간 해묵은 매듭을 풀기 위해 수많은 식자(識者)들이 힘을 다해 보았지만 찾아 나선 그 사람마저 수렁에 빠져 가고 있다. 왜냐하면 물속에 빠진 보배를 찾기 위하여 물을 자꾸 휘저어 놓고 있기 때문이다. 우리의 시야를 가리는 것은 바로 흐려진 물.

잃어버린 동기도 그러했듯이 찾는 이도 역시 구하는 생각이 앞선다면 그만큼 더 어려워질 것이다. 그러기에 잃어버린 보배를 되찾으려면 구하는 생각부터 버려야 할 것이 아닌가. 이제까지 우리는 너무 많은 것을 구해왔다. 되찾기 위하여 이제는 버려야 한다. 하지만 버리는 일도 그리 쉬운 것은 아니다. 어쩌면 구하던 일보다 더 어려울 수도 있다. 버리려 해도 뜻대로 버려지지가 않기 때문이다. 애초에는 즐거워 구했을지 모르지만 이제는 버려지지 않는 데에 괴로움이 있다.

처음부터 구하려고 애쓰지 않았더라면 나중에 버리려고 고생하지 않아도 될 것인데. 자유를 방해하는 것은 가지고 싶을 때 가지지 못하는 그것보다는 버리고 싶을 때 버려지지 않는 거기에 더 큰 어려움이 있다. 세상 사람은 구하고자 하는 것이 구해지지 않을 때 괴로움이 있는 것은 누구나 알고 있지만, 버리고자 할 때 버려지지 않는 거기에 괴로움이 있다는 것은 별로 알지 못한다.

구하는 것은 언제나 버릴 때가 있다. 만나는 기쁨에는 헤어지는 슬픔이 있듯이 올 때는 가야 할 서운함이 뒤따른다. 나고 죽는 것이 그렇듯, 모든 것은 인연소생인 까닭이다.

우리는 항상 만족한다고 느끼기보다는 부족하다고 느끼기 쉽다. 구하는 버릇은 여기에서 온다. 그래서 우리는 행복하기보다 불행하다고 느낀다. 불행을 느끼는 사람은 행복해지기 어렵다. 적은 것보다 많은 것을 원하고, 작은 것보다 큰 것을 원한다. 많으면 소중하지 않다. 희소가치가 없으니까. 우리를 행복하게 하는 것은 창검(槍劍)만이 아니다. 그것이 아무리 커도 바늘이 필요할 때 그것을 대신할 수는 없다.

장미가 아무리 호화찬란해도 제비꽃의 특이성을 대신할 수는 없다. 세 칸 초옥〔三間草屋〕의 초부(樵夫)가 재벌 총수를 부러워하지 않을 때, 그의 참다운 행복은 거기 있을 것이다.

기화이초(奇花異草)는 나름대로 모두 행복한 존재들이다. 그 까닭의 하나는 우선 서로가 같지 않기 때문이다. 기이하기 때문에 귀중한 존재이며, 다르기 때문에 희귀하다. 개성이 있고, 독자성이 있고, 특이성이 있어 모두 대등한 관계가 성립된다. 이래서 평등하고 그 때문에 자유롭다.

오늘같이 외화내빈(外華內貧)의 시대는 그 원흉이 물질임은 더 말할 것도 없다. 돈을 제왕처럼 섬기는 시대가 되었다. 화려한 외부경계에 팔리기 때문에 그만큼 우리의 골은 흐리게 된다.

호화주택, 고급 승용차, 첨단패션, 기골이 장대한 남자나 교염월태(嬌艶月態)의 여자에게 우리의 마음은 늘 사로잡혀 있다. 게다가 물질의 과잉생산은 시민들을 과소비의 동물로 전락시키고 있다. 이렇게 물질에 예속되는 한 사물의 실상에는 자연 맹목이 될 수밖에 없다.

외부세계에 끄달리며 환상을 쫓아 헤매는 허수아비, 관념적 상상 속에 맴돌고 있는 인형.

시야를 지나가는 사물로 인해 무엇이나 비교·분별하는 환상에 빠진다. 비교만큼 우리의 마음을 들뜨게 하는 것은 다시없다. 무엇에도 만족할 수 없기 때문이다. 지족(知足)은 그때 그곳에서 그것으로 한정시키지 않는다면 이루어지기 어렵다. 보다 좋은 것을 찾아 달리는 동안 불만은 연속부절 다시 불만을 낳아간다.

행복하게 살 수 있는 최대 비결은 바로 만족할 줄 아는 거기에 있다. 사물이 있고 없고에 만족이 있지 않고, 만족할 줄 알고 모르고에 있기 때문이다. 그래서 행복은 밖에 있지 않고 안에 있다고 했다.

내가 가지고 있는 물건이 많고 적고에서 행복을 찾으려면 행복은 영원히 구할 수가 없다. 많다는 것은 영원히 채워질 수가 없으니까. 자연이 진리의 모습이라면 작위적(作爲的)인 것은 진리와 어긋날 수밖에 없다. 부처님의 가르침에는 작위적인 것은 아무것도 없다. 사람이 그것을 알건 모르건 진리는 이 우주 속에 있고 진리 속에 우주는 존재한다. 우리의 진정한 자유는 자연과 일치할 때, 바로 거기에 있다.

무작위(無作爲)의 표정, 그것은 진리이며 곧 자연의 얼굴이다. 멋대로의 천박한 분별심을 버리고 자연의 호흡과 일치할 때 우리는 곧 불법 안에 사는 것이다. 진리는 빛도 없고 모양도 없으나, 자연을 통해 그 상(相)을 나타내고 있을 뿐이다. 그리고 모든 것을 초월해 있다. 부처와 조사까지도, 더욱이 세속의 선악과 시비는 더 말할 나위가 없다.

누구나 한 가지 병도 없기를 바란다. 그러나 그 소망이 이루어졌을 때, 교만과 방탕이 더 큰 불행을 가져올 수 있다는 것은 생각지 않는다. 그래서 고인(古人)들이 일병장수(一病長壽)라 하였고, 병고를 양약으로 삼으라 하였을 것이다.

송광사의 하룻밤

지난번 보조국사 종재를 맞아 유서 깊은 송광사에서 비록 1박2일의 길지 않은 시간이었지만, 보살계 수계법회에 동참하여 제방의 덕 높은 스님들의 귀중한 법문을 듣게 된 것은 천금과 바꿀 수 없는 드문 기회였다. 복잡한 생활 속에 분주한 나날을 보내고 있는 도시인에게는 더욱 그렇다.

요즈음은 자연뿐만 아니라 우리의 삶 자체가 갈수록 여러 가지 오염으로 심화되어, 우리의 정서도 그만큼 거칠어져 가고 있는 실정이다. 차제에 고요한 산사를 찾아 몸과 마음을 잠시나마 쉬어 본다는 것은 그것만으로도 얼마나 값진 일인지 모른다.

대가람의 주위가 산으로 울을 이루니, 처처에 싱그러운 녹음이 정자를 대신하여 시원한 그늘을 만들고 있다. 이따금 훈풍이 얼굴을 스칠 때 청청한 풀향기가 콧속으로 기어들어 새삼 향계(香界)를 실감케 한다. 사철 변함없이 흐르는 잔잔한 계곡 물소리는 밤이 되니 더욱 고요해 천고의 적정(寂靜)을 상징하고 있다.

우거진 숲속에서는 백조(百鳥)의 절묘한 노랫소리가 높고 낮으며,

길고 짧아 아름다운 하모니를 이룬다. 어수선한 속세를 멀리 떠나온 나그네는 홀연 이 노래에 취해 선경에 이른 듯한 착각마저 일으킨다. 뭇 새들이 함께 살아도 큰 놈·작은 놈·강자·약자가 서로 질서에 순응하여 천지와 합하고, 자연과 어울려 평화를 유지하니 마치 무릉도원에 있는 듯하다. 이런 점에서 저들은 인간보다 확실히 더 행복해 보였다.

넓은 사원은 전당과 누각이 총총하고, 그 배치가 균형을 얻어 장엄하게 즐비하다. 전후 좌우 여기저기 크고 작은 뜰 위에는 영산홍이 때를 맞아 한창 작작(灼灼)을 과시하고, 그 곁에는 흰 철쭉이 설백빙자(雪魄氷姿)를 한껏 드러내니 도홍이백(桃紅梨白)은 아니지만 곱게 밝은 대조를 이루고 있어 명승대찰의 고아한 운치를 한결 더하고 있다. 옛 이름이 길상사(吉祥寺), 고려시대 16국사의 고승대덕이 출현한 이른바, '동방 제일의 도량' 글자 그대로 이 나라 보찰(寶刹)의 면모가 역력하다.

긴 세월 기복의 역사를 거치면서 계계승승 오늘에 이르렀다. 경내에는 조계 종조(宗祖) 보조스님의 감로탑을 위시하여 여시차제로 각기 시호(諡號)가 기록된 사리탑들이 여기저기 천 년의 세월 속에서 변함이 없다. 오직 이끼를 두른 채 풍마우세에도 아랑곳없이 건재한 것은 오늘이 있기 때문이다.

오늘을 만든 스승은 효봉·구산 두 선사만이 아닐 것이다. 오늘이 있다는 말은 불교가 여기 살아 있다는 뜻으로도 해석할 수 있다.

여기 송광사가 있다는 것은 불교가 있다는 것이고, 불교가 있다는 것은 나라가 있다는 것이기도 하다. 나라가 있어서 불교가 있는 것인가. 역설로 불교가 있어서 나라가 있는 것인가. 아무튼 이것이 있으니 저것이 있을 것이고, 저것이 있으니 이것이 있을 것이다.

오늘을 가리켜 오탁악세라 하면 좀 지나친 표현일지도 모른다. 여하간에 중생이 사는 곳이라 문란한지, 우리가 어쩌다 이런 세상에 살게 되었는지 그것은 고사하고 너나 없이 무구한 순결이 자꾸 그리워진다. 그만큼 하루가 다르게 세태가 바뀌어 가니 이것이 서글프다. 우리는 과연 어떻게 살아야 할까.

길을 모르면 아는 이에게 물어간다. 선각자들은 길을 알고 있다. 중생들이 산문에 찾아오는 것은 인생의 길을 묻기 위해서다. 삼보에 귀의함도 그 때문이다. 부처님께, 그 가르침에, 그리고 스님들께 다시 한번 경건한 마음으로 감사한다. 사람으로 인생의 길을 배우는 것보다 더 소중한 것은 없다.

험난한 세상, 그 성원(成員)에서 나만이 예외일 수는 없다. 나의 파계행위가 사회의 혼돈과 무관할 수 있을까. 계를 지키는 일과 세상에서 질서를 지키는 일은 어떤 차이가 있을까.

단적으로 말해서, 혼란한 세상의 그 책임이 각자 청정하지 못한 거기에는 없을까. 사람이 계행이 없는 것을 나침반을 잃은 배에 비유하기도 하고, 어두운 밤에 등불을 잃은 거기에 견주기도 한다. 팔풍 오욕에 간단 없이 시달리고 유상(有相)·무상(無相)의 공해 속에 노출된 재가인으로서 벼랑 앞에 자신을 지키는 일이 그리 쉬운 일은 아닐 것이다.

이미 더럽혀진 자신을 정화하는 작업, 이것을 수행이라 한다면 더 이상의 오염을 막으려는 노력은 계행이 될 것이다.

이것이 자력으로 불가능할 때 부득이 타력에 의존하는 수밖에 없다. 동요하는 원숭이의 습성을 고치기 위해 사슬에 묶어 두고, 뱀의 굴곡을 바로잡기 위해 대통 속에 넣어두듯, 사슬이나 대통이 바로 계의 구실을 하니까.

사슬을 풀거나 대통에서 꺼내 놓으면, 원숭이와 뱀은 제버릇으로 되돌아간다. 여기에 계행의 지속이 필요한 이유가 있다.

『유교경(遺敎經)』에 지계의 공덕에 대한 이런 말씀이 있다.

계는 이것을 바르게 행하면 해탈의 근본이 된다. 그래서 이것을 별별해탈(別別解脫)이라 부른다. 또 이 계로 인하여 선정(禪定)과 멸고(滅苦)의 지혜가 생긴다. 그러므로 마땅히 계를 깨끗이 지켜 훼손하는 일이 없어야 한다. 계를 깨끗이 지킨다면 이것으로 인해 여러 가지 공덕이 있으나, 만약 계를 잘 지키지 못한다면 그 때문에 아무 선근공덕도 생길 수가 없다. 계는 첫째 가는 안온(安穩) 공덕의 소주처(所住處)가 됨을 마땅히 알아야 한다.

이 경에서 세존께서는 이 공덕에 대한 말씀뿐만 아니라 지계의 소중함에 대하여 여러 가지 말씀을 하고 있다. 계율을 곧 부처님으로 생각하여 존중히 하라 하였고, 계율은 가난한 사람에게 값진 보배와 같다 하였으며, '내가 이 세상에 머물더라도 이보다 다른 것은 없다'고도 말씀하셨다.

계행이란 요컨대 바른 행동의 지침이 되고 따라서 깨달음의 근본이 된다 하였다. 안정은 자신의 올바른 행위에서 오기 때문이다. 마음의 안정을 얻기 위하여 수행이 필요한 것. 불제자로서 첫 출발은 누구나 지계로부터 시작되는 것이라 하였다.

나의 수계가 한낱 요식행위에 그치지 않고 행으로 이어져서 우리 생활에 기여할 수 있을 때, 지계의 본질이 구현된다 할 수 있다.

한 가지 계를 지켜나간다는 것은 그 한 가지에 국한되는 것이 아니다. 살생을 하지 않게 될 때 동물을 사랑하게 되는 것처럼 자비심 또한 거기서 우러나온다. 동물과 사람이 친근하게 살아갈 수 있다. 별별 해탈이란 이것을 뜻하는 것이리라.

이런 청정한 계행의 원천, 그곳이 바로 송광사의 계곡이다.

휴가철

휴가철이 또 돌아온다. 얼마나 마음을 들뜨게 하는 계절인가. 더욱이 여름철은 만인에게 개방의 철 같기도 하다. 하기야 요즈음 레저를 즐기는데 따로 한정된 시즌이 필요없게 되었지만, 그런 대로 '여름' 하면 갈 수 있는 곳, 즐기는 종류가 다른 때에 비해 한정을 초월한 감이 없지 않다. 그만큼 우리는 유혹을 받는 범위가 훨씬 넓어지고 있는 셈이다.

도시인에게 있어, 더더욱 샐러리맨으로서는 이런 레저를 즐기기 위해서 인생을 사는 것같이, 이 시기를 맞고 보면 행복을 거기서 구하고 있는 느낌마저 없지 않다.

하지만 이제는 생활에 도농(都農)의 구별이 별로 없고 레저를 즐기는 부류의 사람도 따로 없게 되었다. 그러기에 방학을 맞는 각급 학교 학생들을 위시하여 무더위를 피해 어디론가 떠나야 하는 것이다.

관광이란 명목으로 세계 곳곳을 누비게 된 것이 어제오늘의 일이 아니지만 이 철을 맞아 한결 해외로 향하는 비행기 여행은 세계 시민의 큰 몫을 차지하기에 부족함이 없다.

우리도 선진국 대열에 오르고 있는 만큼 이런 점에서도 뒤지지 않는 것 같다. 어엿한 선진 시민으로 인권과 자유가 보장되고 삶을 한껏 즐길 수 있는 제도와 장치가 마련되어 있다. 참으로 살기 좋은 세상이다. 생각만 해도 흐뭇하지 않을 수 없다.

이번 휴가철에는 어느 때보다도 유난히 아름다운 기대를 부풀려 보고 싶다. 이런 물질적 여유뿐만 아니라 우리의 정신적 수준도 지금쯤은 적지아니 웃돌고 있으리라는 희망을 가져도 좋으리라고 믿어진다.

그들이 모이는 곳마다 수려한 계곡의 맑고 잔잔한 물처럼, 깨끗하고 조용해서, 돌아간 그 자취가 풀향기를 더해 줄 것이다.

그간에 쓰레기로 오염되어 빈사(瀕死)에 신음하던 강과 바다는 그들의 발길 닿는 곳마다 국토를 사랑하는 그 따뜻한 마음씨로 힘차고 정갈한 원래 모습을 되찾으리라. 숲속과 물가를 찾는 우리도 오늘은 그만큼 성숙해져서 레저가 무엇이고 휴가를 어떻게 보내야 하는지를 잘 알고 있기 때문이다.

우리가 사는 이 토지가 영원무궁해서 그 위에 생을 누리는 우리 존재가 또한 구원(久遠)하리라는 것을 그들은 모르지 않는다. 우리의 가정이 깨끗해야 우리 가족이 살맛을 느끼듯이, 나라가 아름다워야 우리도 그 속에서 쾌적하게 살 수 있다는 것을 그들은 모르지 않는다.

어느 틈에 공장 폐수가 샛강에 흘러 마실 물조차 궁색해져 가난하게 살아야 하는 것도 그들은 모르지 않는다. 무심히 버린 한 조각 한 조각의 휴지가 쌓여 여기저기 쓰레기 더미가 되고, 그 때문에 자연이 빛을 잃고 생태계가 중독에 걸려 있는 것을 그들은 모르지 않는다.

이렇게 우리의 잘못된 습관이 우리의 영토를 파괴하여 장차 우리가 설자리를 모조리 앗아가게 되리라는 사실을 그들은 모르지 않는다. 이런 무서운 결과를 가져오는 우리 한 사람 한 사람의 부주의와 몰지각한 행위가 결국 나의 사랑하는 자녀의 삶의 터전을 잃게 한다는 것쯤 그들은 모르지 않는다.

그들이 잘 알고 있는 것은 이뿐이 아니다. 좀 여유 있는 학생들이라면 방학을 이용해 외국어 교육과 그 문물제도를 효과적으로 배우기 위해 해외연수를 떠나는 일이 거의 관행이 되다시피 하였다. 하지만 그것이 시간과 돈의 낭비가 되지 않기 위해서 그 현장에 가서 어떻게 처신해야 되는지도 잘 알고 있다.

앞에서도 언급했듯이, 삶의 질을 높이기 위하여 그들은 어떻게 살고 있는지를 배우러 지구 마을 곳곳을 탐방하는 것이다. 이런 점에서 관광도 일종의 인생 연수가 아니면 안 될 것이다. 그럼에도 돈을 뿌리면 무엇이나 할 수 있다는 평소의 빗나간 습성이, 2,200년 전에 천하를 통일하고 불로초를 구하던 진시황을 방불케 한다면 얼마나 기절초풍할 일이랴. 그 현장에서는 자신들이 바로 대한민국 대표가 된다는 것도 저들은 잘 알고 있다.

휴가란 모름지기 쉬는 일이 되지 않으면 안 된다. 우리는 지금 마음이 너무도 들떠 있다. 자세가 흐트러져 있어서 가다듬을 필요를 느낀다. 하찮은 일에 정신이 팔려 있기 때문이다. 쉽사리 우리가 이리저리 흔들린다는 것은 우리의 마음이 뿌리를 내리지 못하고 있는 증거이다. 그러므로 레저의 물결을 타고 다시 흔들리기보다, 거리로 쏘다니는 정신을 고요히 가라앉혀야 한다. 흐려진 물을 자꾸 흔들면 어떻게 될까. 그것이 흙탕물이라 가정해 보자. 맑아지기를 바란다면 가만히 놓아두는 것보다 더 좋은 행위는 없다.

세상이 온통 흔들리고 있다. 모두 흔들리기만 하면 세상이 어떻게 될까. 물론 세상과 동떨어져 혼자 살 수는 없다. 그러니 나도 흔들린

다. 구정물 속에 같이 흔들어대면 어떻게 될까. 그 결과는 불문가지
(不問可知). 이제는 쉰다는 것이 이토록 절실하게 되었다.

쉰다는 일이 어느 사이에 이렇게까지 어렵게 되었는가. 원래는 움
직이는 일이 어려워 보이지만 기실 쉬는 일이 더 어렵다. 우리의 마
음을 맑히기가 쉽지 않다는 뜻이다. 뿐만 아니라 아주 힘드는 일이
되었다.

지금은 체머리처럼 모두 흔들고 산다. 그렇지 않으면 부자유를 느
낀다. 현대를 사는 이들의 일종의 병적(病的) 현상인지도 모른다. 쉬
는 습관을 되찾을 때 흐린 물이 맑아지듯 우리의 마음도 맑아지련만.
우리의 심성을 청정하게 가꾸는 일이 선결과제가 될 때 여타의 숙제
는 자연히 풀리게 마련이다.

우리가 자고 새면 하는 일들이 얼마나 어리석게 돌아가고 있는지
뉴스는 시시각각으로 소상한 정보를 알려주고 있다.

맑음을 잃은 것이 강과 바다만은 아니다. 이제 서울의 지붕, 그 천
장도 뿌옇게 썩어가고 있지 않은가. 허공을 스모그 현상으로 만든 주
범이 자동차 배기가스 때문이라는 것을 모르는 사람은 없다. 하지만
배기가스의 주범이 무엇인지는 잘 모르고 있다.

차(車)를 애용하는 것은 바쁜 세상을 신속하게 살아가기 위해 필요
하다. 고속전철은 더욱 바빠질 세상에 대처하는 수단이다. 우리의 삶
은 날로 바빠지고 있다. 남과 대결하여 다투며 살아가야 하기 때문이
다.

그 까닭이 무엇인가. 우리는 왜 다투며 살아가야 하는가. 물론 경쟁
에서 이기기 위해서일 것이다. 설사 경쟁에서 이겨야 한다고 가정해
도 바쁘다고 자꾸 흔들어대기만 하면 물이 맑아지기는 백년하청(百年
河淸). 정신이 흐려지면 몸이 흐려지고 다음에는 이웃이 흐려지고, 사

회가, 그래서 주위환경이, 그리고 땅과 하늘마저 흐려져 간다.

이번 휴가에는 우선 우리의 마음을 쉬는 일부터 시작했으면 한다. 마음이 맑아지면 모든 것이 맑아질 테니까.

산문(山門)과 해제(解制)

가을바람 불어 흉금이 서늘하니
고목의 매미 울음 세월을 재촉한다.
무상의 귀신이 차별을 두지 않으니
뒷날 어느 누가 상서(祥瑞)를 바칠까.
金風吹動入新凉
古木寒蟬催老相
無常殺鬼曾不饒
他日何人獻禎祥

(『효봉법어집』, 기해년 하안거 해제법어 중의 게송에서)

바야흐로 산사에서는 하안거(夏安居)의 반산림(半山林)을 지나 해제(解制)를 앞두고 가열, 용맹정진의 뼈를 깎는 자강(自强)의 순간에 이르고 있다. 실로 숭엄하기 그지없다.

세간의 이편 언덕과 출세간의 저편 언덕이 마주 대하는 곳을 일러 속리산(俗離山)이라 하는가. 속계(俗界)와 법계(法界)가 어느 사이에 이렇게 격리되게 되었는지 모른다. 법(法)이 속(俗)을 멀리했다면 이속

(離俗)이라 했을 법한데 속리(俗離)라 한 것으로 미루어 속세가 불법을 멀리했다는 뜻으로도 짐작이 간다.

한편 위의 뜻과는 정반대로 이(離)자를 부착(付着)의 의미로 해석할 때는 승속이 둘이 아니라는 이해도 가능하다.

한자(漢字)는 다의적이어서 속단(速斷)하기가 매우 두렵다. 그런 대로 상상을 따라간다면 이(離)자도 원래는 결합의 뜻이었던 것이 사람의 분별심이 늘어가면서 어떤 계제에 분리의 의미로도 쓰이게 되고, 후에는 전자의 뜻보다 후자의 뜻이 우위를 점하게 되었는지도 모를 일이다.

그건 그렇고, 수렵을 하면서 산에 살던 원시 인류는 인지가 발달하면서 도구를 만들고 점차 계곡을 따라 하산(下山)하여 비옥한 토지를 발견하고 거기 정착하니 이들이 골짜기에서 살아가는 사람, 즉 속인(俗人)이 되었으리라. 인구가 늘면서 강가로 나아가는 그들에게 강(江)은 풍요로운 젖줄이 되었다. 억조창생을 먹여 살리는 장대한 유방, 그것은 젖줄의 원천으로서 곧 하늘에 닿을 듯한 웅장하고 드높은 산(山)이었다.

숭고한 산, 그것은 자연적으로 물가에서 생존을 영위하는 속인들의 신앙의 대상이기도 하였다. 여기서 산악신앙이 싹이 트니 그것은 결코 우연한 일이 아니다.

산악에는 신령이 살고, 그 태산(泰山)은 세계의 중심이며 우주의 축이고 일체중생을 보살피는 천하의 크나큰 어머니 구실을 한다. 우주 법계의 온갖 덕(德)을 갖춘 만다라(曼茶羅)로 숭앙받아 마땅하다. 그런 의미에서 히말라야는 바로 우주의 대본산(大本山)이 된다.

인도의 갠지스와 인더스, 그리고 중국 대륙의 장강 양자(揚子)와 대천(大川) 황하의 연원지도 거기에서 비롯되기 때문에 세인의 주목의 대상이 아니될 수가 없다.

일찍부터 산사(山寺)와 명산은 불가분리의 관계에 있어왔다. 명찰 위에는 반드시 명산의 산호(山號)가 붙어 있다. 불교와 수미산은 하나가 된 지 이미 오래다. 그것은 세계적 태산이며 황금의 고봉(高峰)으로 알려져 있다.

8만 유순(由旬)의 정상에는 제석천이 군림하고 그 중턱에는 사천왕이 이를 지키며, 주위의 일곱 개의 금산(金山)이 또한 외호하고 있다. 밖으로는 바다를 걸쳐 사대주(四大洲)가 있으니 그 안쪽에는 남섬부주(南贍浮洲), 곧 염부제(閻浮提)가 위치한 곳이다. 허공에서 일월성신이 그 주위를 돌고 있어 장엄한 우주관을 펼쳐 보인다.

『화엄경』의 청량산(오대산)은 문수보살의 도량이고, 『법화경』의 영축산은 땅속에서 보탑이 솟은 곳이며, 천태산은 지의(智顗)스님이 천태종을 일으킨 대본산이기도 하다.

명산은 이렇게 불보살과 조사들이 출현하고 또 그 모습을 나투는 곳이었다. 우리나라도 원래 산자수려한 금수강산이라 일컬어 아름답고 웅장한 명산의 본 고장임이 분명하다.

서산스님도 금강산·묘향산·지리산·구월산을 4대 명산으로 손꼽고 각각 그 특징을 일러, 금강산은 수이부장(秀而不壯)하고, 지리산은 장이불수(壯而不秀)하며, 구월산은 부장불수(不壯不秀)인데 비하여 묘향산은 역장역수(亦壯亦秀)라 하였다. 스님께서 스스로 서산(西山)이라 자호(自號)하고 그곳에 오래 머물렀던 연유도 여기에 있었던 것이다.

산이 이다지 고아하고 내가 저렇게 청정하니 거기 머무는 인걸들이 또한 청아하지 않으면 안 되었다. 천고의 가람들이 무수히 많고, 대덕 도인의 수를 헤아리기 어려우니, 무량의 명산과 대천이 불법(佛

法)들과 어찌 관계가 없으랴.

산하대지가 다 그렇듯이 명승의 고찰과 그 현인 달사들은 이 땅을 빛낸 값진 보배임에 틀림없다. 실로 이 나라에 생을 받은 모두가 스스로 행복을 느껴 마지않을 일이다. 이에 비해 속계의 현실을 감안할 때 산문(山門)의 안팎이 이토록 하늘과 땅처럼 심한 대조를 보이는지 모르겠다.

어쩌면 산문 안팎의 차이 운운하는 표현이 부처님의 가르침 본래의 의미에서 볼 때는 좀 지나친 과장이 될는지도 모른다. 부처와 중생의 차이는 물과 얼음의 정도라 했으니.

얼음은 물에 비해 경직되어 있을 뿐, 물의 자유로움에 비하여 그만큼 부자유스러울 수밖에 없다. 물은 어느 그릇에나 담길 수 있어 그만큼 구속을 느끼지 않는다. 군자(君子)는 불기(不器)라 한 것은 무엇을 대하여도 속박을 받지 않기 때문이다.

내〔我〕가 얼음처럼 굳어져 있다면 사람이나 사물을 대할 때 얼마나 부자유를 느낄까. 물이 해탈의 상징이라면 얼음은 한정의 심볼이 될 것이다.

하지만 물과 얼음이 그 본질에 있어서 아무 차이도 있을 수 없듯이 부처와 중생이 다르지 않다는 것은 바로 이점에 있다. 이것이 본래적인 의미일 것이다. 얼음이 필요할 때는 얼음이 될 수 있고 물이 필요할 때는 곧 녹아야 한다. 이것을 일러 자재라 하는가.

오늘의 문제는 우리가 비(非)본래적인 삶을 살고 있다는 여기에 있다. 얼음처럼 경직되어만 있거나 파도가 가라앉을 줄을 모른다면 이것을 가리켜 미혹하다 할 수 있으리라. 그러므로 본연의 자세로 돌아갈 때 미혹은 사라지리니 나를 고집하지 않는 무아의 경지가 된다면 물처럼 얼마나 자유로울까.

하지만 현실은 원리처럼 단순하지가 않다. 거기에 또 문제가 있다. 흐려지고 어지러운 세상에서 본래의 모습을 되찾기가 쉽지 않기 때문이다. 어느 사이에 빗나간 관행이 인습화되어 점점 더 깊은 수렁으로 빠져들고 있는 것이 아닌가. 따라서 그만큼 우리의 괴로움도 점점 심화되어 갈 수밖에 없다. 인간성의 제 모습을 등지고 살아가면서도 그 자각조차 요원하기 때문이다.

요즘처럼 돈과 섹스, 그리고 과소비의 함정으로 부지불식간에 자꾸 빠져들고 있는 현실은 그 좋은 실례가 될 것이다. 오늘의 속세는 본래적인 삶과 이렇게 먼 거리에 살고 있다. 삼복 더위에 적어도 4분 정진을 계속하는 산문 안의 수행자를 생각할 때 문(門) 안팎 사이의 차이를 암흑과 태양처럼 느끼게 된다.

그렇지만 이것은 역사의 기복일 따름이리라. 우리에게는 자연적으로 수려한 강산이 있고, 산자수명한 천 년 고찰들이 부처님의 혜명을 이어가고 있다.

수행을 통해 무위진인(無位眞人)이 처처에 그 모습을 나투니 희귀한 보배가 산처럼 쌓이고 진기한 구슬이 물처럼 흘러 궁자(窮子)가 장자(長者)를 찾아 그 무가의 가산을 상속할 날이 머지 않을 테니까.

삶의 환희

'개똥밭에 굴러도 이승 밖에 또 있는가.'

사실, 우리가 산다는 것은 얼마나 행복한 일인가. 삶을 음미해 볼수록 그야말로 감로와 같은 지극한 맛을 느끼게 된다.

태어나서 생을 누린다는 그 자체만 생각해 보아도 입안에서 군침이 절로 고일 만큼 흐뭇하고 뿌듯한 일이 아닐 수 없다. 그러나 불행하게도 대부분의 사람들은 삶에 대한 그 환희를 절실하게 느끼지 못하는 경우가 많다.

미상불, 우리는 기쁨보다 괴로움을 느끼는 경우가 더 많은 것이다. 세존께서도 이 세상을 가리켜 고해(苦海)라 이르고 있어 고통의 바다와 같다 하였으니, 산다는 고생이 얼마나 크고 많다는 것인가. 하기야 우리의 역경(逆境)을 비유한다면 비단 바다에 한하랴. 바다보다 더 넓고 큰 것이 있다면 그것에 비유하고도 남음이 있을지 모른다.

하지만 인생살이가 어찌 괴로움만 있겠는가. 사물의 그림자가 있다면 그 본체도 있을 것이니, 즐거움인들 없겠는가. 그렇다고 삶 자체, 즉 그 본질이 고(苦)라는 말은 아닐 것이다. 인생이 본질적으로 고뇌라면 부처인들 여기서 예외가 될 수 있겠는가. 부처에게 고민이 있다는 말은 일찍이 들어본 적이 없다.

다리 밑에서 노숙하던 걸인 부자(父子)가 거리를 지나다 집에 불이 나서 괴로워하는 집주인을 목도(目睹)하고, 아들이 "아버지, 우리는 집이 없으니 집에 불이 날 걱정이 없어 좋네요" 하니, 아버지 왈 "그것 봐라. 집이 없다고 애비를 원망하지 마라" 하니, 그 아들에 그 애비라 하겠다. 집이 있어 불이 날 걱정도 괴로움임에는 틀림없다. 반면에 다리 밑에 사는 집 없는 이는 집 없는 걱정이 있겠지만, 집이 있는 이는 집이 있는 즐거움이 있는 것이다.

어찌보면 사람이 이 세상에 산다는 것이 공생거리가 더 많은 것처럼 여겨질 수도 있다. 그것은 사람이 낙천적이기보다 염세적인 경향이 많기 때문일 것이다. 왜? 사람에게는 무상(無償)의 환락(歡樂)이 있다는 사실을 자각하지 못하기 때문이 아닐까.

그렇다고 환심(歡心)이 성숙될 충분한 조건이 구비되어 있다고 해서 반드시 안락을 느끼는 것은 아닌 것 같다. 객관적으로 보기에는 천하를 호령할 막강한 권력을 손에 쥐고, 세상의 부(富)를 자기 뜻대로 할 수 있건만 오히려 무소유를 부러워하는 수도 없지 않다.

"내가 알렉산더가 되지 않았더라면 디오게네스가 되기를 바랐을 것이다."

그리스의 철인, 무소유의 가난한 선비 디오게네스를 만난 저 유명한 알렉산더 대왕의 소감이었다. 대왕은 그 적빈의 철인에게 그가 원하기만 한다면 무엇이나 주고 싶었다. 하지만 그는 아무것도 원하는 바가 없었다. 다만 일광욕 중이라서 햇빛을 가리지 말아 달라는 그한 가지 소원뿐이었다.

그러나 대왕은 역시 욕심이 많았다. 그 철인의 청빈마저 갖고 싶었

다. 대왕은 자기 손이 미치는 온 세계에서 모든 것을 소유하고 있었
다. 그러면서도 디오게네스가 가지고 있는 단 한 가지 무소유만은 자
기 것으로 할 수가 없었다. 자신이 비록 대왕이지만 한 가지 없는 것
이 있었으니, 바로 무소유 그것이었다. 그러나 그것과 저것은 함께 가
질 수 있는 성질의 것은 아니다. 그도 그것을 모를 리 없건만, 그것들
을 동시에 가지고 싶었다. 이것이 탐욕가의 본질이다. 그 대왕은 한
가지를 제하고 없는 것 없이 모든 것을 죄다 손아귀에 넣고 있으면서
도, 그 한 가지를 가질 수 없어 못내 아쉬운 발걸음을 옮겨 놓았을 것
이다. 이 아쉬운 발걸음, 그것은 불행을 느끼는 상징이 될 것이다. 이
에 반해 디오게네스는 결코 대왕을 부러워하지 않았다. 이 두 사람
중에 누가 더 행복할까.

비록 위의 에피소드는 태고적의 극단적인 대조가 되겠고 게다가
극히 드문 예가 되겠지만, 행복이란 반드시 있는 것, 가지는 것, 그런
조건이 갖추어진 거기에 있다고 단정하기도 어려울 것 같다.

우리가 오늘에 볼 수 있었던 그 한 예로서, 어떤 이는 최고의 행복
을 누리고자 권력의 정상을 정복하고도 그 정복욕이 마음에 차지 않
아서 다시 부(富)마저 누려 보고자 하였고, 또 어떤 이는 이 땅에서 손
꼽히는 갑부의 자리를 차지하였지만 그것으로 직성이 풀리지 않아서
권력마저 누려 보고 싶어했다. 하나를 가지면 둘을 갖고 싶은 것이
인지상정이니까.

어느 쪽이나 하나로 만족할 수 없었기 때문이다. 사실 하나로는 족
함을 모르는 이는 둘, 그리고 셋, 아니 열을 가져도 흡족함을 모를 것
이다. 그래서 돈이 비〔雨〕오듯 쏟아져도 사람의 욕망을 채울 수 없다
하였던가.

수분지족한다는 것은 결국 하나에서 멈추어야 하는 거기에 있을 것

이다. 두 가지를 가지면 벌써 거기에 안주하기는 쉽지 않기 때문이다. 저들도 하나씩 나누어 가질 줄 알았다면 누이 좋고 매부 좋았을 것인데.

많은 것을 구하는 이는 거기에 자신이 묶이고 만다는 사실을 망각하기가 일쑤다. 그래서 원하는 것을 얻어도 거기에 묶이고, 놓쳐도 그 때문에 상처를 받게 마련이다. 행복을 놓쳐 버릴 뿐만 아니라 삶 자체까지 영원히 죽여 버리고 만다.

이런 이들에게 삶이 얼마나 고귀하고 소중하며, 아름답고 향기로운 것인가를 느껴볼 겨를이나 있으랴. 삶이란 이런 대견한 자유를 누려 보기는커녕 도리어 본의 아니게 뜻하지 않은 사슬에 묶여 노예로 전락하는 역경에 처하게 되고 마니, 사실 하나를 제대로 추구하기도 지키기도 쉽지 않거니와 그 이상의 무엇을 감당하려 하는지, 아무리 무거운 짐이라도 나누어지면 인생행로가 그만큼 가벼울 것이련만.

재복(財福)이 있는 이는 그것에, 권력을 갖게 되면 그것에 분복을 한정시킨다면……. 우미인(虞美人)을 가진 항우(項羽)는 천하를 잃고도 죽음으로 체념하고, 소크라테스는 악처의 바가지 덕분에 철인(哲人)이 되었고, 낚시를 즐기던 명상(名相) 강태공은 도망가는 부인을 내버려두었다.

한 가지 행복에 만족한다면 무엇에 예속될 것이 있겠는가. 기실 한 마리의 토끼도 잡기 어렵거늘 어찌 두 마리를 쫓으려고 하는가. 사대문(四大門)을 혼자서 동시에 지키려는 무모한 장수의 만용과 같다 하겠다. 쇼펜하우어의 말처럼 허장성세는 비누거품과 같아 아무리 방울을 많이 만들어 보아도 결국 조만간 꺼지고 마는 것을.

이제 풍요로운 가을을 맞아 알찬 오곡백과와 더불어 귀뚜라미의 조용한 음악을 들으며 삶의 기쁨을 자각하는 그런 기회가 되었으면 싶다.

김대성의 보시공덕

산에는 무르익던 단풍이 벌써 그 화려한 자취를 감추려 하는데, 들의 황국은 아직도 오만하게 찬 서리에 절개를 홀로 지키려 한다.

며칠 전만 해도 청산의 꽃 같은 낙조를 즐기려는 관광객들이 예년과 다름없이 심산과 유곡에 붐비었다. 유서 깊은 토함산을 찾아 석굴암과 불국사를 예배하는 불자들의 동참자 또한 적지 않았으리라.

동해의 맑은 바다를 향하여 만고의 자비어린 미소로써 뭇 중생을 일깨우는 그 거룩한 상호, 억만겁토록 변치 않고 이 나라 이 민족을 길이 지켜주리라.

천상천하에 둘도 없는 부처님, 시방세계에도 거룩하기 비할 데 없는 부처님, 세간에서도 다시없는 부처님, 우리 중생에게는 실로 삼계의 도사이며 사생의 자부가 아닐 수 없다.

우주의 평등과 생명의 영원성을 진리로 비추어 중생을 교화한 구세주임을 누가 의심하랴.

부처님의 공덕은 하도 크고 넓고 높고 깊어서, 온 우주의 티끌 수를 마음으로 헤아리고, 오대양의 바닷물을 다 마시고, 대우주를 측량

하고 바람을 잡아매는 재주가 있다 해도, 부처님의 공덕만은 이루 다 헤아릴 수가 없다. 실로 부처님의 무상심심 미묘법은 백천만겁에 만나기 어렵다.

우리가 이러한 부처님의 공덕을 아무리 찬탄해도 지나치는 일이 없고, 신명을 다 바쳐 공양한들 다 갚을 길이 없을 것이다. 오직 우리의 미력을 다하고, 우리의 정성을 다하여 부처님의 탑과 그 사업에 공양함으로써 불제자가 된 도리를 다할 뿐이리라. 이런 인연 공덕으로 우리 또한 조만간 불도를 이루리라.

부처님이 출현하신 이후에, 그 정성어린 보시공덕으로 그들의 원을 성취한 이들의 수를 어찌 다 헤아릴 수 있으랴.

그러한 실례의 하나로 김대성의 경우를 들 수 있다. 석굴암과 불국사를 창건한 김대성을 모르는 이는 없다. 그는 원래 가난한 집에 태어났다. 경주 모량리 경조(慶祖)의 여인 집에 태어난 그는 머리가 크고 정수리가 평평해서 마치 성(城)같이 생겼다 하여 대성(大城)이라는 이름을 가지게 되었다.

어려서부터 남의 집 고용살이를 하였는데 하루는 흥륜사(興輪寺) 스님께서 주인집에 시주를 권하러 왔다. 그때 대성은 그 스님에게서,

기쁜 마음으로 보시하면
천신이 항상 보호하고
하나를 보시하면 만 배를 얻어
안락하게 살고 수명이 길어지노라.
檀越好布施　天神常護持
施一得萬倍　安樂壽命長

이런 염불을 들을 천행의 기회를 가졌다. 이 염불을 깊이 명심하고 어머니에게 가서 "우리는 전생에 아무 공덕도 짓지 못해서 이렇게 가난한 것 같습니다. 그러니 금생에도 아무 보시를 못하면 내생에도 또 가난할 것이 아닙니까?"라고 말하였다.

어머니는 "하지만 무엇으로 보시를 하느냐?" 하였다.

"제가 품삯으로 받은 밭을 보시하면 어떻겠습니까?"

결국 어머니의 승낙을 받아 기쁜 마음으로 그 많지 않은 밭을 흥륜사에 시주하기로 하였다.

이런 사실이 『삼국유사』에 '대성효이세부모(大城孝二世父母)'란 항목으로 전해지고 있다. 이로부터 얼마되지 않아 대성이 뜻하지 않게 세상을 하직하게 되었다. 바로 그날 저녁에 김문량(金文亮)이라는 재상 집에는 기이한 일이 생겼다. "모량리에 살던 김대성이 그대의 집으로 오게 되느니라" 하고 하늘에서 소리가 들려왔다. 김재상은 하도 기이해서 모량리에 사람을 보내 진상을 알아보고 전후 사실이 틀림없음을 확인하게 되었다.

대성은 열 달 후에 이 집의 아들로 태어났고, 이레 만에 펴게 된 손에는 대성(大城)이란 이름이 새겨 있었다. 신라 효소왕 9년, 서기 700년의 일이었다.

대성은 장성해 가면서 재상의 아들답게 문무를 겸전하게 되었다. 말 타고 활쏘기를 잘하여 하루는 친구들과 토함산으로 사냥을 가서 큰 곰 한 마리를 잡게 되었다. 그날 밤 꿈에 곰이 나타나서 죄 없는 짐승을 살생한 김대성을 매우 꾸짖으며 그것을 참회하기 위하여 절을 세우라 일렀다.

대성은 크게 뉘우치며 잡은 곰의 시체를 잘 묻어주고 그 명복을 빌었다. 그 후로 다시는 사냥을 하지 않았다. 뿐만 아니라 곰의 뜻대로 장수사(長壽寺)·웅수사(熊壽寺)·몽성사(夢成寺) 등 여러 절을 지었다.

김대성은 날이 갈수록 불심이 돈독하여지고 기골이 장대하며 인품이 뛰어나서 경덕왕은 그를 '중시'라는 벼슬에 중용하게 되었다.

이때가 바로 신라불교의 전성기였고 당나라와의 문물교류도 가장 활발하던 시기였다. 경덕왕은 불교발전을 위해 많은 노력을 기울였다. 왕은 큰 불사를 일으키면서 역시 김대성을 그 소임자로 택하였다. 토함산 기슭에는 불국사를 세우고, 그 위에 석굴암을 창건하는 대작 불사가 시작된다. 이 불사는 경덕왕의 거룩한 원(願)과 김대성의 드높은 지혜로 이루어진 것임은 우리가 다 아는 사실이다.

호사에 따른 마(魔)라 할 것인가, 마침 정상에 그 뚜껑으로 육중한 돌을 안치하려 할 때 공교롭게 돌이 땅에 떨어져 세 조각으로 금이 가고 말았다.

김대성이 이 뜻하지 않은 불상사로 낙심천만하고 있을 때, 꿈에 홀연히 하늘에서 신선이 내려와, "그대의 정성이 하도 갸륵하니 내 그대를 위하여 그 일을 도와 주겠노라" 하였다.

꿈을 깬 대성이 이른 아침 현장에 달려가 보니 과연 신선의 말대로 그 묘석(妙石)이 제자리에 얹혀 있었다.

그러나 김대성은 하도 혼신의 정력을 기울인 공덕으로 석굴사(석굴암)의 완성을 눈앞에 둔 채 이 세상을 먼저 떠나 왕생 극락하였다.

이와 같이 불법에 있어 보시 공덕의 불가사의함을 찬탄하여 일연 스님은 『삼국유사』에 이런 게송을 읊고 있다.

모량(대성이 처음 태어난 곳)에서 봄에 땅 세 마지기 보시하더니
향령(香嶺, 석굴암 고개)에서 가을에 만금(萬金)을 얻었네.

어머니는 백 년 동안 빈부귀(貧富貴)를 겪었고
아들은 한 꿈에 삼세〔과거·현재·미래〕를 지냈네.
牟梁春後施三畝　香嶺秋來獲萬金
萱室百年貧富貴　槐庭一夢去來今.

집안 형편이 넉넉하지 못할수록 이를 극복하는 한 가지 방법은 오직 도량(度量)을 넓히는 일이 되어야 할 것이다. 게다가 누구라도 오늘날 물질적으로 풍부하게 살 수 있다는 것은 인연관계로 미루어 그 이전에 그 사람에게 그럴 만한 공덕이 있음에 틀림없다. 그러나 승리자가 되면 그런 것처럼 부유해지면 오만하기가 쉽다.

놀부의 경우는 그 좋은 실례가 될 것이다. 그도 진작 부처님의 가르침에 귀를 기울여 보시에 인색하지 않았던들 그토록 무참하게 패가 망신은 하지 않았을 것인데.

불법에야 밉고 고운 사람이 따로 없이 누구에게나 골고루 자우(慈雨)가 내리겠지만, 그 인연을 외면하는 이가 있어 진리를 멀리하는 까닭에 홀로 가뭄을 피하기 어렵게 된다.

아무튼 김대성의 석굴암 불국사 창건이 인류의 문화유산으로 세계적인 공헌을 하게 된 것은 부처님의 사업에 대한 정성어린 보시가 세세생생에 그 사람의 영광뿐만 아니라 나라를 위해서도 크게 기여함을 입증한 것이다.

계영배(戒盈盃)

사람은 대개 제각기 자라난 환경에 따라 어떤 습성을 몸과 마음에 익히게 된다. 금생뿐만 아니라 오랫동안 생사윤회를 거듭 하였다면 그 때문에도 알게 모르게 남다른 습관을 지니게 되었으리라.

세 살 버릇이 여든까지 간다는 속담이 있다. 부지불식간 물들어 온 어떤 습관이 그 사람의 일생을 좌우하는 수가 많다. 우리가 사회생활 하는 데 있어 바람직한 관행과 그렇지 못한 인습이 있는 것은 그 때문이다.

개인에게 각각 어떤 습성이 있듯이 그들 유사한 사람들끼리 모여 사는 한 지역에 있어서도 그 지역만의 어떤 풍습이 만들어진다. 이래서 국가 간에도 어떤 국민성이라는 것이 형성된다.

아름다운 지역성이나 국민성이 있는 반면에 그렇지 못한 특성을 지닌 지역이나 나라가 있게 마련이다. 그런 특성은 그 단체를 구성하는 데 기본 단위가 되는 그 사람의 품성 여하에 달려 있을 것이다.

제각기 좋은 국민성을 갖기 위하여 개조운동을 벌이는 일이 적지 않지만 쉽사리 이뤄지지 않는 것은 국민 개개인의 습성이 그리 쉽게 고쳐지지 않기 때문이다. 종교단체에서는 한 가지 이념을 제도화하기 위하여 신도들의 각기 다른 관습을 가지런히 할 필요를 느낀다. 계율을 제정하고 지키게 하는 것은 그 때문이다.

종교마다 그 계행이 다소의 차이가 없는 것은 아니지만, 대체로 보아 대동소이하다. 그 계명(戒命)은 한정된 어떤 단체가 유지해 나가는 데 꼭 지켜야 할 것일 뿐만 아니라, 넓은 의미에서 우리가 다 함께 살아가는 데 없어서는 안 될 그런 것들도 없지 않다.

부처님의 가르침에도 계는 어둠을 밝히는 등불이 된다 하고 바다를 건너는 배가 된다 하였다.

이런 것으로 미루어 계라는 것은 종교 여하를 떠나 누구에게나 일상생활에 있어서 지켜야 하는 것임은 물론이고, 더욱이 수행자에게는 한사코, 일반 신도들로서도 기필코 지키지 않을 수 없는 그런 것임을 알 수 있다.

안으로는 번뇌망상에 끊임없이 시달리고, 밖으로는 이른바 여덟 가지 바람과 나섯 가지 욕심에 쉴새 없이 흔들리고 있는 우리의 마음. 이런 마음을 고요히 가라앉히기 위하여 어떤 지주(支柱)가 필요할 것이다.

길을 처음 가는 나그네에겐 길을 잘못 들지 않기 위하여 길 안내가 필요하듯이 남과 더불어 사람답게 차질 없이 나가기 위해서도 이렇게 계행은 있어야 한다.

좋은 습관이 몸에 익으면 그만큼 우리의 삶이 윤택하여지듯 계를 지키고 행하여 그것이 자신에게 완전한 것이 되었을 때 그만큼 우리의 삶의 의미가 밝아질 것은 두말할 나위가 없다.

더욱이 오늘처럼 혼돈의 와중에서 살아가야 하는 우리로서는 그 해결 방법을 백방으로 강구하지 않을 수 없다. 그 원인이 어디에 있는가. 가이드의 말을 지키지 않아 길을 헤매고 있음이 분명하다.

어떤 불교 설화집에 이런 이야기가 있다.

황해도 백천(白川)이 예전에는 요(窯)로 유명하였다. 도자기를 굽는 일은 정성과 기술이 하나가 될 때 천하의 신품(神品)을 만들어 낼 수가 있다. 고려청자나 이조백자는 모두 그런 가운데 만들어진 진품들임은 세상에 잘 알려진 사실이다.

백천 토박이인 이름 없는 한 도공이 이제 백발이 성성하여 자기의 대를 이을 도제(徒弟)를 구하는 것이 매우 다급한 일로 여겨졌다.

오랫동안 그런 인물을 구하던 차에 마침 재주가 뛰어나 보이는 한 젊은이를 만나게 되었다. 그 아이의 재주가 하도 뛰어나서 일일이 가르치지 않아도 웬만한 것은 다 알아서 처리했다. 그는 집안이 가난한 데다 조실부모하여 이 장인은 그를 자식이나 다름없이 보살펴 주게 되었다.

그러나 한 가지 염려스러운 점이 없지 않았으니, 원래 자라난 집안 형편으로 보아 제대로 인격적 수양을 쌓을 기회를 가지지 못한 점이 그것이었다. 언제나 이런 훌륭한 기술을 전수하려면 사람을 만드는 일이 앞서야 하기 때문이다.

장인도 그것을 모르는 바 아니었지만 장인 자신이 워낙 나이가 많아 여명을 예측할 수가 없어 그것까지 생각할 여유가 없었다. 그 도제에게 기술전수가 앞선 것은 그 때문이었다.

제법 솜씨가 뛰어나고 게다가 부지런하여 그는 어느 사이에 일류 도공 부럽지 않을 만큼 크게 성장하였다. 늙은 장인도 훌륭한 후계자가 생겨서 언제 죽어도 여한이 없게끔 되었다.

젊은이의 기술이 성숙하면서 사업이 번창하고, 따라서 크게 돈벌이가 되어갔다. 돈은 항상 화(禍)와 더불어 오는 법이다. 이에 그는 자연

돈맛을 알게 되었다. 늙은 장인은 이때 비로소 자신의 실수를 뉘우치게 되었다. 미숙한 인간에게 돈맛을 알게 하는 것은 어린이 손에 칼을 쥐어 주는 것 같기 때문이다.

그러나 이미 때는 늦었다. 그는 젊은 호기에 돈을 물쓰듯 했다. 밤이면 친구들과 떼를 지어 술을 마시고 도박에도 손을 대기 시작하였다. 술과 노름과 여자는 돈과 떨어질 수 없는 함정이었다.

늙은 장인은 젊은 제자의 타락을 막기 위하여 달래고 꾸짖기도 여러 번 하였지만 비탈을 달리는 황소처럼 걷잡을 수가 없었다.

장인정신이란 결코 돈을 벌어 호탕한 삶을 누리는 데 있지 않으므로, 늙은 장인은 이를 일깨워 그를 본래 모습으로 되돌리려고 애썼다. 게다가 장인이란 배워야 할 기술이 한정이 없으며 기술은 사람과 더불어 있어야 진정한 묘기를 발휘할 수 있다는 교훈도 그에게 누누이 일렀다. 하지만 방탕 속에서 길을 잃은 그는 도리어 스승에게 반항하며 모욕적 인사도 서슴지 않았다.

그러던 어느 날, 그 젊은 제자는 스승의 곁으로 돌아왔다. 그러나 이미 때는 늦어, 정신도 잃고 몸도 상하여 제 모습을 가누기조차 어려운 지경에 이르렀다. 그는 눈물을 흘리며 자신의 잘못을 후회하고 있었다. 그러나 세월은 젊음을 기다려 주지 않았다.

아버지 집에 돌아온 탕아처럼, 이제는 제 방에 들어앉아 일언반구 말도 없이 침묵 속에 긴 시간만 흘렀다. 그 속에서 그는 무엇인가를 하고 있었다. 두문불출 몇 개월이 지나갔다.

드디어 술잔 한 개를 스승에게 바쳤다. 그것이 스승에게 보답하는 마지막 선물이었다. 그 잔을 이름하여 계영배(戒盈盃)라 하였다.

그때 마침 평양에 사는 최부자(富者)가 자기 집에 새로 부임하는 평양감사를 맞이하기 위해 귀한 술잔을 구하러 왔다. 노(老) 장인은 평소에 지면이 있는 최부자의 부탁을 받고 이 귀중한 술잔을 그의 손에 넘겨주었다.

그 잔은 술을 가득 부으면 술이 사라지고 알맞게 부으면 그대로 남아 있는 신기한 술잔이었다. 이토록 가득 차면 무엇이나 그때부터 없어지는 것이다. 허공의 달도 가득 차면 기울 듯이. 잔에 술을 잘 따르는 묘기는 덜하지도 않고 더하지도 않게 중도를 기하는 데 있다.

이 도공은 자신이 중도를 지키지 않고 방탕이 지나쳤음을 후회하였다. 비록 그가 늦기는 하였지만 자신의 깨달음을 스승에게 고하여 이 잔을 올린 것이리라.

그리고 그는 스승에게 마지막으로 부탁하여 불타는 가마 속에 자신의 시체를 던져 태워주기를 바랐다. 불 속에서 가루가 되면 흙으로 돌아가서 다시 그릇이 되고 싶다 하였다.

요는 정신문화를 끌어올려야

지난 12월 10일 개최된 한국 교불련(敎佛聯) 주최, 한일(韓日) 불교 학술회의에서 일본 측의 후지 요시나리(藤能成) 교수는 '깨달음의 사회화(社會化), 어떻게 이룰 것인가'라는 공동주제를 발표하는 가운데, 경제적 유복(裕福)에 반하여 마음은 도리어 빈곤해 간다는 요지의 일본 사회의 실정을 말하였다.

경제가 발전할수록 범죄는 늘고 살인사건이 빈번하여지는 사실에 비추어 볼 때, 물질적 해결만으로는 우리가 기대한 것처럼 그렇게 다 함께 잘 산다는 일이 쉽지 않게 되었다는 것이다.

후지 교수는 그 이유로, 2차 대전 이후 사람들은 신앙을 비과학적이고 비이성적이라고 생각하고 있어 가정에서 신앙심이 사라져 가고 있기 때문이라고 하였다.

에도(江戶)시대만 해도 가정마다 불교의 신앙심이 돈독해서 그로 인해 사람들이 겸허하게 살아왔는데, 현대에는 핵가족시대가 되면서 신앙심에서 오는 그런 겸허한 태도가 없어져 간다는 것이다. 그런 신앙심은 어버이로부터 자식에게 전해 온 것인데, 핵가족으로 그런 기회가 없어졌기 때문이라 했다. 그러나 한국에서는 아직도 불교나 기독교의 신도가 된 것을 자랑스럽게 여기는 그런 풍조가 있어서 흐뭇하게 여겨진다는 것.

후지 교수는 이어서 일본 말 가운데 ‘おかげさま(오카게사마)’라는 말이 많이 사용되는데, 그것은 눈에 보이지 않는 그분 덕택에 잘 살고 있다는 감사의 의미가 담겨져 있는 것이며, 또 ‘いかれる(이카레루)’란 말도 누구에게 많은 은혜를 입고 잘 살고 있다는 뜻의 ‘살려지다’란 말로서 과거에는 불교신앙이 생활화되어 잘 살아왔다는 것을 입증하는 것이라 하였다.

일본 말 가운데 수동적인 표현이 많이 사용되는 것은 확실히 불교의 영향 때문이라고도 하였다. 뿐만 아니라 과거에는 일본인들의 생활에 염불신앙이 있어서 자신을 미숙한 존재로 겸허하게 생각하고, 또 자신을 죄 많은 존재로 여겨 참회의식이 돈독하였다는 것이다. 하지만 핵가족시대인 오늘에는 이런 것을 배울 곳이 없어졌고, 과학을 신봉하는 나머지 눈에 안 보이는 것은 도외시하게 되어 어머니가 만들어 주는 음식에는 눈에 안 보이는 어머니의 마음이 들어 있건만 그것을 알지 못하게 되었다는 것이다.

이와 같이 후지 교수는 계속해서 눈에 안 보이는 것을 알려면 지혜와의 만남이 있어야 한다고 강조하고, 따라서 깨달음의 사회화란 불교신앙을 통한 지혜가 보편화되어야 하며, 제행무상(諸行無常)·제법무아(諸法無我)를 자각해야 열반적정(涅槃寂靜)에 이를 수 있다 하였다.

끝으로 신앙을 버린 것은 마음의 큰 재산을 잃은 것이며, 이 재산은 할머니를 통하여 손자에게 직접 전해지는 것인데, 일본 사회는 지금 그런 말은 남아 있어도 사실상 그런 느낌은 사라져 간다고 지적했다. 다행히 한국에는 여전히 그런 말과 이런 느낌이 남아 있어서, 깨달음의 사회화는 이루어질 수 있을 것이라고 결론지었다.

기실 후지 요시나리 교수의 이런 지적은 일본 사회에만 국한된 것이 아니라, 우리 사회에서도 흔히 볼 수 있는 시의적절한 탁견이라고 생각한다.

아마 이런 경향은 비록 정도의 차이는 있겠지만 전 세계적인 추세라고 말해도 결코 지나치지 않으리라고 믿는다.

얼마 전만 해도 세계적 석학들은 전쟁과 범죄와 무질서의 그 원인이 경제적 빈곤 때문에 일어나는 것이라고 입을 모으고 있었다. 그러나 오늘의 석학들 중에는 세계적 부조리를 도리어 경제적 발전 때문이라고 보는 이도 적지 않다.

나름대로 일리가 없지 않다. 아니 확실히 그럴지도 모른다. 문명의 발달이 어떤 점에서는 비인간화를 촉진시키고 있는 것도 숨길 수 없는 사실이지만 그렇다고 해서 다시 원시시대로 되돌아갈 수는 없는 것처럼, 인간으로서 잃어버린 것이 적지 않다고 해서 오늘의 세계적 추세인 경제발전을 멈추게 하거나 후퇴시킬 수는 없는 일이다.

비록 부(富)의 증진이 정신의 지주가 되는 신앙을 쇠퇴시키고 물질의 풍요 때문에 이보다 더 중요한 인간성을 상실하게 되는 것도 인정하지 않을 수 없지만, 그렇다고 이 시점에서 빈곤으로 되돌아가기란 불가능한 일이다. 아마 빈곤으로 후퇴하고 나면 부(富) 이상으로 무질서를 가져올는지 모른다.

인간의 삶은 종교적 교훈만을 먹고 살 수는 없기 때문에 현실적으로 물질적 풍요와 더불어 살지 않을 수 없다. 흉년 기근으로 빚어지는 여러 가지 혼란을 연상할 때, 연년세세 알찬 풍년 속에 풍성한 오곡백과가 얼마나 알찬 것이며, 거대한 생산공장이 차질 없이 가동되어 우리의 일용품을 부족 없이 공급해 줄 때 그것이 얼마나 고마운 것인가.

아무래도 물질은 풍부할수록 좋은 것이고, 아울러 종교적 신앙은 그런 대로 유지되어 가는 것이 바람직한 것이다. 요는 물질문화에 비해 정신문화가 뒤진 데 그 원인이 있다. 정신문화와 물질문명을 양립시켜 가는 것은 오직 오늘을 사는 우리의 지혜에 달려 있을 뿐이다. 사람이 물질 면으로 기우는 것은 결코 물질의 탓이 될 수 없고, 다만 사람의 지혜가 부족한 때문일 것이다.

다시 말해 오늘의 정신과 물질의 부조화는 물질의 발전만큼 정신문화가 뒤쳐져 있기 때문일 것이다. 사람이 돈에 얽매이는 것은 돈을 지배할 능력을 상실했다는 증거이다. 그런 능력이 부족하다는 것은 그 사람의 주인으로서의 정신적 빈곤을 의미한다.

사람에게 가장 이상적인 삶은 정신과 물질의 균형적인 유지일 것이다. 그럼에도 오늘날 우리의 삶은 정신이 물질에 압도되어 전도된 실정이라 하겠다. 그것은 정신문화의 계발이 물질문명의 발전만큼 그렇게 쉽지 않다는 것을 의미하기도 한다.

물질문화는 우리 눈에 보이는 것이고, 또 감각적인 것이어서 어렵지 않게 인간의 욕망을 자극한다. 그래서 그것만으로도 인간은 행복해질 수 있다고 쉽사리 착각하게도 된다. 사람이 물질에 쉽사리 유혹당하게 되는 것은 곧바로 사람에게 충족감을 느끼게 하는 효과가 크기 때문이기도 하다. 신속하게 충족감을 주는 반면에는 그만큼 지체 없이 사람으로 하여금 권태감을 느끼게도 한다. 물질문화의 생리란 바로 이러한 것이다.

이에 비하여 정신문화는 일정한 시간을 거치지 않고는 좀처럼 그 효과를 기대하기가 어렵다. 이 반면에 반영구적 안정감이나 항구적인 행복을 주는 것은 정신문화의 특질인 것이다.

확실히 현대는 정신문화와 물질문화의 불균형 시대임에 틀림없다. 아직 취약한 정신문화가 강압적인 물질문화에 압도되는 것은 어쩔 수 없는 물리적인 현상이다.

사회의 모든 비리의 현상은 여기서 빚어지는 결과임에 틀림없다. 그러니 물질의 풍요를 저주하기보다는 낙후한 정신문화를 물질 차원 이상으로 끌어올리는 데 힘을 모아 봄직한 일이다. 이것이야말로 오늘 우리에게 당면한 과제가 아닐까.

이제 새해를 다시 한번 맞이하면서 우리의 처지를 바로 보고 또 나 자신을 거울에 비추어, 인간은 먹이로 만족할 수 있는 가축이 아님을 자각해야 한다. 차제에 우리를 돌이켜보아 인간다운 삶, 양적인 삶에서 질적인 삶으로 한 차원 높이는 그런 계기가 되었으면 싶다.

무지(無知)의 소치(所致)

하루는 아버지가 아들에게 일렀다.

"이웃집에 가서 망치 좀 빌려 오너라."

아들이 이웃집에 가서 "망치 좀 빌려 주십시오" 하였다.

"망치는 무엇에 쓰려고?"

"못을 박으려고요."

"쇠못을 박나요? 나무못을 박나요?"

"쇠못을 박으렵니다."

주인이 잠시 망설이더니 (쇠못을 박으면 필시 우리집 새 망치가 상할 거야. 안 되지……) 말했다.

"우리 집에 망치가 있기는 있는데 마침 누가 빌려 가서 지금은 없구면. 미안하게 됐어요."

아들은 그냥 돌아와서 아버지께 그대로 고하였다. 아버지 왈, "쇠못을 박으면 망치가 상할까봐 핑계를 대고 안 빌려 주다니……. 이웃 간에 그런 인심이 어디 있담. 저런 노랭이는 이 하늘 아래 둘도 없을 것이다. 하는 수 없지. 우리집 새 망치를 꺼내 오너라."

이 두 구두쇠는 한 마을에 이웃하여 나란히 살고 있다. 인색한 점에서 난형난제(難兄難弟)라 할 만하다.

이번에는 서로 시기하는 두 농부가 한 동네 살고 있었다. 이 두 농부의 전답이 건넛마을 사람의 논을 가운데 두고 그 양쪽에 나란히 평형을 이루고 있었다. 물길은 가운데 배미를 통해서만 양쪽 논으로 흐르게 되어 있었다.

농사철이 되면 농부들은 누구나 아전인수(我田引水)로 제 논물대기에 혈안이 된다. 하지만 이들 두 농부는 서로 상대방의 논에 물이 흐르지 못하도록 타전색수(他田塞水)에 더 골몰하였다. 그래서 밤중이면 상대방 논의 물꼬를 틀어막느라고 잠을 설치기가 예사였다. 밤잠을 설치면 낮잠이라도 잘 수 있지만 상대방 논에 농사가 잘 되면 삼 년 동안 배앓이를 해야 한다.

그래서 온 천하가 다 풍년이 들어도 이 두 집 논만은 늘 흉작이었다. 이들은 제집 농사가 풍작이 되는 것보다 상대방이 흉작이 되기를 더 바라고 빌었다. 비록 장리(長利) 쌀을 빌어다 먹어 빚더미에 깔려서도 상대방이 망하는 것만이 유일한 소원이었다.

두 농부의 질시는 금저울에 달아봐도 저울대가 어느 쪽으로 더 기울지도 올라가지도 않았다.

이와 같은 반목은 저 유명한 셰익스피어 비극 중의 하나인 『로미오와 줄리엣』에서도 볼 수 있다.

명문 대가 몬타규 집안과 카풀렛 집안의 서로간의 질시는 세상에 잘 알려져 있다. 그럼에도 두 가문의 아들딸, 로미오와 줄리엣은 지극히 사랑하는 사이여서 양가 부모의 허락 없이 어느 사제의 주선으로 결혼까지 하게 되었다.

양가에서 이 사실을 알게 되자 칼부림이 벌어져 양쪽에서 각각 한 명씩 목숨을 잃게 된다.

그럼에도 두 가문의 어리석음은 더욱 빛나가서 아들 로미오는 음독으로, 딸 줄리엣은 자문(自刎)으로, 두 집안 사이의 오랜 질시와 반목의 비싼 대가를 치르고 한많은 이 세상을 하직한다. 인간의 무지가 얼마나 무서운 것인가를 새삼 느끼게 된다.

구두쇠는 구두쇠의 이웃을 갖는 것이 필연적이고, 반목(反目)의 농부는 그런 상대를 만나는 것이 어쩌면 당연한지도 모른다. 이것은 거울에 비친 자기 모습이니까.

몬타규와 카풀렛의 두 집안은 그 후 어떻게 될까. 그 우치(愚痴)는 여전히 대대로 이어질까. 아니면 그 참척을 천재일우의 기회로 삼아 어리석음으로부터 깨어날까.

나의 주위에서 일어나는 모든 것은 내 마음의 그림자라 하니, 결국 내가 만들어 놓은 과보를 받은 자업자득임에 틀림없다. 내가 만든 것은 내 자신에게 귀결되고 만다. 세상이 아무리 험난해도 그것이 나와 무관할 수는 없다. 바깥 세계가 어지러우면 나 자신의 질서부터 바로잡아 가야 할밖에. 우리 자신들의 자세를 바로잡지 않는 한 외부 세계의 모습도 고쳐질 수는 없기 때문이다.

'보살이 정토(淨土)를 얻으려면 마땅히 그 마음을 청정히 가질 것이다. 그 마음이 청정함을 따라 곧 그 불국토가 청정하게 된다.'(『유마경』불국품).

『원각경』에도 '한 몸이 청정하면 여러 몸이 청정하고 여러 몸이 청정하면 시방 중생도 청정하고, 그래서 한 세계가 맑고 깨끗하면 여러 세계가 다 맑고 깨끗하다' 하였다.

세상이 소란하고 어지러울수록 나 자신이 먼저 마음의 열기를 식혀 침사숙고로 얽힌 가닥을 풀어가야 하리라. 혼란도 일종의 병이기 때문에 과열은 도리어 질환을 악화시키기 쉽다. 안정보다 더 좋은 치료법은 없다. 무엇에나 관조(觀照)가 중요한 것은 그 때문이다.

발병(發病)의 책임을 어느 특정인에게만 돌리기에는 여기저기 쌓여 있는 산 같은 쓰레기 더미가 너무도 높고 큰 것이다.

불행 중 다행이라는 말은 이왕에 일어난 불행은 돌이킬 수 없지만 그 정도에서 멈춘 것으로 체념해야 한다는 뜻이기도 하고, 일어난 사건을 계기로 화(禍)를 돌이켜서 새로운 전기로 삼는다는 뜻을 전화위복(轉禍爲福)이라고 한다.

아무튼 타성에 빠져 있던 자신들이 이런 일로 심기일전의 기회로 삼을 수도 있다. 오랜 관습이 하루아침에 고쳐지기는 쉽지 않다. 하지만 불가능한 일이 아니다.

자고로 동서를 막론하고 한 민족이나 한 나라에 재앙이 생기지 않았던 역사를 기억할 수는 없다. 오늘은 분명히 광장에 서 있는 우리를 시험하는 시련의 시기이다.

우리는 지금 자의든 타의든 간에 눈보라 거세게 휘날리는 차가운 날씨에 시민의 자격으로 거리에 모여 섰다. 가까이에서 보면 오늘의 일이 이웃간에 충돌이 빚은 일종의 분쟁일 수도 있다. 멀리서 보면 우리의 이력서를 써 나가는 역사의 현장이 된다.

이런 잦은 말썽을 후세 사필(史筆)이 어떻게 그릴는지 지금은 아무도 모르지만, 사가(史家)의 한 자 한 자의 기록은 우리의 행동 하나하나가 만들어 낸다.

앞에서 본 지독한 구두쇠나 질시하는 두 농부, 그리고 로미오와 줄리엣 두 가문의 불화, 이런 우화가 적어도 우리의 사실(史實)에서는 발견되지 않을 것이다. 왜냐하면 우리는 황망하게 서두르다 우리의 염원과는 천리 현격하게 전도된 역사를 만들어 가지 않을 것이기 때문이다. 게다가 어떤 소란의 와중에도 평상심을 잃지 않아 비분강개(悲憤慷慨) 속에 휘말릴 염려는 더욱 없다.

이제 곧 새봄을 맞는다. 높은 청산은 의연히 그 위용을 보일 것이고 수려한 계곡은 천자만홍을 드러내 금수강산은 변함없이 의구(依舊)하리라.

이런 자연의 시화(時和) 속에 사람 또한 그간의 속염진구(俗染塵垢)를 말끔히 씻고 허심탄회하게 옛 길을 다시 이어갈 것이다.

온 천하를 맑고 깨끗하게 만들기는 어렵지만 나 한 사람을 간수하기는 쉽다. 나 한 사람을 지킬 수 있다면 세상의 바른 질서는 그 가운데 있을 것이니까. 세계 전체를 부조리로부터 해방시키기에 앞서 나 자신을 오염으로부터 지키는 것이 일의 순서가 아닐까.

전체를 사랑하기는 쉽지 않아도 나 한 사람을 사랑하는 일은 어렵지 않다. 다만 자기를 사랑할 줄 모를 뿐이다. 자기를 사랑하고 싶지 않은 사람은 없기 때문이다. 자기를 사랑할 줄 모르는 것, 이것이 바로 무명(無明)의 소치이다.

달처럼 매화처럼

바람은 절로 맑고 달은 절로 밝다.

죽정(竹庭) 송함(松檻)에 일점진(一點塵)도 없으니

일장금(一張琴) 만축서(萬軸書) 더욱 소쇄(瀟灑)하구나.

(중종 · 선조 때 선비 松巖 權好文의 '閑居' 중에서)

이런 것이 사람 본래의 삶의 자세가 아닐까. 청풍명월이 그러하듯, 사람 또한 고요하고 밝은 삶이 그 본연의 모습일 것이다.

예나 지금이나 세상사는 흐렸다 개었다 하고, 얽혔다 풀렸다 하는 것이지만 그런 가운데서도 제정신을 잃지 않는 사람들은 자연을 본받아 조용하고 여유 있게 살려고 애써 온 것이다. 천만 가지 인간사가 순조롭고 순조롭지 못한 것은 사람의 작위(作爲)에 달려 있기 때문이다.

바야흐로 백화가 난만한 봄을 맞게 된다. 엄동설한이 물러가고 다가오는 따뜻하고 화창한 봄날씨를 생각할 때 우리의 마음은 얼마나 푸근하게 느껴지는지 모른다.

하늘에 먹구름이 덮이고 사나운 광풍이 불며 세찬 폭우가 쏟아지는 그런 험악한 날씨에는 사람뿐만 아니라 미물 곤충이나 산천초목까지도 전율 속에 떨며 그런 난폭한 기후를 불쾌하게 여길 것이 틀림없다.

하지만 임림장우(霖霖長雨)의 지루한 장마가 그치고 찌푸린 날씨도 풀려 창공에 반가운 햇볕이 반짝이면 우리는 명랑한 기분으로 삶의 환희를 되찾게 된다.

이와는 달리 오늘 이 땅에서 생을 유지하고 있는 우리에게는 긴박하고 불안한 소식이 시시각각으로 날아와 느닷없이 눈시울을 할퀴며 귀청을 때리고 지나간다. 시대의 탓인지 사람의 탓인지 잘 모르지만 그저 개탄스러울 뿐이다. 그 시비를 일으키는 장본인들은 아무래도 제정신이 아닌 것만 같다.

언필칭 누구를 위한다는 그 말 자체만이라도 볼륨을 낮추어 주었으면 귀청이 덜 따가울 것 같다. 우리의 눈살을 더욱 찌푸리게 하는 것은 그 당사자들의 보기에도 역겨운 표정과 상식을 벗어난 저질의 표현들이다.

이런 불쾌하고 반갑지 않은 뉴스는 우리에게 알 권리로 다가오는 것이 아니라, 싫든 좋든 들어두지 않으면 안 되는 의무처럼 강요받고 있다. 365일 동안 매일같이 우리가 곤욕을 겪어야 한다는 것쯤은 높은 위치에 있는 어른들(?)께서 모를 리 없으련만.

이런 가운데서도 봄은 어김없이 오는가 보다. 그런 대로 매화 가지는 다시 봄소식을 전한다. 비록 세상이 어지러워도 자연의 정직한 약속은 어기지 않는구나. 난감(難感)에 지쳐 있는 우리를 다정하게 위안이라도 하듯 이른봄부터 희소식을 보내준다.

고즈넉이 꽃망울을 차례로 열고 단정히 고개를 들어 맑은 가향(佳

香)을 나누어준다. 이를 위해 추상처한(秋霜凄寒)에 고요히 홀로 방일 없는 나날을 보냈다. 아무도 모르게 땅 밑 깊숙이 뿌리를 박고 땅 위에는 겸허히 나신(裸身)을 드러내 삭풍 앞에 세찬 인고를 겪으면서 무엇인가를 꾸준히 준비하여 왔다.

국화는 찬서리에 오만하다지만 매화는 설한풍에 고고하다. 설중군자(雪中君子)란 별호를 갖게 된 연유가 그 때문인지도 모른다. 그의 맑은 향기는 눈 속에 한결 그윽하고, 그 고고한 자태는 차가운 달 밑에 더욱 냉염(冷艶)하다. 이런 높은 기상이야말로 순수 무구한 자연계에 있어서도 절대절품이 아니면 아니 된다.

우리가 차가운 겨울밤에 달을 바라보며 매화를 연상하고, 눈 속에 매화를 지켜보며 달을 생각하게 되는 것은, 달과 매화는 상통하여 두터운 교분(交分) 속에 밀접하게 교감(交感)하고 있기 때문일 것이다.

이런 존귀한 설백(雪魄)이 청향(淸香)과 성장(盛裝)으로 천지를 수놓기 시작할 즈음에 지상에는 서설이 깔리고 천상에는 휘영청 밝은 달이 누리를 비추는 이유, 그것은 그의 아치고절(雅致高節) 때문일 것이리라.

> 빙자옥절(氷資玉節)이여 눈 속에 네로고나
> 가만히 향기 놓아 황혼월(黃昏月)을 기약하니
> 아마도 아치고절(雅致高節)은 너뿐인가 하노라.
>
> (安玟英의 '詠梅歌')

우리가 한 그루의 매화와 친근해진다는 사실이 인간다운 삶에 얼마나 보람된 일이며, 그 향기에 취해 본다는 사실이 우리의 삶에 얼마나 고귀한 정서를 안겨주는 일인가.

한 그루의 꽃나무가 이러할진댄 인간이 그 품에 안겨 살 수 있는 대자연이야말로 우리에게 주는 감화력이 얼마나 크랴. 자연의 무정(無情) 설법을 우리가 이해하지 못한다면 자연과 사람 사이에 괴리가 있기 때문일 것이다.

진리는 책 속에 문자로만 표현되는 것이 아니다. 진리는 문자를 통한 경(經) 속에도 있고, 화필을 통한 그림에도 있고, 악기를 통한 음악에도 있고, 입을 통한 말에도 있듯이 산천초목을 통한 자연에도 있다.

진리는 어떤 한정 속에 국한해 있는 것은 아니다. 본연의 진리는 한계를 초월해 있다. 한계란 사람이 만들어 놓은 것에 불과하다. 우리가 한계를 벗어날 때 생사에서도 벗어날 수 있으리라.

한계상황에 갇혀 있는 것은 곧 지옥에 갇혀 있는 것과 다름이 없다. 이런 한계가 없는 땅이 곧 불국토가 된다. 한계 속에 고집하는 이들이 곧 중생이다. 중생의 국토를 사바세계라 함은 그 때문이다. 한정된 국토를 고집하는 이는 곧 우물 안의 개구리와 다름이 없다. 지옥 같은 사바세계에서도 극락을 추구하는 길은 한계를 초월함으로써 진흙 속에 연꽃처럼 살 수 있을 것을.

이런 자연이야말로 사람이 가이 접근하여 친히 배울 만한 곳이다.

오늘 우리가 당면한 현실을 직시할 때 분명 인간의 타락은 날이 갈수록 심화되어 가고 있다. 이쪽에서는 누구를 위하고, 저쪽에서는 누구를 위한다지만 그들 자신이 명리와 영웅심에 사로잡혀 있다면 그것은 그들의 사고와 행위가 반자연적이기 때문이다. 자연을 이해하지 못하고 자연대로 살지 못한다면 그들의 어떤 발상도 반자연적일 수밖에 없다.

제2장 나의 인생, 나의 불교

노인의 권위

자연은 어느 특정인을 위하여 그 질서를 바꾸지 않는다. 어느 누구도 몸이 늙는다는 것으로부터 피할 수가 없다.

오늘날 노인문제가 청소년 문제만큼이나 관심사로 사회문제화되고, 그래서 자발적 당위의 의지에서 나온 것이건, 아니면 고식적 방편에서 나온 것이건 간에 그것을 위하여 사회적으로 어떤 대책을 강구하지 않으면 안 되게 된 것 같다.

이 문제 해결을 위하여 여러 면에서 그 도움이 필요하게 되었다는 것은, 요컨대 오늘날 대부분의 노인들에게 자구책이 부족하다는 것을 말해주는 것이기도 하다.

기실 노옹(老翁)들 중에는 변변한 소일거리가 여의치 않아 고작 노인정에 모여 앉아 소주병이나 기울이고 화투장이나 젖혀가며 지난 세월을 되씹으면서 흘러간 과거를 아쉬워하는 분들도 적지 않다. 자신들의 이런 처지를 세상 도의(道義)가 쇠퇴한 탓으로 돌리고 잘못 만난 시대를 개탄하기도 한다.

아닌 게 아니라 어떤 의미에서는 이 노공(老公)들이야말로 시대의 희생자라고 아니할 수 없다. 그럴 것이 한때 나라마저 송두리째 잃었던 그 지경에서 인간적인 대접은 고사하고 기초교육마저 제대로 받을 기회가 없었기 때문이다. 게다가 피압박 민족으로서 갖은 수모와 온갖 가난 속에 시달려야만 했다. 그러면서도 노부모를 봉양하고 여러 자녀를 양육해야 했기에 뼛골이 빠지도록 그야말로 분골쇄신, 정신 없이 살아왔던 것이다. 그런 처지에서 경제적 여유나 건강을 돌볼 여지가 있을 리 없었다.

그러니 노경에 이르러 급격히 변해 가는 이른바 산업사회에 적응할 능력 같은 것은 더더군다나 생각조차 할 수 없는 일이다. 이래서 이 노장(老丈)들은 어느 사이에 자기들 나라 안에서 이방인이 되고 만 셈이다.

젊은 세대들은 이 노인들을 가리켜 생각이 고루하고 매무새가 어색하며 시대에 뒤진 별 볼일 없는 노약자로 한겹 젖혀놓을는지도 모른다. 하지만 이들도 시대를 제대로 타고나서 남들처럼 수양할 기회를 가졌던들 이들 가운데서 석덕(碩德)도 나올 수 있었을 것이고, 교육을 제대로 받았던들 대문장가(大文章家)도 될 수 있었을 것이다. 아쉽게도 여러 석덕과 많은 문장가가 죽고 만 것이다.

이제 우리도 선진국 운운하고 있으니 이들을 돌볼 여유가 없을 만큼 그렇게 가난한 처지는 면한 것 같다. 또 이런 일의 허실(虛實) 여부가 선진국이라는 허실 여부를 시험해 보는 좋은 계기가 될 것 같다. 실제로 무의무탁한 노궁(老窮)들을 돕는 일은 거시적으로 보면 이들만을 위한 것이 아니라 우리 모두를 위한 일도 된다. 삼라만상은 다 늙는 것이며, 인생이란 사계절 속에도 늙음이란 계절은 들어 있는 것이다.

삶이란 젊은이와 늙은이의 릴레이 경주라고 생각된다. 늙음이란 젊음의 변한 상태에 지나지 않으며, 역마가 종착역을 향하여 거쳐가는 정거장 같기도 하다. 이 어찌 젊음과 늙음이 둘이라 할 수 있으랴!

그렇긴 하지만 냉혹히 말해서, 노인을 돕는 일이 젊은이들에게는 당위가 될는지 모르지만 노인의 입장에서는 그럴 수 없다. 노인문제는 일차적으로 노인 자신이 그 책임을 져야 하기 때문이다. 나이를 먹었다는 이유만으로 남에게 의지해야 한다는 논법은 성립되지 않는다. 그것은 노인이란 권위와 자존심이 허락하지 않는 일이다. 떳떳한 삶이란 자립을 전제로 한다. 늙어도 삶은 있어야 한다. 하등동물에 있어서도 이런 논리는 변함이 없다. 항차 사람에게 있어서랴. 나아가 사람에게는 여기에 플러스 알파가 있어야 될 줄로 안다.

'마음대로 살아도 규범을 넘지 않게 되었다'는 70에 이른 공자의 말씀이 있다. 앙드레 말로도 '사람은 열 달이면 생겨나지만 인간이 되기까지는 60년이 걸린다'고 했다. 인도의 협존자(脇尊者)는 80에 출가하여 3년 만에 개오(開悟)하였다고 하지 않는가.

사람이 노령에 이르렀다는 것은 그저 노약자가 되고 노물(老物)이 된다는 것은 아닐 것이다. 노성(老成)해서 노련해지고 노숙해진다는 의미로 받아들여야 할 것이다. 산전수전(山田水田)을 겪으면 노농(老農)이 되고, 또 산전수전(山戰水戰)을 경험하면 노장(老將)이 된다고 하는데 이것은 젊어서부터 인간수업을 통해 지혜를 배우고 덕행을 쌓아간다는 의미로 해석하고 싶다.

노년기야말로 인생의 손익을 계산하는 결산기가 된다면 적자인생을 살았느냐 흑자인생을 살았느냐에 따라 늙음이 선도 되고 악도 될 수 있을 것이다. 7, 80을 살고도 노공(老功)이 없다면, 그런 노인은 불행한 늙은이라 아니할 수 없다. 바로 여기에 다른 동물과 구별되는 인간다운 특징이 있을 것이다. 이런 점에서 인간은 수행하는 동물이라고 함직하다.

젊었을 때 수행하지 않고
재보(財寶)를 얻어 놓지 못한 사람은
부러진 활처럼 쓰러져 누워
부질없이 지난날을 탄식하리라.

(『법구경』 중에서)

버리는 사람과 줍는 사람

아무리 지루하던 겨울도 지나고 나면 별것이 아니었구나 하는 생각이 든다. 지난 겨울은 별 추위도 없이 지나간 것 같다. 감싸주지 않은 감나무가 아직 살아 있는 것을 보더라도 그런 생각이 든다.

며칠 전에 시내를 빠져나가 도봉산에 이르러 오랜만에 망월사까지 올라가고 싶었다. 찻길이 끝나는 산 어귀 널찍한 광장에 능산복 비슷한 차림의 적지 않은 사람들이 모여들고 있었다.

산을 내려올 때 보니, 아까 광장에 모였던 분들은 시청 직원이거나 아니면 그 지역 주민들임이 틀림없었다. 포대 하나씩을 중심으로 삼삼오오 짝을 지어 골짜기나 나무 밑에 버려진 쓰레기를 주워 담으며 산을 올라가고 있었다.

그 뒤를 이어 꽤 많은 여학생들이 담임 선생 같은 분의 인솔로 '산불조심', '자연보호'라는 표어의 어깨띠를 두르고 역시 버려진 종이 조각들을 주우며 올라갔다.

공휴일도 아닌 주중(週中)에 자기들의 소중한 일이나 공부를 제쳐 놓고, 그것도 남들이 마구 버린 쓰레기를 일일이 주워 모으기 위하여 그 넓은 산을 애써 헤매고 있는 것이다.

'돈 버는 사람 따로 있고 쓰는 사람 따로 있다'더니, 쓰레기도 이제는 버리는 사람 따로 있고 줍는 사람 따로 있는가.

언뜻 보기에 이들 중의 누구도 불평은커녕 궂은 일을 한다는 그런 내색조차 없었다. 당연히 할 일인 것처럼 익숙하고 자연스럽게, 그리고 자발적으로 손과 발이 움직였다. 마치 주말은 등산객이 쓰레기를 버리는 날이고 주중에는 공무원과 학생들이 그 버린 것을 줍는 기간인 것처럼, 그리고 마치 자기 집 정원에 귀한 손님들이 와서 놀고 간 다음에 그 자리를 말끔히 치우기라도 하듯이.

산에 오르는 사람은 나를 포함해서 남녀노소 구별이 없다. 하지만 그 중에는 아무래도 젊은이들이 많을 것이다. 언제 어디에서나 그렇지만 산에 가도 바다에 가도 역시 젊은 남녀들이 하도 많아서 세상은 이래저래 젊은이들 것이라는 느낌을 아니 가질 수가 없다.

그렇다고 산하대지를 비닐 조각으로 오염시키는 장본인들이 바로 이런 젊은 남녀들이란 말은 결코 아니다. 설마 그럴 리가.

산 어귀마다 '자연보호'의 표어가 새겨진 바위가 우뚝 솟아, 뭇 사람의 시선을 집중시키고 있다. 중·고등·대학생들이 이런 표어를 못 읽을 만큼 그렇게 무식하지는 않기 때문이다. 그뿐이겠는가. 초등학교 6년, 중학교 3년, 고등학교 3년, 도합 12년 동안 훌륭한 교육을 받아온 것이다. 게다가 그 중에는 어려운 대입 학력고사를 무난히 치르고 명문대학에 입학한 엘리트들도 적지 않을 것이다.

하지만 쓰레기 오염으로부터 아름다운 우리의 금수강산을 지키는 데는 이런 엘리트들이 수적으로 부족한 것 같다. 이런 엘리트들이 좀더 많았더라면 오늘날같이 온 국토가 쓰레기로 병들지는 않았을 것이 아닌가.

그러나 산에 오르면 누가 지식인이고 누가 무식한 사람인지 알 수가 없다. 그런데 어째서 이들이 다녀간 자취가 이토록 누추할 수가 있단 말인가! 이것이 과연 누구의 소행일까.

젊은이들은 힘이 좋고 몸이 날래고 의욕이 왕성하며 뜻이 높아서 먼 곳이건 높은 곳이건 그들의 발길이 가지 않는 곳이 없으며, 닿지 않는 곳이 없다. 불행하게도 먼 곳이건 높은 곳이건 쓰레기는 쌓여 있다.

사실 쓰레기를 함부로 버리고 안 버리고에 대해 유식·무식을 따질 필요는 없다. 제자리를 제가 치우는 일은 지극히 상식적인 일이기 때문이다. 자기가 한 일에 대하여 자기가 책임을 지는 일이다. 이것은 인간의 기본 자세이다.

자기가 버린 찌꺼기를 자기가 줍지 않는다면, 또 버리는 사람 따로 있고 줍는 사람 따로 있어야 한다면, 4천만 중의 2천만은 오물을 버리는 사람이고, 2천만은 그것을 줍는 사람이 되어야 할 것이 아닌가.

산에 흩어진 종이 조각은 빤히 나타난 현상이기 때문에 이를 통해서 우리의 허점을 단적으로 파악할 수가 있다. 이런 점으로 미루어 볼 때 시민으로서나 사람으로서 이런 기본자세마저 결여되어 있는 사실을 우리는 사회의 구석구석에서 얼마든지 볼 수 있다.

'수신제가 치국평천하(修身齊家治國平天下)'라는 말은 수행을 못한 사람은 집안 하나도 꾸려가기 어렵다는 뜻이며, 인간의 기본수양이 안 된 사람이 어찌 나라 일을 이끌어갈 수 있겠느냐는 말일 것이다.

그래서 그런지 경세제민(經世濟民)에 뜻을 둔 엘리트들의 노고를 치하해 마지않으면서도 그분들의 격한 어조와 그 여파를 볼 때, 이것 또한 결코 남의 일로만 보아 넘길 수 없는 사촌의 심정이라 때로는 잠을 설칠 때도 없지 않다.

같은 철학, 같은 제도를 가지고도 구순하게 오순도순 지내는 지구
촌의 이웃이 있는 것을 목도할 때 잠을 설치게 하는 추한 모습은 철
학이나 제도 때문만은 아닌 것 같다.

버려진 쓰레기는 주우면 되지만, 싸우는 사람들은 말릴 수가 없다.
싸움은 말리면 더하기 때문이다.

투명한 지도자가 아쉬워

　무덥고 지루하던 장마철의 그 가공할 천재(天災)도 그만 물러갔는가. 조석으로 제법 서늘한 느낌이 들고 시장에는 햇밤이 나돌아 어느 틈에 가을이 온 것을 느낀다.

　이제는 세계를 지구촌이라고 부른다. 같은 인간이 사는 한 마을이다. 이 떠돌이 별의 한 구석에서 무슨 일이 생긴다면 그것은 그 동네의 걱정거리만이 아니라, 별 전체의 관심사가 된다. 국경의 문턱이 낮아지고, 이웃나라의 걱정이 우리의 걱정이 되고, 우리의 걱정거리는 곧 이웃의 관심사가 되고 있다. 인간에 대한 책임은 인간 모두가 져야 하기 때문이다.

　세계 시민들은 매스컴을 통해 한국의 사태를 이웃의 일처럼 주의 깊게 읽고 있다. 한국에 대한 이해관계가 상충되더라도 한국의 정세를 강 건너 불로는 보지 않고 있다. 뿐만 아니라 그들의 느낌을 직접적으로 표명하고 있다. 그것도 많은 지면과 시간을 할애해서 말이다. 이런 일을 세계의 지식인과 지도자들은 자기들이 해야 할 막중한 임무라고 생각하고 있다. 인류의 문명과 장래가 자기들의 예지와 노력에 달려 있다고 확신하기 때문이다.

하지만 이 나라의 운명과 장래는 일차적으로 이 나라 사람의 수중에 있다. 이 나라에 살고 있는 사람 가운데서도 지식인과 지도자의 책임은 그만큼 크고 무거운 것이다. 길잡이는 언제나 그가 처한 상황에 뛰어들어야 하고 거기에서 올바른 방향을 제시해야 한다.

이런 절박한 상황에서 길잡이가 되는 선도자들이 자신들의 안위만을 생각해서 침묵을 지키고 있거나 세에 편승해서 비위만을 맞추고 있다면 길을 모르는 군중들은 어디로 가야 하나.

재벌의 총수라고 해서 그들의 언행이 다 옳다고는 할 수 없는 것처럼, 노동자의 주장이라고 해서 그들의 요구가 모두 정당하다고 할 수는 없을 것이며, 교수가 그렇듯이 대학생이라고 해서 그들의 주장을 다 수용할 수도 없을 것이다.

이러한 현실에서 지도자라고 자처하는 위인들이 진퇴양난에 몰려 어쩔 수 없이 얼버무리다가 반박의 화살이라도 날아오게 되면 자라목처럼 반사적으로 움츠리는 광경을 우리는 수없이 보아왔다. 불을 끌 능력도 열의도 노력도 없는 사람이 어찌 소방관이 될 자격이 있으랴.

어떤 사람의 태도가 불투명할 때 거기에는 의혹이 싹트게 마련이다. 또 그 불투명한 태도는 곧 그 사람의 성실성을 의심하게 된다. 앙드레 지드 같은 이를 세기의 양심이라고 부르는 까닭은 그 생애를 이런 성실성으로 일관되게 살아왔기 때문이다.

청교도이며 백면서생인 그가 사회문제에 깊은 관심을 갖게 되고 한때 공산주의자로 전향까지 하게 된 것은, 콩고여행을 통해 백인이 흑인을 박해하는 프랑스의 잔혹한 식민 정책의 참상을 직접 목격했기 때문이다. 그 길로 그는 『콩고기행』을 써서 이를 사회문제화하고 직접 국회에 청원서를 내서 시정을 촉구하기도 하였다. 그로부터 10년 뒤에 국빈으로 소련을 방문, 그 현실을 목도하게 된 지드는 소련의 문화적 쇄국주의, 새로운 관료주의, 제도의 획일주의를 서슴없이 비판하고 이를 『소련기행』을 통해 만천하에 공개하였다.

지식인으로서, 작가로서, 지도자로서 자신의 과오를 솔직히 시인하고 자신의 태도를 분명하게 밝힌 것이다. 일신상의 위협이나 체면 때문에 자신의 과오를 그냥 숨기고 있었다면 자신의 양심을 속이는 것이 될 뿐만 아니라 인류를 배신하게 되는 것이기 때문이다. 하지만 이런 양심의 표명이 그리 쉬운 일은 아니다. 그가 공산주의자로 전향했을 때 종교계를 비롯한 우익 진영의 혹독한 공격은 말할 것도 없거니와, 『소련기행』이 공표되었을 때 공산당과 그 추종자들의 조직적이며 치열한 인신공격이 어떠했는가는 아는 사람만이 알 것이다. 이와 같이 생명의 위협을 느끼면서도 거대한 집단적 힘 앞에 소신을 굴하지 않았고, 자신이 받을 조롱과 수모를 잘 알면서도 자신의 과오를 시인하면서 이를 세상에 공표한 그 용기야말로 그의 성실성이 아닐 수 없다.

오늘같이 이런 혼미한 상황일수록 우리는 이토록 투명하고 성실한 지도자가 아쉬운 것이다.

중국에 다녀와서

이번 '학술 세미나 및 성지순례'는 생각보다 매우 즐거운 여행이었다.

우리 불자 교수 일행 24명이 7월 31일 북경에 도착한 이래 보름 동안 내내 날씨가 좋았다. 게다가 시차가 없다. 넓은 중국 전체가 한국보다 한 시간 늦지만 써머타임이라 한국과 같은 시간이 되었다. 뿐만 아니라 관광객들이 많지 않아서인지 일류 호텔에 투숙할 수 있었고, 식사도 어디를 가나 조촐하게 대접받을 수 있었다.

우리 일행 중 중국어를 아는 이가 별로 없었지만 한국인 가이드 한 사람이 전속으로 배정되고, 게다가 가는 곳마다 그 지방 소개에 능숙한 한국인 안내원이 나타나 주었다.

이렇게 좋은 날씨에 편히 쉬고, 잘 먹고, 언어 소통에 불편이 없이 친절한 안내를 받아 즐거운 여행을 마칠 수가 있었다.

8월 1일, 북경대학과 북경 불교학원을 방문할 예정이었으나 저쪽 사정이 여의치 않아 그 계획은 취소되고, 북경 소재 중국 불교문화협회는 계획대로 방문하였다. 이 중국 불교문화협회는 1953년에 세워졌고 그 본부를 광제사(廣濟寺)에 두고 있다. 그리고 지방마다 그 지방 불교문화협회가 있다. 협회 임원들과 오전 중에 만나 한·중 불교에 관한 여러 가지 이야기를 궁금한 대로 늘어놓았다.

이 세미나에는 중국 측에서 법복을 입은 스님들이 4~5명, 평복을 한 협회의 대표자 외 3~4명이 참석하였고, 우리 측에서는 일행 전원이 참가하였다.

한·중 불교의 역사적인 이야기에서 현황에 이르기까지 약 두 시간 동안 진행되었는데, 중국의 불교 신도 수는 다른 종교에 비하여 압도적으로 많아서 어떤 성(省)은 그 수가 억(億)을 헤아린다고 하였다. 그리고 그 다음이 기독교·도교·이슬람교 등의 순이라고 하였다. 스님네들 수(數)도 복건성(福建省)을 예로 들면 그곳에만 만 명에 달한다고 한다.

스님들의 수행면에 대해서는 한국의 그것과 별 차이 없는 일과를 이행하고 있다는 것으로 보아 중국에도 역시 전통불교가 그대로 남아 있다는 것을 짐작할 수 있었다. 그러나 이 세미나를 통하여 고승 대덕 수행승들은 북경 같은 도시보다 산중에 은둔해 있다는 느낌을 받았다. 사찰 유지경영에 관해서는, 큰절들은 신도가 몇만 명씩 되므로 그 자체로 유지경영이 가능하지만 지방에 있는 군소사찰들은 정부의 보조를 받고 있다고 하였다.

그런데 중국 불교문화협회에도 아직 확실한 통계가 없어서 자세한 숫자는 전혀 알 길이 없었고, 또 우리가 직접 중국불교의 구체적인 면을 볼 기회도 갖지 못했음을 부언해 둔다.

중국 국제여행사에서 지정해 준 북경의 광제사, 서안의 흥교사(興教寺), 장춘의 반야사(般若寺) 등을 둘러보았는데, 모든 절이 규모도 크고 단장은 잘 되어 있었지만, 큰절에 비하여 스님들의 수는 매우

172

적었으며, 그 중 어느 한곳에서도 스님들의 선방 같은 곳은 찾아볼
수가 없었고, 여타 수행하는 모습도 전혀 보이지가 않았다. 어쩌면 열
명 내외의 스님들이 그저 큰절을 관리하고 있다는 느낌마저 들었다.

그도 그럴 것이 1949년 해방(신중국에서는 중국 공산당 정부가 성립
된 그때를 해방이라고 부른다)에서 오늘 1989년에 이르기까지 40년 간
크게 나누어 네 차례의 격변을 겪어야 했으니까, 그동안에 특히 도시
사찰에서 스님들이 수행을 계속할 수 없었을 것은 가히 짐작하고도
남음이 있다. 즉, 1950년대는 국민정부를 몰아내고 그 잔재소탕, 이를
테면 지주의 토지를 몰수하고 매판 자본가들의 것은 국유화하는 등
반혁명분자들을 처단하는 데 10년의 세월이 걸렸다.

그 다음 1960년대를 소위 풍(風)의 시대라고 부르는데, 이것은 이름
그대로 과장된 이상이나 계획을 세워 허황된 노선으로 인민을 끌고
나가는 허풍의 시대였다. 이렇게 해서 인민들을 한때나마 환상의 유
토피아로 이끌어갔던 것이다. 1970년대가 바로 세상에 잘 알려진 홍
위병(紅衛兵) 사건, 즉 문화혁명의 시대였다. 과거의 모든 문화를 자본
주의 잔재라고 해서 무자비하고 무차별하게 파괴해 버린 혁명이었다.

최근에 중국 사람들 입에 자주 오르내리는 '개방시대'는 1980년대
에 와서 맞이하게 된 것이다. 문화혁명을 비판하여 문화의 파괴활동
을 제지하고, 농민들에게 토지를 대여, 수확의 삼분의 일만 정부에 납
부하도록 하는 등 질서를 안정시켜 사유경제를 어느 정도 인정하게
된 것이다.

이상과 같은 네 단계의 혁명을 거치는 소용돌이 속에서 불교라고
해서 그것이 온전한 모습을 지니고 있을 수가 있겠는가.

아닌게 아니라 나는 몇 군데 유명한 공원을 둘러보는 동안에 명승
고찰들이 얼마나 무참히 파괴되어 갔는가 하는 심증을 더욱 굳히게

되었다.

　8월 2일, 돈황(敦煌)으로 가는 도중에 난주(蘭州)에 들러 안내대로 오천사(五泉寺) 공원을 구경했다. 준원사(濬源寺)라는 고찰의 경내를 공원으로 만들었는데, 한 동리만큼 넓었다. 절벽을 배경으로 삼아 계단식으로 층층이 세웠던 절집들이 앙상하게 그 퇴락한 모습을 드러내고 있었다. 그 중에서 여명(餘命)을 유지하고 있는 몇 건물들은 관광객을 상대로 찻집이 되었거나 아니면 서화 등을 전시하는 기념품 가게로 전락되어 있었다.

　그 절의 규모로 보나 건축양식으로 보나, 귀중한 불교문화의 유산임에 틀림없다. 이러한 소중한 문화재가 보수되어 잘 간직되는 대신에 그대로 방치된 채 궂은 비, 모진 바람을 못 이겨 잔해만 앙상하게 드러내 보일 뿐이었다.

　이런 실례는 역시 난주 황하(黃河) 기슭의 백탑산(白塔山) 공원에서도 볼 수 있었고, 북경 사해산경(四海山景) 공원에 있는 영안사(永安寺)에서도 볼 수 있었다.

　이 영안사는 참배조차 금지되어 있었다. 그러나 그 경내 앞의 사해산경 공원만은 관광객으로 붐비고 있었다. 서태후(西太后)가 파 놓은 인공호(人工湖)인데, 하도 넓어서 자연공원 같은 착각을 했다. 중앙에 다리가 놓였다. 한쪽에는 젊은 남녀들이 선유를 즐기고 다른 한쪽에는 연(蓮)이 가득한데, 연꽃이 한창이었다. 그 중앙에 거대한 관음보살 입상(立像)이 우뚝 서 있다. 그 미소가 퍽 인상적이어서 이를 대하는 길손들의 가슴을 시원히 어루만져 주는 듯하였다.

　8월 2일, 저녁기차로 돈황을 향했다. 이튿날 저녁 9시경까지 서북쪽으로 사막을 달렸다. 기차에서 내려 돈황 오아시스의 호텔까지 200km를 버스로 달릴 때는 저녁 10시건만 해는 아직 서쪽에 걸려 있었다.

8월 4일, 돈황빈관(敦煌賓館)을 아침 8시에 떠나 막고굴(幕高窟)로 향했다. 가는 도중에 낙타도 타 보았다. 이 길이 바로 그 유명한 실크로드이다. 낙타에 앉아 나도 그 길을 간다고 생각하니 아득히 꿈만 같았다. 뿐만 아니라 서역으로 건너가 불경을 가득 싣고 온 현장법사도 바로 이 길을 따라 백마(白馬)에 몸을 실었던 것이 아닌가.

명사산(鳴沙山, 바람이 불면 이 모래산이 운다고 해서) 기슭의 16km 길이에 1,000개의 석굴이 있다. 층층이 파 놓은 석굴이다. 불상이 조각되고 벽화가 그려진 곳만도 469곳. 아미타불이나 미륵불이 장관이다. 밑에서 정상까지 세워 놓은 입상이다. 까맣게 쳐다보인다. 상호를 대하려면 4, 5층을 올라가야 한다. 게다가 불상이고 벽화고 모두 채색되어 있는 것이 특색이다.

이 석굴의 불상 벽화가 비록 바래기는 했지만 4세기(위나라)부터 13세기(원나라)까지 1,000년이란 장구한 세월 속에 이루어진 적공의 결정이다. 이 뒤에 숨어 있을 예술가와 장인들의 그 신심이 얼마나 장했는지 저절로 합장하며 머리가 수그러진다.

이 막고굴 중 한 굴에서 귀중한 고문서를 발견한 이가 영국의 고고학자 스타인이라던가. 1907년, 1908년에 스타인과 프랑스인 페리오가 각각 그 값진 고문서(불경 등)를 반출해서 대영박물관, 파리 국립박물관으로 가져갔다. 혜초스님의 『왕오천축국전』 두루마리 필사본이 이래서 프랑스에 갔다.

몇몇 굴을 돌아보는 사이에도 사막의 모래는 쉴새 없이 휘날려 석굴의 층계며 베란다를 뒤덮는다. 그래서 사람이 노상 비를 들고 서 있어야 한다.

왕조가 바뀌는 사이에 이곳을 찾는 길손의 발길도 끊어지고, 발길이 끊어지면서 사람들의 기억도 망각에 잠겼을 것이다. 그동안에도 바람은 불고 모래는 쌓여 이 높은 막고굴마저 모래더미로 변했다. 그래서 수많은 더미 중의 하나가 되었다.

이것을 청말에 다시 찾아낸 이가 영국 고고학자 스타인이었다.

돈황을 예정대로 떠나 전세기 편으로 나주로 되돌아와서 1박하고, 8월 5일 서안(西安)에 갔다. 홀리데이인 호텔에 여장을 풀었다. 미국의 유명한 체인 호텔 '홀리데이인'이 어느새 중국에도 상륙한 것이다. 이 호텔을 중국말로는 가일반점(暇日飯店)이라고 부른다.

이 시안(중국말로)은 인구 520만을 가진 고도(古都)로서 역사적으로 유서 깊은 고장이기도 하지만, 13km의 성곽이 잘 보존되어 있다. 깨끗하고 아름다운 옛 서울의 향기를 물씬 풍기고 있다.

현재는 섬서성 중부에 위치한 일개 성도(省都)에 지나지 않지만, 원래는 주(周)나라 무왕(武王)이 세운 호경(鎬京)으로 불리던 국도(國都)였다. 그로부터 한(漢)에서 당(唐)에 이르기까지 1,000년이 넘도록 영고성쇠를 거듭하며 찬란한 중국문화를 간직해 온 곳이기도 하다. 한때는 장안이란 이름으로 불리기도 하여, 우리에게 매우 낯익은 이름이다.

이 도시가 비교적 잘 간직되어 있는 이유의 하나는 그 소란했던 이른바 '문화혁명'의 피해를 별로 받지 않았기 때문이라고 한다. 그 홍위병들이 몰려왔을 때, 이 고장의 뜻 있는 노인들이 모두 궐기하여 도성을 비롯한 값진 유물들을 직접 몸으로 지켰기 때문이라고 한다. 이런 이야기를 들었을 때 이곳에는 아직도 장자(長者)의 풍도(風度)가 남아 있고, 또 이를 존중하는 젊은이들이 있다는 것을 알 수 있었다.

그 때문인지 유명한 태종과 양귀비의 욕지(浴池)로 알려진 화청지(華清池)며 공자묘(孔子墓)가 있는 역사박물관, 그 안에 있는 당(唐)과

송(宋) 시대의 고비(古碑)를 거창하게 한곳에 모아 놓은 비림(碑林) 박물관 등이 고스란히 잘 보관되어 있다.

더욱이 우리 일행이 예방한 여러 사찰, 대자은사(大慈恩寺)·흥교사(興教寺)를 비롯하여 천복사(遷福寺)·무루사(無漏寺) 등도 잘 간직되어 참배객의 마음을 흐뭇하게 하였다.

흥교사와 자은사를 예방한 것은 5일 오후였다. 규모가 그리 큰절은 아니었다. 가운데 대웅전이 있고 동쪽엔 경전들이 보관되어 있으며, 서쪽에는 사리탑이 세워져 있다. 사리탑들은 중앙에 현장법사의 그것이, 좌우에 원측(圓測)과 규기(窺基)의 그것이 각각 삼층으로 되어 있다. 우리가 흥교사 예방에 더욱 흥미를 가질 수 있었던 것은 그 유명한 현장법사가 주석한 곳이기 때문이기도 하지만 신라 고승 원측의 사리탑이 모셔져 있기 때문이었다.

현장(玄奘)의 수제자로 알려진 원측법사는 신라시대의 왕손으로 일찍이 출가, 당나라에 가서 수학과 수행에 전심해 산스크리트에 능하고 유식학에 밝아, 비록 인도까지는 가지 않았지만 그의 스승 현장과 더불어 역경사업에 헌신하였음은 천하가 다 아는 사실이다.

그런데 중국 불교계에서 전해오는 이야기로는, 현장의 제자가 되기 위해서는 누구나 유식론 시험에 합격해야 하는데, 원측은 유식론의 지식이 없었으므로 규기가 시험보는 것을 문 밖에서 엿들었고, 그로 인해 우연히 시험에 합격한 것이라고 한다.

이런 전설의 출처는 알 수 없지만 그간 규기의 소행으로 보나 원측의 업적으로 보나, 또 사리탑의 위치가 원측은 좌측에, 규기의 그것은 우측에 세워진 것을 보더라도 그런 근거 없는 전설은 필시 민족적 감정이나 원측의 뛰어난 재질과 인품을 시기한 규기 측에서 연유된 것으로 볼 수밖에 없다고 우리 일행 중의 한 분인 이영무 교수가 말했다. 사실 원측스님이 현장을 중심으로 역경사업을 추진하는 중에, 경전해석에 있어서 자은(慈恩)이나 규기와 자주 의견 대립이 있었음을 후세는 전하고 있다.

그러나 이런 유서 깊은 사원임에도 어찌된 셈인지 앞에서 말했듯이 왕년의 그 융성했던 자취는 어느 구석에서도 찾아볼 수가 없었다. 현장과 그 자제들의 유적만 남아 있을 뿐, 수행의 모습은 찾아볼 수 없어서 참으로 뜻 있는 이들의 마음을 안타깝게 할 뿐이었다. 그리고 이런 명찰(名刹)들도 화청지나 비림(碑林) 박물관처럼 대안탑(大雁塔)·소안탑(小雁塔)과 더불어 옛 영화의 유적지로서 관광을 위한 명승지로 곱게 단장하고 관광객들만 맞아들일 채비를 하고 있을 뿐이었다.

중국 인구의 80퍼센트를 차지하고 있다는 농업과 농민에 대해서는 별로 접할 기회가 없었다. 그저 공항에서 호텔로, 호텔에서 관광지로 오고가는 동안에 버스의 차창을 통해, 또는 기차여행 중에 농촌을 바라볼 수 있을 뿐이었다.

그곳에서는 한국 농촌처럼 경운기 같은 활기찬 농기계를 별로 보지 못했다. 한국의 그것보다 자루가 더 긴 괭이나 삽으로 작업을 했다. 특히 호미를 잡고 앉아 밭을 매는 일은 없다. 주로 괭이를 이용해서 서서 김을 매고 있다. 과수원도 그 관리가 재래식이어서 그런지 그 열매가 그리 탐스럽지 못했다. 복숭아도 애기주먹만하고 사과도 작은 홍옥만하였다. 화학비료가 매우 부족한 모양이다. 안내원 말로는 가게에 농약이 나왔다 하면 어느새 없어지는지 게으른 사람은 구경도 못 한다는 것.

미루어 보건대 농업의 기계화란 말할 것도 없고, 비료며 농약 등이 태부족이어서 농업 근대화는 아직도 시간이 필요한 것 같았다. 그러나 농지정리만은 우리가 다닌 어디를 가나 시원하게 잘 되어 있다.

백두산에 오르기 위하여 6일 오후에 서안을 떠나 약 3시간 만에 심양에 도착했고, 다음 날 아침 기차편으로 장춘으로 향했다. 장춘은 인구 240만에 길림대학을 위시하여 대학만 40개가 되는 문화도시이다. 또한 수목이 800만 주나 심어진 녹음도시라고도 한다. 이 지역 동북쪽에는 한국인이 많기로도 유명하다.

장춘에서 예방한 절은 반야사(般若寺)이다. 중국의 절 이름 앞에는 호국(護國)이란 접두어가 자주 눈에 띄었다. 그리고 절 법당엔 본존불을 모시긴 했지만 붉은색 바탕의 '구고구난 관세음보살' 깃발이 눈에 많이 띄었다. 중국 근대사가 보여주는 한 특징인지도 모르겠다.

장춘에서 연길(延吉)을 거쳐 백두산 산장에 도착한 것은 8월 9일 저녁 무렵이었다. 저녁식사는 백반에 산채로, 산장음식다웠다. 산장 종업원이 모두 20세 안팎의 아가씨들이라는 점이 이색적이었다. 그 중에는 조선족(중국의 여러 소수민족 중의 하나로, 한국인을 주로 조선족이라 부른다) 아가씨도 몇 명 있었다. 이곳 아가씨들은 절대로 봉사료를 받지 않는 것이 특징이다.

백두산(이곳에서는 장백산)에 오르기 시작한 것은 그 이튿날 아침, 날씨가 유난히 화창했다. 게다가 가을 날씨처럼 시원했다.

입산 관문(關門) 위에 장백산은 중앙에, 좌측에 천수(天水), 우측에 운봉(雲峰)이라 가로 씌어 있다.

중국은 어디를 가나 대개 이런 육필의 현판이 걸려 있다. 참으로 개성 있는 필체가 운치 있어 보인다. 동양문화의 중심지다운 그 무엇이 풍기는 듯하다. 우리도 일찍이 이런 멋이 없지는 않았으련만 어느 틈엔가 그 자취조차 사라지고, 이제는 벽촌 도시할 것 없이 천편일률적으로 오종종하고 천박스런 간판 글씨가 편리 위주의 유행을 타고 번져 가고 있지 않은가. 실로 뜻 있는 이의 가슴을 치게 하는구나.

마치 인간을 노예로 만드는 신(神) 위주의 종교가 판을 치고 인간 위주의 종교는 그 밑에 위축되듯이, 한 조각 글씨에도 인간의 향기는 사라지고 기계와 석유문화의 악취만이 풍기는구나.

중간쯤에 이르러 버스에서 하차하여 일행은 정상을 향하여 걷기 시작했다. 정상까지는 6㎞쯤 된다고 한다. 소형의 승용차라면 정상까지도 굴릴 수 있다. 그렇게 찻길이 나 있다. 때마침 길을 넓히는 확장 공사가 한창이었다.

수많은 인부들이 삽과 괭이, 그리고 자갈 삼태기를 들고 산을 까내리고 고랑을 판다. 석수는 정으로 돌을 쪼아 석축을 쌓는다. 시멘트를 나르는 트럭들이 두서너 대씩 몰려다닌다.

사회주의 사회의 인부도 자본주의 사회의 그것과 조금도 다른 것 같지 않았다. 어느 사회건 역시 노동자는 노동자고 농민은 농민이며, 지도자 계급은 지도자 계급이라고 생각되었다. 세월이 어떻게 변한들 지도자가 갖는 별장을 노동자가 가실 수 있을까.

정상까지 좀 지루하긴 해도 그리 가파르지는 않다. 중국식 만만디라면 노소라도 크게 힘들 것은 없을 성싶다. 우리 일행 중에 70이 훨씬 넘은 박광서 교수도 뒤늦게나마 정상까지 올라왔다.

두 사람 세 사람씩 용암 부스러기에 미끄러지며 먼저 오르고 나중 오르고 하였다. 늦게 오른 우리 몇 사람이 천지(天池)를 바라보며 말을 잊은 채 숨을 가누는 사이, 먼저 오른 젊은 교수들은 천문봉(天文峰)에 올라 만세를 외쳤다.

황제를 위해 억조창생이…

남북통일을 위한 민족적 염원을 백두산 천지에 와서 다시 한번 되새겨 보았다. '평화통일 기원법회'를 가졌다. 운제스님(이영무 교수)의 선창으로 삼귀의가 있은 다음 반야심경을 다 함께 외웠다. 고준환 회장의 감개어린 기원문 낭독이 있는 동안 일동은 엄숙한 표정으로 다시 한번 마음속 깊이 불보살께 한국의 통일이 조속한 시일에 평화적으로 이룩되기를 빌고 또 빌었다.

자리를 뜨지 않고 이어서 합토식(合土式)이 이어졌다. 이남덕 교수가 정성을 다하여 한라산에서 가져온 정토(淨土)를 백두산의 고귀한 흙과 합토하여 분단된 국토의 화합을 기원하였다. 일체가 유심조. 이 간절한 소원이 어찌 성취되지 않으랴.

2시 30분경(8월 10일) 용정에 왔다. 총인구 30만 명 중에 조선족이 20만을 차지하고 있다. 곳곳에 '抑制人口水量 提變人口素貸'라는 플래카드가 나부끼고 있었다.

중국의 가장 어려운 문제로 누구나 인구문제를 들고 있다. 소수민족에게만 아이를 두 사람씩 가질 수 있게 허용한 것은 크나큰 특전이

다. 중국인이 한 명 이상의 아이를 낳으면 그들은 호적에서 제외가
되도록 엄격히 규정하고 있다.

일제하에 한국 지사들이 세운 용정학교, 제4중학과 제1중학을 방문
했다. 특히 용정 제1중학이 배출한 많은 인재들은 지금 세계 각국에
서 활약하고 있다. 윤동주 시인도 그 중의 한 분이다. 일제시대 옥에
갇혀 사슬을 차고 있는 사진이 걸려 있었다. 그 사진 하단에 '하늘을
우러러 한 점 부끄러움 없기를……'라는 시구가 씌어 있었다.

우리 교불런 교수 일행은 그 자리에서 십시일반으로 약 300달러
가량을 모금하여 윤동주 장학금에 보태도록 하였다.

연길(延吉)로 다시 와서 백산(白山) 호텔에서 1박을 하고, 8월 11일
오전에 연변대학(延邊大學)에 갔다. 마침 대학 설립 40주년 기념 한국
학 심포지엄을 준비 중이었다. 25개 학과에 3,000명의 학생을 수용하
고 있다. 게다가 5년제 통신대학도 있어 학생 수가 모두 6,000명이라
한다.

조선 민족대학으로서 중국 정부의 지원을 받고 있다. 그 대신 중국
인 7에 한국인 3으로 수용 인원수를 규정하고 있다.

마침 방학 중이라 도서관에서 장서 구경밖에는 할 수가 없었다. 열
람실에 가보고 남한의 전집류들이 서가에 가득 차 있는 데 놀라지 않
을 수 없었다. 전혀 예상 밖이었다. 부교장의 말로는 우리말 책이 4만
권인데 그 중 남한 것이 2만이라고 하였으나, 북한 것은 열람실에도
서고에도 그렇게 많이 보이지는 않았다.

그날 오후 도문(圖門)을 들렀다. 두만강을 사이에 두고 저쪽이 북한
의 남양이다. 이쪽은 주민과 관광객으로 붐비는데, 건너편에는 사람
이 없다. 그 대신 공해도 없을 것 같았다. 머리에 무겁게 짐을 이고
힘겨운 듯 이쪽으로 다리를 건너오고 있는 아주머니 한 분, 남양은

아주 인적이 드문 곳이다.

그런데 이 용정 일대에서 어디를 가도 특히 조선족의 거주 지역에는 사찰은 말할 것도 없고 불교라는 말 한마디 들어볼 수 없었다. 이토록 불교와 불심이 매우 척박한 고장이었다. 장백산 일대에 그토록 산이 높고 골이 깊으며, 울창한 수목 사이로 절경이 많건만 거기에 걸맞은 고찰 하나 구경할 수 없어서 적이 아쉬운 감이 없지 않았다. 불심이 척박한 고장엔 역시 주민의 삶도 그런 것인가.

저녁 6시 30분, 장춘행 기차를 타고 1박을 하였다. 한 칸에 4인용 침대차였다. 비교적 정갈하였다.

아침 6시, 기차에서 내려 장춘(長春) 장백산 호텔에서 조반을 들었다. 조반을 들기 전에 호텔 부근에 공원이 있어 산책할 짬을 가졌다.

공원의 아침은 시민들이 모이는 곳이다. 또 남녀노소가 즐기는 곳이기도 하며, 구령에 맞추어 식전 체조가 시작되는 곳이다. 중국 고유의 체조, 태극권(太極券)이라고 하던가. 체조만이 아니었다. 여러 가지 각종 무술을 연마하고 있었다. 더욱이 우리의 흥미를 끄는 것은 사교 댄스였다. 젊은 남녀도 추고, 노인 부부도 추고, 여자와 여자끼리, 젊은 여자와 노인 남자도, 심지어는 남자와 남자끼리도 추고 있었다. 매우 유쾌한 시간을 즐기고 있었다. 남녀와 노소가 격의 없이 가슴을 활짝 열고 인간 태초의 본래 모습을 보여 주는 것 같았다.

오전에 마지막 황제 부의(溥儀)의 궁전을 보았다. 황제 왕궁치고는 매우 초라하게 보였다. 일본 제국주의의 침략 근성을 엿볼 수 있었다. 지금은 박물관으로서 재세시의 부의황제의 사진과 그 가족들의 모습이며, 일상생활 용품들이 전시되어 있고, 그나마 그 일부는 관광객을 맞이하려는 기념품 판매소가 되어 있었다.

그날 저녁, 북경으로 되돌아와 곤륜호텔(崑崙飯店)에 투숙하고, 이

틑날 13일 아침 10시에 만리장성으로 가는 버스를 탔다. 마침 일요일이어서 장성 가까이 이르니 관광버스로 길이 막혔다. 외국인들은 별로 보이지 않고, 원근 각처에서 모여든 국내 관광객들로 붐볐다.

장성 못 미처 가다가 쉬고, 쉬다가 가면서 겨우겨우 장성 앞 주차장에서 차를 내렸다. 만리장성이라 하지만 관광객들이 거닐 수 있는 곳은 한쪽에서 약 500미터 가량이다. 좌우 두 곳 중의 한 성 위를 걸어보는 것이다. 진시황(秦始皇) 하면 만리장성을 연상하지만, 그 후로도 여러 차례 보강되어 중수되었고, 특히 명(明)대에 이르러 오늘의 장성이 완성된 것으로 전해지고 있다. 귀로에서 본 장성은 그야말로 난공불락(難攻不落)의 요새가 될 만큼 험준한 높은 절벽 위에 내성·외성으로 겹겹이 쌓아올려 그 위세는 실로 장관이었다.

하지만 시황은 어디 가고 장성만 남았으니, 만대를 이루려던 그 웅장한 욕심 앞에 새삼 무상한 세상사를 아니 느낄 수가 없었다. 이어서 오후에는 명대(明代)의 소위 십삼릉(十三陵)을 구경했다. 그 중 가장 유명한 정릉(定陵)의 지하 궁전을 돌아보았다. 그 규모도 크거니와 정교함에 아니 놀랄 수가 없다.

이때의 황제는 누구나 자기가 즉위하고부터 이 지하 궁전을 손수 마련하는 것이 관례로 되어 있었다. 수많은 백성들을 동원하고 막대한 국고금을 들여 이 지하 궁전을 건조하기 시작한다. 천하의 억조창생이 모두 황제를 위해 존재하는 것이다. 그러나 결과적으로는 오늘 우리의 관광을 위해 그토록 제왕들의 심려와 인력과 물자, 그리고 재정이 동원된 것이 아닌가.

여기에 무언비(無言碑)가 있다. 비문이 없는 거창한 석비가 하나 있다. 이것을 무언비라고 한다. 왜 무언비를 세웠을까? 아무도 그 정확한 동기는 알지 못한다. 그래서 여러 가지 억측만 구구하다.

고려와 보조국사

고려가 그 중기에 접어들면서 문무(文武)의 양반(兩班) 사이에 형평을 잃게 된다. 원래 고려는 왕건(王建)을 중심으로 한 무인들이 세운 나라다.

20세에 왕위에 오른 의종(毅宗)은 문약(文弱)한 데다 놀이를 좋아하고 상무(尙武)에 뜻이 없어, 무신들은 문신들에게 노골적인 멸시를 받게 된다. 한 나라에 있어서 그 지도자의 현명과 우둔이 국가 대사를 좌우한 실례는 동서고금에 허다하다. 요컨대 중도(中道)를 잃어 국가가 기울기 시작한 것이다.

드디어 무신들의 불평이 폭발하면서 이른바 정중부의 난을 계기로 나라는 한 세기 가까운 동안 무신들의 싸움터로 어지러워진다. 임금은 무신들의 창검 앞에 괴뢰가 되고 살아남은 문신들은 산속에 숨어 여명(餘命)을 보존한다. 브레인 없는 에너지만의 정치, 골빈 당의 주먹정치. 어찌 국정이 바로 설 수 있으랴.

억눌렸던 세력은 틈이 생기면 고개를 쳐든다. 농민과 천민과 노비들도 그들의 해방을 위하여 지방 각처에서 봉기할 기회를 맞는다.

태조가 개국 초에 불교를 국교(國敎)로 하여 정치와 사회의 지도이념으로 삼았지만 천민과 노비를 해방시키지는 못하였다. 한편, 승려들도 이런 와중에서 예외는 아니었다. 문신들과 뜻을 같이한 일부 승려들은 폐위된 의종의 복고운동에 가담, 그 희생된 수가 적지 않았다. 하지만 승려 자신들에게도 문제는 있었다. 문종(文宗) 때부터 승려 개인에게 별사전(別賜田)이라 하여 토지를 하사하였다. 이를 계기로 노비를 거느리고 토지 겸병(兼倂)과 고리대금업, 상업행위 등으로 부패 타락한 승려가 생기기 시작했다.

정치에도 간여하게 되어 신돈(辛旽) 같은 승려도 역사에 등장하게 된다. 그는 공민왕의 사부(師傅)로서 국정을 맡아 개혁을 단행하였다. 오래 쌓인 사회적 병폐를 정화하고 기강과 질서를 바로잡았다. 무인에게 빼앗겼던 토지를 농민에게 되돌려 주고 노비를 해방시켰으며 국가 재정을 튼튼히 하였다. 하지만 이런 급진적 개혁은 자연 귀족들의 반발을 사지 않을 수 없었다.

이러한 그의 활약보다는, 그가 역사상 악역의 인물로 등장하게 된 데는 공민왕의 우유부단과 이성계의 자기 정당화를 위한 한 수단도 작용했을 것이다. 어떤 공과를 묻기 전에 승려의 본분사가 구도에 있다면, 정치에 너무 깊이 간여했다는 그것만으로도 비난을 받을 동기가 되지 않을까. 이를 기화로 그간 칩거하고 있던 신흥 사대부의 성리학자들은 불교 자체를 배척하여, 정도전 같은 인물은 불교를 '멸륜해국(滅倫害國)의 도(道)'라는 극언을 하기에 이른다. 조선조에 와서 숭유배불(崇儒排佛)을 하게 되는 그 씨가 여기에서부터 뿌려진 것이라 할 수 있다.

숭유배불, 그것은 애초부터 빗나간 일이다. 고려왕조에서 한 세기 가까운 동안 무신의 난이 계속되고, 이어 밖으로 거란과 몽고의 침입을 받아 종사가 위태로웠으며, 민생이 도탄에 빠진 그 원인은 어디에 있는가.

조선조가 나라를 잃어버리고 고려보다 더 비참한 최후를 마치게 된 그 원인은 어디에 있는가. 중도(中道)를 잃었다는 그 한 가지. 원효 스님은 그 아들 설총을 유학자로 만들었다. 매우 흥미로운 일이다.

보조스님은 바로 이런 격동기에 고려에 출현하여 8세에 출가하였다. 13세 때 고려 무신정권의 시작인 정중부의 난이 일어난다. 이 정변은 86년 간 계속된다. 혼란한 사회상과 더불어 일부 승려들도 여기에 휩쓸린다. 이와 같이 어지러운 고려불교를 다시 일으켜 세운 이가 바로 보조국사다.

그의 호는 목우자(牧牛子). 자기를 이렇게 불렀다. 소를 치는 사람, 즉 지혜의 소를, 진심(眞心)의 소를 가꾸고 기르는 사람이란 뜻이다.

'우리는 명예와 이익을 버리고 산속에 들어가 결사(結社)를 만들어 항상 선정(禪定)을 익히고, 아울러 지혜를 닦기에 힘써 …… 심성(心性)을 수양하여 한평생을 구속 없이 지내고, 달사(達士)와 진인(眞人)의 높은 수행을 따르면 어찌 즐겁지 않겠는가'라고 하여 여러 도반을 규합했다.

타락한 도시불교와 시끄러운 정변에서 초연하기 위해 스님은 이런 생각을 했다. 이것은 정혜결사(定慧結社) 운동의 동기가 된다.

스님에게 두 차례의 큰 깨달음이 있었으니, 창평(昌平) 청원사(清願寺)에서 『육조단경』을 읽었던 그것이 첫번째다.

'참되고 한결같은 우리의 본성은 망령된 생각을 일으켜 관능적 생활에 빠진다. 그러나 비록 그 관능의 기관들이 보고 듣고 느끼고 알고 하는 일이 있다 할지라도 참된 우리의 본성은 그 바깥 세계의 갖가지 것들 때문에 물들어 더럽혀지는 것이 아니며 항상 자유롭고 자

재하다.'

두번째는 지리산 무주암(無住庵)에서 대혜보각(大慧普覺) 선사의 어록에서 다음과 같은 대목을 보고 지혜의 눈이 환히 열리더라는 것.

'선(禪)은 일상생활 속에서 복잡한 관계를 갖는 거기에 있는 것도 아니며, 또 사량분별을 일삼는 거기에 있는 것도 아니다.'

도반들과 정혜결사의 맹문(盟文)을 지어 뜻을 같이하면서 모이고 흩어져 수행하기 여러 차례. 팔공산 거조사에서, 지리산 무주암에서, 그리고 송광산 길상사에서.

어디에서나 목우자 스님을 찾아오는 도반은 많았다. 출가자도 있고 재가자로서 유명인사들도 적지 않았다. 특히 지금의 송광사로 스님이 자리를 옮겼을 때는 선객들이 구름같이 모여들었다. 명성과 지위와 처자까지도 버리고 온 이. 그 중에는 왕족 권문세가도 적지 않아 수백 명에 이르렀다. 오랜 정변에 시달려 무상을 느낀 나머지 난세를 피하여 입신안명을 찾아서.

이렇게 국사는 고려불교를 중흥시켜, 16국사가 면면이 후속되어 불법의 무궁한 터전이 이 땅에 마련되었다.

쉬면 깨닫는다〔歇卽菩提〕

끽다거(喫茶去).

조주스님이 자주 쓰는 상용구로 유명하다. 도를 구하여 불원천리하고 헐레벌떡 달려오는 구도자들에게 주는 간단한 안식(安息) 처방이었다. 이로써 잠시나마 입정(入定)케 하는 것이다.

차를 마시는 동안은 쉼의 시간이다. 차를 준비하는 동안 우리는 기다린다. 기다리는 동안은 아무것도 하지 않는다. 아무것도 하지 않기 때문에 아주 값진 시간을 가질 수 있다.

차를 제대로 만끽할 수 있기 위해서는 이런 마음의 공간이 전제되어야 한다. 다선일미(茶禪一味)란 말이 그 때문에 쓰여지는지도 모른다. 적어도 이런 여유쯤은 가질 수 있어야 다객(茶客)이라 일컬음직하다.

그러므로 차를 마실 줄 아는 이는 우선 잠시나마 놓아 버릴 줄 알아야 한다. 홀가분한 그런 자세가 되지 않고는 차맛을 제대로 음미하기가 어려울 것이기 때문이다.

차를 마시는 일은 목이 말라 물을 마시거나, 시장해서 음식을 드는 그런 일과는 아주 다른 것이다.

복잡다단한 현대인들에게 끽다는 더욱 필요해지고 있다. 그 때문에 티타임이란 것이 생겨났는지도 모른다. 그만큼 도시인들에게는 휴식이 더욱 필요하다. 차맛에 열중하는 다인(茶人)들조차 그들이 의식하건 못하건 간에 아울러 휴식을 즐기고 있는 것이다. 차를 마시며 즐기는 휴식은 가장 조용한 안식이 될 것이다.

사람의 일상생활 중의 절반은 일이고 절반은 휴식이다. 우리의 삶이 긴장과 이완의 연속으로 이어가듯이 일과 휴식으로 이어간다. 사람에게는 일이 필요한 것처럼 역시 휴식도 필요하다.

휴식이 필요한 것은 사람만이 아니다. 동물에게도 있어야 하고 식물에게도 없어서는 안 된다. 우주 삼라만상에 있어서 휴식은 필요불가결의 것인지도 모른다.

아기들도 휴식 속에서 성장하고, 뱀 같은 것들도 동면 속에 생을 이어가며, 식초나 술도 오랜 휴식 속에서 그 맛의 진가를 더해 간다.

휴식이란 말의 Recreation은 재창조란 의미를 내포하고 있다. 이완은 긴장을 준비하듯이 휴식은 에너지의 재충전을 뜻하기도 한다. 그러므로 우리는 거듭나기 위해 휴양을 필요로 한다.

안거(安居)도 일종의 휴양이다. 쉴 수 있으면 깨달을 수 있으니까〔歇卽菩提〕. 발상지에서의 이 제도는 자연적인 조건의 제약 때문에 인위적으로 만들어진 습속이었지만, 이제 우리에게는 필요한 하나의 방편이 되었다.

배울 것도 없어 함이 없는 한가한 도인은
망상도 없애려 않고 참도 구하려 하지 않느니라.
絶學無爲閑道人

不除妄想不求眞

완전한 안식 속에 안거자재(安居自在)한 상태이다. 우리가 마음을 오로지 쉴 수만 있다면 자재(自在)는 거기 있을 것이다. 이것은 결제 동안에 안거를 통해서 추구하는 목표이기도 할 것이다.

이런 안거 수행의 문이 일반 재가자에게도 열려진 것은 비록 최근의 일이고, 또 일부 암자에 지나지 않지만 실로 고마운 일이다.

곡성 태안사, 갑사의 대자암, 해인사의 원당암, 해운대의 해운정사, 범어사의 금정암 등이 손꼽히고 있다.

5, 6년 전 시방당(十方堂)이 건립된 이래 매년 두 차례의 방부를 받고 있는 대자암(大慈庵)은 그간 40명 내외의 청신사와 청신녀들이 꾸준히 정진을 계속해 오고 있다.

이 암자에는 또 하나의 특기할 사실이 있다. 삼매당(三昧堂)을 마련하여 3년 전부터 무문관(無門關) 제도를 이곳에 부활시켜 놓은 것이다. 10개가 넘는 선실(禪室)을 마련하여 5개월 간의 기한으로 개인적인 토굴생활의 전통을 이어가고 있다.

비구 스님들에게 우선권이 주어지지만, 비구니 스님과 남녀 재가자들에게도 문호는 개방되고 있다. 거사와 보살들에게는 인연 따라 입실 기간의 신축성이 부여된다.

상상치 못했던 완벽한 내부구조에 누구나 놀라게 된다. 4칸 반의 아파트로서 3칸 방에, 화장실이 한 칸이고 반 칸의 다용도실이 딸려 있다.

실내에는 냉장고와 전자레인지가 갖추어졌고 일정한 시간에 온수가 공급되어 추운 겨울에도 불편을 모른다. 더욱이 수세식 좌변기가 이채롭다. 아무래도 옛 수행자들의 토굴과는 달리 이곳은 명승지의 산장을 방불케 한다.

식사는 비록 하루 한 번 공급되지만 먹는 이의 식성에 따라 두 번, 세 번에도 나누어 할 수 있어 그 재량이 자유롭다. 뿐만 아니라 우유, 과일, 그리고 과자 같은 부식이 뒤따라 영양에도 깊은 배려를 하고 있음을 짐작할 수 있다.

대자암에 주석하고 계신 마곡사 조실 영파(靈波) 큰스님의 말씀에 의하면, 우리나라 경허스님이나 효봉스님 같은 도인들이 이런 토굴에서 두문불출하고 용맹정진하여 그 결과 깨달음을 얻었다 한다. 그런 취지에서 마련된 제도가 일찍이 북한산 천축사에서 시작한 무문관(無門關)이었다.

이 무문관 제도는 중국이나 인도에도 없었던 우리나라의 독특한 시설이다. 따라서 영파 큰스님은 이 제도의 창시자가 된다. 그 원력 또한 대단하다.

삼매당에 일단 입실을 마치면, 그 순간에 큰스님 손에 의하여 문 바깥쪽에 육중한 자물쇠가 채워진다. 그리곤, 공양을 가져오고 그릇을 내가기 위해 하루 두 차례씩 방문 옆 아래쪽에 두 손바닥 넓이의 이중문이 소리 없이 빠끔히 열렸다 닫히는 일 외에는 외부로부터 아무 일도 일어나지 않는다.

이런 조건하에서 이 네 칸 반의 공간은 나의 왕국이 된다. 이 속에서 나는 자유인으로서 절대 자유를 행사할 수 있다.

이렇게 장기간 고독과 자유, 그리고 침묵 속에서 살아보기는 내 생애 처음 있는 일이었다.

이 공간에서는 누구의 지시도 간섭도 아무 제약도 받지 않는다. 무한한 자유가 주어진 시간이다. 하지만 오직 한 가지 자유만으로 좁혔다. 화두를 드는 자유 한 가지로. 그것도 쉼의 한 방편이기 때문에.

처음에는 화두의 주인이 분명 나 자신이었지만 어느 사이에 나는 화두에 예속되어 감을 느끼게 된다. 나의 일희일비(一喜一悲)가 모두 화두 때문임을 실감했기 때문이다. 분명 나는 화두를 잡았지만 결국 화두에 잡히고 만다. 화두와 하나가 되기 위하여 불가피한 과정인가.

나는 이 왕국에서 왕자처럼 자존심을 지켜 나가기 위해 나 스스로를 사랑하고 스스로를 존중해야 했다. 무엇보다도 평소처럼 무엇을 구해 마음을 어지럽히는 일이 그지없이 천박스럽게 여겨졌다. 아무것도 구하지 않기로 했다. 이 한 가지만으로도 산란심이 정리되어 가는 듯했다. 이와 같이 뜻대로 마음이 움직여 준다고 느낄 때, 그 지속이 아쉬웠다. 그래서 계룡산 맑은 정기를 다시 마시고 싶다.

불사(佛事)의 의미

머칠 전 송광사 지장전 점안식에 동참할 기회를 가졌다.

남부지방에서는 호우로 인해 인명과 재산의 막대한 피해를 내고 있다는 가슴아픈 소식이 전해지는 가운데서도, 호남고속도로 주변 일대의 김제벌과 만경평야는 올해도 어김없이 대풍이 예상되는 풍요로운 인상을 짙게 풍기고 있었다. 우기를 맞아 멀고 가까운 곳의 높고 낮은 산들은 한결 푸르고, 마치 들판에 볏가리를 쌓아 놓은 듯 소복소복, 보기에도 매우 흡족한 느낌을 준다. 또 이 고장 젖줄인 양 여기저기 벅차게 흐르는 냇물들은 수자원의 넉넉함을 과시하는 듯, 이 모두가 기름진 이 땅의 부를 상징하는 것 같았다.

이토록 아름답고 부유한 이 나라를 불국토로 장엄하기 위하여 지금도 곳곳에서는 사원건립 불사(佛事)들이 힘차게 이루어지고 있다. 매우 뜻 깊고 흐뭇한 일이 아닐 수 없다. 융성기를 맞아 세차게 뻗어가는 우리나라의 국력과 아울러, 바야흐로 우리 불교에서도 중흥기를 맞은 감이 없지 않다.

무릇 종교에 있어 사원은 필수적인 존재다. 사원이 없다면 일반은 그 종교의 존재를 알 수 없을 것이다. 물론 종교가 생겨나기는 특출한 개인의 사유를 통해서 비롯된 것이지만, 그 종교가 전파되기 위해서는 일정한 의식을 통해서만 가능한 것이다. 그리고 종교는 의식(儀式) 같은 형식보다 그 내용이 더 중요하지만, 일반은 형식 없이 내용을 볼 수 없기 때문에 내용은 형식과 아울러 있어야 한다. 그 내용에 접근할 수 있는 것도 의식이라는 형식을 통해 비로소 가능할 것이다.

사원이란 바로 이런 의식이 행해지는 집이다. 종교는 그 종지(宗旨)를 일반 민중에게 널리 전파하여 그들에게 구원을 주려는 데 목적이 있다. 사원은 이런 목적을 달성하기 위해, 승려와 시민이 접촉하기 위해서 꼭 필요한 집이다. 부처와 중생이 만나는 곳이다. 이렇듯 사원의 존재가 그 종교의 그것과 언제나 불가분리의 관계에 있음은 우리가 알고 있는 바와 같다. 그래서 그 사원의 외관에 따라, 또는 그 수에 비례하여 그 종교의 성쇠를 짐작하게 된다.

이런 뜻에서 우리나라 불교계의 중창불사나 창건불사를 많이 보게 되는 것은, 특히 불자의 입장에서 반가운 일임에 틀림없다. 더욱이 한국의 불교 사원은 역사적이고 전통적이며 독창적인 문화재로서, 세계적으로도 그렇거니와 국내에서도 독특한 국보적 가치를 지니고 있다. 이런 점에서도 오늘의 불사는 그만큼 의미가 있다.

대개의 경우, 고색창연한 수많은 고찰들은 삼국시대에 창건되어 이 민족과 영고성쇠를 함께 하면서 천여 년의 유구한 세월 동안 퇴락, 중창을 거듭하여 오늘까지 보존되어서 그 웅자를 고스란히 간직하고 있다.

한국불교 역사의 변천은 곧 이 겨레의 만고풍상의 자취를 말해 주고 있다. 그럼에도 그 사원들은 끊임없이 중수되어 더욱 새로운 장엄으로 이 시점에서도 우리가 직접 대할 수 있다. 이것은 역대 조사와 선지식, 그리고 뜻 있는 스님네들과 정성어린 신도들의 단성(丹誠)의 결정임을 말해 주고 있는 것이다.

절의 중요성은 만고불후의 그 웅자를 자랑하는 사원 건물 그 자체에만 있는 것은 아니다. 한국 절의 더욱 큰 의의는 불조의 혜명을 이어온 역대 조사들의 자비와 지혜의 숭고한 얼이 거기에 담겨 있는 데 있다. 절은 동서 어디에서나 볼 수 있듯이, 단지 건물 연대가 오래되었다고 해서 문화재로서의 가치를 인정받는 그런 건조물이 아니다.

우리나라 원효대사·의상조사 같은 선각자들, 그들이 세운 절은 단순한 건물이 아니었다. 그들은 웅장한 건물을 구상한 일이 꿈에도 없었을 것이다. 그들은 깨달음의 도량을 세운 것이다. 불교의 사원은 이렇게 특수한 의미가 있다.

오늘도 우리는 심산유곡, 첩첩산중 어디를 가나 고색창연하며 아름답고 멋있는 불교 사찰을 대할 수 있다. 이때 우리 옛 조사님들의 숭고하고 자비로운 바로 그 모습을 대하는 듯하다. 일찍이 이 땅은 수많은 고승대덕들을 가질 수 있었다. 이것은 우리만의 자랑이 아닐 수 없다. 우리는 바로 그런 스님네들의 가르침의 후예임을 자부한다. 한때 역사의 좌절이 없었던 것은 아니지만, 그러나 우리의 마음속에 불조(佛祖)의 가르침이 사라진 적은 없을 것이다.

절을 세우는 일은 어제 시작하여 오늘에 그치고, 오늘에 비롯하여 내일에 끝나는 일상의 일과(日課)와는 다르다. 부처님의 자비하신 거룩한 뜻을 이어 억만겁토록 억조창생뿐만 아니라 무수의 미물 곤충까지도 제도하려는 가없는 큰 원을 세워 그것을 행하는 성스러운 도량을 마련하는 일이다.

불사의 목적은 이와 같이 무엇에도 비할 바 없이 거룩한 것이다. 이런 거룩한 사업이 곳곳에서 줄기차게 이루어지고 있다는 것은 한

국불교의 장래를 밝게 해줄 뿐만 아니라, 우리나라 우리 민족의 앞날
에도 희망찬 서광을 비춰 주는 일이 된다.

이런 뜻에서 우리가 불사에 동참하는 일이 얼마나 값진 일인가를
알 수 있다. 그리고 불사는 가급적 모든 불자들의 동참으로 이루어지
는 것이 가장 바람직한 일이다. 부자도 가난한 이도 다 함께, 비록 베
푸는 물질의 다과(多寡)는 있겠지만 부처님 곁에서 나누어 갖는 복은
빈부의 차이 없이 인연 있는 자에겐 골고루 평등하게 돌아가기 때문
이다.

부처님께서 공양 보시를 받으실 때도 부잣집이나 가난한 집을 가
리지 않고 평등하게 고루 받으신 것은 보시의 공덕이 고루 돌아가게
함이었고, 또 부처님과 인연을 고루 맺기 위해서였다고 하지 않는가.

따라서 불사를 하는 일은 불사 자체에만 뜻이 있는 것이 아니라,
불사를 통해서 불교와 인연 없던 사람들에게도 옛 인연을 이어 새로
운 인연을 맺게 하는 좋은 계기가 될 것이다. 부처님의 깨달음의 빛
이 고루고루 평등하게 누구에게나 돌아가도록.

보살행을 실천하며

어떻게 살아야 하느냐? 이런 문제는 어느 시대 어느 곳 누구에게 나 간단 없이 제기되는 과제라고 생각된다. 더욱이 오늘날과 같이 기 존의 가치관이 흔들리고 혼미를 거듭하는 시대에 있어서 '어떻게 살 아야 하느냐?' 하는 일은 오늘을 살아야 하는 우리 모두에게 긴박하 고 절실한 문제가 아닐 수 없다.

물론 일찍부터 이런 문제의 해답을 구하기 위하여 여러 선각자들 이 백가쟁명(百家爭鳴)으로 심혈을 기울여 왔음을 우리는 잘 알고 있 다. 따라서 그 결과 여러 가지 종교, 철학과 무수한 이론들이 생겨났 다. 그리고 그런 종교, 철학 이론들은 그 나름대로 일가견을 이루고 있으며, 각기 일리가 있는 것으로 인정을 받고 있다. 그렇기 때문에 그것들의 존재가치를 우리는 부인할 수가 없다.

또 이런 다양한 이론체계가 있기 때문에 그만큼 문화와 사상의 폭 도 넓어지고, 사람이 세상을 보는 시야도 그 세계를 판단하는 안목도 확대되어진 것이다. 게다가 매스컴을 통해 동서 지역 간의 정보가 교 환되고, 책을 통해서 역사적 사실이 시대의 막힘 없이 우리에게 알려지게 되었다. 이렇게 정보와 책이 우리에게 그 다양한 사상의 이론체계를 신속, 정확하게 전해줌으로써 우리의 삶은 그만큼 많은 도움을 받고 있는 것이다.

하지만 이런 사상들이 다양한 만큼 이론상 상충되는 점이 없지도 않다. 그 때문에 우리의 선택은 그만큼 어려워진다. 심지어 어떠한 경우에는 그 잡다한 이론이 우리의 판단을 도리어 흐리게 하는 수도 있다. 더 나아가서는 올바른 판단에 방해물이 되어 유해하기까지 한 것이다.

이 때문에 우리의 올바른 삶을 어떤 사상체계에서 구하려고 할 때 자칫 그르치는 수가 있다. 한 치의 차이가 하늘과 땅의 사이만큼 벌어지듯, 우리에게 정반대의 결과를 가져오는 수도 있다.

종교의 경우에도 정법(正法)과 사교(邪敎)를 분간해야 할 필요성이 여기에 있다. 하지만 우리가 법(法)과 비법(非法)을 판단하는 데 있어서도 역시 어려움은 있다. 왜냐하면 비법이라고 하더라도 거기에는 일리(一理)를 인정할 만한 이론적 근거가 있기 때문이다. 오히려 비법일수록 이론이 정연하여 논리적인 하자를 찾아보기 어렵다.

하지만 사물의 본질은 그 구경(究竟)에는 이론으로 설명될 수 없고, 진리는 어떤 논리로 설명될 수 없는 것이다. 그리고 사물의 본질이나 진리는 눈으로도 볼 수 없는 것이다.

『금강경』에서도, '만약 색(형상)으로써 나를 보려고 하거나 음성으로 나를 찾으려고 한다면 이런 사람은 사도(邪道)를 행하는 것이므로 여래(진리)를 볼 수 없다'고 한다.

이와 같이 비법(非法)일수록 논리가 정연하고 이론이 체계화되어 있는 데 비하여 정법, 즉 진리가 담긴 성현의 말씀들은 도리어 논리가 결여되어 있는 것이 그 특징이다. 그리고 미사여구로 사람을 현혹시키는 일도 없다. 공자도 『논어(論語)』에서 '말을 교묘히 꾸며대고 아첨하는 얼굴빛으로 남의 비위를 맞추는 자 중에는 어진 이가 드물다'고 하였다. 기독교의 성경도 마찬가지다.

이른바 3대 성인(聖人)들의 깨달은 방법이 이와 같이 이론이나 논리를 초월하고 있음을 안다. 공자의 경우는 대쪽으로 만든 책의 가죽 끈이 세 번이나 끊어지도록 『주역(周易)』을 부단히 독송함으로써 깨달았고, 석가는 명상, 즉 좌선을 통해서 깨달았고, 예수는 하늘의 계시를 받아 깨달았다.

그 방법은 비록 다르지만 그들이 깨달은 진리는 같을 것이다. 왜냐하면 진리는 하나라고 생각되기 때문이다.

이와 같이 성인들의 예에서 볼 수 있듯이 진리를 깨닫는 데는 이론과 논리를 초월하고 있음을 본다. 그러므로 '어떻게 살아야 하느냐?' 하는 문제의 해결도 어떤 이론이나 논리에 의거하기보다 이와 같이 성자들의 깨달음의 방법에 의지하는 것이 사도(邪道)에 떨어질 염려가 없다.

'어떻게 살아야 하느냐?' 하는 우리의 이 심각한 고민은 위의 성자들이 그랬듯이 깨달음의 시초, 즉 초발심이 될 것이다. 그리고 이 고민은 깨달음을 얻음으로써 근본적인 해결이 될 것이다.

> 일사불란하게 정진하던 성자에게
> 연기의 이치를 알게 되어
> 우주의 원리가 밝혀졌을 때
> 그의 의심은 깨끗이 풀렸다.

이는 석가모니 부처님의 경우이다. 불교는 이 깨달음으로부터 시작된 것이다. 석가모니 부처님이 진리를 깨달았다는 것은 아주 중요한 일임에 틀림없지만, 그 깨달은 진리 그 가르침을 우리가 생활화한다는 것, 즉 그렇게 산다는 것도 중요한 일이다. 왜냐하면 이 만고불변의 진리를 우리가 생활화하지 않는다면 부처님이 깨달은 진리와 우리와는 아무 관계도 없기 때문이다.

물론 부처님의 직접적인 출가 동기는 그 정각(正覺)을 일반에게 전파하는 데 있지 않았는지도 모른다. 아마 우선은 자신의 고민을 풀고 자신의 절박한 문제를 해결하는 것이 급선무였을 것이다. 그래서 정각을 이룬 직후 '부처님은 침묵을 지키고 설법을 망설였다'고 한다. 그 정각의 내용이 '무상심심미묘법(無上深甚微妙法)'이기 때문에 일반이 그것을 이해할 수 있을까 염려했기 때문이었다고 한다.

이때 하늘의 범천왕(梵天王)이 홀연 부처님 앞에 나타나 설법을 간곡히 애원하였다.

"세존이시여, 법을 설해 주옵소서. 이 세상에는 악의 오염이 적은 자도 있으므로 그들마저 법을 듣지 못한다면 악에 떨어지고 말 것이옵니다. 그러나 그들이 법을 듣는다면 필시 깨달을 것입니다" 하고.

이때 부처님은 드디어 전도를 결심하기에 이르러 "내 이제 감로의 법을 설하리라. 귀 있는 자는 들어라"고 당당히 제일성을 외쳤던 것이다. 이것이 동기가 되어 그 감로의 법은 오늘 우리에게까지 전해지고, 중생들은 그 고민으로부터 해방될 기회를 가질 수 있게 된 것이다.

그렇다면 부처님의 깨달음은 대체 무엇이며, 우리는 그것을 어떻게 받아들여 살아야 하는가?

정각을 이룬 그 결정적인 순간에, 어두운 방에 광명이 비춰 암흑이 일시에 사라지듯 우주 삼라만상의 그 실상이 드러난 것이다. 이때 그의 오랜 의혹도 사라진 것이다. '인생은 어째서 괴로운 것이냐?' 하는 질문에 해답을 얻은 것이다. 즉, 그는 연기의 법칙을 깨달았던 것이다.

> 이것이 있음으로 인해서 저것이 있고
> 이것이 생김으로 인해서 저것이 생기고
> 이것이 없음으로 인해서 저것이 없고
> 이것이 멸함으로 인해서 저것이 멸한다.

사물의 상관관계의 법칙을 깨달은 것이다. 이것은 상호의존성의 법칙이며 인과의 법칙인바, 인간과 사물 일체의 존재는 이 법칙에서 벗어나는 것이 없음을 발견한 것이다. 우주의 일체 만사가 이 법칙의 지배를 받고 있음을 깨달은 것이다. 이것이 그대로 불교의 원리가 된다. 저 방대한 팔만대장경도 이 연기의 법칙이 그 골격을 이루고 있음은 두말할 것도 없다.

이 연기의 원리에 의거해서, '우리는 왜 괴로운가'에 대한 답을 구한다면 아주 간단하다. 그것은 '욕심'이 있기 때문이다. 그러므로 우리가 괴로움을 벗어나려면 욕심에서 벗어나야 한다는 결론에 이른다.

불교에서는 괴로움을 사고(四苦)와 팔고(八苦)로 구분하고 있다. 나고 늙고 병들고 죽는 생로병사(生老病死) 사고(四苦)에, 미운 사람을 만나는 괴로움[怨憎會苦], 사랑하는 사람과 헤어지는 괴로움[愛別離苦], 구하는 것을 얻지 못하는 괴로움[求不得苦], 색수상행식의 오온(五蘊), 즉 육신과 정신의 활동 자체에서 생기는 괴로움[五蘊盛苦], 이 사고를 합하여 팔고(八苦)가 된다.

이런 괴로움이 생기는 원인은 구하는 것이 있기 때문이다. 목마르고 애타게 집착하는 것이 있기 때문이다. 욕망 자체에 대하여 부정하

202

는 것은 아니다. 단지 그것이 지나칠 때 문제가 되는 것이다. 그래서 욕망을 지나치게 억제하는 금욕주의도 배격하는 동시에 욕망에 빠지는 쾌락주의도 인정치 않는다. 이 두 극단을 배제하는 것을 중도(中道)라고 한다. 그러므로 갈애(渴愛)나 집착은 중도에서 벗어나는 행위가 된다.

여기서 다시 연기의 원리를 적용해 본다면, '무엇으로 인해서 괴로움이 생기는가?' 하는 질문에는 '갈애와 집착으로 인해서……'라고 대답할 수 있다. 따라서 '무엇이 멸함으로 인해서 괴로움이 멸하는가?' 하는 질문에 '갈애와 집착이 멸함으로 인해서……'라고 대답할 수 있다.

이 연기의 원리에 입각해서 붓다는 네 가지 진리를 우리에게 가르치고 있다. 사성제(四聖諦)라고 하는 것이 그것이다.

첫째는 고(苦)에 대한 진리, 둘째는 고의 원인에 대한 진리, 셋째는 고의 원인을 없애는 데 대한 진리, 넷째는 고의 원인을 없애는 방법에 대한 진리이다. 이것을 반야심경에서는 고집멸도(苦集滅道)라고 일컫는다.

첫째의 고제(苦諦)에 있어서, 붓다는 인생이 고라는 것을 명확히 하고 있다. 이 점에서 문외한들은 불교를 비관주의라고 하기도 하지만 냉혹하리 만큼 이성적인 안목으로 인생을 관찰할 때 이 '고의 진리'에 대하여 수긍하지 않을 수 없다. 물론 인생에 있어 즐거움이 전혀 없는 것은 아니지만 그것은 덧없는 것이요, 또한 우리가 그렇게 순간적인 착각을 하고 있는 데 불과한 것이다.

"비구들이여, 이것이 고(苦)의 진리다. 잘 들어라. 나는 것도 고요, 늙는 것도 고요, 병드는 것도 고요, 죽는 것도 고다. 게다가 근심·격정·슬픔·불행·번뇌도 고다. 미워하는 사람과 만나는 것도 고요,

사랑하는 사람과 헤어지는 것도 고요, 구하는 것을 얻지 못하는 것도 고요, 육신과 정신의 활동 자체도 고다. 이와 같이 인생에 있어서 고 아닌 것이 없다"고 부처님은 설파하고 있다. '인생은 본질적으로 고 다'라는 것을 밝히고 이것을 정확히 알라고 타이르고 있다.

둘째의 진리인 고의 원인에 대하여, 우리가 괴로워하는 것은 지나친 욕심, 불타는 욕심, 갈애가 있기 때문이라고 한다. 그럼에도 불구하고 우리는 흔히 한없는 욕심을 가지고 이것을 버리지 못하면서 아울러 괴로움이 없기를 바라는 모순을 범하고 있다. 도리어 괴로움을 제거하는 방법으로 욕망을 달성하면 된다는 착각마저 가지고 있는 것이다.

셋째, 괴로움을 없애는 진리에 대하여, 괴로움의 원인이 욕심에 있으므로 이 욕심을 없애면 자연 괴로움도 없어진다는 것이다. '이것이 멸하면 저것이 멸하기 때문이다.' 간단명료하고 아주 명쾌한 해답이 아닐 수 없다. 그러나 이런 사실, 이런 진리를 안다고 하더라도 그것을 곧바로 실천에 옮기지 못하는 것이 바로 우리 중생의 어리석음이다.

그래서 넷째, 그 고의 원인을 없애는 방법에 관한 진리까지도 구체적으로 일러주고 있다. 이것이 이른바 팔정도(八正道), 여덟 가지 바른 방법인 것이다.

즉, 유(有)·무(無)의 편견에 떨어지지 말고 중도(中道)의 견해를 가질 것〔正見〕, 바른 사유로 무루의 지혜를 닦아 사제(四諦)의 이치에 따를 것〔正思〕, 망령된 말과 삿된 말을 삼가고 바른 말을 할 것〔正語〕, 바른 행동으로 옳은 습관을 기를 것〔正業〕, 악업을 짓지 말고 올바르게 생활할 것〔正命〕, 올바른 노력으로 악을 억제하고 선을 추구할 것〔正精進〕, 삿된 생각을 버리고 수행에 정신을 집중할 것〔正念〕,

좌선하는 태도로 마음을 가라앉히고 마음을 안정시킬 것〔正定〕등이다. 이것은 모두 중도에 입각한 수행 생활의 구체적인 실천 덕목이다.

다시 말해서 우리의 일상생활의 구체적인 지침이라고 할 수 있다. 이런 지침을 통해서 우리는 네 가지 진리〔四聖諦〕를 이룰 수 있고 또한 이 진리를 통해서 이고득락(離苦得樂)을 할 수 있다.

그러므로 부처님의 가르침을 생활화하기 위하여 어떻게 살아야 하느냐 하는 문제의 해답은 위의 팔정도와 더불어 육바라밀을 행하는 데서 얻을 수 있을 것이다. 그러나 이것은 수학 공식을 푸는 것과는 달리, 우리가 일상생활에서 실제로 행하지 않으면 구두선에 그치고 마는 것이다. 그러므로 앞에서 문제로 제기했던 '어떻게 살아야 하느냐'가 가장 중요한 것이다. 그 한 예로 누구나 날마다 가지는 의식주(衣食住)에 있어서부터 생각해 본다.

우리가 삶을 지속해 가는 데 있어서 먹는 것보다 더 중요한 것은 없다. 그럼에도 그토록 가볍게 여기는 일도 다시없을 것이다. 그래서 다반사(茶飯事)라는 말이 만들어지게 되었을까. 식사하는 태도부터도 그렇다. 시종 단정한 모습으로 식사를 마치는 이도 없지는 않다. 하지만 일반적으로 남김 없이 식사를 마치는 경우는 극히 드물다.

음식점에서 항용 눈에 띄는 일로 혹자는 먹는 양보다 남기는 양이 더 많은 수가 있는데, 이런 경우에는 수저를 대기 전에 분에 맞는 양을 헤아려서 미리 덜어 놓는 아량쯤은 가져 마땅할 것인데 어떤 이는 국까지 말아 몇 술 뜨지도 않고 그냥 휘저어 놓기가 일쑤이다. 심지어는 거기에 소독저마저 꺾어서 부셔 넣기도 하고 식탁에 버려진 휴지조각마저 쓸어 넣기도 한다. 그 손님이 끽연가인 경우에는 곁에 있는 재떨이를 일부러 비켜 놓고 거기에 꽁초와 담뱃재를 털어놓는 일도 전혀 없는 일은 아니다.

음식의 취향에 있어서도, 식탁에 올라온 음식으로 언제나 한결같이 아무 불평 없이 만족하는 사람이 있는가 하면, 그 반면에는 까다로운 식성 때문에 밥상을 받으면 상을 찌푸리고 음식 투정이 시작된다. 고기가 밥상에 올라야 되고, 고기 중에서도 갈비라야 되며, 갈비라도 암소갈비라야 직성이 풀린다.

암소갈비를 노상 구하기도 쉬운 일이 아니지만 꼭 암소갈비를 먹어야만 할 이유도 없는 것이다. 전자와 후자의 경우를 생각해 볼 때, 그것은 습관의 차이밖엔 없는 것이다. 습관은 제2의 천성이라고 한다. 나쁜 습관은 그만큼 괴로움의 씨앗이 된다는 것을 알 수 있다.

석가모니 부처님 당시, 인도의 한 장자가 부처님의 제자인 비구들과 바라문들을 한 자리에 초대하여 대중공양을 베풀었다. 그는 음식을 정성껏 만들어 진수성찬을 대접했다. 융숭한 대접을 받은 바라문들은 대단히 치하를 하고 돌아갔다. 한데 비구들은 무표정하게 담담한 태도로 공양대접을 받았다. 장자는 비구들의 의중을 알 수가 없었다.

장자는 다시 한번 양쪽을 똑같이 초대하여 공양을 대섭했다. 그러나 이번에는 소찬의 맛없는 음식을 대접했다. 그 결과 바라문들은 이런 푸대접은 자기들을 무시하는 처사라고 크게 불평을 하며 음식을 먹지도 않고 일어섰다. 이에 반해 비구들은 지난번 진수성찬을 대할 때와 마찬가지로 낯빛 하나 변하지 않고 차려 놓은 음식을 깨끗이 먹어치웠다. 장자가 이 사연을 묻자, 비구들의 입은 아궁이와 같아서 음식에 호불호(好不好)가 없다고 대답하였다.

이것이 스님이나 불자들의 식사하는 태도이다. 좋은 음식과 나쁜 음식에 대한 호불호의 차이가 크면 클수록 우리가 받는 괴로움도 그만큼 많기 때문이다. 욕심이 적으면 우리가 받는 괴로움도 적을 테니까.

‘기름진 음식으로 이 몸을 길러봐도 언젠가는 어김없이 무너질 것이고 비단 옷으로 몸을 감싸봐도 생명은 유한한 것이다.’

더욱이 오늘 우리의 처지에서 ‘피에르 가르댕’이나 ‘크리스챤 디오르’의 패션과 모드가 꼭 필요한지 크게 의문이 아닐 수 없다.

이런 사치와 호사가 우리를 행복하게 만들어 준다고 생각하지만 그런 생각은 착각이며 환상에 지나지 않는 것이다. 부처님의 진리로 볼 때 그런 것은 도리어 우리의 괴로움을 가중시켜 줄 뿐이다. 따라서 그런 것은 중도(中道)에도 어긋나고 사성제·팔정도와는 거리가 먼 것이다. 검소와 절제야말로 진리에 입각한 바른 삶이 되는 것임은 두말할 것이 없다.

하지만 현대를 살아가는 사람들은 거의 모두가 이해(利害)로 살고 있고, 사회구조는 이해관계로 얽혀 있다고 할 수 있다. 이런 공리성(功利性)은 붓다의 진리와는 거리가 멀지만, 오늘을 사는 중생들은 이런 공리주의에 얽혀서 거미줄에 얽힌 날벌레마냥 좀처럼 거기에서 헤어나지 못하고 있다. 여기서 헤어나지 못하는 한 괴로움을 면할 길은 막연하다고 하겠다. 마치 하루살이나 불나비가 등불을 탐하여 제 죽을 줄 모르듯이, 중생들의 물질적 이익 추구도 이와 같은 것이 오늘의 현실이 아닐까. 이런 현실에서 벗어나지 못하는 한 부처님의 진리에는 접근할 수 없을 것이다. 그래서 우리가 처해 있는 이곳에서, 우리가 살고 있는 이 순간순간에 팔정도를 행(行)으로 옮기지 않는다면 아무 소용이 없다.

서로 이익만 보려고 한다면 거기에는 인간관계가 성립되지 않을 것이다. 서로가 상대방의 물건을 싸게 사려고만 한다면 그런 모습이 또 있겠는가. 부처님의 정신으로 거래를 한다면 나의 것은 비싸게 팔고 남의 것은 싸게 사려는 것이 아니라, 이와는 정반대로 나의 것은 좀 싸게 팔고 남의 것은 좀 비싸게 사는 그런 아량이 있어야 한다.

물건을 사되 시세보다 싸게 사는 것을 좋아하고, 일하고 그 대가를 받되 될 수 있는 대로 일은 적게 하고 대가는 많이 받기를 좋아하는 것이 인지상정처럼 되어 있는 실정이다. 언제부터 우리가 이렇게 되었는지, 오늘에 와서는 이것을 당연한 것으로 누구나 인정하게끔 되어 버렸다. 이 때문에 개인간의 알력이 생기고 국가 간에 마찰이 생겨 우리 마을이나 온 세계가 조용할 날이 없는 것 같다.

우리 자신들은 자고 새면 이런 무분별한 짓을 계속하면서도 기실 서로 화목하고 우애로운 세상을 갈망하고 있다. 이 어찌 어리석은 짓이 아니랴. 이토록 굳어진 습기를 무엇으로 해결할 수 있는가. 이것은 오직 부처님의 보시 정신으로밖에 해결할 길이 없을 것이다.

보시는 내가 다른 이에게 물질이나 그 외의 것, 그리고 자기 몸까지 주는 것이기 때문에 자칫 내 것을 남에게 준다고 생각하여 내가 손해를 본다고 생각하기 쉬우나 실은 이 보시를 통해서 내가 얻는 것이 아니겠는가.

왜냐하면 아무리 적은 보시라도 하고 또 하고 거듭하는 동안에 무수겁(無數劫) 전부터 익혀온 욕심의 습기가 하나하나 녹아져 괴로움을 여의기 때문이다. 세존께서도 여러 겁 동안 보시를 거듭하여 마침내는 남이 필요하다면 눈도 빼주고, 배고픈 호랑이에게 몸뚱이도 아낌없이 줄 만큼 무욕의 성자가 된 것이다. 그러므로 보시를 할 때 그것이 남을 위해 하는 것이지만 기실은 자기 자신을 위한 것임을 알게 된다.

이와 같이 우리가 불교를 생활화하는 것이 '어떻게 살아야 하느냐?'에 대한 해답이 되는 것이다. 왜냐하면 괴로움을 여의는 것은 우리의 지나친 욕심을 제거함으로써 가능하기 때문이다. 그리고 이 괴

208

로움을 없애는 것이 인생에서 해결해야 할 제일가는 과제이기 때문
이다.

즉, 이고득락(離苦得樂)이 불교의 이상인 동시에 인류가 유사 이래
로 가지고 있는 꿈이며 큰 숙원인 것이다. 온 인류가 오늘도 끊임없
이 괴로움에서 벗어나려고 발버둥치고 있음은 우리가 목도하는 바와
같다. 그래서 식자들은 이 괴로움에 시달리고 있는 같은 동포의 괴로
움을 덜어 주기 위해 부단한 노력을 하고 있는 것도 사실이다.

그 결과 눈부시게 발전한 것이 자연과학이다. 그러나 오늘의 첨단
을 걷는 반도체 기술, 즉 컴퓨터와 로봇의 기술은 그것이 발달하면
할수록 이에 반비례하여 사람은 그만큼 위축되어 가는 감이 없지 않
다. 사람 자체까지도 생명공학(生命工學)의 발달로 그 운명이 풍전등
화같이 되어 가고 있음이 사실이다. 사람이 개나 고양이와 합작물로
만들어질 때 그것은 지금까지 우리가 보지 못했던 괴물이 생겨날 수
있기 때문이다. 이렇게 될 때 자연과학은 그 본래의 뜻대로 인류에게
발고여락(跋苦與樂)을 안겨 주는 대신에 더욱 괴로움을 안겨 주는 결
과가 되지 않으리라는 보장도 없다.

그런 불안을 감출 수 없는 것은, 지금까지 과학의 발달이 핵무기를
등장시켜 전 지구를 핵무기의 숲으로 만들어 가고 있기 때문이다. 그
러므로 자연과학의 발달은 당초에는 평화산업으로 이용하려는 선의
에서 시작된 것이지만, 결과적으로는 평화산업의 이용보다는 인간 서
로를 적대관계로 만들어 대량 살상하는 흉기로 변모되어 가고 있다.

이 시점에서 우리는 다시 한번 부처님의 가르침에 귀를 기울이지
않을 수 없다. 삼계(三界)가 화택(火宅)이라고 한 말씀과 같이 온 우주
가 불안과 괴로움으로 가득 차 있다. 여기서 벗어나는 길은 열반을
실현함으로써만 가능할 것이다.

　"사리불이여, 대체 열반이란 무엇인가? 탐욕의 소멸, 노여움의 소멸, 어리석음의 소멸, 이것을 열반이라고 한다. 그렇다면 열반을 실현할 길이 있는가? 팔정도가 그 열반을 실현하는 길이다.……"

　오늘 우리가 화택에 갇혀 있는 이 처참한, 그리고 위급한 현실에서 벗어나는 길은 먼 데 있지 않고 우리의 일상생활에 있음을 알 수 있다. 그리고 그 생활화는 오직 우리 각자 자신의 노력에 달려 있을 뿐이며, 세존의 이런 희유한 가르침인 팔정도를 우리의 일상 삶에서 생활화하지 않는다면 아무 소용이 없다는 것을 알 수 있다. 따라서 이 거룩한 가르침대로 살아가는 사람만이 진정한 불자(佛子)가 된다는 사실을 다시 한번 반성해 봄직하다.

태산이 높다 하되

우물 안 개구리는 바다를 모른다. 대개 우리는 삶이라는 일정한 틀 속에 사로잡혀 거기서 일생 동안 벗어나지 못하는 것이 보통이다. 각자 익혀온 습관, 제 나름대로 쌓아온 경험, 그 환경에서 받아온 교육에 의하여 우리는 자기 세계를 형성하게 마련이다.

한 나라 안에서 같은 문화를 공유하고 사는 우리로서는 거의 모두 비슷비슷한 이해(利害)와 견해와 입장에 처하게 된다.

이런 것들이 역사를 통해 그 지역의 도덕을 만들고 그 집단의 규범을 형성하며 나아가서 하나의 전통으로 계승된다.

이런 도덕, 규범, 전통이 바로 우리의 높은 담장을 형성하는 요인이 되기도 한다. 이런 두터운 담장은 장애요인으로 변하여 우리가 나가는 길을 가로막기도 한다.

그러므로 한 세대의 도덕, 규범, 전통이 아무리 훌륭하더라도 그것이 고정 불변하여 바다로 가는 발판이 되지 못한다면 그것들은 의미를 상실한 것이며, 우물에 갇힌 역사적 우물에 지나지 않을 것이다.

그래서 과거의 것들이 아무리 값지다고 하더라도 거기에 집착하여 그 안에 안주하는 그 순간부터 우리는 '우물 안 개구리'로 전락하고 만다.

가령 우리가 태고적 그 옛날 원시시대에 그대로 머물러 버렸다면 오늘의 찬란한 인류문화는 개발되지 못하였을 것이다.(하기야 현대의 문화가 방향을 잃고 심한 부작용을 낳고 있음에 도리어 원시시대의 향수를 느끼는 점이 없는 것도 아니긴 하지만)

아무튼 인간은 자고이래(自古以來)로 자기가 처한 환경, 즉 그 비좁은 틀 속에서 해방이 되어 보다 나은 자유를 얻으려는 몸부림을 계속해 왔다. 오늘의 고귀한 문화를 향유하게 된 것도 바로 그 오랜 몸부림의 대가라고 할 수 있다.

석가 세존께서도 당신이 처한 위치와 환경에서 벗어나 더욱 큰 자유와 자재를 얻기 위해 피나는 정진을 계속한 결과 마침내 위없는 깨달음으로 열반락을 성취하였음을 우리는 알고 있다.

싯달타는 왕자의 신분으로 일반 사람들과는 남다른 호화로운 생활, 말하자면 지극히 행복한 삶을 누리게 되었다. 여느 왕자 같으면 그것으로 만족하고 거기에 주저앉아 그런 대로 인생을 즐기고 천수를 다하는 데 힘을 기울였을 법하다.

하지만 싯달타 태자는 그런 삶이 아무리 부귀와 영화를 누린다고 하더라도 그것은 상대적이며 유한한 것이니, 무의미하다는 것을 알고 호화로운 궁궐도 높은 왕자의 지위도 아낌없이 버렸다. 절대적이고 무한하며, 의미 있는 삶을 찾기 위해서였다. 아무리 넓은 궁궐이라고 해도 우주에 비하면 우물 안에 지나지 않고, 궁궐 생활이 아무리 즐겁더라도 열반락에 비하면 개구리의 삶에 지나지 않는다.

자기가 처한 환경 속에서 욕구불만을 느끼고 미지의 세계를 동경하던 사람은 비단 싯달타 태자 한 사람만은 아니었을 것이다. 정도의 차이는 있겠지만 우리는 누구나 무언가 부족하고 웬일인지 불안하며, 어딘가 괴로운 그런 일면을 모두 가지고 있다.

그러면서도 싯달타처럼 비좁은 울을 감히 탈출하여 미지의 세계로 향하지 못하는 데는 그 나름대로 이유가 없는 것은 아니다. 혹은 사정이 허용되지 않기 때문에, 혹은 해결해 보고픈 용기가 부족하기 때문에, 또는 우물 밖에 넓은 천지가 있다는 것조차 모르고 사는 이도 있을 것이고, 또는 광활한 천지가 있다는 것을 알면서도 오랜 인습에 지고 마는 이도 있을 것이다.

그렇다고 그 좁은 울을 단숨에 박차고 두터운 장벽을 뛰어 넘는 이가 없는 것은 아니다. 그러나 그것은 하나의 모험이다. 모험에는 위험이 따른다. 그것도 생명을 거는 위험이다. 이런 위험부담을 안고까지 그런 모험을 하기는 그리 쉬운 일이 아니다.

도랑의 미꾸리 신분에서 바다의 고래 신분으로 바뀌는 과정을 크게 두 가지로 볼 수 있다. 하나는 앞에서 말한 것처럼 광대무변한 바다를 두고두고 갈망한 나머지 목숨을 건 위험을 무릅쓰고 자유의지에 의하여 자발적으로 행동하는 경우가 그것이고, 다른 하나는 그 비좁은 사회에서 적응이 안 되어 부득이 자의 반 타의 반으로 그 좁은 틀을 벗어나지 않을 수 없는 경우가 그것이다. 후자의 경우에는 도리어 전화위복이 되는 셈이다.

위의 두 가지 경우가 아니라면 좀처럼 우물 안 개구리 신세를 면할 길이 없다. 사방이 높고 두터운 담장으로 겹겹이 에워싸인 속에서 고작 허공만 쳐다보며 오랜 세월을 갇혀 살아온 개구리로서는 그 담장 밖에 넓은 산하대지가 있고 가없는 하늘이 있으며, 망망한 바다가 있다는 진실을 상상조차 할 수 없을 것이니. 우물 안 세계가 전부인 줄로 착각하고 있는 그로서는 아무리 웅변으로 설명을 해도 그 실상을 납득하기는 쉽지 않다.

게다가 진리는 증명되는 것이 아니다. 우물 안 개구리는 이미 오래 전부터 논리에 중독되어 있다. 현대인, 특히 지성인들에게는 더욱 그렇다. 우물 안 육안의 세계로 바다의 심안의 세계를 어찌 볼 수 있으랴. 육안의 세계는 바로 논리의 세계이기도 하다. 허망한 논리의 굴레를 벗지 않고 어찌 심안의 세계를 볼 수 있으랴. 바로 이 논리가 비좁고 드높은 개구리의 집, 우물을 만들고 있는 요인인지도 모른다. 그 때문에 논리는 논리만으로 성립되는 것이지, 논리와 진실과는 아무 상관이 없다는 것을 우물 안 개구리는 모르고 살아온 것이다.

요즈음 이데올로기란 것이 풋내기 지성들을 완전히 노예로 사로잡고 있는 것도 교묘하게 짜여진 바로 이 논리 때문임은 두말할 나위도 없다. 그래서 지성을 신봉하면 할수록 더욱 비좁은 틀 속에 갇히게 마련이다.

그러나 우물을 벗어난다고 해서 곧 바다에 도달하는 것은 아니다. 거기엔 생명을 위협하는 냉혹한 시련이 도사리고 있다. '불은 황금을 시험하고 역경은 사람을 시험한다'는 말처럼 뜻이 강하면 강할수록 시련도 그만큼 거세기 마련이다.

에베레스트 산정에 오르기 위하여 얼마나 많은 유명·무명의 등반가들이 알게 모르게 눈 속에 파묻혀 왔는지 모른다. 물론 필사적인 도전 끝에 정상에 올라 역사에 그 기록을 과시한 이들도 적지는 않다.

하지만 그 반면에는, 겨우 산밑에 이르러 험준한 정상만 바라보고도 기절초풍하여 돌아서는 이들도 하나둘이 아닐 것이다. 아니면 절반쯤 오르고 나서 산 중턱에 이르러, 등 따스하고 배부르던 집 생각이 간절하여 더 이상 올라갈 용기를 잃고, 거기에 다시 내려올 기력마저 잃어 진퇴유곡에 빠지는 경우도 비일비재하리라.

올라갈 의지도 잃고 내려올 힘마저 잃어 황량한 눈벌판에서 갈팡질팡 이리저리 헤매다가 넋 잃은 고혼이 될 바에야, 초지일관 마지막 한 발짝까지 옮기어 놓다가 불가항력으로 쓰러졌더라면, 몸뚱이는 비록 눈 속에 화석이 될 망정 그 뜻은 남아 세세생생 언젠가는 그 정상에 오르고 말 것이 아닌가.

싯달타 태자는 목숨을 걸고 이런 모험을 감행하여 위없는 법을 다 이루었다. 무량한 그 가르침을 다 베풀어 한없는 번뇌를 끊게 하고 가없는 중생을 다 건지려는 거룩한 원을 세웠다.

불타가 그러했듯이, 우리도 이제 그의 뜻과 그 가르침을 따라 우물 안 개구리에서 벗어나 넓은 바다로 갈 수 있게 되었다.

개개인인(個個人人)이 누구나 부처님 법에 따라, 또 부처님이 세운 그 원에 따라 다 같이 열반락을 성취할 수가 있지 않을까. 이것은 인류뿐 아니라 일체의 준동함령(蠢動含靈)의 꿈이요, 이상이요, 서원이요, 소망인 것이다. 인간 구원의 길은 바로 여기에 있다.

태산이 높다 하되 하늘 아래 뫼로다
오르고 또 오르면 못 오를 리 없건마는
사람이 제 아니 오르고 뫼만 높다 하더라.

한월(寒月)을 관상하며

이것을 귀소(歸巢)의 본능이라 하는가. 설 명절을 맞아 올해도 고속도로는 바삐 고향으로 달려가는 환희심으로 붐비었다.

동(東)과 서(西)를 가리지 않고 어느 고장 어느 민족에게서나 예와 오늘에 걸쳐 그 고유 명절에 나타나는 성대한 축제가 있다. 예전 음력 문화권에서는 정월 보름에 이르러 그 잔치의 절정을 이룬다.

대보름의 맑고 고요한 둥근 달. 허공 속 만고에 변함없는 천지의 거울. 변화무쌍한 인간 세상과 크나큰 대조가 아닐 수 없다. 더욱이 풍진(風塵) 속에서 오늘을 살고 있는 우리로서는 저것을 바라보며 태초의 고향인양 그지없는 향수마저 달래보기도 한다.

이제는 일간풍월(一竿風月)을 즐기는 한사(寒士)도 드물고, 그 청초(淸楚)함을 노래한 시정(詩情)도 만나기 어렵다.

메커니즘 톱니바퀴에 끼어 정신 없이 돌아가는 사이에 사람이 그것을 관상(觀賞)할 여유를 잃으니, 옥토(玉兎) 또한 사람의 곁을 떠나 멀리 가버리고 만다.

그러나 사람은 자연의 품을 떠나온 지 이미 오래건만 그 거룩함이

다시 그리워, 마치 오염에 시달리는 물고기들이 맑은 샘을 찾아 역류
로 솟구치듯, 보이지 않는 사슬을 벗어나려 발버둥치는 듯하다.

하늘을 쳐다보다 개천에 빠진 이래로 사람은 자기 앞을 살피기에
바빠, 오직 일신의 안일과 영달을 위해 더욱 높은 담을 쌓아가기에
영일이 없었다.

삶이 이토록 현실 위주로 떨어지면서 이상(理想) 같은 것은 뒷전으로
밀리고, 이해득실(利害得失)에 스스로가 결박되어 가고 있다. 현대인의
삶, 그것은 오직 타산 속에서만 움직여지는 것 같다. 곧 물질 위주의
전락을 의미한다. 높은 담에 가리어 인간의 시야가 점점 좁아져가니
그 소견 또한 아둔함을 면할 길이 없다. 온 지구의 한 마을이 늘 불길
속에 휘말리고 너와 나의 갈등 속에 대립은 더 큰 대립을 낳고 있다.

저 혼돈에서 시야를 돌려 중천에 허허로이 떠 있는 한가한 달을 바
라보니, 아무 대가도 바라지 않는 무상(無償)의 행위가 다시없이 고귀
하다. 호연지기(浩然之氣)로 그것을 무심히 관상(觀賞)하는 사람 또한
흔치 않다. 온 세계가 백설로 덮여 차가운 적정의 밤기운이 나그네의
옷깃으로 스밀 때 그 상쾌함이 어떠하리. 더욱이 시끄러운 도심을 떠
나 고요 속에 명월(明月)에 목욕하니, 천하에 홀로 뛰어난 듯 심신의
경쾌함은 더 말할 나위가 없다.

이런 것을 일러 유유자적(悠悠自適)이라 하는가. 어느 사이에 우리
는 이것을 잊어왔다. 이것이 사람의 본래 기품이 아니었던가. 무엇을
구하여 동분서주하는 동안에 촌음의 여가조차도 잃어버렸다. 이것이
오늘의 당면한 현실이다.

여유 하면, 흔히 물질적인 그것만을 연상한다. 물질의 넉넉함이 없
이는 마음의 느긋함이 없을지도 모른다. 하지만 물질 위주로 생각할
때 마음은 그 종속이 불가피할 것이다. 마음이 물질에 예속되면 자유

는 그 자리를 잃는다.

대개는 자유를 누리기 위하여 돈을 갈구한다. 돈이 자유의 전제조건이 된다. 자유는 돈의 유무(有無)에 달려 있다고 생각한다. 이때는 자유 대신 돈이 위주가 된다. 하나가 주인이 되면 다른 하나는 종이 된다. 종은 언제나 주인의 지배를 받기 마련.

돈이 자유를 지배하게 되면 그때의 자유는 자유일 수 없다. 전도가 된 입장이다. 자유를 잃는 까닭이 다른 데 있지 않다. 물론 사람이 자유를 향유하기 위해서는 현실적으로 거기에 부속되는 여러 가지 것들이 필요하다. 하지만 필요한 그것들을 다스릴 수 있어야 한다. 즉 물질을 마음이 다스릴 수 있어야. 그럼에도 종종 마음이 물질의 지배를 받는 수가 많다. 자유는 어디까지나 마음의 영역이다. 마음이 물질에 흔들릴 때 자유를 누리기는 어렵다.

약은 병에 필요한 물건이다. 그러나 사람이 그 약에 의존하게 되면, 사람과 약 사이에 주객이 전도된다. 병은 일종의 악(惡)이다. 사람에게 병이 없을 수 없듯이, 선(善)은 선만으로 독존할 수는 없다. 선과 악은 동거하는 존재이다. 그러나 선과 악은 주종관계를 지켜야 한다. 선과 악은 늘 대화를 통해서 선은 악을 다스려야 한다. 사람이 병을 다스리듯.

연(蓮)은 썩은 진흙과 더불어 산다. 그 속에서도 연꽃은 물들지 않는다. 이것은 연이 진흙에 대하여 자기를 지키는 것이고, 진흙을 다스리는 것이다.

어쩌면 연꽃이 연꽃답기 위하여 진흙에 살듯이, 선이 선답기 위하여 곁에 악이 있고, 사람이 사람답기 위하여 돈과 권세의 유혹이 그 곁에 도사리고 있는지도 모른다. 각자가 제 모습을 잃지 않기 위하여 제각기 그 본분을 지키는 일은 최고의 가치, 자유를 누리기 위해서 필요하다. 자유가 자유답기 위해서는 청정(淸淨)함을 잃지 말아야 함은 물론이다.

맑은 물, 깨끗한 공기, 거기에는 아무것도 걸림이 없다. 밝고 투명한 세계. 우리 마음에 진정 아무 걸림이 없을 때 우리는 비로소 자유를 만끽하게 되리라.

하지만 무엇에 예속된다면 그 즉시 이런 소중한 자유는 급전직하 나락(奈落)에 떨어지고 만다. 우선 자유의 소중함을 알 때 그 무엇과도 바꿀 수 없다는 인식은 강해진다. 고인(古人)들도 일찍이 이를 잘 알고 이것을 얻기 위하여 일체를 다 버렸다.

현대인들의 살아가는 태도에 비교하면 거룩해 보이기도 하고 어리석어 보이기도 한다. 예나 지금이나 적자생존의 세상에서 이런 고인들이 걸어간 발자취를 따라간다는 일은 그리 쉬운 일이 아니다. 이런 삶 자체가 곧 인간수업(人間修業)이 될 것이다. 실리 추구에 혈안이 되어 있는 오늘의 삶과 견주어 본다면 더욱 그러하다.

현대라고 해서 그런 진품(眞品)이 없을 리는 없다. 가짜가 있다는 것은 진짜가 있다는 것을 의미한다. 모조품이 생긴다는 것은 진품이 있기 때문이고, 모조품이 범람한다는 것은 진품을 그토록 그리워하기 때문이다. 모조품은 어느 시대고 일시적인 존재에 불과하지만 진품은 만고에 길이 유전되게 마련이다.

사람의 경우에도 설사 모조 인생을 살더라도 그 마음 한 구석에는 진품 인생을 살고 싶은 간절한 향수가 어리어 있을 것이다. 사람은 양심의 존재이기 때문이다.

창공을 날아다니는 새도 어떤 인연소치로 그물에 걸리면 자유를 잃듯이, 자유로이 태어난 사람도 세속의 이해관계에 얽히면 무명(無明)을 벗어나기 쉽지 않다.

새가 망(網)을 벗어나기가 쉽지 않듯 사람도 세속 명리를 벗어나기 또한 어렵다. 자유를 향유하기 위해서는 그만한 대가를 치르지 않으면 안 된다. 수행(修行)이란 이런 고된 작업인지도 모른다.

인간에게 가장 소중한 자유가 오늘 인간에 의하여 위협을 당하고 있다. 과학을 바탕으로 한 모든 문물제도가 인간의 자유 신장을 위하여 나날이 발전하고 있는 듯 보이지만, 실제에 있어서는 그로 말미암아 사람과 자유가 더욱 위축되어 가는 감이 없지 않다.

더욱이 다가오는 새로운 밀레니엄을 맞이함에 있어서 온 인류의 기대는 한껏 부풀어 있다. 과연 인간의 자유가 본래의 주인의 자리를 지키게 될지 자못 희망과 의구가 겹치고 있다.

아무래도 이제까지의 사람의 소행으로 미루어 보아, 자유를 그 종속물로부터 지키기 위해서는 인간 스스로가 수행을 통해서 자기를 지켜나갈 때 그 값진 자유가 보장되리라 믿는다. 하지만 머지않아 밝은 달 아래 향기로운 매화가 피어날 것이다.

겨울이 오니 쉴 준비를 해야

동구 안 높은 감나무. 그 열매가 햇볕에 반짝이며 어느새 붉게 물들었다. 차가운 아침이슬이 초록 일색의 산하 대지를 다채롭게 바꾸어 놓았다. 상강이 접어드니 만추도 저물어 간다. 추수하여 동장(冬臧)하는 바로 그 계절이 왔다. 실로 휴식의 때가 온 것이다.

활동이 한계에 이르면 모든 것은 늘어진다. 축 늘어진다. 벼이삭도 늘어지고 나뭇잎도 떨어진다. 주어진 에너지가 소진되었기 때문이다. 재충전이 필요해서. 여기에 휴양(休養)이 있어야 한다. 삶을 이어가기 위하여 휴식이 없을 수 없다. 운동에는 소모가 있고 소모에는 피로가 따른다. 활기를 회복하기 위하여 쌓인 노폐물은 가시어져야 한다. 겨울은 4철 중의 하나다. 다행스럽다. 이 한철이 몽땅 여기에 바쳐져 마땅하다. 겨울은 안식의 계절이기 때문이다. 침묵의 시간이며 고요의 세월이며 안거(安居)의 기간이다.

삶에서 빠질 수 없는 쉼. 불가결의 정거(靜居) 기간이다. 활동의 이면에서 항상 같이 하는 존재. 마치 봄이 오기 위하여 겨울을 거쳐야 하듯. 이런 법칙은 대자연에만 적용되는 것은 아니다. 모든 인간사에도, 동물이나 미물, 곤충 같은 것들에 있어서도 역시 그러하다. 다 함께 자연의 존재이기 때문이다. 파충류나 벌레들이 동면을 위하여 안은(安隱)한 대지의 품에 안기는 것도 겨울 동안 안거를 즐기기 위함이다. 이것은 육체적 정력의 회복에 그치지 않고 온 생명력의 총체적인 안식이 될 것이다.

아무튼 산다는 것은 숨가쁜 일임에 틀림없다. 더욱이 요즈음 같이 소란한 세상에서 전전긍긍하며 타자와의 경쟁에서 살아남기 위하여 한도 끝도 없는 악전고투를 계속해야 하니. 이른바 산업화시대와 정보화시대가 맞물려 인간의 안식처는 바늘구멍보다 더 좁아졌다. 삶의 의미 같은 것은 찾을 길이 없다. 홍수에 떠밀려 가는 한낱 낙엽처럼 자신의 고삐를 놓친 채 그저 흘러갈 뿐이다. 이런 혼돈과 소용돌이 속에 어지럽고 산란하게 몸과 마음을 노출시키지 않고는 그나마 생명을 부지할 수조차 없다. 얼마나 심신이 지쳤으랴. 산다는 그 자체가 피로의 속성임을 모를 수 없다.

원래 산다는 것은 자발적이었다. 하지만 이제는 자발적인 운동이란 어디에서도 찾아보기 어렵다. 의타적인 삶이란 무엇에 늘 끌려 다녀야 한다. 기암절벽을 흘러가는 계곡물처럼 본의 아니게 늘 부딪치게 된다. 물건과 사람 사이에서 간단 없이. 인간의 삶이 어찌하여 이렇게 고단해졌는가.

이런 현대인들에게 가장 필요한 것이 무엇일까. 갈증에는 물보다 더 소중한 것이 없다. 허기진 자에게 먹이가 그렇듯이, 휴식이 바로 그것이다.

해가 서쪽으로 기울면 저녁놀이 찬란하듯, 가을이 늦어지니 단풍이 무르익어 만산홍엽(滿山紅葉)이 그지없다. 안녕을 고하는 작별의 표정일까. 어둠이 오면 편안히 잠자리에 들 수 있다. 겨울이 오니 이제는 쉴 차례가 되었다. 하루의 1/4은 자리에 눕고 일년의 1/4은 휴식에 들어간다.

아무리 피곤해도 새아침을 맞을 것이고 아무리 지쳐도 새 봄을 맞을 것이다. 여기에 희망이 있다. 아침과 봄이 있기 때문에. 세상 만사가 아무리 변해도 아침과 봄은 어김없이 온다. 서산일락(西山日落)은 동녘에 해가 뜨기 위함이고, 겨울이 오는 것은 봄을 다시 맞기 위함이다.

새아침을 충실히 맞기 위해서는 우리에게 그 준비가 밤 사이에 이루어져야 한다. 그만큼 수면에도 충실해야 한다. 깨끗한 몸과 맑은 정신으로 해뜨는 신선한 아침을 맞아야 하기 때문이다. 우리가 밤의 의미를 모른다면 낮의 의미도 알지 못한다. 낮과 밤은 둘이면서 실은 하나이기 때문에. 밤을 밤으로써 충실하지 못하다면 낮에도 충실하기가 어렵다.

홀로 있을 때 자기를 지키기는 더욱 어렵다. 밤은 홀로 있는 시간이다. 자기 성찰은 밤에 이루어진다. 하루를 보내고 또 하루를 맞는 송구영신(送舊迎新) 사이에는 한마디가 있다. 새날은 지난날의 반복이 아니다. 지난날이 기초가 되어 새날은 다시 만들어지는 것이다. 대나무의 새 마디는 지나온 마디의 연속이다. 그것에 기초하여 곧은 줄기가 이루어진다. 지나온 것은 새것의 기본이 된다. 창조를 위해 기본에 충실해야 한다. 과거가 충실치 못했다면 그 기본에 따라 미래가 휘어질 가능성이 없지 않다.

어제가 과거고 내일이 미래라면 그 사이에 밤은 현재에 해당된다. 중요한 것은 현재이다. 현재가 없다면 미래는 무의미하다. 마찬가지로 봄이 겨울에 비교할 수 없이 중요하다고 생각되지만, 사실은 봄은 겨울 동안에 만들어지는 것이다.

가을의 열매는 봄의 꽃으로부터 시작하여 여름에 성장을 거친다. 이것이 전부인 것처럼 보인다. 겨울은 불필요한 계절 같기도 하다. 그러나 여름은 봄에서 오고 가을은 여름에서 이어졌다면, 봄은 어디에서 왔을까.

겨울은 자기 차례가 오면 그간 가지고 있던 모든 것을 떨쳐버린다. 낙목공산(落木空山)에 발가벗고 알몸으로 쓸쓸하고 외롭기까지 하다. 하지만 이런 고독에서야말로 진정한 자기 삶을 살고 있는지도 모른다. 왜냐하면 이제까지의 밖으로의 세계의 화려한 삶의 모든 것을 깨끗이 청산하고 안으로의 세계에서 스스로를 관조할 수 있는 귀중한 기회를 맞이하였기 때문이다. 외부세계의 분주와 소란과 카오스에서 벗어나 한가와 정적과 코스모스의 본래 삶으로 돌아온 것이다. 한마디로 안식의 시간을 가질 수 있다. 쉰다는 사실이 결코 무료와 게으름을 의미하는 것은 아니다. 혼돈을 정리하여 질서로 돌아가는 순간이다. 인간의 삶도 이런 자연에서 교훈을 본받는다면 이 세상의 삶이 그토록 곤혹스럽지는 않을 것이다.

겨울이 결코 쓸모 없는 계절이 아닌 것처럼 우리 삶에 있어서도 휴식을 갖는다는 것이 결코 무의미하지는 않다. 휴식이야말로 자기를 되돌아보는 귀중한 순간이다. 결코 삶의 허비가 아니다. 활동을 정지한 겨울이 봄을 준비하듯이 잠시 쉼은 삶에 봄을 준비한다.

우리가 분주한 나날을 보내야 하는 것은 이해득실에 결박되어 있기 때문이다. 밤이 되어도 잠조차 잘 짬이 없고, 겨울이 와도 쉴 줄을 모른다. 이해관계에 얽혀 자유를 잃었다. 지구 마을은 사람의 수에 비해 더욱 좁아진다. 부딪치는 확률은 더욱 커진다. 사람은 나날이 영리해져서 시비를 좋아한다. 문제 해결은 시비로 풀려지지 않는다. 시비는 시비를 낳는다. 점점 번져갈 뿐이다. 번져가는 불은 소방대도 끄지 못한다. 애초에 불은 내지 말아야 하고, 처음부터 시비는 일으키지 말아야 한다. 자꾸 늘어나는 쓰레기는 미화원을 아무리 늘려도 치울 수가 없다.

시비를 가린다는 것은 그리 쉽지 않은 일이다. 대개의 경우 시비는 개인적인 이해관계에서 일어나기 때문이다. 그 달갑지 않은 소식들이 온갖 정보 매체를 통해서 사람이 사는 곳이라면 거실이고 안방이고 막힘 없이 보이고 들려온다. 아는 체할 수도 모르는 체할 수도 없다. 실로 난감한 처지에 빠진다.

정보 매체가 이토록 발달되지 않았던들 몰라도 좋은 소식을 굳이 알 필요가 없을 텐데. 그랬다면 무소식이 희소식으로 좀더 편안히 쉴 수가 있을 텐데. 새삼 바보 이반이 그립다. 바보 이반이 한 사람이라도 더 있다면 그만큼 시비가 줄어들 것이다. 시비에서 벗어나려면 마음을 쉬는 수밖에 없을 것 같다. 시비가 줄어들면 그만큼 더 조용히 쉴 수 있으니까.

전원(田園)의 아침

입추가 지났다. 가을을 지나는 길목에 접어들었다. 아직도 햇볕은 따갑지만 그간 주렁주렁 달렸던 고추는 하나 둘 붉어져, 초록색 농촌이 붉은색으로 장식된다.

말복을 보내고 난 전원의 아침은 한결 선선하다. 그저 선선하지만 않다. 모기가 달려드는 저녁과도 다르다. 고된 하루를 즐겁게 자고 난 뒤라 피로도 가시었다. 아직 동녘에 햇살이 솟기 전이라, 엷은 안개가 앞산에 피어오른다. 넓은 들 풀잎에는 맑은 이슬이 맺히고 크고 작은 수목에는 물기가 축축하다. 실로 고요한 세상이다. 오직 매미의 노랫소리만이 멀리 가까이에서 이어지고 또 이어져 한결같을 뿐이다. 선음(禪吟)이 한결 분명한 것은 그만큼 맑은 정적 때문일까.

앞뒤 산이 병풍처럼 사방을 가리고 바닥엔 농작물이 무성해 이랑의 표시만을 알린다. 모두가 초록의 동색(同色). 오직 희뿌연 하늘만이 이색(異色)일 뿐, 고요가 가득한 싱그러운 자연 속에 맑은 공기를 마음껏 마시며 더위도 씻은 듯 잊고, 피로마저 영원히 가신 듯하니 홀로 태고의 신비를 꿈꾸는 듯하다.

이 황홀한 순간이여, 전원의 아침이 아니고는 어디에도 느낄 곳이 없으리. 여기가 인간의 고향이다. 고향이 그리운 것은 이 때문이기도 하다. 이제는 노스텔지어만이 남아 있다. 인류가 고향을 잃은 지 오래이기 때문이다. 우리 가슴에는 오직 향수만이 남아 있다. 고향을 등지면서 저마다 금의환향을 꿈꾸었다. 하지만 풍마우세(風磨雨洗)의 세월 속에 이리 닦기고 저리 씻기면서 청운의 꿈은 산산조각이 나고 말았다.

객고(客苦)와 싸우는 동안에 세월은 하도 빨라, 잃은 것은 청춘이고 얻은 것은 늙음이었다. 환향은 이미 늦었으니 오나가나 이방인의 신세를 면하기 어렵다. 강산이 변하기 몇 차례인데, 그 고장 사람인들 장승처럼 한곳에만 서 있을 리 없다.

시끄럽고 어지럽고 뒤바뀐 세상에서도 흙으로 돌아오는 이들이 있다. 제정신으로 돌아왔기 때문인가. 그들은 삶을 찾아서 왔다. 아마 그는 추선(秋蟬)의 노랫소리에서 삶의 의미를 발견했는지도 모른다.

한로(寒露)가 오기 전에 삶을 더욱 만끽하기 위하여 아침 일찍부터 해가 지고 나서도 그 노래를 그치지 않는다. 더운 한철을 즐기기 위하여 그는 그간 얼마나 인욕의 시간을 겪었던가. 온갖 먼지와 갖은 쓰레기 속에서 말 없이 굼벵이로서의 수모를 받아가며 온갖 날짐승들의 먹거리를 피하여 구사일생으로 살아왔다.

비로소 시절인연을 만나 그 추한 허물을 벗어버리고 날렵하고 씩씩하고 자유로운 몸으로 변신하였다. 게다가 넓은 허공을 날아다니며 서늘한 그늘 속에서 하루종일 실컷 노래하다 밤이 되면 한가히 쉴 수도 있다. 산하대지에 울려 퍼지는 아름다운 노래를 마음껏 부를 수 있으니 얼마나 즐거운 환생인가. 자연의 생존경쟁이 격심한 가운데서도 먹이사슬을 벗어나 천재일우의 기회를 맞았으니, 그것만으로도 환희가 넘쳐흐른다. 이런 삶을 누릴 수 있게 되었다는 그 사실을 깨달을 수 있다는 것만으로도 크나큰 소득이 아닐 수 없다. 그런 소중한 삶을 유야무야로 허비해 버린다면 그처럼 허무한 낭비가 다시없을 것이다.

개미처럼 더운 여름에도 쉬지 않고 열심히 일하는 거기에도 삶의 의미가 있듯이, 모처럼 자신에게 주어진 삶의 기회를 잠시도 허송하지 않고 만끽할 수 있는 삶 또한 큰 의미가 있지 않으면 안 된다.

주어진 삶을 어떻게 충실히 살 수 있을까. 문제의 초점은 여기에 있다. 삶이란 고정불변한 것이 아니다. 일정한 형태가 있는 것도 아니다. 다양한 모습, 그것이 있을 뿐이다.

삶은 나면서부터 괴로운 것이라 하였다. 괴로운 삶이 괴로운 삶 그것으로 그친다면 그것은 너무도 무의미하다. 괴로운 삶을 즐거운 삶으로 만들어 가는 데 삶의 의미를 찾을 수 있을 것이다. 개미가 한 철을 열심히 일하여 즐거운 삶으로 바꿔 나가고, 매미가 굼벵이의 괴로운 삶을 바꾸어 즐거운 삶으로 만들어 가듯이, 사람 또한 본래 괴로운 삶이라 하더라도 이것을 즐거움으로 변신해 가는 데 삶의 의미가 있을 것이 아닌가.

인간의 역사는 인간의 괴로운 삶을 즐거운 삶으로 만들어 가는 과정임에 틀림없다. 그러나 즐거운 삶으로 만들어 가는 과정에는 수많은 걸림돌이 놓여 있다. 이 걸림돌을 제거하기 위하여 여러 가지 수단 방법이 고안되어 왔다. 심지어 전쟁이라는 극단적인 과격한 수단까지도 동원되어 왔다. 그래서 거대한 걸림돌이 제거되기도 하였다. 삶을 방해하던 걸림돌이 제거되면서 인간은 더불어 살아야 한다는 사실을 더욱 뼈저리게 깨닫게 되었다.

그러나 아직도 그 장애가 완전히 제거된 것은 아니다. 눈에 보이는,

누구나 다 같이 알 수 있는 장애보다도 육안으로 볼 수 없는 걸림돌이 있다. 그것을 제거하기는 더욱 곤란하다. 우리 마음속에 가지고 있는 관념이 그것이다.

우리의 얼굴이 그렇듯이 각자의 생각이 같을 수는 없다. 도리어 다양한 모습과 다른 사고는 세상을 창조하는 데 그만큼 기여하게 된다. 하지만 인간으로서 더불어 산다는 조건이 전제되어야 한다. 편집(偏執)이야말로 남과 함께 사는 데 가장 큰 걸림돌이 되지 않을 수 없다. 아집과 편견은 나와 남 사이에 장벽을 쌓는 경우가 많다. 크게는 종교라는 이름의 그런 경우도 없지 않다. 또는 이념이라는 미명하에 학문적으로 체계화된 편견도 없지 않다. 이런 생각이 집단을 이루어 어떤 행동으로 옮겨질 때 질풍노도와 같은 평지풍파를 일으키기도 한다. 그것이 심한 경우에는 일시적인 풍파에 그치지 않고 집단 간의 내란을 가져오기도 하고, 국가 간의 분쟁을 야기하기도 하며, 크게는 국제적인 양상의 전쟁을 몰고 오기도 한다. 이런 것들은 우리가 역사에서 겪어 본 사실들이다.

이런 사실에 비추어 볼 때, 아집과 편견이 평화를 유지해 가는 데 얼마나 큰 지장이 되며, 남과 더불어 사는 데 얼마나 모진 장애가 되는지를 모를 수는 없다.

개인의 삶에 있어서도 행복을 저해하는 원인이 다른 데 있지 않다. 어떤 선입관에 갇혀 있을 때, 그만큼 마음은 거기에 사로잡히게 된다. 따라서 그 자유도 그 정도의 손상을 입게 될 것이다.

피로가 말끔히 가신 새아침에 맑은 공기를 접하고 울울창창한 숲 속에서 깨끗한 샘물을 마시며 고요를 즐긴다는 것이 얼마나 구족한 삶인가를 아는 사람은 알 것이다. 여기에 한 가지 빠질 수 없는 조건은 먼저 우리의 마음이 비어 있어야 하리라. 어떤 선입견에서도 완전히 해방되어 있을 때 비로소 자유를 한껏 누릴 수 있기 때문이다.

찌는 듯한 한여름에도 시원한 그늘을 드리워주는 저 거목, 그곳을 집을 삼아 해도 뜨기 전에 제일 먼저 삶의 여명을 알리는 매미의 노랫소리, 그 얼마나 순수한가. 사람에 비하여 하찮은 미물임에 틀림없다. 그러나 자유를 구가할 줄 아는 그 순수함에 다시 한번 탄복해마지 않는다.

삶이란 원래 이처럼 환희로운 것을 우리는 미처 깨닫지 못한다. 과거에 끌리고 미래에 잡혀, 몸과 마음을 결박당해 스스로를 무엇에 예속시켜 노예로 전락하고 있다. 가지고 못 가진 것이 자유의 조건이 된다고 생각한다면 먼저 그것에서부터 벗어나야 하리라.

코스모스의 질서회복을 위하여

계절을 앞서 온 코스모스. 그것도 어쩌다 조산(早産)한 한두 송이가 아니다. 넓은 들판에 함빡 피었다. 초록색 바탕에 수를 놓은 희고 붉은 무수한 꽃송이. 하늘거리는 그 사이사이로 무엇을 골똘히 찾아 헤매는 야동(野童)들. 이런 시원한 정경이 어느 지상(紙上)에 펼쳐져 있다.

어느 사이에 사람의 행위가 대자연의 섭리마저도 좌우하게 되었는가. 하기야 사람이 일상생활에 있어 계절의 구애로부터 벗어난 지는 어제오늘의 일이 아니지만, 인간이 이렇게 좌지우지하게 된 것은 시간뿐이 아니라 공간 역시 그 신축을 자재롭게 하고 있다.

물론 사람이 자연에 도전하여 시공을 초월해 보려는 노력은 그 시작이 이미 오래 되었다. 투박한 석기로부터 정교한 컴퓨터에 이르기까지 오랜 세월 하도 많은 우여곡절을 겪으면서 새롭고 또 새로운 도구를 만들어 왔다.

처음 돌로 작살을 만들어 물고기를 잡을 수 있었을 때, 그 환희는 대단했을 것이다. 하지만 컴퓨터의 발명은 꿈엔들 예측이나 했을까.

그러나 오늘 인터넷까지의 창의력은 이때부터 이미 싹트고 있었음에 틀림없다.

더욱이 산야에 피고 지는 꽃들마저 두 달이나 이르게 속도 위반을 하게 될 줄이야. 짐작조차 할 수 없었겠지만, 일찍부터 출발한 인간의 지나친 창조욕이 빚어낸 부작용의 하나임에 틀림없다.

사람의 욕구가 무한한 만큼 그 창의력 또한 끝이 없을 것이다. 기능 뒤에는 역기능의 그림자가 숨어 있다. 놀라운 발명의 이면에는 얼마나 무서운 복병이 숨어 있을까.

여러 세기를 두고 우리가 궁금히 여겨오던 노스트라다무스의 예언도 1999년 7월에 이르니 빗나가고 말았다. 앞일은 아무도 알 수 없다는 그런 확신만을 남겨 놓았다.

현대문명이 앞으로는 기하급수적으로 급진전하여 그 발전 속도를 더욱 가속화할 것이 분명하다. 이런 상상을 하게 되면 요사이 예쁘게 성큼 다가온 코스모스의 모습이 그저 예쁘지만 않다. 어떤 불행한 암시 같기도 하고 어떤 경고 같기도 하다.

우리의 생활 패턴도 나날이 변화해 간다. 그 모습이 반드시 우리가 원하는 바람직한 방향으로만 다가오고 있는 것 같지는 않다. 이미 걸려 있는 발동이 자동적으로 그 속도를 가속화해 가고 있다. 사람의 뜻대로 조절하기조차 힘들게 된 것 같다. 사려 깊은 행동을 할 수 있는 그런 유예조차 허용치 않는다. 이제는 그 메커니즘의 움직임을 그저 따라가며 지켜만 보고 있는 감이 없지 않다. 그때그때 순간순간을 숨가쁘게 고비를 넘기고 있는 것이 오늘의 현실이다.

오늘은 온 지구상에서 일어나고 있는 일들을 일목요연하게 빠짐없이 볼 수 있게 되었다. 우리 곁에서 더불어 살고 있는 매스미디어가 너무도 충직하게 사실을 알려주기 때문이다.

흔히 우리의 관심이 쏠리는 정치가 그렇고 경제가 그렇다. 정치하는 당사자가 그 고삐를 놓쳤고, 경제도 그것을 다루는 손에서 떠나 있는 느낌이다. 장사하는 사람 중에도 내일의 국제 수지가 어떻게 변할지 아는 이가 없다. 천변만화하는 세계시장의 그 움직임을 그저 지켜볼 뿐이다. 공들여 길러 온 소가 하도 커져서 이제는 다루기조차 어렵게 되었다.

돌로 칼을 만들어 삶의 불편을 덜었다. 그러나 그것으로 불편이 제거된 것은 아니다. 편리를 추구하기 위하여 사람의 노력은 거기에 쏠리고 있다. 매로 사냥을 할 수 있게 되었을 때 얼마나 만족했을까.

그러나 더 많은 사냥을 할 수 없는 거기에 불만이 있었다. 이 불만을 해소하기 위해 사람은 기교를 찾아낸다. 불만 속에 가만히 있을 수는 없다. 불만에 만족하는 사람은 아무도 없다.

그러나 어제의 만족은 오늘에 불만으로 변한다. 이렇게 만족이란 유동적이고 상대적이지 절대적이 아니다. 언제나 변수요 가변적이다.

오늘 만족하려면 어제의 것으로는 불충분하다. 어제보다 더 많고 더 크고 더 좋아야 한다. 남보다 더 위치가 높아야 한다. 그리고 타인을 이겨야 만족한다. 패배자는 불만스럽다. 불만은 참고 견디기 쉬운 일이 아니다. 여기에 안간힘도 소용이 없다. 패자가 불만을 해결하는 길은 그것을 설욕하고 승리자가 되는 길밖에 없다. 남을 이기기 위해서는 그만한 준비가 필요하다. 기술을 연마해야 하고 훌륭한 무기가 있어야 한다. 기술과 도구의 경쟁은 필연적이다.

패배자는 승리자가 되기 위하여, 승리자는 그 승리를 누리기 위해서 혼신의 힘을 길러나가야 한다. 현대문명은 불만에서 벗어나 만족을 누리기 위한 노력의 산물이다.

만족은 일정불변한 것이 아니다. 인간의 만족 또한 진화한다. 진화하는 만족을 채우기 위하여 사상과 기술과 도구 또한 진화가 불가피하다.

만족의 진화에 따라 불만 또한 생겨난다. 만족 속에 이미 불만이 있다. 불만은 아무리 지옥 속에 가두어 두어도 그곳을 뚫고 나오려 하고, 만족은 천당에 가도 거기에 한정하지 못한다. 불만은 만족을 얻지 못하여 생기고 만족은 만족할 줄 모르기 때문에 불만스럽게 여겨진다.

불만은 늘 울분 속에 쌓이고, 쌓인 울분은 틈을 찾아 언제 어디서나 활화산처럼 폭발한다. 이 세상에 만족한 사람은 드물다. 불만 속에 늘 억눌려 살고 있다. 욕구가 좀처럼 채워지지 않기 때문이다. 본래 인간의 욕구는 한계가 없기 때문에 그 욕구를 채우기가 쉽지 않다. 이런 욕구가 어쩌면 인간의 발전의 동기가 될 수도 있다. 현대 문명 역시 이런 점에서 인간의 불만의 소산일는지 모른다.

그러나 불만 역시 만족이 그렇듯이 해소될 날이 없을 것이다. 게다가 불만이나 만족은 상대적이기 때문에 타자와의 경쟁이 불가피하다. 흔히 경쟁에서 이기는 것으로 불만을 해소하려 한다. 패배자에게는 만족이 없으니까. 만족하기 위하여 이겨야 하고 승리하기 위해서는 그만한 준비를 갖추어야 한다. 기술을 연마하고 도구를 만들고, 이 도구는 살상 무기가 될 수도 있다.

인간의 무한한 경쟁 욕구에 비례해서 이런 도구가 계속 발전된다면 그 결과 또한 가공할 것이다. 인간생활의 편리를 위해 만들기 시작한 도구가 인간의 지나친 욕구 때문에 인간 상호간의 형제 살상의 흉기로 발전되었다. 이것은 우리가 이미 경험한 바와 같다.

이런 비극은 만족을 추구하는 과정에서 생겨났다. 만족이 없어서가 아니라 만족을 구하는 노하우를 몰랐기 때문이다.

인간은 어차피 더불어 살아야 한다. 사람이 살 수 있는 곳은 지구라는 이름의 토지 하나밖에 없다. 그것도 이제는 조그만 마을로 변했다. 세계의 많은 인구가 살기에는 비좁은 공간이다. 거기서 우열을 가려 다툰다면 그만한 만족, 그만한 자유마저도 지탱하기 어렵다. 불만은 더 커지고 만족은 더 축소될 것이 분명하다. 인간 존엄의 실증을 나타내 보이기 위해서도 평화를 만들어가야 한다.

고인들도 일찍이 행복을 밖에서 찾지 말라 하였다. 내 안을 잘 살피면 그 안에서 능히 찾을 수가 있으니까. 패배에서 불만이 오고 승리에서 만족이 온다는 생각은 잘못된 관념일 뿐이다. 내 안에 이미 갖추어져 있는 자유를 밖에서 이런저런 조건 하에 구하려는 것은 무명 때문에 생기는 어리석은 까닭이라 하였다.

사람이 제자리로 돌아갈 때 코스모스도 본래의 질서를 되찾게 되리라.

나락(奈落)의 의미

여름밤이면 떼지어 쏘다니는 하루살이가 있다. 그 수명이 고작 하루밖에 안 된다. 그나마 천수를 다하지 못하고 모닥불에 달려들어 아까운 목숨을 단축시키고 있다.

불빛의 유혹 때문일까. 하루살이의 탐욕 때문일까.

이쪽이 어두우면 그만큼 저쪽은 더욱 환해 보인다. 칠흑 같은 암야에는 그지없이 찬란해 보일 것이다. 이때 그 불빛은 매력을 가지게 된다. 매력, 그것은 무엇을 이끄는 힘이다. 인력(引力), 그 대상은 힘이 약할수록 쉽사리 이끌릴 것이다. 그 불의 거센 힘 앞에 이 따위 미물 곤충쯤이야. 게다가 애벌레로 태어나 세상 경험인들 얼마나 하였겠는가. 어쩌면 갓 태어나자마자 혹독한 시련에 걸렸는지도 모를 일이다. 아직 시련에 저항할 만한 그런 힘을 갖추지 못했다.

자석에 이끌리는 쇠붙이는 자석의 힘에 상응하는 성질의 그 무엇을 쇠붙이 자체가 가지고 있음이 분명하다. 자진하여 달려간 곤충, 그 자신에게도 불빛을 갈구하는 그 무엇이 있었기 때문이다.

설사 미물이라도 이 세상에 태어나고픈 욕구가 있었듯이 살아가려는 욕구 또한 없지 않을 것이다. 생을 유지하기 위하여 스스로 무엇을 찾지 않으면 안 된다. 호불호(好不好)가 있고 애증(愛憎)이 있기 때문에 선택이 불가피하다.

어둠보다는 밝은 불을 선택한 그 한 가지 이유, 때문에 하루살이는 그 아까운 생명을 잃었다. 수명이 짧은 그만큼 목숨은 더욱 아까울 수도 있다. 불빛을 선택하여 비명횡사한 존재가 어디 하필 하루살이나 불나비뿐이겠는가.

세상을 산다는 것 자체가 인간의 경우 역시 심히 조심스럽다. 왜냐하면 선택은 불가피하고 그 선택 뒤에는 함정이 도사리고 있기 때문이다. 마치 어둠과 불빛 그 사이에는 치명적인 덫이 있고, 그것은 불가피한 선택 때문인 것처럼.

왕후장상과 부귀영화를 누가 마다하랴. 만인이 선망하는 대상이다. 이런 것 역시 선택의 그것이다. 명리(名利)란 이토록 매혹적인 물건이다. 그만큼 이것을 얻기란 하늘의 별 따기가 아닐 수 없다. 그러나 이것을 구하는 사람들 또한 봄꽃 속에 꿀을 찾는 벌의 수효만큼이나 그 수를 헤아리기가 어렵다. 이에 반해 명리로 들어가는 문은 너무 비좁아 유한과 무한의 대결은 그 치열함이 늘 극에 이르고 있다. 감투와 자리는 아무리 늘려도 한정이 있고 사람이 갈구하는 탐욕은 아무리 줄여도 한정이 없어서 탐부순재(貪夫徇財)도 불사하는 사람이 적지 않다.

유혹이 항상 덫의 미끼를 드리우고 있는 것은 이런 탐부(貪夫)들이 있기 때문이다. 원래 명성과 권세는 이런 탐부(貪夫)들이 좋아하는 것. 그리고 그것이 다다르는 벼랑까지 이르면 급전직하 함정으로 전락한다. 하루살이의 어리석음과 사람의 그것이 얼마나 다르랴. 그러나 사람마다 같은 수순을 밟으면서도 자기만은 여기에서 예외일 것이라고,

그렇게 굳게 믿고 있다.

명리의 생리가 무엇인지 이것을 아는 이는 알고 있다. 어진 선비들이 아예 이것을 멀리한 까닭이 다른 데 있지 않았다. 하지만 명리를 벗어나 세속을 등지고 심산유곡에 묻혀 안빈낙도를 구해도 유혹은 좀처럼 그에게서 물러나지 않는다. 유혹은 곳과 때를 초월해 있다.

심지어 석가모니 부처님의 팔상성도 중에도 그것은 늘 따라다녔다. 항마상(降魔相)이 그런 사실을 잘 설명해 주고 있다. 이런 경우로 미루어 짐작컨대 유혹이란 없어서는 안 될 그런 존재인지도 모른다.

사는 존재에게는 시련이 필요하기 때문인가. 우리 삶에서 거품을 제거하고 알찬 삶을 가져다 주기 위하여, 그리고 다생겁래로 익혀온 부생여몽(浮生如夢)의 삶을 버리고 본래 모습으로 되돌리기 위하여.

그렇다면 유혹에 끌려 덫에 치이고 함정에 빠지는 것이 단지 죄책에 대한 책고(責苦)를 의미하는 것만은 아닐 것이다. 그 책고를 통하여 거듭나게 되는 계기도 되기 때문이다.

죄와 벌이 왜 필요한가. 죄를 밝히고 벌을 가하는 것이, 죄를 벌하는 것에 그치고 만다면 천당과 지옥이 태초부터 만들어진 의미를 충분히 살리지 못하게 된다.

우주의 삼라만상은 모두 변하지 않는 존재가 없다. 변한다는 것을 그냥 되풀이하는 것으로 해석한다면 그 또한 무의미할 것이다. 변화는 생성을 의미하고 생성은 변화를 통해서만 가능하다. 이 생성, 나무는 가을에 잎이 지고 봄에 새 잎이 돋는다는 것이 그냥 되풀이만으로 그치는 것은 결코 아니다. 그동안 성장하는 것이다. 성장, 거기에 의미가 있다.

지옥, 거기에도 의미를 부여해야 한다. 아니 원래 거기에도 의미가 부여되어 있을 것이다. 그러나 그 의미를 개발해야 한다. 창조란 이런 의미를 개발하는 데 있다.

지옥까지도 그 의미를 개발할 수 있을 때 이 세상 천하만물은 새로운 생명이 약동할 수 있게 되리라. 이런 작업을 우리는 창조라고 부를 수 있다.

이런 의미에서 덫은 더 이상 덫이 아니고 함정은 더 이상 함정만으로 남아 있지 않다. 이것은 사람이 거듭나는 도장이 될 것이다. 이것이 덫과 함정의 본래의 의미이다. 이런 의미를 되찾고, 다시 되찾는 거기에 그치지 않고 그 의미마저도 창조해야 하리라.

석가모니 부처님은 덫에도 함정에도 빠지지 않았다. 왜냐하면 유혹을 이겼기 때문이다. 그러나 부처가 되기까지 다생겁래로 전생이 거듭되었다는 것은 무엇을 뜻하는 것인가. 덫과 함정에 못지 않은 시련을 겪었음이 분명하다.

시련의 대명사가 이런저런 이름으로 불려질 뿐이다. 저 지옥 또한 이런 범위를 벗어나지 않을 것이다.

오늘 덫에 걸리고 함정에 떨어진 이들 또한 비록 지금은 나락에서 길고 긴 시간을 보내고 있겠지만 그 책고가 다하는 날 봄에 꽃이 다시 피는 나무처럼, 긴 겨울 속에서 성장을 준비한 그 과정임을 알게 될 것이다. 이런 과정은 만물이 거듭나는 질서이니까.

덫을 통해, 함정을 통해 거듭나는 그 순간, 아름다운 계절의 새 꽃처럼 환희심이 용솟음치리라. 그리고 자신감과 자부심으로 그의 머리와 가슴을 꽉 메우게 될 것이다. 온 근육에 힘이 넘칠 것이다. 게다가 떠다니는 관념과 굴러가는 허튼 수작에 물들지도 쏠리지도 않을 부동자세.

그간의 차가운 얼음에 잠기고 뜨거운 불기운에 구워 철이 바뀌어 혹한에도 따뜻함을 탐내지 않고 혹서에는 서늘함을 못 잊어 하지 않으리라. 시련이란 사람을 이렇게 만든다. 여기에 지옥의 의미가 없을 수 없다. 유혹도 이런 뜻에서 의미를 부여할 만하다.

한 가지, 사람이 이렇게 거듭나고 못 나고는 역시 그 사람에게 달렸을 뿐이다. 사람 주위에 있는 모든 것은 그 사람과 더불어 사는 데 의미가 있다. 떠다니는 구름과 흐르는 물, 몰아치는 폭풍우와 잔잔한 바람, 거리의 먼지 한 개의 치석까지도 사람과 인연 없는 것은 아무것도 없다. 하늘과 땅 사이에 사람이 있으니, 세계의 중심은 역시 사람일 수밖에 없다.

이 가운데에서 사람이 어떻게 주체성을 발휘하고 처신하는가. 그것은 오로지 나에게 달렸을 뿐이다. 세계가 아무리 만들어진 것이라도 사람이 그 속에 없다면 그만큼 가치는 줄어들 것이다. 반면에 이 세계의 가치를 높이는 것, 그것은 나 자신일 뿐이다.

내가 서 있는 자리, 거기서 나는 거듭나기도 타락하기도 한다. 지옥에 있으면 천당 갈 준비를 하게 되고, 천상에 있으면 다음에는 지옥에 떨어질 가능성도 없지 않다.

계율과 방편

사바세계에 몸을 담고 살아가는 중생은 대개 마음의 안정을 가누기가 어렵다. 물결 위에 띄워 놓은 배처럼 간단 없이 흔들리고 있어서. 이것은 마음의 동요 때문이다.

옛 사람들은 이런 모양을 원숭이나 뱀에 비유하고 있다. 자고 있을 때나 햇볕을 쬐고 있을 때를 제외하고는 잠시도 가만히 있지 못하는 것이 원숭이의 본래의 습성이고, 구불거리며 몸을 움직이거나 아예 꼬불꼬불 또아리를 트는 것이 뱀의 상습이다.

이런 습성을 고치기 위하여 원숭이에게는 사슬을 채우고 뱀은 대통에 넣어두어야 한다는 것. 동요를 안정시키고 구부러진 것을 곧게 펴기 위해서이다. 사슬과 대통은 일종의 계(戒)의 구실을 한다. 잘못된 버릇을 고치기 위한 방편이 곧 계의 규정이다.

하지만 원숭이에게서 사슬을 풀어놓고 뱀을 대통에서 끄집어 내놓으면 그 순간부터 본래의 습성으로 되돌아갈 것은 불문가지.

세 살 버릇이 여든까지 간다는 속담이 있듯이, 한동안 익혀온 습성이 쉽게 고쳐지지는 않는다. 그래서 생활과 더불어 계를 같이하는 것은 그 때문인 것 같다. 더욱이 요즈음과 같이 혼란한 시대에 생을 누려야 하는 이들에게는 어떤 규칙이 없어서도 안 되고 또 그런 규칙을 지키기도 어렵다. 삶이란 그 자체가 팔풍오욕(八風五慾)이기 때문이다. 그 거센 풍파를 피하고 욕망을 떠나기가 지난한 일이니까.

인생의 앞길에는 건너야 할 만학(萬壑)이 있고 넘어야 할 천봉(千峯)이 있는 법. 망망대해 한가운데 이르러 온 천지에 어둠이 깔리니 온 곳도 보이지 않고 갈 곳 또한 아득할 뿐이다. 오직 나락(奈落)이 앞을 가로막을 뿐, 여기 한줄기 불빛이 비치니 비로소 의지처가 생긴다.

어느 종교에 있어서나 공통적으로 살(殺)·도(盜)·음(淫)·망(妄)이 금기사항으로 되어 있다. 그것은 인간으로서 해서는 안 될 가장 기본적인 금기가 되기 때문일 것이다. 따라서 이런 금기사항은 종교계를 떠난 일반 세속에서도 역시 사람으로서 지켜야 할 기초질서에 속해 있음은 두말할 필요가 없다.

이른바, 선진사회와 후진사회의 차이점도 엄밀한 의미에서는 이런 기초질서를 지키고 못 지키는 그것으로 구분됨직하나. 밝은 사회를 만들어 가기 위한 그 요령이 다른 데 있지 않음을 알 수 있다.

불살생(不殺生)의 계율은 사람이나 동물을 죽이지 않음은 물론이고, 나아가서는 죽을 사람이나 동물의 목숨까지도 살리고, 목숨을 살리는 거기에 그치지 않는다. 인간으로서 이웃을 증오하는 대신에 자비로 감싸고 나의 비위를 거슬리는 상대의 행위를 수십 번이라도 관용하는 그런 실천이 있어야 한다.

나의 적을 죽이는 것이 이제까지 인간이 저질러온 전쟁이었다면 이제는 죽을 죄를 저지른 적이라도 살리는 아량이 필요하다. 산 목숨을 죽이지 않는다는 소극적인 의미에서 사람과 사람뿐만 아니라 사람과 동물까지도 화목하고 지혜롭게 함께 산다는 적극적인 의미로 발전시켜 간다는 것. 이것은 곧 진정한 뜻에서 인간 발전이 아닐 수 없다.

다음에 불투도(不偸盜)와 불망어(不妄語)에 있어서도, 특정 종교를 믿는 신도뿐만 아니라 사회 전반에서 지켜나가야 할 절실한 문제임은 두말할 나위가 없다.

오늘의 인간 세상을 가장 얼룩지게 하는 것이 바로 도둑질과 거짓말이기 때문이다. 주지 않는 물건을 훔치고 사실을 왜곡하여 거짓 증언하는 일. 이런 계율이 어느 종교에서나 강조되고 있는 것은 그만큼 인간 사회에 널리 보편화된 폐습이기 때문이기도 하다.

이런 악습이 언제부터 어떻게 해서 그 씨가 퍼졌는지는 알 수 없으나 확실히 이런 씨앗이 널리 전파되면서 그에 비례하여 인간도 타락해 온 것만은 틀림없다. 이웃의 물건을 탐내어 훔치고 빼앗는 일, 그리고 자신을 유리하게 하기 위하여 남에게 불리한 거짓 증언이 얼마나 가증스러운 죄악인가.

부정부패, 그것은 도둑질과 거짓말의 같은 뜻의 다른 표현일 뿐이다. 이런 짓거리가 심하면 심할수록 그 함정에서 헤어나지 못하는 존재는 그만큼 더 많을 것이다. 이들이 우글거리는 함정. 이 또한 지옥이라는 같은 뜻의 다른 표현일 것이다.

다음은 불사음(不邪婬). 십계명 중에도 일곱번째에 '간음하지 말라'고 하였다. 불교에서도 소승교에서는 이 사음을 첫번째 금기사항으로 꼽고 있다.

20세기에 접어들면서 과학기술을 비롯하여 여러 가지 일들이 눈부신 발전을 하여 왔다. 그 중의 하나가 섹스 불행하게도 이것은 지금까지 장족의 발전(?)을 거듭하여 왔다. 우리가 큰 기대를 걸고 있는 21세기에는 이 악습이 얼마나 빠른 속도로 달려갈지 상상조차 하기가 힘든다. 이제까지의 발전(?) 속도로 미루어 본다면, 창세기가 전하는 소돔과 고모라 그 직전에 이르지 않았을까, 마약과 더불어 이런 우려마저도 갖게 한다. 에이즈라는 불치의 병이 생겨났다는 것은 분명 인간에 대한 경종이 아니랴.

마약. 옛 문헌에는 명시되지 않은 것으로 미루어 그 시절에는 우리 인간이 그토록 타락하지 않았던 것 같다.

인류에 대한 낙관론과 비관론. 오늘의 현실이 암담할수록 우리는 자연 낙관론에 희망을 걸게 된다. 하루를 더 살다 망하더라도 내일에 기대를 거는 것이 인지상정이다.

그러나 한 가지 분명한 것은 이제까지 역사를 만들어 온 장본인이 바로 인간이라는 사실이다. 우리나라의 역사를 만들어 온 것이 우리인 것처럼.

사람의 역사의 주역은 역시 변함없는 인간이다. 현재 이 지구에 의지하여 살고 있는 바로 그들이다. 앞으로의 역사의 주역도 바뀌지 않을 것이다. 만들어 갈 미래도 그들의 손에 달렸다.

그릇된 역사를 고쳐가기 위해서는 그것을 만든 그 사람의 솜씨를 고쳐가야 한다. 그 솜씨는 습성이다. 그 습성이 고쳐지지 않고 그 솜씨가 어떻게 고쳐질까.

습성이 일조일석에 만들어지지 않은 것처럼, 고치는 일도 하루아침에 이루어지기는 쉽지 않다. 우리의 그릇된 습성, 잘못된 폐습, 오랫동안 찌든 악습을 어떻게 고칠까.

새로운 세기, 새로운 천 년을 다시 맞을 찰나에 있다. 설날을 맞아 새옷으로 갈아입듯이, 새로운 분장은 그리 어렵지 않다. 하지만, 포장은 겉치레에 불과하다. 케케묵은 먼지가 시간이 바뀐다고 쉽사리 털어지는 것은 아닐 것이다.

역시 때묻은 거울은 닦아야 한다. 요는 거울을 닦는 노력. 평소에 게으른 농부가 석양에 바쁘듯이, 우리는 평소에 거울을 닦는 노력을 너무도 등한히 해왔다. 세계 역사의 섣달 그믐날을 맞아 우리가 해야 할 일은 너무도 바쁘다. 그렇다고 몸의 때를 벗기지 않고 넘긴다면 그때는 더욱 두터워질 테니까.

늦기는 했지만, 그런 대로 계율이라는 것이 특정 종교에 국한한 것이 아니고 우리의 일상생활에 어떤 가치를 주는가를 깨닫는다면 우리의 삶에 그만큼 의미를 부여하게 될 것이다.

지금 자기가 서 있는 처지는 자신의 습성이 그렇게 만들었듯이, 내일의 자신의 입지도 자신 이외의 힘에 의하여 만들어지는 것은 아닐 것이다. 자업자득, 이것을 인과응보라 하는가.

부처의 미소

봄꽃보다 한결 찬란했던 천자만홍의 한철도 저물었다. 천지만엽(千枝萬葉)이 한월(寒月)을 맞으니 빈 산에는 그 형해(形骸)만이 쓸쓸하다. 오늘의 삭막한 세태를 상징하듯이.

적막한 공산(空山). 수목들은 오히려 그 속에서 자기 성찰의 알찬 꿈을 키워가고 있는지도 모른다. 이제까지 풍요했던 모든 것을 아낌없이 던져버리고 홀가분하게 굳건히 서서······.

저문 가을은 분명 성숙의 계절이다. 비록 총림으로 더불어 있지만, 성숙은 언제나 자신의 힘으로 이루어진다. 잠시도 나태나 방일이 없이. 이제 그 결과로 나이테를 하나 더하게 된다. 봄바람, 가을비에 잘도 견디어 온 만고풍상의 그 자취라 하리라. 모진 설한풍에 수많은 가지들이 얼마나 꺾이었으며, 이 고초를 뿌리와 줄기인들 어찌 당하지 않았으랴. 거목으로서의 성장의 연륜을 쌓아가지만, 그것은 말 없이 겪어온 고난의 흔적이기도 하다. 아픔의 자취는 지워지지가 않는다. 안으로 충실하기 위해서는 겉의 표피가 그만큼 많이 찢어져야 한다.

이런 괴로움을 느낄 때가 바로 나무가 거듭나는 순간이다. 거듭나기 위해서 거쳐야 할 필수적인 관문임에 틀림없다. 중생이란 역경계를 뛰어넘는 순간이기 때문이다. 나이테를 만들어 거듭나지 않는다면 수목은 커지지 않을 것이다. 껍질이 갈라지는 아픔을 겪지 않는다면 자라지도 않을 것이다.

우리의 경우도 곤란이 없으면 교만해지기 쉽고, 마(魔)가 없다면 서원이 허약해지기 쉽고, 일이 쉬 풀리면 경솔해지기 쉽다 하였다. 그래서 해탈은 장애 속에서 이루어진다 하였다. 「보왕삼매론」의 이와 같은 가르침은 거듭나기 위한 요긴한 덕목들이다. 장애와 역경. 이런 악조건들이 우리에게 주어지지 않는다면 거듭날 기회를 잃을지도 모른다.

사람들은 대개 무사안일을 바란다. 자진하여 간난신고를 택하는 일은 드물다. 어느 시대나 태평성대를 바라지 않는 임금은 없었고 백성도 없었다. 하지만 그것은 역사상 극히 드문 일이었다. 그리고, 극히 짧은 순간으로 끝나고 만다.

가난에 쪼들리는 예술가에게 가난을 면하게 해주는 것은 어려운 일이 아니다. 부유한 파트너가 생기면 그 예술가는 졸음이 올지도 모른다. 그에게 창작 의욕을 잃게 하는 그것이 두려운 것이다. 그에게는 가난이야말로 창작을 통해 거듭날 수 있는 계기가 되는 것인데.

우리의 일생도 헤아려보면 무수한 시행착오로 이어져 가고 있다. 성공은 누구나 한결같이 바라는 기원이다. 반면에 실패는 저주의 대상이다. 실패를 거듭하는 동안 사람은 비겁하게 변할 수도 있다. 하지만 실패를 거듭하는 그 찰나찰나가 거듭날 수 있는 고귀한 계기가 될 수도 있다. 성공이 사람을 교만하게 만들 수 있는 것처럼.

오늘까지 인류의 역사가 발전하는 동안 얼마나 많은 기복이 있었던가. 이제까지 이렇게 거듭 나왔고 앞으로도 그럴 것이다. 역사의 기복은 인간의 그것이며 인간이 거듭나는 과정과도 다르지 않다.

질식할 듯한 오늘의 현실 앞에서도 인간이 실망하지 않는 이유는 인간이 거듭날 수 있다는 희망을 잃지 않고 있기 때문이다. 물론, 인간의 미래를 결코 낙관만 할 수는 없다. 그러나 비관할 근거는 더욱 박약하다. 그동안 인간은 여러 악조건들을 극복해 왔기 때문이다. 그리고 인간을 신뢰할 수 있는 근거는 오늘보다 더 새롭게 거듭날 수 있기 때문이다.

오늘의 세계도 결코 현재로 정체해 있는 것이 아니다. 자꾸 앞으로 가고 있다. 간단 없이 자기 변신을 멈추지 않고 있다. 한 어린이가 앞으로 어떻게 변신할지 아무도 모르듯, 세계가 어떻게 거듭날지 아무도 모른다.

이런 의미에서도 우리는 사람에게 신뢰를 가져 마땅하리라. 중생을 바라보는 부처의 자비는 항상 그 미소로 나타나고 있다. 이 미소가 무엇을 의미하는가? 중생은 이 언덕에서 저 언덕으로 건너가는 길목에 있다. 지금도 건너고 있으니까 언젠가는 저 언덕에 도달하리라. 비록 고해를 건너기 위해 오늘은 참담한 고난을 겪을지라도, 넘어지고 다시 일어서서 거듭거듭 한없는 되풀이를 반복하더라도 멈추지 않는 백전불굴의 장한 의지만이 대견할 뿐이다.

우리는 우리의 좁은 소견을 열어 부처의 그 넓은 아량을 받아들여야 하리라. 그러니 미소의 의미를 배워야 하리라. 미물인 곤충의 세계에 있어서도 하루살이는 모기의 세계를 알기 어렵고, 모기는 파리의 세계를 이해하기 쉽지 않다.

오늘 우리 눈에 비친, 옹졸하고 간교하며 추악하기까지 한 타인의 모습이 언젠가는 관후하고 지혜로우며 아름답기까지 한 부처의 상호로 변한다는 사실을 믿어야 한다. 자신의 얼굴이, 태도가 이렇게 변한다는 것을 즐겁게 생각하면서, 타인도 이렇게 달라진다는 사실을 의심치 않을 때, 자타(自他)가 함께 성불한다는 가능성도 의심치 않게 되리라.

우리는 남을 미워할 수 있다. 미워할 이유가 상대에게 분명히 있을 수도 있다. 그러므로 사회 정의를 위하여 시비를 가릴 필요도 있다. 남의 잘못을 지적하는 것이 별로 잘못도 아닐 것이다. 그러나 누구를 미워하고 잘못을 탄핵하는 일은 그것으로 그치고 거기서 멈춘다면, 이는 어리석은 일이 아니라 현명한 일이 될 것이다. 시간이 흐르면서 지나간 일이 되어버리기 때문이다. 뿐만 아니라, 사람은 간단 없이 거듭나기 때문이다. 그리고 성불(成佛)로 가는 바른 길을 돕는 일도 되지 못하기 때문이다. 가장 잘 돕는 일은 성불을 돕는 일이고, 가장 크게 방해하는 일은 성불을 방해하는 일이 될 것이다. 인간의 최고 최대 목표는 부처가 되는 일을 제외하고는 다시없기 때문이다.

너나 없이 성장과정은 이렇게 평등하다. 타인이 그렇다는 것을 이해하기 위해서는 우선 자신을 살펴보아야 한다. 흔히 남은 알기 쉬워도 자기를 알기는 어렵다. 기실 자기가 자기를 모른다면 남도 진실을 알기 어렵다. 그래서 남을 잘 이해하기 위해서 자기부터 잘 알아야 한다.

그간 자신이 걸어온 지난날을 돌이켜 본다면, 그리고 현재 자기가 하고 있는 사실을 있는 그대로 볼 수 있다면, 자기에 비추어 타인의 참모습을 정확히 이해할 수 있을 것이다. 남과 나 사이의 정확한 이해가 나를 알고 남을 아는 데서 비롯된다면 말이다. 자타(自他) 사이에 정확한 이해가 이루어진다면 그만큼 두 사람 사이의 갈등도 자연 해소되리라.

아무도 서로간의 불화를 좋아하는 이는 없다. 그럼에도 이 세상에서는 그것이 우리의 삶의 일부가 되고 있다. 물론 오해가 그 원인이다. 인류의 역사가 시작된 이래 사람 사이의 갈등은 그치지 않고 있다. 어느 나라, 어느 사회, 어느 계층을 막론하고 비록 정도의 차이는 없지 않으나 사람간의 분규는 잠시도 그치지 않고 연속부절.

일찍부터 천하의 인걸들이 그 문제를 해결하기 위해 온갖 처방을 제시해 왔다. 하지만 아직까지 별로 신통한 효험은 나타내지 못하고 있다. 이제까지, 그리고 지금도 그 해결의 명안(名案)을 주객의 시비를 가려 해결하려 하였고, 아직도 대부분 그 방법을 단념하지 않고 있다.

이에 비하여 특이한 방법이 있으니, 곧 마음의 정화로 어리석음에서 깨어나는 방법이다. 우리의 무명이 밝혀지지 않는 한 어둠 속에서 헤매는 수밖에. 오해의 원인이 무명에 있다면 무명을 깨뜨리는 깨달음 외에는 달리 묘방이 없을 것이다.

탯줄을 끊고 나온 이유

집도 한 세대가 지나니 낡아서 을씨년스러워 보였다. 고치는 일에 착수했다. 집이 헐어 집 자체도 쓰레기에 가깝지만 그 속에서 쏟아져 나오는 물건(?)들도 진짜 쓰레기 이상의 아무것도 아니었다.

30년을 두고 구석구석에 모이고 쌓였던 온갖 잡동사니를 한곳에 모으니 정말 동산만큼이나 어지간하였다. 이 집의 역사와 더불어 거의 반생을 살아온 그 사람의 발자취가 고작 이것이냐 싶어서 덧없게 느껴지기도 하였다.

더욱이 요즈음 같이 변화가 빠른 시대를 살게 되니 유행이란 것을 쫓지 않을 수 없게 된다. 유행이란 것이 아무리 천박해 보이더라도 그것을 등지고는 삶 자체를 영위할 수가 없으니 말이다. 어제의 생활 구조가 오늘의 그것과는 어긋나고 있어 오늘을 살기 위해서는 어제의 그것들은 무용지물로 폐기 처분하는 것이 불가피하다.

그때그때 대견하게 마련하여 자못 소중하게 간수해 온 것들. 대단한 재산목록으로까지는 아니더라도 다음 어느 때를 위하여 필요하게 여겨왔던 것들. 이제와서는 아주 거추장스럽게까지 느껴진다. 거의가 쓸모 없는 쓰레기로 화하고 말았다.

그나마 집 둘레에 태워버릴 공간이 있어 다행이었다. 결국 소각을 통해 한줌 재로 돌아가고 만다. 시간은 이렇게 사물을 회진(灰塵)으로 만든다.

그간 이리 옮기고 저리 옮겨 거추장스럽던 것들이 더 이상 간수할 수 없어 불로 사르니 자취 없이 사라진다. 그 시원함이여! 불의 이런 신통력에 새삼 놀랐다. 만약 불이 없었다면 이토록 주체스러운 것들을 어찌 해결할 수 있으랴. 불, 그것은 위대한 괴력을 지녔다.

무엇을 가진다는 것, 그것은 소용이 불가피한 때문이다. 하지만 그 시효가 지나면 무용지물로 변한다. 이렇게 사물은 원래 유용과 무용의 양면을 가지고 있다.

낙목한천(落木寒天)의 늦가을 나뭇잎도 이제 그 쓰임이 다해 무용지물로 돌아간다. 초목도 무성하던 한때 자연 속에서 그지없이 쓰임이 많았다. 벌레나 곤충에서 사람에 이르기까지 그 쓰임에 크나큰 혜택을 입었다. 이제 찬서리와 더불어 그 쓰임을 멈추고 무용지물로 화해버리고 만다. 아무리 서리에 오만하고 고고한 절개를 지녔다 하기로 국화인들 그 쓰임도 한때에 지나지 않는 것을.

사람이나 자연도 이러하거늘 때에 맞추어 만들어진 물건들이야 더 말할 나위가 없다. 오늘 크지도 않은 집에서 구석구석에 놓여 어느 사이에 주인의 망각 속에 버려진 이 적지 않은 물건들, 그것을 그간 기쓰고 간수했던 자신의 어리석음을 새삼 느끼게 된다.

갖는다는 것이 이제는 즐거움이 아니라 그만큼 주체스러울 뿐이다. 이런 의미에서 소유한다는 것은 사람을 피곤하게 만드는 일면이 없지 않다. 나 자신의 피곤을 하루라도 더하지 않기 위해서 쓰임이 끝나면 그것을 손에서 재빨리 놓아버려야 할 일이다. 아주 홀가분하게.

게다가 우리는 쓰임이 급하지도 않은 것을 다음의 쓰임을 위하여 여축하는 배려에서 수요를 앞당기는 일까지 서슴지 않는다. 이것은 일종의 나쁜 습관에 지나지 않는다. 그저 소유욕의 소치에 불과하다. 순간순간 생활의 패턴이 바뀌어 가고 있는 이 시점에서는 더욱 그러하다. 오늘의 패턴에 맞추어 가는 생활 영역에서는 어제의 물건이 오늘에는 쓰레기로 변한다.

그 많은 물건들이 모두 이런 수순을 밟는다. 기계화로 양산되는 물건들의 공급과 수요의 불일치를 인위적으로 해결하기 위하여 '세일'이란 것이 그래서 생겼다.

값이 싸다(?)는 이유만으로 소비자는 과잉 수요에 현혹되기 쉽다. 대개는 이미 유행에 뒤진 물건들이다. 결국 소비자의 손을 한번 거치면 그 다음 순서는 쓰레기더미로 간다. 과잉 생산은 과잉 쓰레기를 낳는다. 쓰레기의 원천은 곧 생산 공장이다. 단지 소비자의 일시적인 호기심을 거칠 뿐이다.

쓰레기 과잉을 막기 위해서는 대량 생산이 멈추어야 하고, 생산의 과잉을 막기 위해서는 과소비의 나쁜 습관을 고쳐야 한다. 공해와 오염은 생산 공장의 잘못도 쓰레기의 잘못도 아니다. 그 책임은 소비자, 즉 과소비에 있을 뿐이다.

누구나 맑은 공기, 깨끗한 물을 갈구하고 푸른 자연을 그리워한다. 하지만 우리의 그릇된 생활 습관이 고쳐지지 않는 한 그런 기대는 비누 거품에 지나지 않는다.

언제나 문제를 푸는 열쇠는 사람이 쥐고 있다. 모든 묘책에 앞서 풀어야 할 선결문제는 사람의 습성을 고치는 일, 즉 과소비하는 습성이다. 남보다 많이 가지고 싶다는 생각, 그것이 바로 탐욕이다. 만병의 근원은 바로 이 탐욕이다. 탐욕을 떨쳐버리지 못하는 한 괴로움에서 벗어날 수가 없다. 이것은 불세존(佛世尊)의 말씀이다.

탐욕이 없으면 곧 청정해지련만. 마음이 청정해진다는 것, 이것이 곧 행복이다. 행복해지려고 우리는 많은 것을 가지고 싶어한다. 그러나 이것은 행복에 역행하는 것이다. 탐욕은 불행이기 때문이다. 행복해지기 위하여 부처님께서 왕궁을 버린 것을 우리는 모르지 않는다.

출가하였기 때문에 아무것도 가지지 않은 것이 아니라, 가지지 않기 위하여 출가한 것이다. 가진다는 것은 가진 그만큼 더 괴롭기 때문이다. 조금 가지면 그만큼 덜 괴로울 것이다.

문화가 발전된 것은 사람이 편안하게 살려는 욕구에서 비롯된 것이다. 문명의 이기는 곧 문화의 척도라고 할 수 있다. 사람이 편안하게 산다는 것은 그 한계가 없다. 원시시대에서 오늘까지 발전해 온 문화는 인간생활에 편의시설을 발전시켜 온 데 지나지 않는다.

이제까지 만들어 온 편의시설에 이어 앞으로 얼마나 더 발전할는지 상상이 불가능하다. 현대인은 편하게 살기 위하여 과학의 힘을 빌어 거기에 기울이고 있다.

더울 때 덥지 않게, 추울 때 춥지 않게 사는 방법을 연구하고, 배고프지 않게 잘 먹고, 게다가 맛있는 것을 골라 먹으며 더욱 맛있는 것을 추구해 간다. 정력을 위해서 그리고 피로를 모르는 그런 정력제, 그런 신약(神藥)을 찾고 있다.

그리고 늙지도 않으며 병들지 않기 위하여 사람이 할 수 있는 온갖 짓거리를 다하고 있다. 근심 걱정 없이 편안한 마음으로 한평생 즐겁게 사는 것. 이런 삶을 대개는 희구하고 있다.

그래서 오복(五福)을 누리는 것을 이상적인 삶으로 여겨오고 있다. 오래 살고〔壽〕·부귀하고〔富〕·몸의 건강〔康〕과 마음의 편안〔寧〕, 그리고 덕〔修好德〕이 있고 자연사〔老終命〕하는 그것이다.

이제까지 인간 문화는 이런 방향으로 발전해 오고 또 앞으로도 이런 길로 달릴 것이 짐작된다. 그리고 이런 것은 돈이 해결해 준다고 그렇게 믿고 있다. 그래서 사람이 살아가는 데 돈을 가장 요긴한 것으로 여기게 되었다. 그러나 이것은 우리가 인간의 의미를 깨닫지 못한 데서 오는 것이다.

편안하게만 산다는 것은 어떤 의미에서 사람이 취하여 살고 꿈속에서 죽는 경우가 될는지도 모른다.

인간의 문화는 창조적이어야 한다. 이 세상에 나오기 위하여 어머니 탯줄을 끊는 의미는 무엇인가. 안일을 박차는 일이다. 세존께서 왕궁의 탯줄을 끊고 홀로 서기를 시도했듯이. 그렇지 않으면 황무지나 사막을 개간할 수는 없다. 여기에는 생명을 건 모험이 따른다.

우리가 어제까지 가지고 있던 것, 물질도 정신도 그것들은 태워버려야 할 쓰레기며 노폐물들이다. 그 속에서 안주하다니. 인간은 연마하는 존재이다.

진리를 보는 눈〔心眼〕

　부처님 오신 날 제등행렬은 한국불교 특유의 장엄한 광경이다. 등불은 어둠을 밝히는 데 소용이 된다. 그러므로 대낮에 등불을 켠다는 것은 무의미하게 여겨진다. 그러나 희랍의 철학자 디오게네스는 사람을 찾기 위해 백주에도 등불을 밝히고 거리를 누볐다. 육안에도 햇빛에 잘 보이지 않는 것이 인간이기 때문이다.

　그만큼 사람을 찾는 일은 그리 쉬운 일이 아니다. 철인 디오게네스가 대낮에도 등불을 밝혀야 했던 이유도 바로 거기에 있었을 것이다. 이와 같이 어둠을 밝히는 등불이 장님에게 있어야 할 것 같지만 기실은 눈뜬 이에게 더 필요한 것이다.

　어떤 맹인이 밤거리를 나설 때면 으레 등불을 켜들고 다녔다. 그것은 자기 자신을 위해서가 아니라 눈뜬 사람을 위해서였다고 한다. 어두운 길을 가다보면 사람과 부딪치는 경우가 종종 있는데, 그것은 눈먼 자기 쪽에서 부딪치는 것이 아니라 눈뜬 사람이 눈먼 자기에게 부딪혀 온다는 것이다. 그러니 장님이 켜들고 다니는 등불은 눈뜬 사람을 위한 것이다. 이쯤 되면 실제로 어느 쪽이 장님인지 잘 분간이 안

간다.

사실 세상에는 눈뜬 장님이 없는 것도 아니다. 설사 육안이 안 보인다고 해서 장님이라고 하지만, 그의 실제 행동에 있어서는 눈뜬 사람보다 더 기민할 수가 있고, 육안이 잘 보인다고 해도 그 처신에 있어서 장님보다 더 어두울 수도 있기 때문이다.

어둠을 헤쳐 길을 밝히기 위한 등불, 그것은 사람이 길을 제대로 가기 위해서임은 두말할 필요가 없다.

백주에도 길을 가면서 남과 부딪치고, 길을 헤매고, 개천에 빠지고, 심지어 함정에 떨어지는 경우도 드물지 않다. 이런 경우는 장님보다 눈뜬 사람에게 더 많을 것이다. 장님의 경우는 앞이 잘 안 보이기 때문에 그만큼 대비가 소홀하지 않은 반면에 눈뜬 이는 잘 보이는 그만큼 정신적으로 등한하기가 쉽기 때문인지도 모른다.

어쩌면 장님은 겉으로 잘 안 보이는 대신에 안으로 잘 보이고, 눈뜬 이는 밖으로 잘 보이는 대신에 속으로 잘 안 보이는 수도 있을 것이다. 눈뜬 이의 시야는 넓어서 온갖 것이 한눈에 들어오는 그만큼 시계가 방만해져서 그 어느 한 사물도 세밀하게 보이지 않을 수가 있다. 집중력이 방해를 받는 까닭에.

밖으로 향하는 시계(視界)가 차단되었을 때 내부의 새로운 시각이 열려 비시간적(非時間的)인 무한한 세계가 보였다는 오이디푸스. 그리스 신화에 나오는 테베의 왕자로, 불륜의 죄를 참회하기 위하여 스스로의 손으로 안구를 빼어 장님이 된 그는 내부 세계야말로 진실한 세계임을 알게 된다. 반면에 외부 세계의 일체의 것은 관조(觀照)를 차단하는 환각에 불과하다는 것을 체험하였다. 그 순간 맹인의 암흑이 돌연 초자연적인 광명으로 빛나고, 영혼의 세계가 조명되어 "오, 암흑이여, 나의 광명이여!" 하고 오이디푸스는 홀연히 환희의 탄성을 외친다.

눈이란 이렇게 불완전한 것이기 때문에, 밤에 뿐만 아니라 낮에도 등불이 필요할는지 모른다.

문명이 발달하면서 우리는 안목을 더욱 밝게 하기 위하여 여러 가지 장치를 마련하고 있다. 학문과 지식을 통해서 심안의 등을 준비하기도 한다. 책을 거쳐 옛 사람들의 안목을 빌어 오늘의 우리의 시야를 넓혀나가는 것, 이것 역시 지혜의 등불을 켜는 작업의 하나가 될 것이다.

그래서 도시의 거리는 밤에도 대낮같이 밝혀져 있다. 어두운 밤거리에서 서로 부딪치지 않기 위해서이다. 하지만 밤거리뿐만 아니라 백주에도 부딪치는 일은 일상의 다반사로 더욱 잦아지고 있다.

이런 것을 일러 혼란이라고 하는가. 너와 나 사이에도 그렇거니와 한 가정에서도 한 직장에서도 역시 그러하니, 여럿이 모인 사회, 여러 가정이 이루어 놓은 국가는 더 말할 것이 없다.

아무리 등불을 밝혀도 원래 심안(心眼)이 흐리다면 도리어 등불이 밝으면 밝을수록 거기에 눈이 부시고 현혹되어 제 길을 찾기가 더 어려울 수도 있다. 확실히 사람과 사람끼리 충돌이 잦아지고, 사람이 제 길을 잘 몰라 남의 길을 침범하게 되는 것은 세상이 개화하면서 더욱 빈번해진 것이다.

외부의 시계(視界)가 밝아지면서 사람의 내면의 심안은 더욱 어두워지는가. 길을 가면서 남과 부딪친다는 것은 분명 자기 앞을 제대로 보지 못하기 때문일 것이다. 사물을 바로 본다는 것, 이것은 육안에 있지 않고 심안이 밝아야 하리라. 심안이 밝을 때 사물의 참 이치도 있는 그대로 볼 수 있음은 물론이다.

바로 본다는 것, 이것도 진리를 알아야 비로소 가능한 것이다. 질서가 무너지고 있다는 사실 그것은 바로 보지 못하기 때문이다. 남과 더불어 같이 사이좋게 걷는 것, 이것이 질서라면 남의 앞길을 가로막는 것, 이것은 확실히 무질서이다. 무질서는 혼란을 낳고 혼란은 곧 괴로움이 된다.

일찍이 부처님께서는 그 바로 아는 방법으로 여덟 가지를 가르쳤다. 이른바 팔정도(八正道)가 그것이다. 이 여덟 가지 바른 길은 인간을 해탈로 이끌어가는 지름길이다.

바르게 본다〔正見〕는 것은 무엇인가. 진리에 입각해서 사람이나 사물을 보는 일이다. 여기에서 진리란 무엇인가. 일체가 공(空)하다는 것이다. 왜? 어느 한 가지도 본래부터 실체가 있는 것이 아니기에 현상계의 삼라만상이 단지 서로에 의지해서만 이루어지기 때문에 그래서 공한 것이다.

따라서 현상계에 나타나 있는 모든 것은 인연에 따라서 생기고 인연에 의하여 사라지기 때문에 본래 있는 것이 아니다. 그렇다고 본래 없는 것도 아니므로 있다고 할 수도 없고 없다고 할 수도 없다. 그래서 또 공한 것이다. 이런 사실을 다른 말로 중도(中道)라고도 한다.

이 세상 온갖 것의 진리는 실체로 고정 불변한 것으로 있는 것이 아니라 때와 곳에 따라 인연에 의하여 변하는 모습, 그래서 무상(無常)이고, 본래 있는 것이 아니므로 그래서 무아(無我)라 한다. 이것이 현상계의 진리이다. 이런 진리를 아는 것, 이것이 바로 보는 것〔正見〕이다. 바로 생각한다는 것〔正思〕, 바르게 말한다는 것〔正語〕도 역시 이런 진리에 입각해서 올바른 생각을 하고 이런 진리에 따라 틀린 말을 하지 않는다는 의미가 된다.

바른 행위〔正業〕, 바른 생활〔正命〕도 역시 이런 진리를 따른다면 괴로움의 병을 고칠 수 있다 한다.

정정진(正精進)이란 바른 수행을 의미한다. 연기의 진리에서 벗어나지 않는 길을 따라 간단 없는 노력을 기울이는 일이다. 정진의 방법은 각자의 인연에 있다. 수행에 있어서 신념과 이상[正念]을 견지해야 함은 물론이다.

마지막으로 정정(正定)에 이르면 선정(禪定)을 통해 삼매에 들 수가 있다. 곧, 열반적정(涅槃寂靜)의 목표를 달성할 수 있다는 가르침이다.

팔정도(八正道)에 있어서 가장 중요한 것은 정견이다. 정견을 통해 바른 사유(思惟)를 할 수 있고, 생각이 바르면 말이 바르고, 말이 바르면 행위가 바르며, 행위가 바르면 삶이 바르고, 삶을 바르게 하면 수행이 바르게 되고, 바른 수행에서 확고부동한 신앙이 유지되고, 부동심은 곧 선정에 들 수가 있다. 등불은 곧 진리를 보는 심안을 밝힌다. 진리 거기에 인간 회복의 길이 있다.

나의 인생, 나의 불교

요즈음 나는 한가하고 조용히 지낼 수가 있어서 좋다. 별 볼일 없는 나이라서 아무도 오라 가라 하지 않는다. 또 신통한 일도 없을 테니 남이 장에 간다고 따라 나설 필요도 없다.

이래저래 무엇에도 매이지 않게 되어 나 좋을 대로 살 수가 있다. 세상 반연과 멀어진다는 것, 이것도 한번 살아볼 만하다고 여겨진다. 어떤 의미에서는 이런 삶이 더 필요할 때가 있을지도 모른다.

한가하면 가끔 생각나는 일들 중의 하나는 묘향산 꼭대기의 그 조그만 암자를 내 생애에 다시 한번 가볼 수 있을지.

눈발이 날리던 어느 초겨울 날, 관음봉(觀音峯) 앞에서 주지스님과의 작별을 아쉬워하며 발길을 돌리던 기억이 유난히 생생하다. 기도를 회향하고 돌아가는 보살 한 분과 하산 길을 동행했다. 무슨 이야기를 심심치않게 주고받았는지 보현사까지 그리 가까운 거리가 아니건만 중간에 상원사를 거쳐 단숨에 내려왔다. 기차를 타고 동용굴까지 지나오면서도 법왕대(法王臺)에서 지내던 일들이 주마등처럼 뇌리 속에서 몇 차례고 거듭되었다.

때는 일본군들이 중국 본토에서 기승을 부리던 그 무렵. 나는 한창 감수성이 예민한 10대 후반이었다. 그때만 해도 어머니를 따라 먼발치에서 넘겨보기만 하던 불교를 성큼 다가서서 껴안아 볼 기회를 가졌다.

나는 주지스님과의 자별한 인연으로 그곳에서 삼칠일간 관음기도를 마쳤다. 기도회향이 끝나고도 돌아올 생각이 없었다. 그래서 한 철을 그곳에서 보냈다.

그 가난한 암자에 상주 대중이 있을 리도 없고, 또 예나 지금이나 장사가 안 되는 비약한 절집에 사미승인들 붙어 있을 리가 없다. 조석예불에서 사시마지까지, 공양주에서 부목까지 주지스님 혼자서 해냈다. 그 덕에 나는 머리를 깎지 않고도 절밥 신세를 지는 데 미안하지 않을 정도로 도울 일이 많았다. 아궁이에 불 지피고 국 끓이고 밥 짓고 게다가 설거지는 도맡아 하였다. 객스님에게 차 올리는 일은 더욱 조심스러웠다. 날을 잡아 빨래도 하고 틈이 나면 채마밭 울력도 거들었다.

수덕사에서 오신 노장 한 분을 모시고, 남녀 기도객을 합해서 대여섯 명의 단출한 식구였다. 일이 벅차지는 않았지만 그래도 하루 밥 세 끼 마련하기에 분주다사하였다.

낮잠은 원래 절집에서는 금물이지만 한가하게 졸고 있을 틈도 별로 없었다. 2,000미터나 되는 워낙 높은 곳이라서 삼복에도 모기에 시달릴 그런 걱정은 없었다. 하지만 잠자리에 들면 귀찮게 찾아드는 불청객, 이것만은 딱 질색이었다.

이때만 해도 절간하면 빈대가 연상되었다. 그토록 빈대는 절집의 속성처럼 여겨졌다. 얼마나 지긋지긋했기에 화재가 나면 스님들은 손재에 대한 걱정보다 타죽는 빈대가 더 고소했을까. 빈대란 놈은 게릴

라처럼 밤에만 활동하는 야행성이어서 낮에는 자취도 찾아볼 수가 없다.

간혹 오수를 즐기는 분이 없지 않지만 대개는 전날밤에 이 게릴라에게 몹시 당했거나 아니면 오늘밤 그 준동(蠢動)에 대비해서 이 소강 상태를 이용, 한잠 자두는 것으로 간주해야 한다.

서산스님은 일찍이 4대 명산 중에 묘향산을 제일로 꼽았다. 금강산은 빼어난 산이긴 하지만 웅장하지는 못하며[金剛山 秀而不壯], 지리산은 장하긴 하지만 아름답지가 못하고[智異山 壯而不秀], 구월산은 장하지도 못할 뿐더러 뛰어나지도 못한데[九月山 不壯不秀], 묘향산만은 웅장하기도 하고 뛰어나기도 하다[妙香山 亦壯亦秀]하여 당신이 여기 머물러 스스로 법호를 서산(西山)이라 하였다.

특히 법왕대는 서산대사께서 주석하던 사암으로 유명하여 겨울철을 빼놓고는 성지를 순례하는 참배객들의 왕래가 드물지 않았다. 대개는 그 길로 상원사나 큰절로 돌아가지만, 올라오고 내려가기에 발걸음이 무거운 노스님들은 비록 비좁고 불편한 처소이긴 해도 하룻밤쯤 걸망을 풀어놓기도 하였다.

차를 달여 올리면 스님들이 나에게 먼저 말씀을 건네었다. 어디서 왔으며, 나이는 얼마나 되느냐는 등.

스님들로서는 머리도 깎지 않고 누더기를 두른 거기에 더 호기심이 갔는지도 모른다. 어떤 스님은 자청하여 몇 마디 법문도 일러주었다. 우리나라나 중국의 유명한 스님들의 일화도 재미있게 이야기해 주었다.

특히 법천(法泉) 노스님께서는 나보다도 먼저 와 계셨다. 내가 알고 싶은 것은 무엇이나 그 스님께 물었다. 하나도 막힘 없이 자상하게, 그리고 알기 쉽게 대답해 주셨다. 박식한 점으로 미루어 선(禪)보다는 교(敎)에 더 가까운 것 같았다.

그리고 오전에 설거지가 끝나고 나서 나는 「초발심자경문」을 매일 한 차례씩 이 스님에게 배울 수 있는 행운을 가졌다. 이때부터 마치 행자나 된 것처럼 절의 법도와 예법을 알게 되니, 앞서 나의 거친 몸가짐이 새삼 부끄럽게 여겨졌다. 이토록 묘향산에 들기 전과 후가 나의 거동에 있어서 하늘과 땅처럼 판이해졌다.

이제는 물긷고 밥 짓는 행위 하나하나에도 의미가 있어 보였고, 옷 매무새나 걸음걸이 거기에도 뜻이 없지 않은 듯 싶었다.

삶을 떠나서 배우고 구할 것이 따로 있을까. 어째서 우리는 저 먹을 밥 하나 못 끓이면서 남에게 평생 동안 의존해 살아갈까. 삶의 기초를 다지는 일, 이것이 응당 정신적·물질적으로 교육의 기초가 됨직한데. 이때의 한 철이 나에게는 부처님과 인연을 깊이 다지는 전기(轉機)가 되었다.

묘향산으로 출발 전야, 내 딴에는 몹시 괴로웠다. 몸도 괴롭고 마음도 무거웠다. 의지할 곳도 구해 줄 사람도 생각나지 않았다. 부모형제도 일가친척도, 공부마저도 놓아버려야 했다. 보현사에 있는 그 스님 오직 한 분, 암자의 그 주지스님에게 달려갔다.

만포선 열차는 청천강(淸川江)을 따라갔다. 맑은 강물 밑의 하얀 모래는 손을 짚으면 만져질 듯했다. 이름 그대로 무척 인상적이었다. 복중 염천(炎天)이었다. 시원한 강물을 한껏 마시고 싶었다. 그러면 가슴이 풀릴 것도 같았다. 겨울이 지나거든 다시 산으로 들어가리라. 마음의 다짐은 봄눈과 더불어 녹아서 흘러갔다.

그로부터 이제 반세기가 지났다. 지나고 보니, 바삐 돌아가던 직장생활의 한 세대(世代)가 한바탕 봄꿈같이 사라졌다. 너무도 덧없이 살았구나!

하지만 나는 백천만 겁에 만나기 어려운 불법(佛法)을 만났다. 묘향
산에서 얻은 그 씨는 아직도 살아 있다. 이 소중한 씨가 이제 싹이 틀
줄이야…….

제3장 다시 시작하기 전에 먼저

폴과 비르지니

'자연이 그립다.'

이것은 오늘을 사는 현대인의 갈구다. 우리 곁에 흔하던 자연은 어느 틈엔가 다 파괴되어 버렸다. 과학과 진보와 문명을 열광적으로 추구하여 온 인간 예지(銳智)의 소산인지도 모른다. 그럼에도 인간이 추구하고 있는 욕구는 무한한 것이다. 문명을 향해서 무한히 전진하고 있다. 과학이란 이름 밑에 우리 인간은 확실히 많은 것을 얻었다.

그러나 이 반면에는 얻은 것과 반비례해서 많은 것을 잃었다. 새롭고 신기하고 경이로운 것을 얻은 대신, 아름답고 순결하며 신비로운 많은 것들을 잃었다. 현대인들의 자연에 대한, 그리고 고향에 대한 향수가 바로 여기에 있다.

나의 대학시절도 어언 4반세기가 지났다. 그때의 우리와 오늘의 대학생들의 생활과 기질, 그리고 사고는 많이 변했다. 과연 금석지감(今昔之感)이 없지 않다. 오늘날 대학생들의 그런 것들이 마냥 부럽기만 하다.

그때 우리로서는 그런 것들을 겪어보지 못한 아쉬움 때문이다. 하지만 오늘의 젊은이들이 언젠가는 자기들로서 겪어보지 못한 과거의 그런 것들을 고향의 옛 이야기처럼 그리워할 때가 있을지도 모른다.

그 한 예로서 연애라는 것을 들 수 있을 것이다. 그때 우리로서는 오늘과 같은 프리 섹스란 말은 듣지도 보지도 상상조차도 못했다. 이성을 그리워하면서도 마음속에서만 울렁거리는 상상의 연애를 했을 뿐이다.

우리는 또 그런 책을 읽었다. 적어도 현대인으로서는 그런 낡은 연애가 존재한다고는 생각지도 않을 것이다. 또 그런 소설은 오늘 읽혀지지도 않을 것이다. 그러나 자연과 고향을 절실히 갈구하는 오늘에 있어 새삼 회상되는 책이 있다.

『폴과 비르지니』는 절해고도(絶海孤島)의 아름다운 자연 속에서 목가적인 행복과 연애를 담은 18세기 프랑스 작가 생 피에르의 작품이다. 생 피에르는 루소의 제자의 한 사람으로서, 루소의 낭만주의 문학사상에 다분히 영향을 받아 남달리 자연연구에 투철한 작가다.

자연 찬미와 청춘의 순정으로 엮어진 이 명작은 그 서문에서 '인간의 행복은 자연과 미덕에 순종하면서 살아가는 데 있다……'고 전제하고 있는 것처럼 속세적 유혹에 저항하면서 대자연의 품에 안겨 '목가적 행복'을 추구하고 있다.

인도양 상의 절해고도 '모리스' 섬을 찾아, 인생의 재생을 기도하는 두 젊은 여성이 있다. 남편을 여읜 파 두우루 부인과 못된 귀족에게 버림을 받은 다르그리트 전자에게는 귀여운 외딸 비르지니가 생겼고 후자에게는 아들 폴이 있다. 여기 딸린 사람으로는 흑인 하인과 하녀가 있을 뿐이다.

양가는 평민과 귀족의 신분을 초월하여 가까운 친구가 되었고, 흑인 남녀도 결혼을 해서 행복한 일가를 이루며 양가의 시중을 들고 있다. 두 부인의 유일한 희망이라고 할까 꿈이라고 할까, 그것은 폴과 비르지니를 서로 사랑 속에 성장시키는 일이다. 뿐만 아니라 두 부인은 장래에 두 아이들을 부부로 결합시키자는 약속을 이미 해 놓았다. 그동안에 폴과 비르지니는 이성에 눈이 뜰 만한 젊은이로 성장하여 서로 사랑을 속삭이기에 이른다.

그러나 그들은 문명을 떠나 아름다운 대자연의 품에서 티없이 자랐고 속세의 때가 묻지 않고 컸기 때문에, 게다가 두 어머니의 미덕을 강조하는 교훈 속에 살아왔기 때문에 결혼이 성립되기 이전에는 결코 육체적인 탈선으로 미끄러지는 그런 위험은 저지르지 않았고, 또 그런 순정을 남녀가 서로 지킨다는 것이 얼마나 존귀하고 거룩한 것인가를 알고 있었다.

자연의 회화적 아름다움과 열대지방의 풍물들을 배경으로 하는 이국정취 속에서 시적이고 서정적이며, 목가적이고 순결무구한 로맨스가 무르익어 갈 뿐이다.

그러나 호사다마(好事多魔)라고나 할까. 두 젊은이는 본의 아니게 헤어지지 않으면 안 되었다. 파 두우루 부인의 백모가 훌륭한 교육을 시켜 앞으로 자기의 유산을 물려줄 예정으로 비르지니가 프랑스 본국으로 돌아오기를 권유하였다.

이에 비르지니 자신도 폴의 사랑을 버리고 돌아가기를 원치 않았고 파 두우루 부인도 주저하고 있었지만, 그 섬의 도지사가 본국으로 돌아가기를 집요하게 권고하는 바람에 본의 아니게 비르지니는 눈물을 머금고 폴과의 헤어짐을 서러워하며 본국으로 향하였다.

그러나 그녀는 헤어짐에 앞서 언젠가는 반드시 폴의 곁으로 다시 돌아온다는 맹서를 잊지 않았다. 세월은 갔지만 그녀는 약속을 잊지 않았다. 그런데 불행하게도 그녀가 폴과의 재회를 위해 시간을 재촉하며 타고 오던 배는 섬에 거의 이르러 폭풍우에 휩싸이고, 도민들이 바라보는 앞에서 침몰하고 만다. 그러나 비르지니는 선원의 권고도 뿌리치고 옷 벗기를 거절했기 때문에 결국 익사하고 말았다.

그녀는 폴 이외의 누구에게도 자기 나체를 보이는 것을 목숨을 걸고 거부하였다. 그것은 끝까지 자신의 순결을 지키기 위해서였다. 사신(死身)이 된 그녀의 손에는 성(聖) 파울의 화상(畵像)이 굳게 쥐어져 있었다.

폴에게는 비르지니의 사랑이 전부였다. 자기의 전부를 잃어버린 그로서는 이 세상의 삶이 아무 의미가 없었다. 뿐만 아니라 자기의 사랑, 비르지니가 간 저 세상으로 따라가는 것이 유일한 도리라고 판단한 나머지, 드디어 그녀의 뒤를 따르고 만다.

오늘 우리가 함부로 쓰고 있는 '사랑'이니 '연애'니 하는 그 뜻이 얼마나 타락하고 있는지 한번쯤 생각해 봄직하다. 뿐만 아니라 오늘 '사랑'이란 것이 또 '연애'란 것이 얼마나 모독을 겪고 있는가를, 또 얼마나 난잡해져 가고 있는가를 한번쯤 다시 지난날의 그것과 비교해 봄직하다. 비록 '치맛자락 입에 물고 입만 뻥긋' 하던 그런 시대는 이미 가버렸다고 하더라도.

행복의 조건은 같지 않다

인류는 같은 운명에 놓여 있다고 할 수 있다. 왜냐하면 우리는 같은 지구 안에 살고 있고, 또 살아야만 한다는 동일한 명제를 가지고 있기 때문이다.

과거에 그랬던 것처럼 오늘도 또 미래도 '같이 살아야 한다는 명제'를 전제로 할 때 그 필수조건 중의 가장 중요한 것은 서로 돕고 사는 것이며, 서로 돕고 사는 것 중에 가장 중요한 것은 있는 사람과 없는 사람 사이에 가진 것과 가지지 못한 것을 유무상통(有無相通)하는 데 있다.

그렇다면 세계의 산물은 인류 공동의 것이 됨직하다. 기실 교통과 통신수단이 극도로 발달한 오늘, 앞에서 말한 사실들은 이상이 아니라 현실로 실현되어지고 있다. 만일 이런 일들이 뜻대로 되어지지 않고 있다면, 그것이 불가능해서가 아니라 시간이 좀더 필요해서일 것이다.

그러나 그 시간이 언제 올 것인지는 아무도 예측할 수 없다. 그 시간을 예측할 수 없기 때문에 인간은 초조해하고 또 초조한 나머지 무한정 기다릴 수만은 없다. 그 때문에 그 시간을 단축시키려고 안간힘을 쓰고 있다.

여기서 수단과 방법이 강구되고, 또 있는 수단을 다하고 모든 방법에 호소하게 된다. 모든 인간의 교지(狡智)를 동원하고도 부족하면 무력이라는 이름의 폭력에 호소하는 것을 주저치 않는다. 결국엔 힘의 대결로 번지게 된다. 자기편이 잘 살기 위해 힘으로 이웃을 억압하고, 자기가 필요한 것을 빼앗는 힘의 작용도 있고, 자기의 좋은 것을 남이 빼앗으려고 할 때 그것을 막으려는 힘의 작용도 있다.

이와 같은 힘의 대결은 물론 물질에만 국한되는 것이 아니다. 자기가 옳다고 주장하는 것을 타인에게 강요하고, 또 강요에서 더 나아가 자기 이론에 상대를 굴복시킴으로써 비로소 만족하는 그런 세력도 또한 힘의 작용임은 두말할 것이 없다.

이러한 물질적, 또는 정신적 마찰은 급기야 전쟁이라는 이름의 폭력으로 화해 버리고 이것은 결과적으로 행복을 추구하던 인간에게 무서운 전율과 공포와 불안을 가져온다. 심지어는 가장 아끼고 사랑하던 생명과 재산까지도 회진(灰塵)해 버리는 아주 불행한 비극을 초래하고야 만다.

인간은 유사이래 이런 불행을 거듭하지 않으려고 많은 예지를 다하여 노력을 기울여 왔다. 그럼에도 불구하고 인간은 여전히 그런 불행을 또 되풀이하고 있다. 사람의 슬기나 지혜가 이런 불행을 막기에 부족한 것도 아니며, 또 그런 불행을 방지하지 못할 만큼 어리석거나 우둔한 것도 물론 아니다.

이런 지난한 문제를 해결하려고 온갖 제도와 방편을 강구해 왔고, 또 지금도 그런 노력을 게을리하지 않고 있다.

그러나 인간은 아직도 각성에 이르지 못하고 있다. 왜? 행복을 추구하면서도 우리는 거듭 불행을 저지르고 있기 때문이다. 인간 대 인간의 이해와 반목 때문에 개인적 비극이 있는 것처럼, 어떤 집단과 집단의 상충(相衝)과 대결 때문에 거기 소속된 개인은 무참히 희생을 당한다.

여기 어떤 선각자가 나타났다. 원죄 때문에 일어나는 불가피한 개인의 불행을 최소한도로 막고, 집단과 집단과의 알력과 갈등을 최대한도로 막기 위하여 제도의 개혁을 생각하였다. 그것은 나도 살고 동시에 남도 살기 위해서다. 그런 훌륭한 동기에서 착상된 것이지만 우리는 다시 실망하지 않으면 안 되었다. 왜? 그것은 또 우리를 억업하고 말았기 때문이다.

오늘날 사람의 지혜와 슬기는 어떠한 훌륭한 제도라도, 또 어떠한 훌륭한 이데올로기라도 그것이 반드시 인간을 행복하게 하여 주리라는 약속을 믿지 않는다. 인간의 머리로 자아낸 가장 이상적인 세계정부론을 제창한 지도 벌써 오래된 일이고, 또 그런 제도가 이론적으로 모순된다고 생각하는 사람도 별로 없긴 하지만, 그렇다고 그런 이상적인 제도가 그리 쉽사리 실현되리라고 믿는 사람은 드물 것이다.

그러나 세계 일각에서는 벌써 그런 단계를 밟아가고 있는 느낌이 없지 않다. 아무래도 인종이 비슷하고 생활이 유사하며, 풍습이 같고 종교가 하나인 지역에서부터 그런 운동이 일고 있다는 것은 당연하리라.

그들은 오래 전 몇 세기 전부터 다소의 갈등과 차이가 없는 것은 아니었지만, 한 주인 밑에 사상적으로 유대를 유지해 왔던 그들로서는 이제 물질적으로도 결합하여 상호이해로써 경제적인 여러 가지 난문제들을 하나하나 해결해 나가고 있다. 이들은 어느 정도 성공의 단계까지 이르고 있다.

이 한 지역의 성공은 다른 지역의 이해를 촉진할 것이고, 이해가 빠르면 빠를수록 그들이 살고 있고 또 살아야 하는 지역에서도 앞서 성공을 거둔 그것을 본따게 될 것이다. 왜냐하면 그런 역사적 사건이야말로 자기들을 행복하게 할 수 있다고 그들은 꼭 믿기 때문이다. 또 그 제도는 지역에 따라, 그 상황에 따라 시간의 조만(早晩)은 있을지언정 불가능한 것은 아니기 때문이다. 불가능하다기보다 조만간 실현되고야 말 것이기 때문이다.

그러나 그 제도가 반세기 후에, 또 한 세기에 실현될 것이라고 하더라도 무조건 높은 산을 깎아 내려 평지로 만들고, 바다를 메워서 육지를 만드는 그런 일은 없을 것이다. 높은 산은 여전히 산일 것이고 바다는 의연히 그대로 있을 것이다.

동물은 산에서 살고 물고기는 물에서 살듯이, 에스키모족은 여전히 북극지방 연안이나 그린랜드에서 살 것이고, 아프리카의 흑인들은 역시 그들의 조국을 사랑하게 될 것이다. 다른 점이 있다면 북극지방의 에스키모족들도 아랍 산유국들의 혜택으로 난방을 향유할 수 있을 것이고, 아프리카 흑인들뿐만 아니라 남양군도(南洋群島) 미개(?)한 도서민(島嶼民)들도 파리나 뉴욕의 진보(?)한 문명의 혜택을 같이 할 수 있을 것이다.

그러나 모든 생산품은 노동의 산물이기 때문에 반드시 그 대가를 치르지 않을 수 없다. 자기가 남의 노동의 결정을 받는다면 반드시 그만큼의 자기 자신의 노동의 대가를 치르지 않으면 안 된다는 것은 우주의 섭리일 것이며, 또 인간의 도리가 아닐 수 없다. 상호부조도 유무상통도 이런 원리 원칙에서만 가능한 것이다.

인류가 오랜 꿈속에서 갈망하던 세계정부가 진정으로 실현되어 다시는 그 비참한 전쟁이 없이 자유 평화가 사막 속의 오아시스처럼 쏟아진다고 하더라도 남의 노동의 대가를 존중하지 않고는 그런 유토피아는 이루어지지 않는다.

우리도 조만간 언젠가는 남의 신세를 벗어나 홀로 떳떳이 설 날이 올 것이다. 우리가 남의 신세를 진 만큼 우리도 그 대가를 지불해야 하며, 또 지불하게 될 것이다. 뿐만 아니라 언젠가는 대등한 입장에서 우리의 이웃들과 우리가 없는 것을 받고, 우리가 가진 것을 줄 수 있는 그런 날이 올 것이다. 이웃들만이 아니라 먼 나라에도 그들이 우리의 없는 것을 즐겨 보내고, 우리가 아쉬운 것을 자진하여 보낼 날이 올 것이다.

지금보다 더 자유롭고 화목하고 다정하게, 그리고 자연스럽게 주고받을 날이 올 것이다. 꼭 정신적인 것과 물질적인 것을 구별할 필요는 없다. 정신적인 것이건 물질적인 것이건 그런 것들은 우리의 삶에 있어야 하고, 또 행복에 없어서는 안 되는 것이기 때문이다. 그러나 행복을 충족시키기 위해서 필요한 것은 그 항목을 다 헤아릴 수가 없다. 그 수많은 것을 남에게서 얻기 위해서는 우리도 남에게 그만큼 주지 않으면 안 된다.

우리는 대체 남에게 무엇을 줄 수 있을까? 불행하게도 그들의 행복을 돕기 위해서 우리는 남에게 주어서 기쁘게 할 만큼 귀중한 것이 별로 없을지도 모른다.

일찍부터 삼천리 반도가 금수강산이라고는 하지만 22만㎢에 7천만의 인구를 가지고 있고, 산악지대와 평야의 비가 7대3이라는 농업국으로도 그 천혜를 못 받고 있는 우리의 현실에서 행복을 남과 같이 누릴 조건은 과연 무엇일까?

우리 역사도 반만년의 자랑거리가 많겠지만 그만한 자랑거리만으로는 오늘의 우리 행복을 충족시키기에 넉넉하지 못한 것을 어찌하랴. 그렇지만 우리는 살아야 한다. 그리고 우리의 조국을 지켜야 한다. 여기에 우리 한국사람으로서의 고민이 있을 것이다. 그러나 이런 고민은 누구에게나 있는 것이고, 또 그 고민을 해결할 방법은 얼마든지 있을 것이다.

우리에게는 확실히 자연자원이라는 하늘이 준 혜택이 적다. 그리고 우리 선조가 남겨준 공업국으로서, 또는 상업국으로서의 그런 유산도 분명히 없다. 그러나 한 가지, 오천 년 동안 장구한 세월 속에 이민족의 침략을 막기 위해 시련 속에 단련된 의지가 있다. 그리고 그 의지 속에서 키워온 능력이 있다.

그리고 또 한 가지, 우리에게는 가난한 나라가 살아갈 수 있는 아이디어가 있다. 우리의 이 아이디어와 능력은 우리 행복의 큰 밑천이 될 것이다. 우리 한국이 살아기는 방법은 결국 '아이디어'와 '능력', 여기서 발견하는 수밖에 없을 것이다.

이 두 가지를 잘 결합시키고 조화시키기 위하여 우리의 온갖 철학과 사상과 노력이 여기에 기울어져야 한다. 이 두 가지는 하늘이 준 천혜이며, 또 한민족이 타고난 숙명이기 때문이다. 이 두 가지에서 우리 삶의 길을 찾는 것이 가장 빠른 길이며, 또 올바른 길일 수밖에 없기 때문이다.

인간의 존엄, 말로 그 사람

　프랑스의 행동작가 앙드레 말로, 우리는 다시 한번 그의 인간과 행동과 문학을 회고해 본다.

　말로, 그 사람의 생애를 더듬어 볼 때 우리는 그가 전설적이며 신화적인 인물이라는 것을 아니 느낄 수가 없다. 파란만장한 모험의 연속에서 죽음과 수없이 대결하면서도 인간 조건을 끝내 극복하고 만 불사신(不死身)이었기 때문이다.

　약관(弱冠) 22세(1922년)에 그는 이미 고고학 답사를 위해 인적미답(人跡未踏)의 정글 크메르로 탐험의 길을 떠났다. 예술품은 인간의 불굴의 투지와 강인한 행동의 결정인 것이다. 이런 고귀한 인간 문화의 유적을 찾는다는 것은 '인간이 자기 속에 가지고 있으면서도 알지 못하고 있는 그 위대함을 찾는' 행위와 같은 것이다. 이런 점에서 말로는 이 고귀한 예술품의 추적을 통하여 자신의 미지의 것을 발굴하였던 것. 인간이 자기 속에 가지고 있는 미지의 것의 발굴, 이것은 곧 말로 그 사람의 행동과 사상의 거점이 되는 것이다.

　요컨대 그의 행동은 자기가 얼마나 위대할 수 있는가를 확인해 보는 수단에 불과한 것이다. 그가 그런 수단으로써 행동을 택한 것은 행동이야말로 천 년의 묵상보다 더욱 효과적이기 때문이라 한다. 그의 일생이 행동으로 일관되어 온 까닭도 바로 거기에 있다.

크메르에서 발굴된 고미술의 소유권 문제로 일시 투옥, 앙드레 지드 등 프랑스 지식인들의 석방 진정으로 풀려나 프랑스로 돌아온 그는 끝내 자기 인생의 의미를 추구하고자 1925년 다시 모험을 찾아 인도차이나로 떠나야만 했다.

가혹한 프랑스 식민지정책에 신음하고 있는 베트남 민족해방을 위해 베트남 청년동맹 창설에 참가하였다. 이것은 그의 혁명운동의 효시가 된다.

1926년 그는 중국 대륙으로 깊숙이 숨어들어 광동과 상해혁명에 가담, 선전위원으로 활약하였다. 혁명에 참가하고 있으면서도 그의 목적은 혁명의 이상에 있는 것이 아니고, 민중을 위한 투쟁에서도 민중 개개인을 사랑한 것은 아니었다.

이러한 사실은 여기서 취재한 작품들에 나타나 있는 바와 같다. 손문의 힘으로 국공합작(國共合作)이 이루어진 국민당이 장개석 장군과 공산주의자들 사이에 결렬이 생기자 말로는 중국을 떠나 프랑스로 돌아왔다. 그동안 그의 행동의 소산인 『서양의 유혹』(1926년)·『정복자』(1928년)·『왕도(王道)』(1930년)·『인간조건』(1935년)이 발표되었다.

『인간조건』에 명예로운 콩쿠르상이 수여됨으로써 말로는 행동문학가로서 불멸의 지반을 굳히게 되었다.

1933년부터 말로는 반파시즘 운동의 선봉에 섰다. 히틀러가 정권을 장악함으로써 독일에는 나치가 대두하고, 뭇솔리니가 세력을 잡음으로써 이탈리아에서는 파시즘에 대해 열광하게 되자 유럽 전체는 먹구름에 싸이고 평화와 자유는 위협을 받기 시작했다.

이런 상황에서 지식인들의 사명과 책임은 어느 때보다도 막중했다. 1934년에 독일 국회의사당 방화범의 누명을 쓰고 투옥된 디미트로프의 석방 진정을 위해 그는 지드와 함께 베를린을 방문하기도 하고, 반파시즘 연설을 위하여 소련작가대회에 참가하기도 했다.

뿐만 아니라 파리에서 개최된 세계작가 문화옹호대회를 추진, 그 사회를 맡는 등 눈부신 투쟁을 계속했다. 『경멸의 시대』(1935)는 바로 그의 반파시즘 투쟁의 소산인 것이다.

1936년 스페인 내란 당시에는 공화정부 편에 서서 국제 비행중대를 이끌고 참전, 부상을 입었다. 『희망』(1937)은 이 스페인 전선에서의 기록이며, 서사시이다. 역사와 대결하고 대화하는 수많은 인간들의 운명을 그리고 있다.

신출귀몰(神出鬼沒)한 그의 행동과 투쟁은 여기서 멈추지 않는다. 제2차 대전이 발발하자 전차대에 동원되어 격전, 1940년 6월 독일군의 포로가 되었지만 이윽고 수용소를 탈출, 비상점령지에 잠복해 있다가 베르제라는 별명으로 항독 레지스탕스 운동에 참가한다. 『전사와의 투쟁』의 주인공이 바로 다름아닌 베르제인 것이다. 1943년에 발간된 『알랑뷔르의 호도나무』가 그 내용을 담고 있다.

말로의 항독 저항운동은 군사적인 성격을 띤 것으로서 연합군이 노르망디에 상륙한 후 남불 가나지방에서 실전 중 독일군에게 체포·감금되었으나 동지들에 의해 구출되었다.

즉시 그는 알사스 로렌에서 부대를 지휘하여 로느강에서 라인강에 걸쳐 제1군단 작전에 참가, 많은 전과를 올렸다. 그 유명한 말로와 드골 장군의 역사적 회견이 있었던 곳도 바로 1944년 알사스 전선에서의 일. 회견을 마친 드골이 말로를 가리켜 '마침내 인간을 만났다!'고 한 말은 너무도 유명하다.

말로는 이와 같이 일각의 유예도 없이 죽음과 대결하면서 '부조리한 세계는 무엇을 향하여 가고 있는가, 인간 종국의 의미는 무엇인가, 결국에 가서는 죽음에 의해 삼켜지고 말 것이 확실함에도 인간은 왜 자기의 운명과 대결하는가'를 명상하여 왔다.

그는 우리 인간의 존엄은 바로 이런 행동과 노력에 있다고 생각했다. 이런 행동과 노력은 부정과 타락의 원천인 무질서와 싸우기 위한 것이다. 그렇다고 그것은 마르크시즘을 위해서도, 부의 재분배를 위해서도 아니다. 그런 사회혁명에 참여하는 것은 그 목적이 형이상학적·도덕적인 것에 있는 것이다. 즉, 그에게 있어서는 인간 존엄이 더 문제가 된다.

이것이야말로 그가 꿈꾸고 있는 절대적인 것이다.

말로에게 흥미를 주는 유일한 문제는 그의 스승 니체가 몰두하던 문제이다. 즉 파스칼과는 달리 종교에 기반을 두지 않고도 어떻게 인간의 특질을 살필 수 있을까 하는 문제이다. 그는 이 맹목적인 세계와 불공평한 사회의 괴상한 힘에 굴복하는 대신 그 괴상한 힘에 부단히 반항하고 끊임없이 투쟁함으로써 문제의 해답을 얻고 있다. 왜냐하면 투쟁만이 인간에게 의미를 주고 인생에 존엄을 주기 때문이다. 투쟁을 거치지 않고 행동을 통하지 않는 사상이란 결국 비겁한 도피에 지나지 않기 때문이다. 그러므로 '잘 행동하도록 노력해야 한다. 그것이야말로 모럴의 원리가 되기 때문이다.' 말로에게 있어서 그의 작품은 행동을 통해서 얻어진 사상을 증언하고, 거기서 얻어진 교훈을 담고 있다. 따라서 그가 생각하기에 현대 소설이란 인간 비극의 특수한 표현수단인 것이다.

말로는 그의 모든 소설에 있어 역사의 필연성과 운명의 가혹성에 투쟁하는 오늘의 인간을 그리고 있다. 『정복자』와 『왕도』의 주요 인물들은 모험을 절망에 대한 무상(無償)의 호소로 생각하고 있다. 하지만 『인간조건』의 주인공 기요는 자기의 동료들을 굴욕적 예속에서 구출하기 위해 투쟁한다.

굴욕의 반대는 인간의 존엄이다. 이 인간의 존엄을 찬양하는 그로서는 희망의 세력이 경멸의 세력을 억제함으로써 현대 휴머니즘의 재건을 꾀하고 있다.

그의 작품의 어디에서나 숙명적으로 따라다니는 것은 '죽음'과 '고독'이다. 이것은 그의 작품의 일관된 테마이기도 하다. 죽음과 고독을 인간의 조건으로 제시하고 이것과 대결하는 능력이 인간 속에서 발굴될 수 있다고 말로는 믿고 있는 것이다.

그의 작품에 나오는 주인공들―기요나 페리캉은 그들이 모험가이든, 혁명가든, 공산주의자든, 무정부주의자든, 그들은 그런 일반적인 명칭과는 관계없이 그런 영역과 무대를 통해서 자기 자신을 창조해 나가고 있는 데 불과하다.

그들의 사상과 말은 그들 개인의 생각이며 독백에 지나지 않는 것이다. 따라서 그들에게 각각 문제가 되는 것은 자기 자신의 숙명과 존재이유이며 존엄의 가치를 가지는 일이다.

그들의 삶에 대한 적극적 추구는 인간의 새로운 삶의 추구와 일치하는 것이다. 그 주인공들은 항상 심각한 삶과 죽음이 종이 한 장 차이에서 오락가락하는 극한 상황에 놓여 있고, 또는 그곳으로 감히 뛰어들고 있다. 따라서 그들은 여기서 삶과 죽음을 가장 실감하게 된다.

그리고 순간순간 죽음을 가장 강렬하게 느낀다. 이 죽음을 강렬하게 느끼면 느낄수록 그만큼 삶도 처절하게 의식한다. 여기서 그들은 생사일여(生死一如)를 깨닫고, 명예로운 죽음은 굴욕적인 삶보다 우월하다는 것을 의식할 때 인간의 행동은 자유로운 것이 될 수가 있다.

말로는 전후 혁명적 이데올로기에서 멀어진 것처럼 소설 창작에서
도 멀어져 갔다. 드골 장군, 그 인물에 매혹된 그는 1945년부터 드골
정부에 들어가 문화상(文化相)을 수락함으로써 제5공화국에서 정치활
동에 가담하였다.

그가 1948년 3월 5일 파리에서 행한 드골파 동지들에게 보내는 연
설에서 '나의 이 청춘의 책(『정복자』를 가리킴)'이 발표된 후 20년의
세월이 흘러갔다.

'수많은 다리가 허물어지고 그 밑으로 헤아릴 수 없는 양의 물이
흘러왔다. 장개석의 혁명군에 의하여 북경이 점령된 후 20여 년이 된
오늘, 모택동의 혁명군에 의하여 장개석의 광동이 점령될 찰나에 있
다. 오늘부터 20년 후에 또 다른 혁명군이 파시스트 모택동을 추방하
게 될 수 있을까?'

이렇게 시작하여 다음과 같이 결론짓고 있다. '프랑스는 어느 시대
에 위대하였던가? 프랑스가 자유에 갇혀 있지 않았던 시대였다. 프랑
스는 세계주의자이다. 세계에 대하여 위대한 프랑스란, 루이 14세 치
하의 프랑스이기보다는 대성당의 프랑스였고, 대혁명 프랑스였다.
…… 정신이란 어떤 것일까? 그러한 질문에 대해서 나는 다음과 같
이 대답한다. 정신은 여러분이 만들어 가는 대로 되어 갈 것이다'라
고.

그는 프랑스의 영광을 되찾기 위해 정치적 활동에 다시 몸을 던진
것이다. 왜? 위대한 프랑스도 결국에는 프랑스의 국민이, 아니 말로
자신이 만들어 가는 것이기 때문이다.

드골이 하야하자 말로도 그와 진퇴를 같이 하였다. 그리고 그는 예
술탐구에 몰두하였다. 『예술심리』(1948~1950)라는 역저를 통해서 인
류가 생긴 이래 예술적 창조에 의해 축적해 놓은 부를 정리하였다.

그늘의 인간은 앨범이나 수집품, 그리고 목록의 덕분에 죽어간 문
화의 유산을 즐길 수 있으며, 이런 모든 천재의 과시는 죽음의 조건
을 극복하기 위해 예술가들이 참여한 투쟁을 증명하고 있다. 한편 예
술작품은 개인의 굴욕에 대한 승리이며, 천재의 운명에 대한 승리를
표시하는 것으로 여러 세기에 걸쳐 쌓이고 쌓인 폐허를 통해 인간의
힘과 존엄을 믿을 수 있는 항구적인 이유를 찾을 수 있다고 그는 말
하고 있다.

동심(童心)

‘세계 어린이의 해.’ 오늘 소망의 새싹을 잘 가꾸는 것은 내일의 밝은 사회를 위해 꼭 필요한 일이다.

‘세계 어린이의 해’는 세계 어린이들을 위해서 있는 것이겠지만 실은 세계 어른들을 위해서 더 필요한 것 같다. 그것은 어린이들이 어른들을 닮는 것보다 어른들이 그동안 잃어버린 어린이들의 동심의 세계를 되찾게 하는 것이 더 시급한 일이기 때문이다.

우리 어른들도 아득한 과거에는 누구나 예외 없이 오늘의 어린이들처럼 한없는 환희가 있었고 구김살 없이 활짝 핀 웃음이 있었다. 가진 것과 못 가진 것 때문에 친구를 차별할 줄도 몰랐다. 이데올로기도, 남과 북도, 살생도, 전쟁도 안중에 없었다. 우울도 근심도 죄의식도 없었다.

초대를 받으면 더 기뻐했고 못 받아도 쓸쓸해하지 않았다. 언제 어디서나 암흑을 헤치고 솟아나는 찬란한 태양과 같았고 거침없이 솟아오르는 시원스런 샘물과 같았다. 잠자는 얼굴에는 평화와 행복만이 깃들어 있었고, 놀이에서는 상관도 하인도 의식하지 않고 오직 우애와 신의만이 있었다. 그들의 일거일동에는 인간 본래 면목과 사람 본연의 자세만이 나타날 뿐이었다.

그러기에 이런 동심은 어둠을 밝혀주는 광명이고, 고독을 달래주는 사랑이며, 갈증을 풀어주는 샘물이며, 인간 양심을 지켜주는 사표가 됨직하다. 이것은 누가 주는 것도 아니고 누구에게서 받는 것도 아니다. 오직 누구에게나 본래부터 천부적으로 있는 것이다. 우리가 늘 마음 한구석에 그것을 간직할 수 있는 것은 그 때문이다.

우리는 흔히 이것을 잃어버렸다고 한다. 하지만 그것은 결코 잃어버릴 수가 없는 것이다. 단지 세파에 오래 시달리는 동안에 때가 긴 채 내버려두고 돌아보지 않아서 오직 먼지가 앉아 있을 뿐이다. 우리가 과거를 회상하여 보면 어린 그때건만 그 나름대로 자아의 자격으로 그 현실 속에서 자기확립을 서둘렀던 것을 기억한다. 동경하던 바를 꿈에 그리며 유희를 통해서나마 그것을 실현하려고 안간힘을 쓰던 때가 있었다.

그 놀이는 그 꿈이 그대로 행동으로 옮겨진 것이다. 얼마나 많은 시행착오를 거듭하면서 그것의 실현이 가능하다는 신념을 키워왔던가. 이것은 부단한 변신을 하면서 자기 초월의 한 성장과정이었다. 결국 어른들 세계의 모든 행위는 어린 시절에 동경하던 잠재의식의 소산에 불과한 것인지도 모른다.

어린이들이 동경하는 것은 물론 어른들의 세계이다. 그래서 동화도 대개 어린이들이 읽을 어른들의 이야기가 쓰여지는 것이 보통이다. 어린이들은 어른들의 세계를 무척이나 알고 싶어하기 때문이다. 그들은 어른들과 같이 합리적인 논리로 따질 줄을 모르고 그 대신 환상적인 추리나 직관으로 어른들의 세계를 상상하는 것이 보통이다.

그들은 언제나 경이롭고 신비스런 것을 요구하고 있으며 또 그것을 아주 민감하게 받아들인다. 그래서 동화작가들이 흔히 절대적인 왕을 등장시켜 놓고 그 부수적인 인물로 재상과 공주를 택하며, 대조되는 인물로 거인이나 인귀(人鬼) 같은 잔인한 인물을 설정하는 것도 그 때문이다. 그리고 어린이들이 어른들의 의식을 쉽사리 상상할 수 있도록 가급적 복잡한 줄거리를 피하고 단순한 상태로 어른들의 세계를 묘사, 전개해 나간다.

그러므로 어린이들이 자기들의 현실에서 경험할 수 없는 것들은 대개 이런 어른들의 이야기에서 받아들이고, 그것의 어느 것을 꿈으로 간직하며 또는 직접 유희를 통해서 그것을 실현, 행동으로 옮겨가기도 한다. 뿐만 아니라 그들의 어린시절의 꿈은 그대로 그들의 어른 세계로 연장되기 때문에 그 꿈은 그만큼 중요하다. 어린이들은 이와 같이 어른들의 세계를 우선 동경하기 때문에 예민한 감수성으로 어른의 행동을 그대로 모방하는 수가 많다.

올바른 꿈을 키워줄 수 있는 어른들의 지혜로운 뜻과 귀감이 될 행동의 아쉬움이 여기에 있는 것이다. 기존 사회의 책임이 막중한 까닭도 또 여기에 있다. 어린이의 해를 맞아 가장 아쉽게 느끼는 것이 기성인들의 정화라고 생각되는 이유도 바로 여기에 있는 것이다.

그도 그럴 것이 지금까지 어른들의 생활이란 착각의 연속 속에서 살아왔기 때문이다. 무엇이 중요하고 무엇이 중요하지 않은지를 혼동해 왔으며 본질과 피상을 판단하지 못했다. 그래서 입으로는 세계평화와 인류의 행복을 외치면서도 끔찍한 세계대전을 두 번씩이나 불질러 놓을 만큼 어리석다면 지극히 어리석은 존재가 아닐 수 없다.

이런 무자비하고 바보 같은 어른들이 과연 어린 천사들을 지도할 능력이 있다고 인정할 수 있을까.

정치가는 지배욕에 부풀었고, 실업가는 소유욕에 빠져 있고, 예술가는 허영에 들떠 있고, 학자는 논리의 노예가 되어 있는 것이 오늘의 현실이 아닌가. 이들이야말로 인간 본래의 의미를 상실하고 인간 본질을 망각한 타락한 인간상이 아닐 수 없다.

이것은 어른들이 어느 틈엔가 그 청정한 동심을 고스란히 망각해 버렸기 때문이다. 동심을 돌이키지 못하면 천국에도 갈 자격이 없으니, 현대인들은 확실히 어린이 세계에서 추방되어 낙원을 상실한 셈이다. 뿐만 아니라 이것은 바로 인간 실격이다. 이 책임은 인간에게 있다. 그러므로 이것을 회복하고 재건할 책임도 인간에게 있다. 설사 우리 모두가 그렇지 않다고 하더라도 매몰된 한 사람의 광부를 구출하기 위해 백 명의 광부가 목숨을 거는 데 인간 문명의 위대함이 있다고 하지 않는가.

전원(田園)살이

오늘을 사는 도시인들은 회향병(懷鄕病)에 걸려 있다. 그래서 그들이 꾸는 공통적인 꿈이 하나 있다.

'이 혼잡한 거리를 벗어나 한적하게 살 수 없을까. 대자연 속에서 손으로 흙을 만지고 발로 대지를 밟는 그런 생활을 한다면 얼마나 이상적일까. 출퇴근 버스에 좀 시달리더라도 그런 전원주택을 한번 가져봤으면……'

그러나 대개 이런 생각에만 그치는 수가 많다. 그것은 자력(資力)이 없어서라기보다 거기에 따르는 부수 조건이 더욱 어렵기 때문이다. 이를테면 자녀들의 교육문제가 걱정이 되고, 교통사정이 여의치 않고, 그곳에 지인(知人)관계가 없고, 이런 등등으로 이리저리 망설이다 체념하기가 십중팔구다.

실은 나도 서울에서 20킬로미터쯤 되는 곳에 향리(鄕里)를 가진 행운을 타고났으면서도 오랫동안 망설였고, 막상 집을 지어 놓고도 10년 가까이 실다운 전원생활의 재미를 보지 못했다.

한 달에 한두 번 가기도 하고 1년에 몇 차례 다녀오는 것이 고작이었다. 그것도 농사철에 채마밭을 가꾸러 내려간 것이었고, 삼동(三冬)에는 아예 쇠를 채워둔 채 마을 사람들의 신세를 지는 형편이었다.

그간 철따라 오다가다 꽂아 놓은 관상수(觀賞樹)며 과목(果木)들이 제법 자라 상록수와 줄장미가 울을 꾸미고, 앵두·살구·자두며 조율이시(棗栗梨柿)가 이제 한창 열려 반겨줄 주인을 기다리고 있다.

봄이면 화조(花鳥)에 취할 수 있고 가을이면 월색(月色)에 욕(浴)할 수 있는 비산비야(非山非野) 양지바른 언덕 위의 초가는 아니지만, 삼 칸 정도의 그 보잘것없는 촌가(村家)가 그동안 내 마음을 얼마나 사로잡고 있었는지 모른다.

일가이거(一家移居)가 불가능하니, '밥해 줄 사람도 없이 어떻게 혼자서 가나.' 이것이 고향을 잃은 지 오래인 도시인으로서, 내가 그토록 애타게 객정(客情)을 느끼면서도 그때마다 그냥 주저앉고 만 이유의 전부이다. 어느 틈엔가 혼자는 살 수 없다는 그릇된 고정관념이 이토록 깊이 뿌리내려져 있었던 것이다. 10년을 두고 마음으로는 한결같이 전원에 살고 싶은 회정(懷情)을 느끼면서도 그것을 실현하지 못한 것은 과단성이 부족해서라기보다 내 손으로 영 밥을 끓이지 못한다는 그런 악습 때문이 아니었던가.

우리가 일상생활에 있어서 이런 따위의 구습에 사로잡혀 한발짝도 떼어놓지 못하는 일은 비단 이 일에만 국한된 것은 아닐 것이다. 사실 이 세상에 올 때도 혼자였고, 이 세상을 하직할 때도 혼자 떠나는 것이 아닌가. 지금도 실은 혼자가 아닌가. 가고 오고 있을 때도 혼자고, 일하고 생각할 때도 기실 혼자가 아닌가.

우리는 모두 이와 같이 혼자 하고 있는 것이다. 혼자서 살아가고 있는 것이다. 밥 짓고, 불 때고, 집안 치우고, 자리 펴는 일이 어째서 혼자 할 수 없는 일인가. 드디어 나는 혼자서 전원살이를 결심했다.

　원래 우리 인간은 의식주를 자기의 힘, 자기의 손으로 해결하도록
되어 있다. 동물들도 그렇고, 심지어 초목까지도 삼라만상이 모두 혼
자 생존할 수 있는 능력을 보유하고 있는 것이다. 그럼에도 어떤 문
제에 부딪쳐서 스스로의 힘으로 해결하기를 망설이는 것은, 어려서부
터 그런 교육이나 실습이 부족한 때문이다. 그릇된 인습에 사로잡혀
있는 것도 또한 그 때문일 것이다.

　그리고 또 여럿이 함께 사는 것이 반드시 즐겁고 쉬운 일이 아닌
것처럼 혼자 사는 것이 반드시 따분하고 어려운 일만은 아닐 것이다.
즐겁고 따분하다든가, 쉽고 어렵다는 것은 우리의 관념에 지나지 않
는다. 그것은 사실이 아니라, 습관에 지나지 않을 것이다. 습관은 얼
마든지 고칠 수가 있다.

　일반적으로 우리는 고독을 오해하고 있는 것 같다. 선의로 해석한
다면 인간이 자유롭기 위해서 고독이 얼마나 필요한 것인가를 알 수
있다. 누구나 자유롭기를 원하면서 고독할 줄은 모르기 때문에 진정
한 자유를 향유하지 못하는지도 모른다.

　우리의 자유를 빼앗는 것이 우리를 에워싸고 있는 존재들이라면
그 주위의 존재들에게서 벗어날 때 우리는 비로소 자유를 맛보게 될
것이다. 그래서 자유란 많은 것이 있는 데 있는 것이 아니라 많은 것
이 없는 데 있는지도 모른다.

　물론 진정한 자유는 밖에 있는 것이 아니라 안에 있는 것이다. 그
러나 나 같은 범인의 경우 마음의 질서는 외부 환경의 그것에서부터
오고, 마음의 질서가 잡혔을 때 자유를 느낄 수 있다. 그러므로 환경
을 무시하고 자유를 누린다는 것은 어려운 일이다. 나의 경우는 더욱
그렇다. 이런 뜻에서도 자립과 고독의 전원생활은 나에게 무한한 자
유를 안겨줄 것이다.

그 귀중한 고독의, 그 떳떳한 자립의, 그 무한한 자유의, 그 아름다운 전원생활의 즐거움을 그토록 오랫동안 가까이 가지고 있으면서도 왜 향유하지 못했던가. 이제 구습의 미혹에서 깨어나서 실존의 세계를 파악한 지금 인생을 다시 사는 것이다.

이런 인습의 미혹에서 깨어나지 않고는 완전한 자유인이 될 수 없을 것이다. 그러나 이 끈질긴 인습의 사슬을 끊는다는 것이 그리 용이한 일은 아니다. 하지만 그 낡은 사슬을 끊지 않고는 노비신분을 면할 수가 없다. 이제 나는 오랫동안 남에게 의존하여 살아오던 타성을 버리고 자립해 살 수 있는 인생에 대한 자신이 생기는 것 같기도 하다.

나는 이런 행복한 느낌과 아울러 한편 두려움이 없지도 않다. 왜냐하면 인간을 타락시키는 것은 어떤 역경에서가 아니라, 행복의 조건을 갖추었을 때 비롯된다는 것을 나는 기억하고 있기 때문이다. 배고픈 사람에게 밥을 주면 잠에 떨어지는 수가 많고, 가난한 사람도 부자가 되면 인색해지는 수가 많다고 하지 않는가. 원래가 게으른 나로서는 전원생활에서 더욱 게을러질 가능성이 없지 않다.

아무튼 도시의 공해와 혼잡을 떠나 홀로 자연으로 돌아가는 그것이 결코 안일을 추구하는 소극적인 도피가 아니다. 신선한 대자연 속에서 호흡하며 잃어가는 인간의 모습을 되찾고, 자기의 참모습을 재발견한다. 본래 자기 속에 내재해 있는 무한한 창조력을 개발하는 그런 숭고한 삶이 된다는 것을 알게 되었다.

오랜 숙제를 풀고 나니 나의 마음은 한결 가볍다.

다시 시작하기 전에 먼저…

단지 한 해를 보내고 다시 한 해를 맞는 것을 송구영신(送舊迎新)이라고 한다면, 이것은 오랜 생활습관에서 오는 진부한 표현에 지나지 않는다. 21세기를 맞고, 새천년을 맞이하는 여기에 있어서 거기에 새로운 의미를 부여하지 못한다면 이것 역시 관념상의 유희에 지나지 않을 것이다. 우리는 21세기, 그리고 새천년에 크나큰 기대를 걸고 있다. 그러나 그 기대는 짙은 안개 속만큼이나 막연하다. 그런 대로 새 시대에 거는 소망은 간절하다. 마치 사슬에 묶인 사람이 사슬에서 풀려나기를 고대하듯이. 물에 빠진 사람이 한 오라기의 지푸라기에도 매달리듯.

사실 우리 대부분은 새 시대에 큰 변화가 오기를 이렇게 간절히 기원하고 있다. 새 시대에는 구세주라도 나타날 것처럼. 우리가 새 시대에 대한 소망이 간절한 것은 낡은 것으로부터 하루 빨리 벗어나고 싶기 때문이기도 할 것이다. 우리가 걸어온 발자취를 돌아볼 때 하도 더럽혀져 회상조차 하기가 지겹기 때문일까. 누구나 자기의 과거가 아름다운 추억으로 되살아나기를 기대한다. 그러나 그 추억은 그간 자기가 만들어온 실적이다. 인생을 값있게 살아온 피와 땀의 결정일 수도 있고, 걸음걸음 지나온 발자취가 하도 추악해 꿈에라도 다시 볼까 구역을 느낄 만큼 역겨울 경우도 없지 않을 것이다.

지난날을 의미 있게 살았다면 세월이 바뀌어도 미련이 남을 만큼 아름다운 추억에 싸일 수 있을 것이고, 쓰레기를 가득 채운 허망한 시간 속에 부생(浮生) 같은 삶을 이어왔다면 세월이 바뀌고 흐를수록 후회만이 돌이킬 수 없는 앞길을 가로막을 것이다. 그럼에도 우리는 모두 새날이 밝아 새 세상이 오기만을 갈구한다. 낡은 것을 보내고 새것을 맞는다. 하지만 여기에 주역은 사람이고, 이 땅에서 보내고 맞는 그 주역 역시 우리일 수밖에 없다. 우리라 하여 너무 무책임한 표현이 된다면, 그 책임 소재는 결국 나일 수밖에 없다.

아무리 새날이 수없이 다가와도 새날을 맞을 채비가 안 되었다면 그것은 도리어 주체스러울 것이고, 항상 가고 옴에 걸림 없이 그날그날이 말끔히 정돈이 되었다면, 어제를 보내매 대견하고 오늘을 맞으매 즐거울 것이다. 삶에 항상 의미를 부여할 줄 안다면 세세연년(世世年年)뿐만 아니라 세세생생(世世生生)에 조금도 부담스러울 것이 없을 것이다. 평소의 삶의 자세, 그것이 곧 겁(劫)과 찰나의 차이를 무너뜨리기 때문이다.

비록 새날이 밝는다 하여도 어제 문 밖에 쌓인 쓰레기가 하룻밤 사이에 사라질 수 있는 기적을 바랄 수 없다. 아름다운 금수강산도 먼지더미로 만들어 버린 솜씨가 하루아침에 갑자기 향기어린 몸매로 변신한다는 것은 좀체 바라기 어렵다.

새날은 와도 지나고 나면 묵은 날이 되고, 새해도 바뀌고 나면 묵은 해로 지나가 버린다. 오직 새것과 헌것은 사람의 관념 속에 있을 뿐이다. 오직 새해를 맞는 이 시점에 새로워져야 하는 것은 나의 관넘이다. 세월에는 새것도 묵은 것도 없지 않은가. 사람이 살아오고 또 살아가는 한 이정표에 불과하다. 그동안 걸어온 자취를 되돌아보는 그런 순간이 됨직도 하다. 그간의 길은 잘못 들지 않았는지, 앞으로 나갈 길이 제대로 가는 길인지 잠시 점검해 봄직한 그런 순간이기도 하다. 실로 중요한 순간이기도 하다. 길을 잘못 간 사람에게는 실로 값진 순간이 될 것이다. 더 멀기 전에 더 늦기 전에 잘못 간 길을 돌이킬 수 있기 때문이다. 잘못된 길은 조만간 언제라도 돌이키지 않으면 안 된다. 내 자신의 발부리의 향방은 스스로가 책임지지 않으면 안 되니까.

이 새로운 시점에서 스스로를 되돌아볼 때, 이제까지 해 온 일이 잘못되기도 하고 잘되기도 하였을 것이다. 이런 사실들을 점검하는 순간이 바로 이 시점이 될 것이다. 언제 보다도 엄숙한 찰나가 되었으면 싶다. 자신에게 가혹하리만큼 준엄한 순간이 되었으면 싶다. 옷깃을 바로 여미고 자세를 바로 가다듬어 자신을 똑바로 바라볼 수 있는 그런 순간이 되었으면 싶다.

아무도 나를 대신하여 보상받을 사람은 없다. 내가 심어 온 것을 대신 거둘 사람도 없다. 오늘 내가 거두는 것은 어제 내가 심은 것이다. 오직 심은 대로 거둘 뿐이다. 과수에 아무리 좋은 과일이 열려 있어도 그 열매를 딸 사람은 정해져 있다. 같은 농사를 지어도 알곡을 추구하는 사람도 있고 쭉정이를 거두는 사람도 있다. 쭉정이를 거두는 이의 심정이야 헤아리고도 남음이 있다. 하지만 이것만은 아무도 대신할 수 없는 과보(果報)일 것이다. 지나간 시간은 아무리 후회하여도 돌이킬 수 없다. 이제부터 다시 시작해야 한다. 원래 시간은 시작도 끝도 없는 것. 따라서 늦고 이름은 그다지 중요한 것이 아니다. 다시 시작한 그때가 곧 결실을 기약하는 순간이다.

초발심시변정각(初發心時偏正覺).

　희망에 찬 21세기는 과연 어떠한 모습으로 우리 앞에 전개될까. 자못 궁금할 것이다. 하지만 간단하게 알 수 있다. 새 시대의 거울에 비춰질 그 모습이 바로 나요 우리이기 때문이다. 새 시대의 거울이 나타나기를 기다리지 않아도 된다. 바로 오늘의, 아니 어제의 내가 가졌던 그 모습을 보면 그것으로 부족함이 없을 것이다.

　새해, 새 거울에 자신을 비춰보는 순간 우리는 놀랐는지도 모른다. 왜냐하면 이제까지 스스로 상상했던 그런 모습과는 판이하기 때문이다. 하지만 거울에 비춰진 얼굴 모습은 추호도 어긋남이 없다. 이런 거울은 자신의 업경대(業鏡臺)이기 때문이다. 스스로의 어김없는 모습을 목도하고 구역을 느끼기보다는 더 늦기 전에 깨달을 수 있었던 것을 천우신조만큼이나 고맙게 느껴야 할 일이다. 우리가 20세기를 어떻게 살아왔던가. 스스로 우리 자신의 민족과 국토를, 그리고 나 개인의 살아온 역정을 냉철히 구석구석 숨김 없이 털어놓아 볼 일이다. 다시 시작하는 일은 하지 않는 것보다 나은 것이다.

　그러나 작심삼일은 언제나 시작에 붙어 다니는 장애물이다. 바람직하지 못한 일에 익숙했다면 거기에 익숙해진 버릇 또한 독버섯처럼 자랐을 것이다. 이 독버섯은 80년간이나 성장을 멈추지 않는다. 다시 시작하기 전에 해야 할 일이 있다면 버릇이란 이름의 이 독버섯부터 먼저 제거해야 하리라. 이 독버섯은 오랜 세월 부지불식간에 깊이 뿌리를 내렸다. 한번 도려내도 좀처럼 근치(根治)되기가 쉽지 않다. 그래서 조금이라도 방심을 한다면 그 독버섯은 어느 사이엔가 고개를 들게 된다. 자칫하면 옛 모습 그대로 되돌아간다. 그만큼 습관의 근치는 어려운 것이다.

　너와 나의 버릇이 한데 모이면 한 지역 한 민족의 관습으로 이어진다. 공간으로 확산될 뿐만 아니라 시간으로 이어진다. 어른의 버릇은 아이에게로 옮고, 부모의 버릇은 자식에게로 전해진다. 좋은 버릇이 만들어지기 쉽지 않은 것처럼 나쁜 버릇도 일조일석에 익혀진 것은 아니다. 마치 안개 속에서 옷이 젖듯. 근묵자흑(近墨者黑)이란 결코 웃어넘길 일이 아니다. 어쩌면 전염병보다 더 신속하고도 고치기가 어려운 일종의 만성병인지도 모른다. 다시 시작하기 전에 이런 병을 먼저 고칠 일이다. 스스로를 새해 거울에 비춰 보고.

투명(透明)한 세계를 향하여

아시아인들의 '국경을 초월한 우정의 잔치'가 열세번째 열렸다. 강렬한 태양 아래 울창한 상록의 나라 방콕에서 41개국 1만 명의 선수들이 모였다. 아름답고 씩씩하고 건강한 젊은이들. 국가라는 좁은 울을 넘어서 한마당에 모였다.

제2차 세계대전의 종식을 계기로 오랜 질곡의 역사에서 멍에를 벗고 해방을 맞게 된 대부분의 아시아인들. 뼈아픈 공동 운명을 체험하고 긴긴 악몽에서 깨어난 이들.

나날이 가속화되어 가는 변화의 물결을 타고 함께 더욱 힘찬 전진을 위하여, 한자리에 모였다. 더불어 산다는, 살아야 한다는 의미 있는 다짐을 하면서.

어제의 적도 오늘에는 동지가 되어, 원수도 사랑해야 한다는 관용으로 얼룩진 과거는 흐르는 물 위에 깨끗이 띄워버렸다.

해바라기는 언제나 광명을 향하여 미소진 얼굴을 돌리듯, 인간의 역사도 원래는 빛을 향하여 질서의 앞으로 나간다.

누구도 음산한 그늘을 좋아하지 않는다. 오직 자유를 잃은 불안한

심리의 소유자들만이 밝은 빛을 두려워한다. 넓은 아시아 대륙에도 그늘은 가고 방황하던 역사도 제 길을 찾게 되었다.

햇빛이 쏟아지는 넓은 마당에 아시아의 젊은이들은 모두 모였다. 늠름하고 패기어린 선수들은 신통자재한 묘기를 통하여 웃고 노래하고 즐기며 도약(跳躍)했다. 수십 억의 아시아인들은 이들을 가슴 깊이 지켜보며 환호 속에 아낌없는 박수와 갈채를 보냈다.

함께 산다는 즐거움을 만끽하였다. 후아막 스타디움의 넓은 광장을 꽉 메운 화려하고 찬란한 개막식. 그것이 함께 살아가리라는 우정어린 다짐이었다. 이 우렁찬 서약과 더불어 아시아의 하늘은 한결 더 맑고 한층 더 밝게 개었다. 그리고 투명한 허공은 더욱더 높아 보였다. 바다의 물결은 평등하게 파도치고 육지의 인간은 자유롭게 호흡하였다.

비록 아직도 아시아의 하늘에는 군데군데 먹구름이 남아 있지만 자유와 평등의 계절풍 앞에 머지않아 스러져 가리라. 생각이 다르다는 이유로, 종교가 같지 않다는 구실 때문에 아시아의 정체성(停滯性)이 아직도 남아 있다. 하지만 그것 또한 깨끗이 가실 날이 멀지만은 않았을 것이다. 지구를 비추는 태양은 이미 중천에 떠 있는데 아직도 컴컴한 골방에서 잠꼬대를 하고 있대서야. 낙후의 증거가 바로 여기에 있다.

이 지구상에는 벌써 암흑을 헤치고 밝은 천지를 개척한 선구자들이 있다. 남달리 훌륭한 선조를 가진 것도 아니고 희귀한 문화유산이 남겨진 것도 아니었다. 게다가 고매한 가르침을 배운 것은 더욱 아니다. 그들은 일찍이 지축을 뒤흔든 세계적 대전을 두 차례나 겪었다. 자업자득이었다. 그런 소란한 역사의 외중에서 남달리 깨달은 바가 있었다.

사람은 어떻게 살아야 하느냐? 결국 이 해답을 얻어낸 것이다. 인간은 더불어 살아야 한다는 사실. 학문도 예술도 과학도 인간에게 봉사하기 위하여 있음을 알았다. 노벨 수상자들도 그들 가운데에서 나타났다. 사람은 누구나 이 지구상에서 자유롭고 평등하게 살 권리가 있음을 알고 또 인정하였다. 타인의 살 권리를 존중하게 되면서 전쟁은 물러갔다. 전쟁과 영원히 작별할 그런 지혜를 짜냈다.

지구에 생존하는 모든 것, 하찮은 미생물에서 작은 풀 한 포기까지도 살 권리가 있다는 사실, 이것을 깨닫게 되었다.

선진국이란 이름이 아무 대가 없이 불려지는 것은 아니다. 그들은 거대한 지구를 한 마을로 만들어 가고 있다. 이 지구는 이웃이고 거기 사는 이들은 모두 사촌이다. 전쟁을 통한 동포 살해나 형제 살상은 이제 옛 이야기가 되었다.

지구 마을의 한 코너에는 이런 이상이 실현되어 가고 있다. 국경이란 두터운 장벽을 허물고 투명한 유리로 출입문을 대신하게 되었다. 세계 정부라는 이상이 지구 한 블록에서 현실로 이루어져 가고 있다. 유럽 공동체, 그것은 구체적인 예시(例示)로서 우리 눈앞에 나타나고 있다.

하늘에만 있었던 극락을 이 지상에 건설해 가고 있다. 기아로부터의 해방과 공포로부터의 자유가 보장되어, 각자 그것을 손에 쥐게 된다. 그러나 이런 제도가 전 인류에게 미치지 못한다면 한낱 독선에 불과하다. 독선은 배타를 낳기 때문에 독선 거기에 머문다면 이 또한 불화의 뿌리가 될 수도 있다.

그러므로 함께 산다는 의지는 빗장을 뜻하지는 않으리라. 나와 이웃을 통해서 온 인류에게 이타행(利他行)이 차별 없이 미쳐야 할 것이다.

한 발 앞선 유럽의 공동체는 세계 인류에게 보내는 희망의 메시지가 될 것이며, 아울러 시범 케이스가 됨에 틀림없다.

아시아인들의 한자리의 모임은 앞으로 한 블록을 이룰 그 서막이 될 것이다. 언젠가는 아시아인들도 국경이란 비좁은 울을 깨고 왕래가 자유롭고 하나의 화폐로 유통의 막힘이 없을 것이다. 이런 장래가 필연적으로 다가오고 만다는 것을 생각할 때 그만한 준비를 서둘러 봄직하다 아니할 수 없다. 이런 현실이 빠르면 빠를수록 아시아인의 행복도 당겨질 것이기 때문이다.

아시아인들이 앞으로 가야 할 길의 대강은 이미 선도자들에 의하여 그려져 있다. 우리가 미래의 지향점에 도달하기에는 그만큼 수월할 것이다.

앞서가는 선도자들이 인간답게 살아가는 휜출한 태도를 목도할 때 실로 부러움을 금할 수 없다.

저들은 자신들의 괴로움을 해결했을 뿐만 아니라, 나아가 이웃의 괴로움까지도 해결해 주고자 노력을 기울이고 있다. 주저하지 않고, 인간이 함께 살지 않으면 안 되는 진리를 저들은 체득하고 있기 때문이다. 남이 못 살면 나도 잘 살 수 없고, 이웃 나라가 쓰러지면 그 여파는 결국 자기 나라에까지 미치고 만다는 연기(緣起)의 법칙을 모르고 있지 않다.

이런 사람 사이에서의 도량(度量)은 그들이 구성하고 있는 사회에 그만큼 평화를 가져올 것이다. 인간의 마음과 마음 사이에 평화가 정착되면 그로 인해 전쟁은 그 발판을 잃을 것이다.

사람이 하는 모든 일이 값지지 않은 것이 없지만, 가장 고귀한 일은 사람을 위한 일이 될 것이다. 사람을 살리는 일은 더욱 그러리라.

인간이 사는 세상에 문제가 없을 수 없다. 문제를 만들고 그것을 해결하고, 이것이 우리의 일상적 삶이기 때문이다. 하지만 성숙한 집단에서 일어나는 문제는 대개 그 집단이 발전해 가는 도상에서 불가피하게 생겨나는 그런 문제들이다.

따라서 문제 해결도 성숙한 인간의 능숙한 솜씨로 해답을 제시하게 된다. 정치문제도 경제문제도 심지어 종교문제에 있어서도 몇몇 편협한 사람의 이기심에서 자초되는 일은 극히 드문 것 같다. 한 사람의 광부가 사고로 매몰되었을 때 백 명이 그 구조에 나서는 것은 공동체 의식이 그만큼 강렬하기 때문이다.

사람과 사람 사이에 이런 연대의식은 먼저 사람과 사람 사이의 마음의 벽이 허물어져야 하리라. 그늘진 장벽이 허물어지면 마음과 마음 사이가 자연 투명해지리라.

가정이 투명해지고 사회가 투명해지고 나라와 나라 사이의 국경이 뚫리고, 그래서 '국경을 초월한 우정' 속에 아시아인들만이 아니라 온 세계 시민이 격의 없는 친구가 되리라.

새천년, 시민의 도전

센추리 대신에 밀레니엄이란 용어가 등장하였다. 세월의 단위가 백년에서 천 년으로 뒤바뀐 것은 그만큼 변화의 속도가 빠르다는 의미일까.

원래 시간이란 가고 옴이 없으니, 다만 현상계가 변하는 것을 기준해서 시간의 척도를 재고 있을 뿐이다. 오직 시간의 흐름이란 인위적임에 불과하다. 자연계는 의구(依舊)하되 조변석개(朝變夕改)는 다만 인간계에서만 일어나는 일이다. 그러나 자연계의 어떤 조건들은 사람이 만들어 갈 수도 있게 되었다. 그래서 자연을 정복한다고 하는데 그것은 이 때문일 것이다. 이런 추세로 나간다면 자연의 더 많은 조건들을 극복해 갈 것이 틀림없다. 앞으로는 지금보다도 더 인간의 능력이 무궁무진함을 입증하게 되리라.

새천년에는 인간의 힘이 과연 얼마나 장한 능력을 발휘할까? 실로 그 상상이 미치지 않는다. 아무튼 위대한 인간의 힘은 위대한 새천년을 만들어 갈 것이 틀림없다.

우선 이제까지의 인간의 부조리가 말끔히 해결되어 인간이 사는 이 대지(大地)가 인간다운 세계로 되었으면 싶다. 물론 어느 사회나 여러 비리를 해결하기 위하여 인간의 노력이 게을렀던 것은 아니다. 하지만 기능 뒤에 숨어 있는 역기능, 그것을 해결할 길이 아직 없었다. 인간이 노심초사 고안해 낸 문물제도의 그 목표가 사람의 행복, 그 외에 있지 않았다. 유사이래 욕망의 충족, 그것을 우리는 행복이라고 여겨왔다.

인간의 지능의 발달은 곧 도구의 발명으로 이어진다. 사람의 무한한 욕망만큼이나 무량한 도구를 만들어 왔다. 이 무량한 도구들의 그 가공할 위력을 목도할 때 그것을 만들어 낸 인지(人智)에 어느 누구도 새삼 감탄하지 않을 수 없다. 그러나 어느 사이에 그 도구의 위력에 인간 자신이 지배를 받게 되었다.

문명의 힘 앞에 예속된 인간, 꿈에 부풀었던 행복은 거품처럼 날아가고 호드기를 꺾어 불던 옛집 버드나무가 그립게 되었다. 산업혁명이 세차게 일던 그때만 해도 중노동에 시달리던 농민들이 힘 안 들게 월급 받는 노동자로 변신하여 그 지긋지긋한 멍에를 벗어나 이것을 좋아했다. 그러나 졸지에 경제공황이 몰아닥치니 수많은 공장 노동자들은 하루아침에 실업자로 전락해 버렸다.

목가적인 고향의 흙으로 돌아가고 싶었다. 하지만 전원은 이미 공장부지가 되었거나 오래 버려져 폐허가 되어 있었다. 맑은 공기에 깨끗한 샘이 흐르는 그런 농촌은 이미 아니었다. 자본주의의 새로운 사조가 가져온 물질 위주의 문명은 아름다운 산천의 옛 풍경을 그대로 두지 않았다.

맑은 물이 사철 흐르고, 그 속에 고기가 뛰놀며, 조약돌 밑에는 가재가 살고, 냇가 둑 위와 논밭 두렁에는 메뚜기가 여치와 더불어 의좋게 놀고 있었다. 청청한 버드나무 그늘 아래 새로 영을 얹은 초가

집, 그 초당에는 양친 부모를 모시고 형제와 자매가 아들딸을 낳아 기르며, 부모의 천년수(千年壽)를 축수하고 가문의 만세영(萬世榮)을 기원하였다. 그리 넓지 않은 집, 그 통나무 기둥에는 가화만사성(家和萬事成), 소지황금출(掃地黃金出) 같은 덕담이 주련을 대신하였다.

이런 옛 추억이 되살아나는 것은 다시 문전옥답이 그립기 때문이다. 게다가 맑은 샘도 시원한 공기도 고향을 잃은 도시인들에게는 다시 찾을 길이 망연하기 때문이다. 기껏 일 년에 한두 차례 고향을 찾는 일이 미상불 전쟁을 방불케 한다. 그런 대로 귀성을 감행하는 것은 그간의 향수가 얼마나 가슴 깊이 쌓였는지 짐작이 가고도 남는다. 그도 그럴 것이 오염과 공해로 뒤범벅이 된 삭막한 도시 생활, 숨이 막힐 듯한 아파트 살림, 여기서 해방되고 싶은 심정이 누군들 없겠는가.

행복, 과연 그것이 어떤 것일까. 우리는 대개 행복을 착각하는 수가 많다. 진실한 행복은 찾기도 쉽지 않고 알기도 어려울 것이다. 우리가 행복의 착각에서 깨어났을 때는 이미 때가 늦는 수가 많다. 우리는 흔히 물량적인 것에서 행복을 구하기 쉽다. 많이 구매하고 많이 소비하고. 소비, 이 척도에 따라 행복의 정도를 재어보기도 한다. 생산과 소비가 전부인 세상에서 그런 착각을 벗어나기도 쉬운 일은 아닐 것이다.

구매와 소비에 충족하면, 이제는 지배욕으로 우리의 욕망을 충족시키려 할 것이다. 그래서 힘을 필요로 한다. 남보다 더 많은 힘. 남에게 뒤지지 않기 위하여 남보다 앞서고, 남보다 위에 있기 위하여 권력으로, 돈으로, 지위로 달린다.

확실히 이런 것이 폐습이라는 것을 알고 있어도 거기서 벗어나기가 쉽지 않은 것은 이것이 우리 마음속에는 하나의 깊은 인습으로 찌들어 있기 때문이다. 이것은 개인의 행복의 척도였을 뿐만 아니라 어느 국가나 그 우열의 오랜 척도이기도 하였다. 이른바 부국강병이란 표어로 미화되고 있다. 나라를 지킨다는 명분으로, 세계 평화를 유지한다는 구실로, 혹은 약자를 보호한다는 명목으로, 어쩌면 오늘도 여기에 더욱 박차를 가하고 있는지도 모른다. 도리어 이것은 평화를 깨뜨리는 일이 될 것이다. 왜냐하면 평등이 유지되지 않기 때문이다. 자유 또한 일방적이 될 것이다. 힘의 경쟁은 자유 평등을 잃는 결과를 불러온다.

인간의 힘은 도구로 증진된다. 국가 간의 힘의 경쟁은 곧 도구의 경쟁이다. 막강한 도구를 만드는 일은 사람의 욕구와 비례한다. 무한한 사람의 욕구는 무한히 막강한 도구를 만들어 낼 것이다. 가공할 도구, 결국 인간이 제어하기 어려운 무기가 만들어진다. 벌써 그런 무기가 만들어졌고 인류는 이것을 크게 걱정하게 되었다. 이런 괴물이 생기기 위해서는 자연이 그만큼 많이 소모된다. 지구의 파괴는 이것을 만들기 위하여 소모한 이상으로 그 도구가 행사되는 날 더욱 큰 손상을 입을 것이 틀림없다.

뿐만 아니라 국가 간의, 인종 간의 힘을 겨루기 위하여 만들어 내는 도구 때문에 갈등은 더욱 심화될 것이다. 인간이 선량한 만큼 악독한 존재임을 여러 전쟁을 통해 이미 보아왔다. 인류는 같은 동포이며 형제임에 틀림없다. 그러나 동포 살육, 형제 살상도 서슴지 않는다.

가공할 무기를 제조하는 과정에 있어서는 항상 이웃을 가상의 적으로 생각하고 있다. 이것은 주로 권력자들의 소행이다. 평범하고 선량한 시민도 권력을 잡고 힘이 있으면 이런 이리의 근성으로 돌변한 예는 이미 역사에서 충분히 보아왔다.

21세기를 맞은 이때에 역사 앞에서 세계 시민이 긴장하지 않을 수 없는 이유는 바로 이 때문이다. 이런 위협적인 전야에 있어서 한 가닥 여명이 비친다면 그것은 권력과 무기를 배제한 세계 시민의 현실 참여이다. NGO의 활동 그것이다. NGO들은 국경을 초월해 있다. 어떤 이데올로기, 어떤 종교, 어떤 철학의 편견에서도 벗어나고자 한다.

지난 번 NGO 서울대회가 그것을 잘 보여 주었다. 108개국의 1,400의 단체에서 8,100여 명의 대표가 참가하였다. 열띤 토의를 거쳐 다음과 같은 역사적인 '서울선언'을 채택하였다. 그 가운데 '새천년의 도전'이란 대목에서,

"…평화와 정의, 그리고 빈곤퇴치를 위한 투쟁의 선봉장으로서 NGO들은 점증하는 폭력과 무력 갈등, 광범위한 인권 침해, 또 수십 억 명으로 추산되는 최저 생존 수단을 보장받지 못하는 인구의 급증이 인간에게 미치는 영향을 일상적으로 접하고 있습니다. 진보의 약속에도 불구하고 세계화는 지역적 가치와 문화를 훼손시키고 빈부의 격차를 심화시키며 도시와 농촌 지역의 수많은 사람들을 변화시키고 있습니다. 무제한 자유시장을 통하여 경제성장을 달성하려는 단 한 가지 목표는 다수 국가의 경제를 위태롭게 하고 빈곤을 가속화시키며 인간 가치를 좀먹고 자연 환경을 파괴시키고 있습니다"라고 하였다.

새 시대를 맞는 세계 시민들은 이렇게 일어서고 있다. 이웃을 사랑하고 평화를 지키기 위하여.

지는 꽃 아쉬워하다 열매를 놓치리

좋은 법도 오래 되면 폐단이 생긴다 하였다. 그 때문인지 요즘 고였던 물이 쏟아지는 소리가 매우 요란하다. 물론 무슨 법이든 한번 마련하면 그것을 지켜나가야 한다. 법의 존엄성을 위하여 법을 지키지 않는다면 법의 권위는 유지되지 못한다.

그러나 일사불란하게 준법이 이어지는 동안에도 세상은 변하기 마련이다. 무럭무럭 자라나는 아이들은 옷이 어느새 작아진다. 갈아입지 않으면 안 되게 된다. 어제의 관습이 오늘 갑자기 변한다고는 생각하지 않는다. 어린이들의 성장은 눈에 보이는 것이 아니기 때문에 어제의 옷이 오늘도 맞는다고 생각한다. 그동안 익혀온 습관 때문에 우리의 관념은 늘 이러하다.

관습은 세대가 바뀌면서 달라지고, 옷은 어린이가 자라기 때문에 갈아입어야 한다. 이것은 누구의 창안이나 창작이 아니다. 대자연의, 우주의 섭리이기도 하다.

변화, 그것은 낡은 것과 새것, 무엇이 부단히 교차하는 사이에 생기는 현상이다. 저것은 가고 이것은 온다고 할 수도 있다. 엄밀한 의미에서는 가고 오는 것이 아니라, 오고 있기 때문에 가야 한다. 가지 않으면 오는 것에 방해가 된다. 그러므로 오기 전에 가야 한다. 오는 이에게 자리를 내어주기 위하여. 그래서 오는 것을 거부하지 말라 하였다. 올 때는 이미 갈 준비가 되어 있어야 한다.

변화는 원래 머묾이 없다. 끊임없이 이어질 뿐이다. 인간사(人間事)에 있어서 잠시 어느 자리에 머무는 것은 불가피한 일이다. 하지만 어린이에게 옷이 한계가 있듯이 그 주처(住處)에도 한계가 있다. 이런 한계조차도 원래는 없는 것이다. 인위적인 조작에 불과하다. 자연의 이치에는 본래부터 어긋나는 소행이나 대사(代謝)에는 1분 1초도 머묾이 없다.

어느 자리에 안주한다는 것 자체가 사실은 불안한 일이다. 자신의 육체까지도 쉴 사이 없이 대사가 이루어지고 있건만, 오직 자신의 생각만이 머물기를 고집하고 있다.

집착은 만물의 진행에 역행하는 일이다. 하늘의 구름도, 허공의 바람도, 계곡의 물도 정지하는 일은 없다. 왜냐하면 그 나름의 기능을 다하기 위해서이다. 어디 그뿐인가? 우주의 천체가 그 자리를 고집하는 일은 아예 없다.

삼라만상의 온 생명체가 살아가는 모습, 그것은 바른 변화에서 우리가 느낄 수 있다. 변화가 정지되고 대사가 그칠 때 그것은 삶이 그만큼 정체되는 것을 의미한다. 뭇 생명의 유기체가 그러하거늘, 인간의 공동체 역시 이런 법칙에서 벗어날 수는 없다.

벌이나 개미도 그들의 삶을 영위함에 있어서 집단이 불가피한 만큼 유기체의 질서를 지켜나가지 않을 수 없다. 더욱이 인간 사회에 있어서는 그 공동체의 운영에 한결 더 의미를 부여하기 위하여 그 나름의 무엇을 인식할 필요가 없지 않다.

거듭 말하거니와 법구폐생(法久弊生), 아무리 좋은 규정도 시공을 초월해서 존속할 수는 없다. 만들어진 그때 벌써 걸리적거리기 시작한다. 어떤 폐단이 나타났을 때에는 이미 늦는 것이다. 선견지명이 있다면 삐걱 소리가 나기 전에 '헤쳐 모여'를 했어야 한다.

요즈음 우리 사회에도 개혁이란 이름 아래 헤쳐 모여가 한창이다. 당연히 올 것이 온 것이다. 그럼에도 잡음과 소란이 요란하다. 그간 지체한 결과인가? 지구상 어디에도 이런 헤쳐 모여가 없는 곳은 없을 것이다. 인간 사회도 생성, 변화의 도리를 벗어날 수 없을 테니……. 세상에는 별로 큰 잡음 없이 자연스럽게 고비고비를 무난히 넘어가는 그런 곳도 적지 않다.

오는 이를 기꺼이 맞이하고 가는 이를 고맙게 전송하는 일, 계절이 바뀌고 꽃 피어 열매 맺는 일과 조금도 다르지 않다. 불연(不然)이면 이해와 득실 그 때문인지도 모른다. 올 때 온 것처럼 그런 자세로 갈 때도 그렇게 떠난다면 소음이란 좀체 없을 것인데……. 그간 머무는 동안에 이끼가 끼었는가? 물이 고이면 썩는다 함이 헛말이 아님을 다시 실감하게 된다.

아무튼 개혁 자체가 어지러운 일이다. 처음부터 자연 질서에 순응할 줄 알았다면, 철따라 오고 가면 그것으로 만사에 허물이 없을 것을……. 무지 때문이었을까, 집착 때문이었을까? 때를 잊어 홀로 남아 꽃 지기를 아쉬워한 나머지 제대로 열매를 맺기 전에 가을 서리를 맞나니, 이 또한 더 큰 낭패가 아니랴.

혁신이란 언제나 대세(大勢)와 집착 사이의 갈등이다. 기존 세력의 애착이 강하면 대세의 압력도 그만큼 더 강해진다. 버티는 힘과 누르는 힘 사이에 지구력이 시간을 오래 가지면 가질수록 어느 편이나 승리에만 집착하기가 쉽다. 본의 아니게 비법(非法)도 불사하는 그런 수단까지 택하게 된다.

　힘으로 얻은 것은 힘이 약해지면 다시 잃을 염려가 있다. 그래서 지키기가 어렵게 된다. 명분의 간판 뒤에 계책이 항상 도사리고 있는 것은 이 때문일까? 그래서 싸움은 의외의 사태로 번져 나간다. 중세 기독교의 종교개혁의 전말도 무지 때문에 얼마나 엉뚱한 방향으로 비화하였는지 역사는 분명히 전하고 있다.

　변혁은 빗나가는 역사의 방향을 바로잡아 순조로운 대사를 이루려는 데 그 목적이 있다. 그럼에도 인간의 무지는 대사를 가로막아 지체시키는 결과를 가져오기도 한다. 승리에 대한 집착은 목적이 바뀌면서 본래의 의도가 변하게 된다. 결국 서로 이기려는 투쟁으로 변질되고 만다. 이기기 위한 투쟁이기 때문에 수단과 방법은 그 한계를 넘어선다.

　일이 최악의 사태에까지 이르게 되는 것은 상대에 대한 증오심이 과열되면서 인간으로서 제정신을 잃게 되기 때문이다. 사태가 돌이킬 수 없이 악화된다고 하는 것은 바로 이 제정신을 잃은 행위가 만들어 놓은 결과이다.

　아무리 훌륭한 개혁을 시도한다 하더라도, 아무리 정당한 목표를 지향한다고 하더라도 그 행위가 인간으로서 자존(自尊)을 상실한 것이라면 결과적으로는 반개혁적 성과밖에는 가져오지 못할 것이다. 더욱이 세상에서 교화를 표방하는 그런 범주에 속하는 인사들조차도 격한 감정을 조절하기 어렵다면, 그 수행을 의심할 수밖에…….

　파사현정(破邪顯正)을 위해서는 일전을 겨룰 필요성이 없지 않다. 때가 긴 거울은 닦아야 하니까. 오늘같이 혼탁한 세상에서는 자주 있어야 마땅하다. 혼탁이란 오래도록 거울을 닦지 않았기 때문에 생기는 결과이다.

수행이란 바로 거울을 닦는 일이다. 자기의 거울은 스스로가 닦을 일이다. 남에게 신세를 지게 되면 그만큼 수행에 게을렀다는 증거이다. 게으른 수행자는 남의 충고조차도 거부한다. 뿐만 아니라 길거리의 치석(置石)처럼 가로 걸린다.

그러나 공로(公路)를 방해하는 것은 누구에게도 허용되지 않는다. 거리를 방해하는 걸림돌은 옮겨져야 한다. 아무리 작은 조약돌이라도 제자리에 놓이면 훌륭한 쓰임이 될 터인데, 거리가 걸림돌로 혼란한 것은 그것들이 제자리를 찾지 못했기 때문이다.

세상이 어지러운 것은 눈에 보이지 않는 걸림돌이 더 많기 때문이 아닐까? 우리 마음에 쌓인 그것들……. 대상을 탓하기에 앞서 자신의 처지부터 돌이켜보고 자신이 놓여 있는 위치부터 살펴야 할 것이다.

세계를 바꾸는 일은 어디서부터

주변 정리는 고사하고, 집안정돈 하기도 힘이 든다. 마음이 그만큼 어수선한 때문인가. 미상불 세상이 더욱 어수선하게 느껴진다. 날이 갈수록 먹고 입을 걱정은 예전보다 한결 나아졌는데도. 어쩌면 지나치게 가진 것이 너무 많기 때문은 아닐까. 부족하면 더 큰 걱정이 되겠지만.

이삿짐을 한번 챙겨 보거나, 집수리 때문에 가재도구를 내놓았다 들여놓았다 하다보면 왜 이리도 쓸데없는 것이 많은가를 실감하게 된다. 기실은 물건 하나하나를 살펴보면 쓸모 없는 것이라곤 하나도 없다. 그럼에도 웬일인지 그런 잡다한 세간살이가 지긋지긋하게 느껴진다. 압정 한 개, 고무줄 하나도 그것이 아쉬울 때가 있건만. 이런 잡동사니도 그것이 필요해서 구입했을 것이고.

책의 경우만 해도 그렇다. 책하면 아직까지는 예우를 받는 편이다. 다른 물건에 비하여. 직업상 영업용으로 사들였건, 단순히 공부로 쓰여졌건 간에. 한두 권씩 사들이기도 하고 혹은 외국여행에서 돌아올 때 질(帙)로 가져오기도 하여 적지 않은 수의 책이 서가에 꽂히게 된다.

어떤 것은 서실에 놓아두고 제법 탐탁하게 읽지도 못한 채 어느새 퇴출의 시간이 왔다. 하지만 세월이 하도 빨리 변하는 바람에 책의 내용도 신진대사가 불가피하게 된다. 그때 그 책은 이미 효능을 상실하게 되고, 서가의 주인이 이미 늙으니 책의 소용이 정지되기도 하였다. 동양의 예의로 '책천자(冊賤者)는 부천자(父賤者)'라 하여 비교적 소중히 다루었던 것들이다. 어려서는 귀엽게 키우던 딸자식도 과년해지면 치워버리기에 골머리를 앓듯, 저 많은 것들을 어떻게 치울까 은근히 걱정이 된다. 원서들은 그런 대로 어느 도서관에 기증을 한다 하고, 그 이외 잡서 나부랭이는 태워버리기도 그렇고, 파지장사에 넘기기도 아까운 생각이 든다. 그렇다고 수절하는 과부처럼 뽀얗게 먼지만 쌓여 가는 그 꼴은 더욱 볼 수가 없다.

마음에 양식을 주고 지혜를 일궈낸다는 책의 경우도 이러하거니, 여기저기 처박혀 있는 가재도구야 더 말할 나위가 없다. 두고두고 부담이 안 될 수가 없다. 참으로 짐스럽다.

짐스러운 것은 이에 한하지 않는다. 원래 살림이란 솥 걸어 놓고 밥해 먹는 단순한 삶이었지만 이토록 복잡해진 것은 문화가 발달한 덕분인가. 문화란 반드시 인간의 삶을 복잡하게 만드는 것은 아닐 텐데. 생활문화가 사람을 거기에 예속시킨 데서야. 실상 사람은 너무 많은 것을 가지고 있다. 지나치게 많은 것들을. 현대 문화는 문화 자체가 소비문화로 기울고 있으니. 그 시대의 사람은 그 문화를 호흡하지 않을 수가 없다. 의식주의 모든 생활문화가 소비 위주로 된 지는 물론 어제오늘의 일이 아니다. 자본주의 사회 자체가 생산과 소비가 그 축을 이루고 있기 때문이다.

거대한 공장에서 기계장치가 양산해 내는 생산품은 무조건 소비해야 한다. 양산(量産)은 대형공장의 역할이고 그 생산품을 소비하는 책임은 소비자에게 있다. 거의 반(半) 의무적이다. 오늘의 산업사회는 이런 메커니즘의 기구 속에 돌아가고 있으니 말이다.

소비는 미덕이고 소비자는 왕이라고까지 하며 구매와 구매자를 추켜세우는 까닭이 다른 데 있지 않다. 생산과 소비, 공급과 수요가 맞물려 원활히 돌아갈 수 있기 위해서이다. 이런 순환에 차질이 생기면 일종의 병으로 나타난다. 사회문제가 야기된다. 이것이 바로 산업사회의 체계며 현상이다.

그리고 이런 시스템을 더욱 촉진시키기 위하여 정보의 발달이 필요했다. 미덕의 정의가 소비이고, 소비를 많이 할수록 그 사람의 지위가 높아져 가장 최고로 높은 왕의 지위에까지 이른다.

오늘에 왕이 되는 수단은 무엇인가. 그것은 돈이다. '돈이면 다'라는 관념이 지배하는 사회가 되었다. 그러므로 인간으로서 미덕이나 인격적인 사람은 이런 소비문화에 가리어 햇빛을 볼 수가 없다. 존엄한 인간은 좀처럼 찾아보기 힘들다. 이런 제도를 자본주의라고 한다면 이 역시 생산 위주의 공산주의와 마찬가지로 과도기적 현상에 지나지 않을 것이다.

그러나 아직 그 정확한 대안은 나타나지 않고 있다. 안개나 구름에 가리어 암중모색 가운데 있을 뿐이다. 이런 과도기적 제도가 좀더 가까운 시기에 변화되고 안 되고는 누구보다도 이른바 소비자의 태도 여하에 달려 있다. 왜냐하면 소비자는 왕이기 때문이다. 이제까지 온갖 광고매체를 통하여 건전한 시민들을 소비의 노예로 전락시키고 있다는 이 엄연한 사실을 먼저 소비자가 자각해야 한다. 이런 자각이야말로 새로운 세상을 만드는 열쇠가 될 것이기 때문이다.

이른바 오늘의 지도자가 되는 기업가나 정치가에게만 기대를 걸 수는 없다. 그들은 현상유지가 더 급하기 때문이다. 소비가 더욱 촉진되어 기업이 번창하기를 바라고 정치가는 그 번창한 가운데에서 정치생명이 더욱 연장되기를 원하고 있다.

세계적으로 만연한 경제 제일주의란 인간을 경제 밑으로 끌어내린다는 의미이다. 전도된 세상을 만들고 있다. 경제는 곧 달러이다. 우선은 돈이고 사람은 차치(且置)의 영역으로 몰리고 있다. 온갖 비리와 부조리의 온상은 바로 여기 있는 것이다.

오늘이 돈의 시대인 동시에 정보의 시대임에는 틀림없다. 돈의 비리는 이미 언급한 바와 같거니와 정보매체 또한 소비자들에게 소비를 더욱 촉진시키는 데 기여할 뿐이다. 모든 정보가 돈을 통해 움직이고 있다. 정보매체에 돈을 쏟아 붓는 이유는 오직 소비를 촉진시키기 위해서다. 이런 정보에 현혹되지 않는다면 그는 현명한 소비자가 될 것이다. 현명한 소비자라면 우선 소비패턴을 바꾸어야 한다. 소비패턴을 바꾼다는 것은 세계를 바꿀 수 있기 때문이다.

우리가 사는 산하대지를 오염시키고, 나아가서 온 지구를 파괴시키는 그 원인이 다른 데 있지 않다. 경제발전의 명목으로 막대한 자원을 획득하기 위하여 기계를 동원해 자연을 마구 훼손하여 왔다. 이 원인이 어디에 있을까. 기업가는 이윤추구를 위해서, 국가는 나라 경제를 발전시키기 위해서 거대한 공장이 양산해 내는 생산품들이 국내·국제시장에서 잘 팔려 나가면 소비자는 그만큼 미덕을 발휘하고 있는 셈이다. 환경오염의 주범이 누구인가를 모를 수 없다.

공기와 수질의 오염과 환경파괴를 막아 지구를 지키는 지름길은 다른 데 있지 않다. 소비자의 각성에 있다. 이 각성만이 세계를 오염으로부터 지키고 인간성을 부패로부터 막을 수 있을 것이다. 따라서 쓰레기로부터 해방되어 깨끗한 세상을 만들기 위해서는 소비자들의 마음부터 청정해져야 한다. 그리고 더불어 살아야 한다는 명제를 언

제까지나 외면할 수는 없다. 나의 소비를 줄여 굶는 이웃과 나누는
일을 오늘부터 시작해야 하리라.

자연 회복 인간 회복
―자연농을 배우며―

제 꾀에 제가 넘어간다는 속담이 있다. 사람의 지식, 특히 과학이 발달하면서 인간은 공해와 오염 속에서 병들어 가고 있기 때문이다. 이런 사실은 위의 속담을 충분히 증명하고도 남는다.

사람은 자연의 혜택을 무한히 받고 있건만 그 은덕을 조금도 모르고 산다. 심지어 자연을 인간과 대립적으로 여기고 있다. 자연을 떠나서 사람은 한순간도 생존이 불가능하다는 사실을 모르고 있지 않으면서도 자연에 대한 경외심을 갖기는커녕, 실제 행동으로는 자연을 마치 인간의 쓰레기통처럼 여기는 것 같다. 더러운 것을 마구 버려 그 아름다움을 여지없이 추한 꼴로 만들어 가고 있기 때문이다.

홍수나 한발이나 지진이나 태풍 같은 천재지변이 잠시만 일어도 속수무책으로 공포 속에 떨면서도 인간의 그 협소한 지식으로 자연을 정복하겠다니, 참으로 가소로운 사람의 짓거리라 아니할 수 없다.

원래 동양사상에서는 천지인(天地人)이 일체였다. 자연과 사람이 분리될 수 없는 존재이다. 그리고 사람이 자연의 도리에 순응할 때 그 것을 인간의 가장 바른 도리로 여겨왔다. 인간이 복을 구하는 길은 이 자연의 도리를 떠나서 있지 않음을 납득하고 거기 순종하여 왔다. 한편 사람이 자연을 거스르는 반자연적인 행위를 감행한다면 어김없이 그것에 대한 과보가 뒤따른다는 사실을 잊지 않았다. 왜냐하면 반자연의 행위는 곧 진리에 어긋나기 때문이다. 따라서 반자연은 곧 반인간이 될 수밖에 없다.

요즈음 같이 비인간적인 행위는 어디서 싹트는가. 비자연적인 행위에서 인간이 자초한 필연적인 결과에 지나지 않는다. 이런 비인간성은 이미 18세기에 싹트기 시작했다. 그래서 인간이 자연으로 돌아가기를 일부 선각자들은 권장했던 것이다.

이제 사람의 마음은 심히 마비되어 천방지축 그 방향을 잃어가고 있다. 그만큼 자연의 진리와는 점점 거리가 멀어져 간다고 할 수 있다. 그러므로 인간 회복은 자연의 회복으로부터 시작되어야 한다. 그러기 위해 먼저 우리는 자연에 대한 착각으로부터 깨어나야 한다.

공기오염과 물의 오염이 어디에서부터 왔는가. 그것 역시 자연에 대한 우리의 몰이해에서 비롯된 것이다.

지구 일각에서는 환경오염으로부터 인간이 해방되기 위하여 우리의 가장 소중한 먹거리부터 정화하는 작업이 시작되고 있다. 최근에 등장한 자연농법은 그런 의미에서 인류에게 전하는 가장 반가운 소식 중의 하나이다.

이제까지 지구마을의 농촌이 병충해를 예방하기 위하여 마구 쏟아붓던 농약은 곧 물의 오염의 주범이었다. 이것을 모르는 사람은 없다. 생산고를 높이기 위하여 화학비료를 절대 필요로 했다. 이것도 우리 모두가 알고 있는 사실이다. 비료는 지력을 그만큼 쇠퇴시켰다. 이 때문에 지구는 병들기 시작했다.

자연농법은 지구를 소생시켜 인류를 구제하는 일대복음이다. 일찍이 유기농법은 유럽으로부터 시작되었지만, 이 자연농법은 가까운 일본에서 그 성공의 실례를 거두고 있다.

한국에서도 이미 이 새로운 농법이 도입되어 몇 곳에서 실험단계에 있고, 또 어떤 농가에서는 성공단계에까지 이른 것으로 알려지고 있다.

이제까지 땅을 갈고 풀을 매고 비료를 주고 농약을 뿌리던 재래식 농사법이 무농약·무비료·무경운·무제초의 간편한 농법으로 바뀌게 되었다.

우리는 전답에 살던 곤충이나 미생물 그리고 온갖 잡초들을 적으로 생각해 왔다. 이것이 자연을 대하는 우리의 태도였다. 벌레나 잡초가 우리와 함께 사는 자연의 일부라는 것은 미처 생각지 못했다. 사람 중심의 자연관이 얼마나 그릇된 것이었는가. 부처님은 일찍이 우주만물이 평등함을 역설해 왔건만.

일본의 자연농법의 선구자 가와구찌 요시가쓰(川口由一) 선생은 그의 저서 『자연농(自然農)에서 농(農)을 넘어서』에서 아래와 같은 체험을 발표하고 있다. 참으로 주목할 만한 철학이다.

논에 많은 생명이 번창해 있으면 벼를 먹는 벌레만이 이상(異常)으로 발생하여 피해를 입을 일도 없습니다. 많은 생명을 공존시키는 데 알맞은 생명이 균형 있게 번성하기 때문입니다. 바로 공존공영의 세계입니다. 자연계, 생명계는 절묘한 배려가 있습니다. 그 중에는 인간도 존재하고 있습니다. 이 절묘한 자연계를 파괴하는 농약의 불필요성과 피해는 헤아릴 수 없이 큽니다. 두려울 뿐입니다. 그러나 그렇다고 농약을 사용하지 말자는 것이 아니라 쓰지 않는 편이 작물이 건강하게 훌륭하게 성장합니다.

비료도 같은 이치에서 불필요합니다. 천연자연은 과부족(過不足)이 없이 틀림없이 살아가는 양식을 준비하고 있기 때문입니다. 그것이 자연입니다. 스스로 그렇게 하는 것입니다. 하나의 생명의 시체가 다음 생명의 양식이 되고, 벼나 잡초들을 먹고 배설한 작은 벌레들의 대소변이 양식이 되며, 공기 중에서도 물에서도 헤아릴 수 없는 생명의 원소, 생명의 양식을 얻고 있습니다.

거기에 비료를 넣으면 이런 완전한 경영은 손상을 입게 되어, 여러 생명은 쇠약해지고 땅은 오히려 지쳐서 수척해 갑니다. 화학으로 만든 비료는 물론이고 유기질 비료라고 하더라도 자연계에는 실제로 필요없는 것이므로 어느 것이나 모두 비자연적인 것이며 반자연적인 독이 되는 것일 뿐입니다. 전답도 자연으로 경영되는 하나의 생명입니다. 거기에 사람이 생명을 부여할 수는 없습니다. 사람의 얕고 좁은 지식으로 쓸데없는 짓을 가저다 넣어서는 안 되는 것입니다.

이렇게 생명의 순환이 자연대로 영위되어 가면 땅의 생명도 건강하게 운영되어 최고의 상태로 됩니다. 그러므로 갈[耕] 필요는 없습니다. 갈던 땅을 갈지 않게 되면 처음에는 곧 굳어서 딱딱해집니다만 이윽고 잡초와 작물의 뿌리와 작은 벌레들의 시체가 차례차례로 땅속으로 돌아가서 전의 생명의 시체 위에 다음의 시체가 쌓여서 층을 이루어 푹신푹신한 상태가 됩니다. 땅속에서 생활하는 벌레들이 무수히 번성합니다. 그래서 땅이 건강하고 풍요롭게 됩니다. 땅의 호흡도 왕성하게 이루어지고 습기도 항상 보존되어 있습니다. 전답을 갈면 시체의 층이 파괴되고 자연의 운영이 파괴되어 생명의 순환을 단절해 버리게 됩니다.

갈지 않고 전답의 생명에 맡겨두면 전답은 스스로의 경영으로 저절로 살기 좋은 상태로 되어갑니다. 여기에 인지(人智)가 관여해서는 안 되는 것입니다. 사람은 자연의 경영을 만들 수는 없습니다. 천연 자연이 전답을 살리고 키우고 기르는 것입니다. 계속 맡겨두면 각각의 생명의 운영이 그대로 땅의 생명을 소생시켜 크게 영위되어 갑니다.

그러므로 여기에 있어 아무것도 하지 않아도 됩니다. 해서는 안 되는 것입니다. 그렇게 해서 어디까지나 전답에 계속 맡겨두면 됩니다. 위대한 생명에, 개개의 생명에 계속 맡겨두면 되는 것입니다. 생명 자체가 그렇게 하는 것입니다. 손을 쓰지〔用〕 않으면 본연의 생명은 대단한 생명의 경영 속에서 본연의 생명으로 계속 있게 되는 것입니다.

갈고 시비(施肥)를 하는 일은 정말 쓸데없는 일이었다고 깨달았습니다. 생명에서 생명으로 순환해 가는 것뿐입니다. 땅이 병들어 있더라도 토양개량제는 필요없습니다. 맡겨두면 최단시간에 최선의 상태로 저절로 소생됩니다. 쓸데없는 짓은 아무것도 필요치 않습니다. 이것이 생명의 경영에 따른 농사의 기본입니다.

(『자연농』, pp.23~25 필자 번역)

분단의 향수를 승화하는 길

쉰두 돌을 맞는 8·15 광복절을 앞두고 조계종의 몇몇 청정한 수좌스님들이 백두산 천지에 올라 조국의 통일을 기원하는 거룩한 합수(合水) 법회를 가졌다.

한라산 백록담 물과 백두산 천지 물의 합수. 일찍이 그리스의 철학자 탈레스는 우주 만물은 물로 이루어진다고 갈파하였다. 이번 합수 행사야말로 남북통일을 이루려는 7천만 온 민족의 염원을 단적으로 대표하는 것이다.

"배달겨레의 영산이자 민족의 뿌리……. 단군께서 이 나라를 개국한 이래, 백두산은 만주벌판을 무대로 한민족의 드높은 기상을 휘날리던 고구려 시대를 거쳐 오늘에 이르기까지 오천 년 동안 한민족의 기상이요, 겨레의 상징이었다. '분단 52주년' 올해의 광복절을 맞이하여 겨레의 영산 백두산 천지를 보며 다시금 조국의 통일을 위해 부처님의 자비가 북녘 땅에도 드리워지기를 기원하였다."

이에 앞서 1989년에는 광복절을 앞두고 교수 불자 일행이 역시 백두산 영봉 천지를 찾아 합토식(合土式)을 가진 바 있다. 평화통일 기원법회가 경건하고 엄숙하게 태극기를 게양한 가운데 열렸고, 교수 불자 한 분이 정성을 다하여 한라산 정상에서 가져온 정토(淨土)를 백두산 정상의 고귀한 정토와 합토, 분단된 국토의 화합을 일념으로 기원하였다.

그간 우리는 일제에게 나라를 잃은 후에 광복을 염원하여 온 민족이 투쟁을 통해 애써왔다. 그 결과 36년 만에 드디어 그 비원을 성취할 수 있었다.

그러나 그 정성이 아직도 미진했던가. 본의 아니게 타의에 의하여 국토가 양단된 채 불완전한 광복을 맞게 되었다. 이에 우리 민족은 험산준령의 위험한 장애를 넘으면서, 형제살상의 피 어린 비극을 치르면서까지 완전한 통일의 그날을 위하여 장장 반세기, 오늘에 이르렀다.

조국을 잃고 나서 우리는 나라의 그리움을 뼈에 사무치도록 더욱 절실하게 느끼게 되었다. 국토가 분단되고 나서 통일의 아쉬움을 가슴에 피가 맺히도록 더욱 처절하게 느끼게 되었다. 잃어버리기 전에는, 갈라지기 전에는 우리는 이런 아픔을 일찍이 예상하지 못했을 것이다.

아마 우리처럼 나라에 대한 그리움과 통일에 대한 아쉬움을 느껴본 민족이 흔치 않을 것이다. 뿐만 아니라, 이 지구상에 우리를 제외하고는 국토가 양단된 채 이제껏 그대로 남아 있는 국가는 하나도 없다.

잃어버린 것은 이토록 소중한 것인가. 우리가 고향에 대한 향수를 느끼는 것도 고향을 떠나서 비롯되는 것이다.

그리운 것은 두고 온 산하만이 아니다. 거기에는 내가 살던 집이 있고, 집에는 부모와 형제가 있고, 그 마을에는 어렸을 적에 같이 뛰놀던 친구가 있다.

더욱이 이북에 고향을 두고 온 이산가족들은 꿈에 보는 내 고향이 얼마나 아쉬우랴. 어쩌면 지척에서 바라보는 그 산천이 꽃피고 잎피고 다시 시들어 떨어지는 계절로 변할 때마다 뒷동산 접동새 노랫소리가 들리는 듯하고, 앞뜰의 백일홍이 손에 만져지는 듯하리라.

무엇이나 몹시 후회스런 것도 잃고 난 그때가 아니면 미처 느끼지 못하는가. 불효를 뉘우치는 것도 부모를 여의고 난 그때이고, 형제를 잃고 난 그때가 아니면 부족했던 우애를 알지 못하리라.

고향을 떠나 멀리 집을 여의고 사는 그들에게는 언제나 잊을 수 없는 향수가 있다. 집이란 건물만이 아니듯 나라는 국토만이 아니다. 그 집에는 거기 사는 사람이 있고, 그 국토에는 거기 사는 동포가 있다. 그 집에 사는 사람과 피로 나눈 사연이 있듯이 그 나라에 사는 동포와는 땀이 얽힌 인연이 있다.

우리가 집을 떠나 향수를 느끼고 국토의 한쪽과 멀리 하여 아쉬움을 느낄 때, 집을 좀더 아름답게 가꾸지 못한 서운함과 그 사람들과의 화합에 금이 갔던 일을 가슴아파 하듯이, 지난날 내 국토를 극진히 돌보지 못한 자책감과 동포끼리 다투던 일들이 후회스럽다.

이제 가버린 부모 형제에 대한 불효와 불의를 개탄함이 허사가 아니듯이, 나라를 지키는 데 소홀했던 옛일에 한스러움이 있어 마땅하리라. 왜냐하면 흘러간 지난 일을 돌이키는 것은 이제 다시 시작으로 보상될 수 있기 때문이다. 그리고 그 시작은 언제 어디서나 나로부터 비롯되는 것이라면, 남북의 통일도 나 자신을 가꾸어 가는 일과 거리가 멀지 않음을 알 수 있다.

제가(齊家)나 치국(治國)이나 평천하(平天下)가 수신(修身)에 있다고 한 현자들의 주장은 오늘에 있어서도 전혀 변질될 수 없는 만고불변의 진리가 아닐 수 없다.

오늘 우리는 집의 의미가 퇴색되어 가듯, 국가라는 뜻도 다분히 흐려져 가는 느낌이 없지 않다. 집은 단순한 비바람과 한서를 피하는 숙소가 아니기에 가정(家庭)이란 뜻으로 더욱 중요시되고 있다.

한 나라에 함께 사는 이웃들을 동포라 일컫는 거기에는 그만한 의미가 담겨져 있다. 집을 소중히 하는 것도 그 안에 가정을 담고 있기 때문이고, 나라를 국가라 칭하는 것도 그 안에 동포가 함께 살고 있기 때문이다.

그러나 불행하게도 집에 대한 이런 본래의 의미가 차츰 흐려져 가듯, 국가라는 개념도 개인주의라는 외부의 물결에 휩쓸려 점차 그 이미지가 변질되어 가는 느낌이 없지 않다.

공간적으로 나의 집에 이웃이 있고 마을이 있고 따라서 나라가 있어야 하며, 시간적으로 위로는 조상이 있고 또 그 선대(先代)가 있고 아래로는 후예와 끊임없이 이어지는 후대, 즉 역사가 있어야 한다. 역사의 과거와 미래는 현재라는 집이, 나라가 그 중심이 되어야 할 것이다. 공간적으로도 집이 국가 안에 있듯이 집안에도 국가가 있어야 한다.

나와 남 사이에 대립이 아니라 아울러 있다는 생각을 할 때, 집과 국가는 공존하는 것이 되지 않으면 안 된다. 집이 단란한 가족의 보금자리가 될 때 그 연장선상에 있는 국가는 평화 속에 존재하게 된다.

집이나 국가는 그런 의미에서 넓이와 양보다는 밀도와 질이 중요시된다. 집의 그윽함은 물욕과 과소비에 있지 않고, 시(詩)와 청빈에 있고 무한한 깊이와 잴 수 없는 폭이 있어 제한을 초월해 있다.

그런 가정과 국가는 자연 그런 청정한 사람들을 낳는다. 이 맑고 향기로움이 시공으로 확산될 때 온 나라는 하나의 큰집을 이룰 것이다.

이제 8·15의 광복절을 다시 보내게 되니 그때 그 감격을 되새기며, 오늘 우리의 현실을 감안할 때 집을 잘 가꾸는 일이 나라를 키우는 일과 무관하지 않음을…….

사람은 집에 살고 그 현주소는 국가라는 나라 안의 산하대지 그곳이다. 그러므로 우리는 국가의 거주자이다. 일찍이 고인들은 가화(家和)를 말했다. 그러면 한 나라 안에서 만사(萬事)는 원만히 이루어진다고…….

백성은 나라의 집[國家]에 사는 이들이다. 나라와 운명을 같이 한다는 뜻이다. 그러므로 국토를 잘 보살피고 가꾸고 지키는 일이 내 집을 돌보는 일과 둘이 될 수 없다. 통일을 앞당기는 길은 바로 여기에 있지 않으면 안 된다.

궁(窮)하면 열리는 진리

치(郗)씨(양무제의 황후)가 죽은 후 수삭이 되도록 무제가 항상 생각하고 슬퍼하여 낮에는 일이 손에 잡히지 않고 밤에는 잠을 이루지 못하였다.

어느 날 침전(寢殿)에 있노라니 밖에서 이상한 소리가 들렸다. 내다보니 큰 구렁이가 전상(殿上)으로 기어올라오는데, 뻘건 눈과 날름거리는 입으로 무제를 바라보고 있지 아니한가. 무제는 크게 놀랐으나 도망갈 수도 없었다.

할 수 없이 벌떡 일어나 구렁이를 보고 말하였다.

"짐의 궁전이 엄숙하여 너 같은 뱀이 생길 수 없는 곳인데, 반드시 요망한 물건이 짐을 해하려는 것일지로다."

뱀이 사람의 말로 임금께 여쭈었다.

"저는 옛날의 치씨올시다. 신첩이 살았을 적에 6궁(宮)들을 질투하며 성품이 표독하여 한번 성을 내면 불이 일어나는 듯 활로 쏘는 듯 물건을 부수고 사람을 해하였더니, 죽은 뒤에 그 죄보로 구렁이가 되었습니다. 입에 넣을 음식도 없고 몸을 감출 구멍도 없으며, 주리고 곤궁하여 스스로 살아갈 수가 없습니다.

그리고 또 비늘 밑마다 많은 벌레가 있어 살을 빨아먹으니 아프고 괴롭기가 송곳으로 찌르는 듯합니다. 구렁이는 보통 뱀이 아니므로 변화하여 왔사오니 궁궐이 아무리 깊더라도 장애가 되지 아니하옵니다. 예전에 폐하의 총애하시던 은혜에 감격하여 이 누추한 몸으로 폐하의 어전에 나타나 간청하오니 무슨 공덕이든 지어서 제도하여 주시옵소서.”

무제가 듣고 흐느껴 감개하더니 이윽고 구렁이를 찾았으나 보이지 아니하였다.

이튿날, 무제는 스님들을 궁궐 뜰에 모아놓고 그 사실을 말하고 가장 좋은 계책을 물어 그 고통을 구제하려 하였다.

지공(誌公) 스님이 대답하였다.

“모름지기 부처님께 예배하면서 참법(懺法)을 정성스럽게 행해야 옳을까 합니다.”

무제는 그 말을 옳게 여기고 여러 불경을 열람하여 명호를 기록하고 겸하여 생각을 펴서 참회문을 지으니 모두 10권인데, 부처님의 말씀을 찾아서 번거로운 것은 덜어버리고 참법을 만들어 예참하였다.

어느 날, 궁전에 향기가 진동하면서 점점 주위가 아름다워지는데, 그 연유를 알지 못하더니, 무제가 우러러보니 한 천인이 있었다. 그는 용모가 단정하였다.

무제에게 말하기를, “저는 구렁이의 후신이옵니다. 폐하의 공덕을 입사와 이미 도리천에 왕생하였사오며, 이제 분신을 나타내어 영험을 보이나이다.”

그리고 은근히 사례하고는 마침내 보이지 않았다.

양나라 때부터 오늘까지 천여 년 동안 이 참회본(懺悔本)을 얻어 지성으로 예참하면 원하는 것은 모두 감응이 있었다.

혹시 그런 사실이 감추어지고 없어질까 두려워 대강 기록하여 여러 사람들께 알리는 바이다.

위의 글은 「참법전(懺法傳)」을 번역한 운허(耘虛) 큰스님의 서문이다. 이어서 자운(慈雲) 큰스님의 이 참법(懺法)의 발문을 아울러 소개한다.

이 참법은 미륵 부처님의 현몽에 의하여 자비도량참법(慈悲道場懺法)이라고 이름하였다. 그리고 양나라의 무제(武帝)가 닦았으므로 '양황보참(梁皇寶懺)'이라고도 한다.

"양무제는 어느 날, 죽은 황후 치(郗)씨가 현세에서 지은 죄의 과보로 구렁이가 되어 찾아와서 제도해 주기를 간청하므로, 이 참법을 닦아 치씨를 제도하여 하늘에 오르게 하였다. 양무제의 이 같은 인연설화에서 볼 수 있듯이 이 참법을 닦은 사람은 영험을 얻어 죄가 없어지고 복을 얻으며, 망령을 제도하면 길이 괴로움에서 벗어난다.

따라서 이 참법에 의하여 원결(冤結)을 풀면 곧 원수가 없어지며, 이 참법은 병을 낫는 참다운 양약이며, 어두움을 깨뜨리는 밝은 등이며, 뭇 중생을 이롭게 하며, 그 은혜는 사바세계에 가득 차 헤아릴 수가 없다.

또 이 참법의 글은 순박하고 아무런 꾸밈이 없고 자상하며, 독송을 하거나 듣는 이로 하여금 어느덧 그 간절한 법문 속에 이끌어 들게 하여, 그 제목이 가리키고 있듯이 자비를 증장하여 모든 중생으로 하여금 고해(苦海)에서 해탈케 하기 위한 참회에 깊이 젖게 한다.

나의 잘못만을 참회하는 것이 아니고, 남의 잘못을 내 허물로 삼아 참회하고, 모든 중생의 모든 죄장(罪障)을 내 허물로 삼아 참회한다. 뿐만 아니라, 나아가서는 시방의 다함 없는 모든 중생의 과거·현재·미래에 이르기까지 온 법계의 번뇌가 있고, 무명이 있고, 탐·진·치 삼독이 있고, 사생육도를 헤매는 중생이 있는 한 그들이 짓고, 지을 죄와 업장까지를 참회하게 한다.

따라서 모든 인연공덕을 나를 위하지 않고 남을 위하여 회향하고 모두 중생을 위하여 회향하여, 그럼으로써 온갖 죄장이 소멸되고 원결(怨結)은 풀리며, 정법을 받들고 수행하고 생활하는 데 서로 돕는 길이 열려 내 마음이 밝아지고, 이 사회가 밝아지고, 나라가 밝아지고, 세계가 밝아지고, 온 법계가 밝아진다고 가르친다.

오늘날과 같이 사람의 마음이 메마르고 사회가 혼탁한 때에 이 참법의 법문이야말로 우리에게 생명수와 같은 것이라고 믿는다. 부디 모든 중생이 인연공덕으로 도탈중생(度脫衆生)하기를 바란다.

나무 석가모니불."

우리 겨레의 염원인 통일대업을 앞에 두고 먼저 우리 마음의 자세부터 가다듬어야 하리라. 가슴깊이 참회한다는 그것은 이제까지 우리 마음에 쌓이고 찌든 업장을 말끔히 청소하는 소중한 작업이 되기 때문이다.

『화엄경』 보현행원찬에도 '내가 옛부터 지은 가지가지의 악업은 모두 무시이래로 탐심과 진심과 치심에 의한 것이다. 몸과 말과 뜻에 따라 만든 일체의 업을 나는 지금 남김 없이 참회한다'는 가르침은 오늘을 사는 우리 모두에게 절실한 과제가 아닐 수 없다.

그동안 우리가 사는 국토가 잘려지고, 같은 동포가 피를 흘려 싸웠으며, 그 여운이 저주 속에 아직도 가시지 않고 있다는 현실은 결코 우연일 수 없다. 그간 이 땅에 사는 우리가 알게 모르게 지은 그 결과의 소산이리라. 그 원인에 무관심할 수는 없다. 원인 없는 결과는 있을 수 없으니까.

삶이란 본래 괴로운 것이 아닐 것이다. 불행해진다는 것은 언제, 어디에, 그 씨를 심었던 까닭이다.

원래는 맑은 샘이 흐르고 있었다. 그것이 어느 사이에 구정물로 변했다. 그 근원을 찾기 위하여 우리의 눈을 밖으로 돌리기에 앞서 우리 자신, 나 자신을 돌아보아야 함은 너무도 당연하다.

통일의 길은 멀고 힘들고 어렵게 보인다. 그러나 가까운 길이 없는 것은 아니다. 38선의 장벽을 허물기에 앞서 우리의 마음의 장벽부터 제거하지 않으면 안 된다. 우리 서로가 마음이 열릴 때 총검으로 대치한 장벽은 스스로 무너지리라.

우선은 서로간의 그간 본의 아니게 맺혔던 원결의 매듭을 풀어야 한다. 그리고 우리 자신이 청정한 본래의 마음으로 돌아가야 한다. 우리의 마음의 샘이 맑아진다면 구정물은 어디에서도 흐르지 않는다.

시절인연이 다가오고 있는 이 시점에 이르러 마음의 빗장을 먼저 풀고 겸허한 자세로 우리 자신을 정화하는 일에 힘써야 하리라.

사방에서 벽이 시시각각으로 조여들어 우리를 압박하는 듯, 우리는 오늘 이런 긴박한 상황에 놓여 있다.

이것도 우리의 죄업의 결과라고 생각할 때 이 시점에서 우리가 할 수 있는 일이 무엇인가? 궁하면 통하는 진리는 진심으로 참회하는 바로 거기에서 나타날 것이다.

바른 삶, 불법(佛法)

설화(說話)에 이런 이야기가 있다.

조선시대 때 한 선비가 과거에 급제하여 전라 감사로 부임하게 되었다. 백면서생(白面書生)이라 글은 많이 읽었지만 세상 경험이 없어서 정치나 행정에 경륜이 부족했다. 부임을 앞두고 이리저리 선배나 친구를 찾아 여러 가지 자문을 구했다.

한 선배에게서, 서울에 있는 분들은 아무리 지명도가 높아도 지방 사정을 자세히 알기 어려울 것이니 그 고장에 직접 가서 유지들을 찾아보라는 권유와 함께 소개장 하나를 써 받았다.

이 감사는 현지에 부임하자마자 소개장을 가지고 한 유지를 찾아갔다. 예를 갖추어 인사를 마친 후에 여차여차하여 자신이 내방한 까닭을 말하고, 수기(修己)에는 힘써 왔으나 치인(治人)에는 아직 밝지 못함을 솔직히 털어놓았다.

감사가 내방한 자초지종을 끝까지 경청한 이 유지는 자신의 부덕함을 이유로 그 간청을 사양하는 것이었다. 유지의 겸손한 태도에 더욱 매료된 감사가 그냥 물러가는 대신에 소개장을 꺼내어 유지 앞에 놓으니, 말 없이 안으로 들어간 그는 냉수 한 그릇과 나물 한 접시가 놓인 상을 들고 나와 감사 앞에 공손히 올렸다. 그리고 침묵 속에 단좌(端坐)하고 있을 뿐이었다.

유지의 이런 거지(擧止)에 감사는 한결 더 호기심을 느끼면서도 뜻밖의 관문에 부딪혀 마치 미궁에 빠진 듯하였다. 그 유지는 재차 안으로 들어가 이번에는 어린 아이를 안고 나와 어르면서 같이 놀아주는 것이었다.

감사는 객(客)을 멸시하는 듯한 유지의 이런 처사가 매우 괘씸하게 생각됐지만 한편으로는 이 수수께끼를 풀지 못하는 자신이 부끄럽게도 여겨졌다.

이리하여 당황한 감사는 더 이상 견딜 수가 없어서 헛기침을 크게 하고 그 자리를 박차고 일어서며, "당신은 정말 제정신이 아니구려"라는 한마디로 자신의 체면을 지키려 하였다.

돌아오는 중에도 감사의 머릿속에는 그 유지의 괴상(?)한 행동거지가 사라지지 않았다.

'어째서 그가 나를 대한 자리에서 그런 처사를 하였을까. 한 도(道)의 감사 앞에서……. 그것도 자기의 절친한 친구의 소개장까지 가지고 간 나에게…….'

참으로 알 수 없는 행위였다. 그러나 예삿일이 아닌 것만은 분명했다. 감사의 생각이 여기까지 미치자, 그 착잡한 마음속에서 앞을 가로막고 있던 안개가 차츰 걷히기 시작하였다.

치인(治人)의 자리에서는 우선 그 마음가짐이 맑은 물처럼 청렴결백해야 하고, 나물이라는 한 재료를 가지고 맛있게 무치는 것은 그 사람의 솜씨에 달렸듯이 인간관계를 원만히 이루어 나가는 것도 자신의 용인술(用人術)에 따라 인화(人和)를 도모할 수 있으며, 백성을 대할 때는 귀여운 자녀를 다루듯 사랑으로 접하여 애민(愛民)해야 한다는, 이 세 가지 귀중한 교훈을 유지가 암시하여 주었음을 감사는 마침내 깨닫게 되었다. 아울러 그 시골 유지가 세상을 숨어사는 범상치 않은 인물임을 알게 되었다.

감사는 오던 길을 되돌려 그 은사(隱士)에게 크게 절하고 망극한 은혜에 깊이 감사하였다.

이때 비로소 입을 연 은사는 치인의 근본이 먼 데 있지 않고, 위의 세 가지 원칙을 몸소 실천하는 데 있음을 강조하였다. 그리고 남을 다스리는 사람은 스스로 깨닫는 바가 있어야 그 진리를 깊이, 그리고 오래 명심하게 된다고 하였다.

아무리 훌륭한 지혜라도 말이라는 매개를 통해서만 전수(傳受)되고 전수(傳授)한다면 건성으로 들어 넘기기가 십상팔구(十常八九)이기 때문이다. 현대 교육의 맹점이 이런 데 있는지 모른다.

결국 감사는 이 은사가 암시한 시험에 합격한 셈이다. 감사의 자질은 여기서 재확인되었다.

왕권의 전제시대는 국가 경영의 성패가 대개 국왕과 그 신복들에게 달려 있었다. 현군과 명신(名臣)을 가진 나라는 오래 번성하고 유지되었다.

현대 국가 역시 지도자의 현우(賢愚)에 따라 그 나라의 발전 여부가 결정되는 것은 주지의 사실이다. 그러나 한 통치자와 그 각료들만이 책임을 지기에는 오늘의 나라 살림이 너무도 다양해서 국민들 자신이 여러 분야에 걸쳐 그 소임을 맡아야 하는 만큼 그 책임도 나누어지지 않을 수 없게 되었다.

나라의 기본이 가정에 있다고 한 맹자의 말씀을 빌리지 않더라도, 우선 건전한 가정을 이루려면 그 구성원인 개개인이 그만한 자질을 갖추어야 한다는 것이 전제조건이 된다. 그러니 나라의 모든 것이 국민의 자질문제로 귀결되고 만다.

나라가 기울 정도로 부패했다면 지목의 대상이 되고 있는 가시적인 몇몇 사람에 국한한 비리 정도가 아닐 것이다. 이는 필시 사회 저변이 부패의 온상이 되어 가고 있기 때문이다. 그 근본 요인은 가정 자체가 부실해 간다는 데 있다.

그 단적인 한 가지 예로서, 한 가정에서 자식들이 장성하여 감에 따라 노부모를 기피한다면, 천륜이라 할 만큼 가장 친밀해야 할 부모 자식간의 인간관계가 무너지고 있는 것이다. 오늘의 가정은 사람 없는 빈집에 불과하다. 핵가족이라는 그 자체가 노부모를 외면하고 성립된다면 그것은 인간 부재의 이방지대일 수밖에 없다. 이방지대에서 같이 만난 남녀도 역시 인간부재 속에 육체와 육체가 부딪치며 관능을 즐기는 그 속물에 지나지 않을 것이다. 그들에게 소중한 것은 본능적인 에고(ego)뿐이다. 각자 자기 에고의 충족이 전부이므로 그것을 위해 속이고 속으며 동거하는 사이에 그 한계에 이르면 철새처럼 따뜻한 남쪽을 찾아 방황한다. 인간이 없는 곳에 체온이 있을 리 없다.

이혼율이 날로 증가하는 이유가 다른 데 있지 않다. 그 이유의 대부분이 남녀간의 부조화(不調和)이다. 이런 파륜(破倫)과 부정이 바로 가정을 파괴하는 주범이고, 나라의 기둥을 흔드는 것이 이런 가정에서 일어나는 지진의 여파임을 알아야 한다.

우리의 생활에 물질이 풍부해지면서 대개 물질적 매개로 인하여 관능을 쫓아 밖으로 헤매게 되었다. 그만큼 우리의 내적 정서는 메말라 간다. 감각적 쾌락에 끌려 다니는 것은 인간답게 산다는 정신적 지주가 물질 앞에 힘을 잃었기 때문이다.

이런 개인의 정신적 빈곤은 가정을 가꾸기가 어려울 뿐만 아니라,

국민이란 이름의 구성원으로서 사회에 나가 그들이 맡은 직분에 충실을 기하기에는 부족함 역시 적지 않은 것이다.

이렇게 개개인의 활동이 세계 시민의 수준 이하로 떨어질 때 그들이 모여 사는 그 집단도 역시 그 레벨 이하에서 멈추게 될 것은 불문가지.

이들의 수준을 끌어올릴 유일한 방법이 교육에 있다는 사실, 이것을 모르는 사람은 드물다. 그래서 교육에 많은 기대를 걸어왔다. 예상대로 좋은 결과는 나타나지 않았다. 교육을 담당한 분야에서도 역시 부실하지 않다는 보장이 없기 때문이다.

이런 현실 앞에 서게 된 것이 어쩌면 우리에게는 다행인지도 모른다. 방탕한 부잣집 아들이 졸지에 가난해질 때, 그에게는 정신적 회생의 계기가 될 수도 있기 때문이다.

부(富)를 탕진하고 빈궁에 쪼들린다는 것은 괴로운 일임에 틀림없다. 그러나 가난을 통하여 탕아(蕩兒)가 제정신을 되찾는다면, 한 인간이 재생의 기쁨을 맛보게 될 것이다. 이 재생의 기쁨은 이제까지 탐닉하던 관능적 쾌락보다 몇 배 진정한 삶의 희열을 느끼게 될 것이다. 이제는 '바보상자' 앞에 멍청하게 앉아 영상 속에 비치는 타인의 비리만 바라보고 흥분하기보다는, 지금은 그것이 바로 자신의 그림자임을 깨닫고 자세를 조용히 가다듬어 각자 자신의 모습을 되돌아볼 그런 시점이 아닐까.

바른 삶을 떠나서 불법(佛法)이 따로 있을까.

환경농(環境農)과 정화운동

공해니 오염이니 하는 말이 이제는 누구에게나 별 수 없이 예사롭게 들리게끔 되었다. 이것이 어제오늘에 생겨난 일도 아니고, 또 그간 하도 많이 떠들어대면서 그 해결의 실마리는 아직도 찾지 못하고 있기 때문이다.

공기오염이나 수질오염에 못지 않게 먹거리 오염 또한 심각한 지경에 이르고 있음은 모두가 다 아는 사실이다. 우리 신체적 고장의 직접적인 원인의 대부분은 먹거리로부터 온다는 사실이 과학적으로 입증되고 있으니까.

그간 식량의 자급자족을 위하여 다량생산을 목표로 이른바 과학 영농을 실시하여 왔다. 다수확을 위하여 화학비료를 사용하고, 병충해의 방제를 위해서는 농약을 살포하여 왔다. 그리고 잡초를 제거하는 노동력을 아끼기 위하여 제초제를 사용하여, 그 편리를 즐겼다.

이런 농법이 약 한 세대 동안이나 관행되어 왔다. 이런 과학 영농은 세계적으로 널리 유행되어 왔다. 그러나 과학 발달이 앞선 이른바 선진국에서는 그 폐단을 일찍부터 깨닫게 되었다.

유기농을 가장 먼저 제창한 곳이 유럽의 여러 나라들이었다. 유기농이 실천되기 위해서는 그런 준비가 필요했다. 화학비료 대신 퇴비를 마련하고 맹독성 농약 대신에 무공해 또는 저공해 방제를 만들어야 했다. 그리고 제초제에 대한 오염의 심각성도 과학적으로 규명해 냈다.

이처럼 과학 영농이 가져온 심각한 오염을 피하기 위하여 세계는 그 농법을 유기농으로 전환하여 갔다. 과학 영농이 만들어 낸 먹거리가 인체에 미치는 영향이 하도 심각했기 때문이다. 암을 비롯한 각종 질병의 발생이 그것이었다. 종래에 성인병으로 일컬어 오던 여러 난치병이 이제는 성인에게만 국한되지 않고 청소년들에게도, 심지어 어린이에게서까지 당뇨병을 발견하게 되었다.

세계보건기구가 발표하는 통계에서도 나타나고 있듯이 이런 난치병의 발생률이 세계 여러 나라 중에서 한국은 보다 높은 수치의 기록을 갖는 그런 나라들 중의 하나가 되었다.

독극성 농약이나 화학비료가 그동안 얼마나 땅을 파괴시켜 왔는지 그 결과를 알게 되었을 때에는 이미 흙은 죽어 있다.

한 예로서, 유기합성제인 제초제가 함유하고 있는 다이옥신이야말로 실로 가공할 독극물이 아닐 수 없다. 우리에게 잘 알려진 청산가리 1g이 두 사람의 목숨을 앗아간다면 다이옥신 1g은 2만 명을 상하게 할 수 있는 맹독성을 가지고 있다는 사실이다.

이런 독극물을 마치 정원에 물 주듯 넓은 전답의 잡초를 제거하기 위하여 조금도 인색함이 없이 마구 뿌려왔다. 이처럼 우리 농업의 지도 체계가 별로 이루어지지 않았던 것이다.

흙의 생명체인 지렁이며 굼벵이 같은 곤충이며 수많은 미생물들이 그 독성에 어찌 살아남을 수 있을까. 썩어가는 흙에서 어찌 싱싱한 먹거리가 생산될 수 있을까.

이것이 우리 한국의 이제까지의 관행 농법의 실상이다. 이런 농법은 심지어 지구까지도 파괴해 간다.

흙을 살리기에는 때늦은 감이 없지 않다. 하지만 사람이 살기 위해서는 흙을 먼저 살려야 한다. 흙을 살리는 길이 무엇인가. 환경을 먼저 살려야 한다. 이제까지의 환경 파괴의 주범들을 이 땅에서 몰아내야 한다. 이것이 이른바 환경 농법이다. 뜻 있는 인사들이 모여 그 실천을 다짐하고 나섰다. 환경 농법의 기수들이다. 그러나 이 뜻 있는 사업이 실을 거두기 위해서는 농사에 직접 종사하는 농장 경영인뿐만 아니라 이를 뒷받침할 수 있는 수요자들의 관심 또한 지극히 필요하다.

몇몇 인사가 새로운 농법을 주창한다 하여도 이제까지의 관행 농업의 뿌리가 일조일석에 뽑히기는 어렵다. 게다가 시작은 언제 어디서나 쉬운 일이 아니다. 화학비료를 대신할 유기질 비료도 만들어져야 하고 독극성 농약 대신에 무공해 살충제도 발명되어야 한다. 더욱이 수요자들의 발상 전환도 같이 가야 한다. 무공해 농산물을 만들어 내기 위해서는 종래의 안이한 방법에서 벗어나 배전의 노력과 노동이 없을 수 없다. 그리고 그만큼 그 생산물의 대가도 지불되어야 할 것이다. 무엇보다 무공해 농산물을 만들어 내는 농부의 정성과 이를 공급받는 소비자의 이해 사이에 정신적인 연대 의식이 앞서야 한다.

어쩌면 이제까지 농촌을 지켜온 농민들은 누구보다도 그 노동의 대가를 충분히 보상받지 못하였는지 모른다. 앞으로 환경농의 농법으로 생산되는 농산물이 가격 면에 있어서 외국산 농산물에 비하여 차이가 있을 수도 있다.

하지만 무공해 농산물이 당당하게 그 대가를 보상받을 수 있을 때

환경농은 점차 그 영역을 넓혀가게 되고 흙도 되살아나게 되며, 그 흙 위에 현주소를 두고 있는 사람도 똑같이 생기를 되찾을 수 있을 것이다. 흙을 되살리는 길은 또한 지구 전체를 소생시키는 길이기도 하다.

환경 농업의 운동은 비단 그 생산물의 보상만을 바라는 것은 물론 아니다. 소비자의 이해는 이 뜻 있는 운동에 동참하는 의미를 준다. 좁은 의미에서는 소비자와 연대를 생각할 수 있지만, 넓은 의미에서는 우리 삶의 정화운동의 일환이 된다.

우리의 환경을 오염으로부터 벗어나게 하기 위해서 이제까지의 공해를 세척하고, 그 오염의 근원이 되었던 그 요인들을 하나하나 제거해 나가야 한다.

오늘과 같은 오염은 아무도 예상치 못했다. 일시적이나마 과학기술에 매혹되었던 때문이다. 과학과 기술 역시 모든 것이 그렇듯이 양면을 동시에 가지고 있다. 순기능과 역기능. 순기능에 매혹되면 그 역기능은 좀처럼 눈에 보이기 어렵다. 결국 그 책임은 우리에게 있다. 우리 주위를 더럽힌 그것도 우리 이외에 누구도 아니다. 환경이 사람을 만든다 하지만 역으로 사람이 또한 환경을 만든다.

그런 점에서 우리 자신이 청정하다면 우리 주위도 더럽혀지지는 않을 것이다. 주위의 오염을 우리 자신이 만든 것이기 때문이다. 그럼에도 우리 자신의 몸에서 풍기는 악취를 자신이 잘 모르듯이 우리의 환경이 얼마나 썩었는지 그 안에 사는 사람들은 분명히 깨닫지 못하는 수도 있다.

거듭 말하거니와 우리의 산천이 병들어 신음하고 있다면 그 속에 살고 있는 사람이 병들지 않을 수 없고, 우리 자신이 병들어 있다면 우리가 거주하고 있는 그 환경이 병들지 않을 수 없다. 우리 몸이 병들었다면 우리 정신이 병들어 있기 때문이듯이.

기실 병들어 있는 것은 우리의 자연 환경뿐이 아니다. 우리 사회의 부패 역시 썩어가는 자연 환경에 못지 않다. 우리 사회의 부패, 그것은 곧 우리 자신의 부패를 의미하며, 우리의 정신이 그만큼 병들어 있음을 의미한다.

우리의 마음이 청정하다면 어찌 우리 사회가 썩어갈 수 있을까. 마찬가지로 우리의 마음이 깨끗하다면 내 몸에도 병이 있을 수 없다. 마치 벽에 틈이 생겨 바람이 들어오듯 나의 마음에 틈이 생겨 병이 들어온다.

환경농은 넓은 의미에서 먹거리의 생산을 깨끗이 할 뿐만 아니라 자연 환경과 사회 환경을 아울러 정결히 하여 그 속에 거주하는 모든 사람을 정화시키는 거창한 사업이다.

이런 의미에서 이 운동의 참여에는 제한(制限)이 있을 수 없다. 우선 나 자신을 정화하기 위해서도 있어야 할 운동이다. 이것은 또한 저 언덕으로 향하는 수행 과정의 하나이기도 하다.

새 출발을 위하여

자살! 얼마나 괴로웠으면. 참으로 안타까운 일이다. 그 본인이 아니고는 그 질박한 사정을 누구도 이해하지 못할 것이다. 그러나 과연 그것으로 괴로움이 해결될 수 있을까.

괴로움도 일종의 마음의 병임에는 틀림없다. 병이 있으면 먼저 의사를 찾았어야 했다. 물론 의사라고 모두 병을 고치는 것은 아니고, 양의(良醫)를 만나기도 쉬운 일이 아니다. 세상에는 양의는 드물고 돌팔이는 흔하기 때문이다. 게다가 돌팔이일수록 양의를 가장하기 때문이다. 급한 환자일수록 속는 수가 많다.

마음의 병, 즉 괴로움을 고쳐 주는 의사는 곧 인생의 스승이다. 좋은 스승은 괴로움을 고쳐줄 뿐만 아니라 즐겁게 살 수 있는 방법까지도 알고 있다. 괴로움을 비명(非命)으로 해결하기 전에 좋은 스승을 찾았어야 했다.

훌륭한 스승이 드물기는 하지만 없는 것은 아니다. 오래 전부터 있었다. 그래서 그가 남겨 놓은 처방은 여기 남아 있고 앞으로도 영원히 남아 있을 것이다. 처방뿐 아니라 그 제자들도 바로 우리 곁에 있다. 그들이 아주 가까이 있어도 우리가 그런 스승을 만나기가 쉽지 않은 것은, 우리 자신에게 스승을 알아보는 그런 안목이 부족하기 때문인지도 모른다.

그래서 돌팔이를 따라다니다 보면 자신도 그 영향을 아니 받을 수가 없게 된다. 그들은 마음의 눈이 열려 있지 않기 때문에 결국 개천에 빠지게 되며, 마침내는 그 추종자들도 함께 빠지고 만다. 더욱 한심한 것은, 인도자가 된 그들 자신이 자기가 가고 있는 길을 동쪽으로 가면서 서쪽으로 간다고 착각하고 있는 일이다. 더욱이 길을 잘못 가고 있는 추종자들이 바른 길을 따라가는 그런 수보다 월등하게 많다는 거기에 놀라움이 있다. 문제의 심각성은 바로 여기에 있는 것이다.

호리유차(毫釐有差)면 천지현격(天地懸隔)이라 하였는데, 한 공동체 안에서 대다수가 바른 길을 가고 있지 않다면, 그로 인해서 일어날 수밖에 없는 혼란 또한 필연적일 수밖에 없다. 그런 와중에도 그런 혼란이 어디로부터 오는 것인지 분간조차 못하고 있다면, 병의 근본을 고치기는 더욱 요원할 것이다.

벼랑 앞에 놓이게 된 지금 우리로서는 이제까지 우리가 어떻게 있어 왔으며, 앞으로 어떻게 있어야 하는가를 먼저 생각하지 않을 수 없다.

우선 먼저 이 해답을 찾을 수 있는 열쇠를 발견해야 한다. 만약 이런 진실을 알아볼 안목이 없다면 그것이 곧 무명이다. 맹목은 제대로 길을 갈 수가 없다.

인생의 괴로움을 해결해 주는 진리는 이미 2,500년 전에 발견되어 있다. 그럼에도 아직까지 그것을 제대로 아는 이가 많지 않다. 그런 진리는 누구에게나 평등하게 시공을 초월해 있건만, 각자의 이기심이 하도 강한 나머지 거기에 가려서 보이지 않을 뿐이다. 이런 이기주의 때문에 대립과 갈등을 조장하는 그릇된 철학에 쏠리고 있다. 한마디로 오늘날처럼 인류의 삶이 혼란스러운 것은 진리를 등지고 살아가는 무지 때문이리라.

우주의 존재법칙에는 대립이 없다. 상호의존만이 있을 뿐이다.

뜰 앞에는 철쭉이 지면 모란이 필 차례이다. 그 찬란한 화왕(花王)의 풍만한 위용을 드러내기까지 자연으로부터의 가지가지의 도움이 있어 마땅하다. 흙의 공(功), 물의 덕(德), 그리고 온도의 혜택이 그것이다. 그것을 가꾸는 사람의 배려는 차치하고라도.

저것들이 갖추어져 있음으로써 모란의 존재도 비로소 있는 것이다. 저것들이 없다면 화왕이 어찌 홀로 존재할.수 있을까. 천하만물이 화합과 협조로 이루어지는 것은 예외가 없다. 이런 본래의 이치를 연기법(緣起法)이라 명명하고 있다. 이것은 우주가 생겨난 이래 최대의 발견이었다. 오래 전에 석가모니 부처님에 의하여. 그러나 아직도 이런 진리를 모르는 이는 모란의 독자성밖에는 보지 못한다.

사람도 나와 너의 독자성만을 인정하여 너와 내가 대립하고, 선과 악, 옳고 그름을 나누어 볼 뿐이다.

연기의 진리는 사람이나 물건이 모두 서로의 관계 속에 있다는 것. 현상계의 삼라만상이 있을 만한 원인이 있고, 있을 만한 조건[緣]이 있고, 또 거기에 따른 결과가 생기듯, 사람의 괴로움도 이런 조건으로 성립되는 것이다.

그러므로 괴로움을 없애기 위해서는 그것이 성립된 조건들이 먼저 제거되어야 한다. 우리가 괴롭지 않기 위해서는 그 원인이나 조건부터 만들지 말아야 한다.

우리는 왜 괴로운가. 사람의 욕망은 무한한데, 우리의 뜻대로 욕망은 이루어지지 않기 때문이다. 사람은 누구나 무병장수하고 오래도록 부귀영화를 누리고 싶어한다. 그러나 그런 것이 뜻대로 되어지는 것은 아니다. 여기에 우리의 괴로움이 있다.

실직사태가 일어나 많은 사람이 갑자기 거리를 헤매고 있다. 여기에 어찌 괴로움이 없겠는가. 이런 분들에게 괴로움을 덜어 주려면 일터를 마련해 주는 것 이외에는 어떤 위로의 말도 쓸데가 없다. 그러나 속담에, 하늘이 무너져도 솟아날 구멍이 있다 하였다.

아무리 괴로운 시간이라 하여도 긴 인생역정(人生歷程)에 비하면 한순간에 지나지 않는 것이다. 이때야말로 참는 것이 필요하다.

첩첩산중에서 길을 잃은 사람에게 가장 중요한 것은 냉정을 잃지 않는 일이다. 호랑이에게 물려가도 정신만 차리면 산다 하였다.

이제까지의 그릇된 삶은 미련 없이 훌훌 털어버리고 백지로 돌아가 내일을 다시 설계하는 일. 이것이 가장 현명한 방법이 될 것이다. 새 출발을 하는 일이다. 전화위복(轉禍爲福)의 기회가 될 수 있다.

물질의 풍요가 곧 행복이라는 그릇된 착각이 오늘의 난국을 가져온 원인이었다면, 사람답게 살기 위한 고귀한 깨달음, 거기에 진정한 행복은 있을 것이다.

거듭 말하거니와 오늘을 괴로워하며 살아가야 하는 우리들로서는 괴로움에서 벗어날 수 있는 그런 진리를 찾아야 하고 그런 용기를 먼저 가져야 하리라.

거짓에 속아 살지 않기 위하여 진실한 모습을 있는 그대로 볼 수 있는[諸法實相 如實知見] 마음의 눈을 떠야 한다. 먼저 이제까지의 선입관과 편견에서 벗어나야 하리라. 사물을 바로 판단하는 데 이런 것들보다 더 방해되는 것은 다시없기 때문이다.

이것들은 자아(自我)의 집착에서 오는 수가 많다. 그리고 고뇌와 불안 역시 이기심에 기인하는 수가 많다. 아집(我執)을 버려야 할 이유가 여기에 있다. 아집을 버린 상태가 공(空). 선정(禪定)을 닦을 필요 또한 여기 있다. 공은 괴로움에서 벗어날 수 있기 때문이다.

연기는 인간과 자연이 모두 서로 화합하여 함께 살아가는 법칙이다. 이 법칙에 수순하면 삶이 평화롭고, 이 법칙을 모르면 이기심에 끌려 대립과 갈등 속에 혼란을 면할 길이 없다. 오늘 우리가 극도의 혼란 속에서 허덕이고 있는 그 원인도 냉정히 살펴보면 이 인연생기(因緣生起)라는 진리에 대한 무지, 그것이 가져온 필연적 결과임에 틀림없다.

꽃은 평화의 얼굴

창가에는 새소리가 더욱 잦아지고 까치의 지저귐도 한결 힘차게 들린다. 홍매(紅梅)는 이미 지고 백매(白梅)가 그 뒤를 이었다. 복숭아꽃 살구꽃이 피는 차례다. 행화(杏花)는 희지도 붉지도 않은데, 도화(桃花)는 그 색이 유난히 짙어 봄이 무르익어감을 보여주는 듯하다.

자연이 그 품안에 있는 모든 것에 의미를 주고 있듯이 꽃도 사람과의 관계에서 결코 무의미하지는 않을 것이다. 우리의 몸이 우리 삶에 의미를 주는 것만큼이나.

하지만 자연에 있어서의 꽃의 기능은 고사하고, 자신에 대한 꽃의 의미조차도 우리는 망각하기 쉽다. 그 의미를 알 때 우리와 꽃과의 거리가 좀더 좁혀져서 서로가 더욱 친숙해질 것이다.

사람이 공연히 바빠 한눈을 파니, 꽃은 홀로 짝사랑을 하고 있어 뜻 있는 이 연민의 정을 아니 느낄 수 없다. 너나 없이 출세를 위해, 꽃 피고 새 울던 산골을 등지고 금의환향을 꿈꾸며 도시로 몰려갔다.

한마당 꿈은 사라지고 현실로 되돌아오니, 호드기를 꺾어 불던 고향 앞 버드나무만이 다시 눈앞에 아롱거린다.

흥망성쇠의 유수(有數), 그것이 인간의 역사인지라, 강자들이 헤쳐 모여를 거듭하는 사이에 고래 싸움에 상처만 입은 새우등은 좀처럼 아물 날이 없다.

자연은 이들을 위로하고자, 저들이 수심을 거두고 환희를 느끼도록 그간 애써 가꾸고 고이 간수한 모든 것을 아낌없이 베풀어 큰 잔치를 마련한다. 봄에 펼치는 일대 향연이다. 천자만홍(千紫萬紅)의 기화요초(琪花瑤草)가 누구에게나 평등하게 나뉘어진다. 너도 없고 나도 없고, 강자도 약자도 빈부귀천도 구별 없이 봄놀이에 초대를 받는다. 자연의 그 거룩한 뜻을 깨닫게 될 때 난만(爛漫)한 백화(百花), 그 어느 것도 자비의 표정 아님이 없음을 알게 된다.

일찍이 고인들은 그 자혜로운 모습을 시문과 서화에 담아, 화무십일홍(花無十日紅)의 단명을 안타까이 여겨 보다 오래 받들려 하였다. 게다가 그 위용과 존엄도 본따고자, 심성이 어질고 덕이 높으며 절개가 굳고 지조가 곧다 하여 매(梅)·난(蘭)·국(菊)·죽(竹)을 사군자(四君子)라 별칭하기도 한다. 자연에서 배우고 또 숭상하려 한 것이다.

이것은 주로 동양인의 지혜 어린 발상이다. 동양의 문화는 자연에서 그 원천을 찾아 마땅하다. 특히 중국에서는 천만 가지 진목(珍木)과 가화(佳花) 중에서 유독 도화(桃花)가 선택되어, 천상천하에서 제일 희귀하고 가장 신비한 존재로 전해져 내려오고 있다. 더욱이 선도(仙道)에서는 이를 가장 신성시하고 또 그 열매는 만인이 희구하는 무병장수의 선과(仙果)로 통하고 있다. 이것을 천도(天桃)라 일컫는 것은 하늘나라에서도 제일 희귀한 과실로 여기고 있다는 그런 전설에 기인한 것이다.

부처님의 공덕을 찬양하고 불세계를 옹호하는 비천(飛天)보살, 고운 천의상거(天衣裳裾)로 하늘을 춤추며 나는 그 아리따운 자태에, 길게

뻗은 섬섬옥수 그 한 손끝에는 언제나 볼그레한 미려의 복숭아가 달려 있다.

또 동해에 있는 극락정토에는 나무 둘레가 3,000리나 되고, 3,000년마다 한번씩 여는 그런 복숭아나무가 있어 이 숲을 반도원(蟠桃園)이라 이름한다 하였다.

이런 전설은 대개 작자미상의 지리지 『산해경(山海經)』이 그 출처가 되고 있다.

우리에게 친숙한 서유기, 삼장법사를 모시고 인도에 가서 불경을 가져온 손오공의 이야기. 거기에 나오는 선도(仙桃)에 관한 대목도 역시 『산해경』에서 따온 것일 것이다.

화과산 원숭이들의 임금이 된 오공은 삼장법사를 만나기 전에도 성품이 매우 거칠고 힘이 세고 재주가 많았다. 용궁에서 여의봉을 얻어 가진 뒤로는 행동이 더욱 난폭해졌다. 심지어 지옥에 불려가서도 난동을 부려 하늘나라에서까지 오공 때문에 골치를 앓아야 했다. 상제께서는 평화적 방법으로 유화책을 택하여 그를 하늘나라에 불러 올려 벼슬을 주기로 한다. 오공은 제천대성이라는 복숭아밭 관리 지배인이 된다.

서왕모(西王母)의 분부 없이는 누구든 그 밭 근처에도 얼씬 못하는 곳. 그만큼 경비가 삼엄했다. 이 복숭아밭이야말로 실로 장관(壯觀)이었다.

3,600그루의 나무에 천도가 열린다. 앞쪽에는 꽃도 열매도 크지 않은 1,200그루 나무에서 3,000년에 한번씩 과일이 익으며 이것을 먹으면 신선이 된다. 가운데 있는 1,200그루는 여덟 겹의 꽃이 피고 6,000년마다 열매가 익는다. 이것을 먹는 이는 무병으로 불로 장수의 기록을 가진다. 맨 뒤쪽의 1,200그루는 자줏빛 무늬의 희귀한 꽃이 핀다.

그 향과 맛도 말 그대로 절향절미(絶香絶味)였다. 9,000년에 한 차례씩 익는데 이것을 먹을 수 있는 복인은 천지(天地)와 더불어 오래오래 그 수명을 함께 한다. 이 절호의 기회를 놓칠 리 없는 오공은 밥 대신 천도로 포식, 식곤증이 풀리자 그 죄과(罪果)가 두려운 나머지 367계 줄행랑을 놓는다.

도연명의 유기(遊記)로 알려진 『도화원기(桃花源記)』에도 복숭아 숲이 그 배경으로 깔려 있다. 사람은 자신의 입지가 곤궁에 처해서 사방이 벽으로 막혀 있고, 그것이 점점 조여든다고 느낄 때는 위로 치솟아 공중으로 날아갈 궁리를 하게 될 것이다. 물질적 곤경에 처했던 도연명도 그 탈출을 정신적 출구에서 찾았으리라. 정신의 세계에서는 현실적 한계상황을 넘어 절대 자유가 있는 선경(仙境)도 구할 수가 있기 때문이다.

무릉〔武陵桃源〕에 사는 한 가난한 어부가 언제나처럼 고기잡이배를 저어 정처 없이 흐르고 있는데, 도중에 복숭아꽃이 만발한 도화림에 이르게 된다. 현란한 꽃과 부드러운 향기에 취한 끝에 어부는 길을 잃게 되었다. 배에서 내려 화려한 복숭아 숲 사이로 길을 따라 심산유곡으로 들어갔다. 느닷없이 한 동굴을 만나니, 호기심과 의아심이 엇갈리는 가운데 걸음을 멈출 수 없어 앞으로 나아갔다.

드디어 한 선경에 다다랐다. 소가 한가히 놀고 닭이 울며 개가 짖는 평화로운 농촌이 보였다. 연못에는 물 가득히 연꽃이 피어 만발하고 고기들은 떼를 지어 오락가락 노닐며 운우지정(雲雨之情)을 즐기고 있었다. 주위에는 백화가 다투어 피고 이름 모를 새들은 짝지어 노래하고 있었다. 기름진 문전옥답에서 낯선 옷을 입은 남녀의 농부가 일하며 즐기며 무심히 살고 있었다.

알고 보니 이들은 진나라 때 전란을 피하여 이곳에 모여든 실향민들이었다. 이들은 바깥 오탁악세와는 일체 접촉을 끊으며, 더 이상 구하는 것도 탐내는 것도 없이 권력의 멍에도 물질의 예속도 벗고 유유자적 자유를 만끽하며 살고 있었다.

조촐한 대접을 받으며 며칠 묵은 어부는, 이곳 소식을 누구에게도 알리지 말아달라는 언약을 지키기로 약속을 하고 오던 길을 되짚어 나왔다. 오는 길에 간간이 표시를 하여 두었지만 다시는 찾을 수가 없었다. 어부는 궁색한 현실에 다시 발을 붙이게 되었다. 하지만 그의 마음속에는 복숭아꽃이 피고 지는 이상향의 아름다운 정경이 오래도록 가시지 않고 생생하게 살고 있었으리라.

현실이 어두울수록 이상(理想)의 선경은 더욱 밝아 현저한 대조를 이룬다.

『삼국지』의 도원결의는 이름 그대로 그 배경 또한 도화의 숲이었다. 유비·관우·장비 세 사람이 함께 모여 하늘과 땅에 뜻을 고하고, 위로 나라를 구하고 아래로 백성을 살리기 위해 형제의 의를 맺어 대사(大事)를 도모한 곳이 바로 장비의 집 뒤, 한창 꽃이 만발한 복숭아나무 동산이었다.

이렇게 복숭아나무 동산은 피끓는 대의의 충절과 장부의 웅건한 기상이 용솟음치는 그런 곳이기도 하다. 꽃은 천지의 정화(精華)이며 평화의 얼굴이다.

잃은 것을 먼저 찾아야

요즈음은 날씨가 그다지 춥지 않아서 지내기에 한결 편안하다. 겨울 날씨는 원래 삼한사온이라 하는데…….

사람에 따라서는 추위에 잘 견디는 이도 있고 더위에 잘 견디는 이도 있다. 반면에 추위를 몹시 타는 이도 있고 더위를 심히 느끼는 이도 있다. 이런 것은 그 사람의 체질에도 관계가 있을 것이고 그간 익혀온 생활 습관에 따라 다를 수도 있다.

아무튼 한서(寒暑) 온량(溫涼)은 자연 환경에서 오는 변화이다. 이런 변화에 적응하는 것을 바람직하게 여겨 온 고인(古人)들과는 달리, 현대인들은 문명의 이기에 의존하는 것을 능사로 삼고 있다.

문명의 이기, 사람은 이것을 개발하여 생활에 많은 편의를 얻게 되었다. 하지만 한편으로는 그만큼 또 많은 것을 잃게 되었다. 사람이 처음에는 분명 이기(利器)를 주체적으로 이용하였다. 하지만 그것을 여러 번 반복하여 사용하는 동안 거기에 의존하게 되었다. 의존은 주체성을 상실하였다는 의미이다.

지금은 소위 문명의 이기라는 것이 우리 생활 전반에 걸쳐 활용되고 있기 때문에 그것들이 우리에게서 사라진다면 우리의 생활도 동시에 사라지게끔 되어 있다. 이래서 사람은 자신이 만든 기계에 완전히 예속되고 만 것이다.

게다가 기계문명이란 원래가 반자연적인 것이다. 자연에서 사람을 격리시켜 놓은 기계란 일종의 유혹이다. 사람이 문명의 이기에 매혹되면서 확실히 자연과 이반되어 갔다. 기계란 사람에 대해서 하등의 책임을 지지 않는다. 기계가 만들어진 동기부터가 순수한 것이 아니다. 인간의 이기심에서 생겨난 것이기 때문이다. 욕망의 산물이었다. 더 많은 것을 구하기 위한 일종의 계략과 교지(狡智)의 산물이다.

문명의 이기란 이런 탐욕스런 인간이 낳은 씨앗이라 할 수 있다. 소욕지족(小慾知足)으로 인간답게 살아가도록 가르치는 자연의 도리에 어긋나는 무명(無明)의 소치임에 틀림없다.

우리는 흔히 인간의 삶이 향상되었다고 생각한다.

그러나 과연 질이 높아졌을까? 삶의 질이 향상되었다고 생각하는 근거는 삶의 도구가 많이 발명되었기 때문일 것이다. 도구의 발명이 인간의 삶에 그만큼 자유를 가져온 것은 부인할 수 없다. 하지만 자유가 신장되어 가면서 한편으로는 인간의 자유가 축소되어가고 있는 것도 또한 간과할 수 없다. 도구가 생기기 이전의 인간의 기능은 점점 사라져가고 있기 때문이다. 도구를 만들어 내면서 사람의 기능이 확대되어 가는 반면에 도구 없이 살아온 기능은 점차 잃어버렸다. 뿐만 아니라 도구가 생기기 이전에 사람과 자연의 친근한 관계는 다시 찾기 어렵게 되었다.

뿐만 아니라, 그 도구가 다시 도구의 발달을 가져와서 무한정 발달한 도구의 힘에 의하여 인간의 모태인 자연마저도 잃어버리게 되었다. 급기야 인간을 낳아준 어머니를 죽이는 결과가 되고 말았다. 자연에 대한 인간의 지극한 반역이다. 이것이 오늘날 인간의 삶의 현주소이다.

우리도 그간 돈의 유혹에 끌려 안일과 쾌락 속에 빠져 한마당 꿈속에 살았다. 꿈을 깨니 자신이 많은 것을 잃고 함정에 빠져 있음을 알게 되었다. 이것은 거짓 없는 오늘 우리의 현실이기도 하다.

그렇다고 본래의 품으로 되돌아갈 수도 없다. 이미 옛집은 허물어져 버렸으니까. 앞으로 계속 나가기도 어렵다. 우리가 다가서는 앞에는 절벽이 보이기 때문이다. 실로 진퇴양난이 아닐 수 없다.

우리가 잘 살아보자는 거기까지는 좋았는지 모른다. 문제는 잘 산다는 거기에 있었다. 무엇이 잘 사는 것인가. 어떻게 사는 것이 잘 사는 것인가. 이런 분명한 정의가 내려지지 않은 채 우리는 무턱대고 발걸음을 재촉하였다. 우리는 무엇에나 그렇듯이 너무 급히 서둘렀다. 조급한 습성은 여기서도 잘 나타나고 있다.

사람은 가만히 있는 존재가 아니기 때문에 무엇이든 해야 했다. 움직이는 데는 우선 그 방위를 정하는 일이 먼저 있어야 했다.

길이 멀면 멀수록 처음부터 그 길을 잘 들어서야 한다. 그러나 처음부터 길을 잘 알기는 어렵다. 그래서 아는 길도 물어야 한다. 출발이 잘못되면 헛고생을 하니까. 가이드가 필요한 것은 그 때문이다. 가이드는 남들의 앞장을 서는 사람이다. 개중에는 길도 잘 모르면서 선두에 서기를 좋아하는 이도 없지 않다. 어리석은 가이드를 만난다면 그의 뒤를 따르는 많은 사람들이 장차 어떻게 될까.

졸병보다는 대장이 되고 싶은 것이 인지상정이다. 하지만 완력만으로는 대장의 자격이 없다. 완력으로 할 수 있다는 그런 생각은 바로 무지 때문이다. 자기를 모르고 앞장서는 사람이나 완력이 있다고 믿고 따라가는 사람이나 한결같이 이것 역시 무지에서 오는 과오이다.

'너 자신을 알라'고 말한 소크라테스가 오늘 한국에 태어났더라도 분명히 그렇게 주장할 것이다.

지금에 와서 우리에게 너무도 후회스러운 것은 그때 우리가 우리 자신을 너무도 몰랐던 일이다. 지금도 역시 그러하지만. 왜냐하면 함정에 빠져 있으면서도 자신이 함정에 빠진 줄을 모르고 있기 때문이다. 아직도 경제를 살리기 위하여 다시 뛰기를 권장하고 있고, 허리띠를 졸라매기를 충고하고 있다. 물론 지금 우리로서는 다시 뛰어야 하고 허리띠를 졸라매야 한다. 그리고 수출을 늘려 많이 벌고 적게 써야 한다.

그러나 이런 구호보다 더 중요한 일이 있다. '삶의 질'을 바로 아는 일이다. 이제까지 우리가 생각해 온 삶의 질은 흔한 말로 잘먹고 잘 사는 데 있었다.

한때는 새마을 운동을 통해 '잘 살아보세'라는 구호가 모두의 공감을 얻기도 하였다. 오랫동안 가난하여 못 살았으니까 이제는 잘 살아보자는 논리가 조금도 잘못된 것이 아니었다. 그러나 그것이 곧 삶의 질을 높이는 일은 못 되었다. 사료(飼料)가 충분하다고 해서 동물의 삶의 질이 높아지는 일은 없다.

'인간답게 사는 길'. 사람은 역시 그 길을 찾는 수밖에 없는 것이다. 왜? 인간이니까. 이제라도 우리는 '인간답게 사는 길', 그 길을 가는 수밖에 없다.

사람에 따라서는 이런 용어가 애매모호할 수도 있다. 다시 뛰어야 하고 허리띠를 졸라매야 한다는 구호보다 선뜻 이해하기 어려울는지도 모른다.

하지만 인간답다는 말을 이해하는 사람만이 그렇게 살 수 있을 것이다. 그러므로 먼저 '인간답다'는 말부터 스스로 알려는 노력이 앞서야 하리라. 인간다운 것을 모르면 그렇게 살기는 더욱 쉽지 않을 것이니까. 인간다운 것을 알 때 우리의 무지도 열려질 것이다. 나 자신 이것을 알고 싶어한다. 나 자신이 무지하기 때문이다.

수치스런 일이지만 나 자신 그 길을 몰랐기 때문에 자칭 길을 잘 안다는 선도자만 믿고 따라가다 함께 개천에 빠졌다. 이제는 이 사실을 모두 시인하지 않을 수가 없게 되었다.

인간답게 사는 길을 좀더 일찍 알았던들…… 하는 회한보다는, 이제야말로 인간답게 사는 길을 나 스스로 직접 터득할 기회가 왔다고 그렇게 생각하고 싶다.

잃은 물건을 되찾는 것도 기쁜 일이고 기사회생하는 일도 중요한 일이지만, 사람이 인간답게 살 줄 안다는 일은 무엇보다도 가장 뜻깊은 일이 될 것이다.

그런 대로 우리는 한때나마 물질에 취해 보았다. 그 결과 그것이 어떤 유혹인지도 알게 되었다. 이제는 한번 인간답게 잘 살아볼 차례가 되었다.

오늘의 우리는 어려운 처지를 해결할 수 있는 가장 효과적인 방법도 이 길을 떠나서 달리 찾아지지 않을 것이다. 잃어버린 '인간'을 먼저 찾아야 하니까.

그러나 이 길은 결코 새 길이 아니다. 일찍부터 고인(古人)들이 가던 길이다. 그래서 온고지신(溫故知新)이라 했는지 모른다.

인과는 우리의 행위가 만든다

기회란 놈은 이마빼기만 보이고 뒤꽁무니는 안 보인다는 속담이 있다. 기회란 언제나 왔다 하면 곧 사라지기 때문에 그것을 포착할 시기를 놓치기 쉽다는 뜻이다. 그래서 좋은 찬스란 만나기도 어렵고 이용하기도 쉽지 않다.

천재일시(天載一時)란 문구가 긴 세월을 통해 쓰여지고 있는 점으로 미루어, 좋은 시기란 천 년에도 한 번 있을까 말까 하다는 산 교훈이 되고 있다.

20세기에 와서 역사상 우리가 다 함께 크게 고대하던 기회는 조국의 광복이 있었고, 다른 하나는 남북통일. 우리 국민의 염원인 남북통일도 이제 그 기회를 맞으려 하고 있다. 그간 우리는 여러 가지로 그 수단과 방법을 강구해 왔다.

차제에 지난날 우리가 살아온 역사를 냉정한 입장에서 다시 한번 돌이켜 살펴볼 필요가 있다.

왜 우리는 일본의 식민지 지배를 받아야 했는가. 그리고 왜 광복을 맞이하고는 남북으로 갈라져야만 했고, 게다가 민족의 지도자들이 각기 다른 이념을 가지고 외세의 틈에서 전쟁까지 치러야만 했는가.

외국의 식민지가 된 까닭은 무엇이며, 조국이 갈라진 원인은 무엇인가. 제2차 대전이 종식된 지 반 세기가 지난 오늘, 지구상에서 국토가 갈라진 유일한 나라로 남아 있지 않으면 안 되는 그 원인은 대체 어디에 있는가.

이러한 결과가 만들어지기까지에는 필연적으로 그럴 만한 원인이 있었을 것이다. 나라가 양단되어 동질의 한 민족이 그러한 비운 속에서 역사상 가장 가열 처참한 동족 상잔의 전쟁을 치르고도 긴장은 가시지 않았다. 확실히 그것은 큰 병이다. 그럼에도 아직도 치유되지 않고 있다. 병 중에서도 악성에 속하는 숙질(宿疾)이라 아니할 수 없다.

우리가 살기 위해서는 이 병을 고쳐야 한다. 어떻게 하면 고칠 수 있을까. 암이나 에이즈의 치료법이 아직 발견되지 않은 것처럼 우리의 통일을 위한 치유법도 아직 알려지지 않고 있다.

암이나 에이즈도 그 병의 원인이 있을 것이고, 그 원인이 발견되는 날 그 결과도 해결될 것이다. 이런 병은 원인이 단순하지 않기 때문에 그 치료법도 복합적으로 연구될 수밖에 없다.

우리의 국토의 분열은 그 원인을 국권의 상실로 소급해야 하고, 국권의 상실은 그 원인을 그 이전의 정치로 소급해 가야 할 것이다.

나라를 외세에 빼앗기기까지에 이른 그 통치와 통치자와 그 밑의 백성들이, 나라를 어떻게 다스렸고 또 나라를 위해 어떻게 살아왔는가. 통치자의 이념과 통치 방법과 백성들의 국가관이 과연 조국을 지키기에 바람직한 것이었던가. 종국에는 나라를 잃었다는 결과로 보아 결코 바람직하지 못했음을 미루어 짐작하기 어렵지 않다.

오늘날과는 달리 전제군주 시대에는 그 통치 결과에 대한 책임이 왕권과 그 신료들에게 오로지 있음은 부언할 필요조차 없다.

물론 왕도정치(王道政治)라고 해서 모두가 부실한 결과를 가져오는 것이라 단정할 수는 없다. 중국 고대 요순의 그것이 아름다운 결과를 가져왔기 때문에 왕도정치가 좋은 것이라고 단정하기보다는 통치자의 선정과 악정에 따라 그 결과로 왕도정치와 민주정치의 호불호(好不好)를 평가하게 되는 것이다.

광복 후 우리나라의 국토 분단도 식민지의 책임과 마찬가지로 그 원인을 만든 통치자의 책임이 아닐 수 없다. 전제정치에 있어서는 그 결과에 따라 통치자 그 사람의 책임으로 돌릴 수밖에 없다.

그러나, 아무리 통치자의 책임으로 돌린다 하여도 그것은 결과에 따라 판명되기 때문에 사후 약방문격이 되고 마는 것이다.

20세기에 접어들어 두 차례나 큰 전쟁을 일으킨 것은 신판(新版) 전제자들의 독재적 소행임을 간과할 수 없게 되었다. 지성인들의 현실 참여란 바로 이 반독재적 행위의 운동이다.

누구도 믿을 수 없게 되었다. 신(神)까지도. 신에게 순종하면 평화와 행복이 보장된다 믿어 왔다. 정치는 정치가에게, 국토 방위는 군인에게 맡기면 자유와 평등을 누릴 수 있다고 믿어 왔다. 대전(大戰)을 통해서 이들의 배신을 알게 된 지식인들은 비로소 정치 일선에 직접 뛰어들고 그들을 고발하며 또 사회의 부조리를 폭로하는 붓을 들어야 했다.

그만큼 오늘은 정치 · 경제 · 사회에 책임을 나누어지게 되었다. 우리나라의 지성인들도 예외는 아니다. 비록 시간적으로 이르고 더딘 차이는 있겠지만. 지식인들이 좌시할 수 있기에는 이 나라의 정치가, 경제인의 비리와 부패가 연속 부절, 그칠 줄을 모르는 것이다.

북녘의 현실을 바라볼 때 어떤 이념에 묶이어 행복을 기대할 그런 시대는 이미 지나갔다. 어떤 현명한 영도자에게 만사를 일임하고 자신의 책임을 면해 보려는 그런 세월도 다시는 오지 않을 것이다.

오늘 우리는 남북으로 갈라져서 소름끼치는 살상 무기, 칼과 총으로 서로 겨누어 가며 불안한 나날을 보내고 있다. 이것이 이 땅의 과거 통치자들의 어리석은 행위가 만든 원인의 결과. 이 사실을 명심할 때, 우리 세대는 결코 두 번 다시 그런 지겨운 원인을 만들어 미래에 이 땅, 이 민족에 불행한 결과를 안겨주지 않도록 할 일이다.

우리가 이 땅에 좋은 씨를 뿌리는데 결코 나쁜 열매가 열릴 이유는 만무하기 때문이다. 지난날의 어리석음을 다시는 반복하지 않는 것, 지금 해야 할 현명한 일이란 바로 그런 일일 것이다.

뿐만 아니라, 과거 때문에 오늘 우리가 받아야 하는 나쁜 열매의 쓴맛도 그것을 공업(共業)으로 여겨, 참고 견디며 부작용을 최소한으로 줄이는 일도 오늘 우리가 짊어져야 할 일로 남아 있다.

그런 의미에서도 북녘 동포의 어려운 사정을 강 건너 불 보듯 방관할 수는 없으리라. 오늘날 그런 처지에 놓이게 된 것도 어찌 꼭 그 사람들의 탓으로만 돌릴 수 있겠는가. 과거와 오늘의 잘못된 통치 탓도 있을 것이고, 또 어쩌다 북녘 땅에 태어나서 오도 가도 못하고 지금까지 살아오는 동안 그런 인연에 묶였을 뿐이리라. 그것을 어찌 그 고장 백성들만의 죄라 하겠는가.

우리 남쪽 국민들이 굶지 않고 밥술이나 배불리 먹게 된 것이 저들에 비하여 다행한 일이라면, 굶주리는 동족과 나누어 먹을 수 있는 그런 자비를 베푸는 행위야말로 더 큰 다행이 아니겠는가.

그간에 본의 아니게 남과 북으로 갈리어 피를 나눈 동포로서의 할 도리를 잊고 살아온 점도 없지 않으리라. 그런 점에서도 북녘 형제들에게 이런 기회에 형제의 정을 다시 덥힐 그런 계기가 되었으면 싶다. 이런 인간적인 도리는 오늘의 일로 그치는 것이 아니라, 이것이 바로 오늘의 원인이 되어서 미래의 아름다운 열매로 익어갈 수도 있기 때문이다.

반세기를 두고 우리는 서로 교감을 느끼기를 원해 왔다. 불행하게도 그런 길이 막힌 채 살아온 지 반세기에 이르렀다.

이제야 비로소 서로를 그리워하던 그 가슴을 열고 마음이 통하는 그런 희유한 기회가 왔다. 장막 속에서 헤어져 살아야 할 업보가 이젠 다 녹아졌는가. 옛 인연이 다하여 새 인연을 맺을 그런 때가 되었는지도 모른다.

있다는 것이 자랑거리가 되지 못하듯 가난이 죄가 될 수는 없다. 어떤 인연을 만나면 가난할 수도 있고 또 어떤 인연을 만나면 그 가난을 면할 수도 있다.

그렇게 오래도록 막혔던 인간적 애정의 길이 트일 수 있다면 그를 위해서 치르는 대가는 그 무엇도 이보다 더 값질 수가 없다. 유무 상통하는 것은 인간의 도리이며 또한 천지의 도리일 것이다.

이런 기회야말로 과거 우리 역사의 잘못된 원인을 청산하고 이름답고 향기로운 결과를 만들어 가는 그야말로 천재일우의 그것이 될 것이다. 그것은 다른 데 있지 않고 오늘 우리의 행위가 그것을 만들어 갈 뿐이다. 하지만 서로간에 참회하는 마음이 앞서야 함은 물론이다.

종교의 선택

　사람이 사는 동안 욕망은 언제나 한계에 부딪친다. 이것을 극복하려는 노력이 문명을 만들어 왔다. 토인비는 무수한 도전에 대한 응전(應戰)으로 창조는 이루어진다고 했다.

　종교가 생기게 된 동기도 다른 데 있지 않다. 인간이 갈구하는 무엇을 인간의 힘 이상의 무엇에 의지하여 해결해 보려 하였다. 이때는 인간이 자신의 능력을 정확히 평가하지 못하였기 때문이다. 사람 자신이 해결할 수 없는 것은 무엇도 해결해 주지 못한다는 것을 알지 못하였다. 그래서 무조건 신(神) 같은 어떤 절대자에게 속절없이 매달리게 되었다. 주술(呪術)이라는 방법을 빌어서까지 자신의 욕망을 이루어 보려 한다. 이것은 예나 지금이나 다름이 없다.

　막스 웨버는 종교가 생겨난 동기는 '인간이 어디서부터 와서 어디로 가는가'라는 의문에서 비롯된 것이라 한다. 게다가 인간이 가장 두려워하는 죽음, 이것 또한 불가사의한 것이다. 이것을 극복해 보려는 노력, 사람만이 할 수 있는 일이다. 아울러 삶에 있어서 노상 만나지 않을 수 없는 괴로움, 이것을 피하는 방법을 찾아 인간은 유사이래 끊임없이 노심초사해 왔다.

생활에 편리한 여러 가지 도구를 만들어 낸 것은 이런 사람의 생각에서 왔다. 오늘날처럼 눈부시고 놀라운 문명의 이기를 발명해 냈다. 이런 물질문명을 창조해 내는 과학기술뿐 아니라, 인간이 어떻게 살아야 행복할 수 있을까 하는 철학과 종교 또한 사람의 생각이 만들어 냈다. 도대체 인간이란 세상을 살아갈 만한 의미가 있는가 하는 의문마저도 가지게 되었다. 그리고 사람의 삶에 의미를 주기 위해서는 어떻게 살아야 하나?

그러나 과학기술이 아무리 발달해도 인간의 괴로움은 덜어지지 않는다. 어째서 인간은 괴로운 것인가. 이 원인을 종교는 두 가지로 제시하고 있다.

하나는 인간의 전생의 업(業), 즉 카르마(Karma) 때문이라 한다. 전세(前世)의 업이 금생의 행과 불행을 결정한다고. 그리고 내생의 행과 불행 역시 금생의 업이 결정한다는 것이다.

다른 한 가지는 예정설(豫定說)이 그것이다. 세계를 지배하는 신의 뜻에 의하여 이 세상의 운명이 결정된다는 것. 사람 개개인의 운명을 포함해서, 인간이 구제되고 안 되고는 신의 섭리에 의하여 정해지는 것이다. 그만큼 신의 존재는 위대하다. 우주와 인간을 만든 것은 신이라고 믿으니까. 전자는 인도의 힌두교나 불교의 교리에서, 후자는 주로 기독교의 칼비니즘의 그것에서 볼 수 있다. 그 해결방법은 모두 참회와 회개가 우선한다.

행복을 추구하는 인간의 지각은 끊임없이 이어져 왔다. 기원전 5·6세기에 이르러, 이제는 사고(思考)가 감각적인 거기에 머무르지 않고 형이상학적인 그 세계로까지 비약하기에 이른다.

공자와 노자가 나고, 석가와 봐르다마아나가 출생하고, 이사야와 소크라테스, 플라톤, 아리스토텔레스가 세상에 나타났다. 이런 인지(人智)로 세상은 더욱 밝혀지게 되었다. 초자연의 존재, 어떤 절대자에게 의존하기보다는 인간 스스로의 능력을 확신하기에 이른다.

인도의 경우 힌두교나 자이나교나 불교의 공통점은 카르마의 사상이 일치하는 거기에 있다. 이 사상의 폭은 광대해지고 그 시간과 공간은 무한하며, 그 가운데서 나고 죽은 생물들은 천당과 지옥을 한없이 유전(流轉)하여 실로 망망하게 넓어졌다.

세계의 지붕이라 일컬을 만큼 히말라야의 거산(巨山) 고봉(高峰)이 중첩되어 8,848미터의 수미산이 온 세계에 군림하고 있는 곳. 그 밑에 바위와 돌, 그리고 눈과 얼음으로 범인들의 접근을 좀처럼 허락치 않는 그 위용. 게다가 혹한과 극렬이 함께 있고 한발과 호우가 교체하는 한열건습(寒熱乾濕)이 극한을 이루는 그윽한 곳이다. 이곳에 생을 누리는 이들에게도 역시 무언가 평범한 삶을 허용치 않는 듯하다. 생과 사를 뛰어 넘지 않고는 견딜 수 없는 극한 상황에서의 깨달음, 그런 힘이 솟아나는 그런 성지인지도 모른다. 유독 여기서만이 천상 천하에서 비길 수 없는 성자가 태어나고 출가하고 깨닫고 열반을 증득하여 온 누리에 그 씨앗을 뿌렸기 때문이다.

살아야 한다는 것, 이것은 인간에게 있어서 동일한 과제이다. 하지만 가지가지의 고뇌와 불안, 거기에 시달리지 않을 수 없다. 이것은 예나 지금이나 변함이 없다. 이런 고뇌에서 벗어나려는 간절한 염원, 이것이 종교의 필요성을 가져왔는지도 모른다.

익사 직전에 허덕이는 이는 지푸라기에도 기대를 건다. 불안에서 벗어나려는 시도는 다급한 상황에서 여유를 가질 수가 없다. 미개 사회일수록 종교에 대한 의존심은 강렬했을 것이다. 주술적 신앙이 소박한 반면에 사람을 얽어매는 사슬로 변하게 되는 것은 그 때문이다.

이런 점에서 종교는 아편이란 말에 일리가 있음을 인정하지 않을 수 없다.

인지가 많이 발달한 오늘에 있어서는 인간의 문제는 인간이 해결하는 수밖에 없다는 것을 알게 되었다. 물질문명이나 지식이 아무리 발달해도 인간의 고뇌는 좀처럼 사라지지 않고 있다. 도리어 물질문명이 발달하면 할수록, 지식이 늘어가면 갈수록 인간의 불안의 증폭은 더욱 높아갈 뿐이다.

이제 행복을 추구하는 길은 다른 데 있지 않고 오로지 불안으로부터의 해방, 거기에 있음을 알게 되었다. 하지만 고뇌를 해소하는 그 길을 찾는 동안 많은 시행착오를 겪어야 했다. 그러나 아직도 그 길을 잘못 들어 방황하는 사람들이 적지 않다. 어쩌면 더 큰 불행을 자초한 셈이다.

태고(太古) 이래로 오늘날까지 인간의 문제를 인간의 힘 이외의 힘에 의지하여 해결한 역사는 일찍이 없었다. 아무리 무지한 이들이라도 이점만은 명심할 일이다. 좀더 현명한 사람이라면 인간의 과제는 인간이 해결해야 하듯이, 자기의 일은 자신이 해결해야 한다는 것을 모르지 않을 것이다.

사람이 자신의 과제를 풀어가기에 오늘처럼 편리한 세상은 일찍이 없었으리라. 그만큼 인간은 애써왔다. 자신의 고민을 해결하기 위해서뿐만 아니라, 같은 인류의 문제를 해결하기 위해서도.

선각자들의 노고로 길은 활짝 열려져 있다. 하지만 인생이 가는 길은 유독 하나일 수는 없기 때문에 여러 갈래의 길이 없을 수 없다.

여러 길이 있다는 것은 인생의 길을 선택하는 데 그만큼 편리함에 틀림없다. 하지만 아둔한 이들에게는 그만큼 길을 택하기가 쉽지 않을 수도 있다.

인지는 아직도 발전도상에 있다. 만인이 똑같이 지혜를 갖추고 있는 것은 아니다. 선각자는 언제나 있고 그를 따라 배우는 이도 아직은 남아 있다. 한번 길을 잘못 들어 착오를 느꼈을 때는 되짚어 나오기가 그만큼 힘들 뿐만 아니라 오랜 시간 미망에서 허덕일 수도 있기 때문이다.

홀륭한 스승을 만나야 바른 가르침을 얻을 수 있듯이, 그르지 않은 인생을 살기 위해서는 바른 종교의 선택이 그만큼 필요할 것이다.

그러나 바른 종교를 선택한다는 것, 이것 역시 쉬운 일은 아니다. 사이비 종교에 현혹되지 않기 위해서는 그 종교의 진실성을 알아야 한다. 교리가 비인간적·비과학적이 아닌 거기서부터 종교라는 신뢰는 올 것이다.

〈종이거울 자주보기〉 운동을 시작하며

유·리·거·울·은·내·몸·을·비·춰·주·고
종·이·거·울·은·내·마·음·을·비·춰·준·다

〈종이거울 자주보기〉는 우리 국민 모두가 한 달에 책 한 권 이상 읽기를 목표로 정한 새로운 범국민 독서운동입니다.

국민 각자의 책읽기를 통해 우리 나라가 정신적으로도 선진국이 되고 모범국가가 되어 인류 사회의 평화와 발전에 기여하기를 바라는 마음으로 이 운동을 펼쳐가고자 합니다.

인간의 성숙 없이는 그 어떠한 인류 행복이나 평화도 기대할 수 없고 이루어지지도 않는다는 엄연한 사실을 깨닫고, 오직 개개인의 자각을 통한 성숙만이 인류의 희망이고 행복을 이루는 길이라는 것을 믿게 된 때문입니다.

이에, 우선 우리 전 국민의 책읽기로 국민 각자의 자각과 성숙을 이루고자 〈종이거울 자주보기〉 운동을 시작합니다.

이 글을 대하는 분들께서는 저희들의 이 뜻이 안으로는 자신을 위하고 크게는 나라와 인류를 위하는 일임을 생각하시어, 흔쾌히 동참 동행해 주시기를 간절히 바랍니다. 감사합니다.

2003년 5월 1일
〈종이거울자주보기〉 운동 공동대표 : 조홍식 이시우 황명숙

(전화) 031-676-8700 / (전송) 031-676-8704 /
(E-mail) cigw0923@hanmail.net